UN POUVOIR NOMMÉ DÉSIR

Catherine Nay est éditorialiste à Europe 1, où sa voix légendaire et son esprit aiguisé s'exercent chaque matin. Elle est l'auteur d'ouvrages politiques fameux, publiés chez Grasset : *La Double Méprise, Le Noir et le Rouge, Les 7 Mitterrand, Le Dauphin et le Régent.*

CATHERINE NAY

Un pouvoir nommé désir

GRASSET

ISBN : 978-2-253-12340-8 – 1re publication LGF

Pour A…

« La gloire se donne seulement à ceux qui l'ont toujours rêvée. »

Charles de Gaulle, *Vers l'armée de métier*.

« Le sage se guérit de l'ambition par l'ambition même. »

La Bruyère, *Les Caractères*.

PRÉFACE À L'ÉDITION DE POCHE

François Mitterrand s'économisait, Jacques Chirac se calfeutrait, Nicolas Sarkozy s'expose à toutes les lumières.

Changement de génération ? Pas seulement. Explication trop courte. C'est l'homme qu'il faut regarder, son histoire qu'il faut scruter, ses actes qu'il faut analyser, sa stratégie et sa tactique qu'il s'agit de décrypter.

Regardez d'abord. Le spectacle en vaut la peine. L'homme, d'ailleurs, en a le goût. Nouveau style, nouveau ton, rythme accéléré, omniprésence.

Le sixième président de la Ve République s'est montré partout dès le premier jour et de préférence là où on ne l'attendait pas. Un tourbillon à l'Elysée. Mais aussi à l'Est, à l'Ouest, au Maghreb, en Libye, en compagnie des coureurs du Tour de France, des salariés d'Airbus, des enfants handicapés et des vedettes de la chanson. Avec le sens du geste qu'il faut faire, de la parole qu'il faut dire, même si elle déroute, de l'action qu'il faut mener dans l'urgence. L'action ? Mille actions. L'urgence ? Partout l'urgence.

Nicolas Sarkozy préside, mais présider ne lui suffit pas. Il gouverne, inspire, motive, bouscule, explique, assume. Il casse les codes, dégèle le protocole, déverrouille les frontières au risque de troubler nombre de ses amis. Il a formé un gouvernement à son image. Coloré et déroutant. Avec des femmes à la tête de ministères régaliens comme la Justice, l'Intérieur et la forteresse de Bercy. Avec des hommes de gauche et des représentants des minorités à des postes clés.

Cette équipe inattendue, il l'a envoyée aussitôt au feu, mettant en chantier dix réformes à la fois, en préparant vingt autres, sans souffler un seul jour. Se portant lui-même en première ligne, éclaireur, tirailleur, voltigeur. Et prônant le volontarisme comme solution à tous les problèmes. Attaquant à gauche quand on l'attend à droite. Surprenant comme à plaisir. Et fonçant toujours.

« Pourquoi attendre ? » lance-t-il à Angela Merkel, la Chancelière allemande chez qui il court à Berlin le soir même de son intronisation. « Pour relancer l'Europe, on ne peut plus attendre », répète-t-il aux autres qui observent, fascinés, sans doute quelque peu inquiets, ce politique venu d'un ailleurs pas tout à fait identifié. Et il parvient à leur faire endosser son idée de traité simplifié. S'il n'en est pas le seul artisan, il est le premier à en avoir eu l'idée. Ils le savent bien, ses homologues d'aujourd'hui : il la leur avait vendue alors qu'il n'était encore que candidat. Puis il en a fait un formidable instrument de marketing.

Bonaparte au Pont d'Arcole ? L'image s'impose, certes. Mais le premier consul, déjà, fut-il à guerroyer par les monts et les plaines, réformait aussi à Paris, prenait tout en mains, du Code civil aux statuts de l'Eglise.

Nicolas Sarkozy, activiste comme lui, semble, en tous domaines, vouloir démontrer sa capacité à résoudre chaque problème qui surgit ou qu'il décide de déterrer.

« De quoi votre président ne s'occupe-t-il pas ? » interroge, faussement naïve, Angela Merkel. Bonne question, en effet. A tel point qu'il faut tendre l'oreille pour entendre la voix du chef du gouvernement ou de ses ministres. Il mène la chasse, ils s'étouffent à le suivre.

Les Français, qui par leur vote l'ont installé à l'Elysée, sont (encore) sous le charme, grisés de respirer avec lui un nouvel air, ils se montrent désormais optimistes. Ils croient en sa capacité de relancer la France en passant à la vitesse supérieure.

Les autres, ceux qui n'ont pas voté pour lui, s'interrogent. Quelques-uns, secrètement séduits, beaucoup déroutés par une suractivité qui confine à la boulimie. Car en se saisissant de tous les dossiers, il semble considérer que tout est essentiel.

A ce rythme, croient-ils – ce que pensent aussi certains de ses fidèles –, il va s'épuiser.

De fait, s'il met en place depuis des mois ce qui avait été pensé depuis des années – nul autre que lui ne s'est autant préparé au pouvoir présidentiel –, chacun est fondé à s'interroger : comment pourra-t-il tenir cinq ans à ce rythme ? Et quand va-t-il prendre quelque recul, se donner le temps de réfléchir aux priorités qu'impose l'évolution du monde ?

Nicolas Sarkozy électrise, éblouit, fascine, mais il irrite et inquiète parce qu'il donne le sentiment de trop en faire.

La vérité, c'est qu'il en a toujours trop fait. C'est une constante chez cet homme politique hors normes.

Hors normes par son parcours… Il est le seul président à avoir entamé sa carrière au plus humble niveau du militantisme, celui des colleurs d'affiches et des distributeurs de tracts pour gravir une à une les marches du pouvoir.

Hors normes par son obstination : « J'ai toujours fait du travail la valeur cardinale de ma vie », dit-il. Depuis trente ans en effet, il n'a jamais dételé, il a regardé, écouté, appris, lu, réfléchi, analysé, retenu des uns et des autres ce qui lui semblait le meilleur avant de réaliser sa propre synthèse.

Hors normes par sa méthode : il s'est fait le disciple d'aînés de tempéraments et de formations divers : Achille Peretti, Charles Pasqua, Edouard Balladur, Jacques Chirac – se nourrissant de leur expérience et les abreuvant de sa jeunesse et de son inventivité pour créer ensuite l'occasion, ou la saisir, de les dépasser.

Hors normes, enfin, par son énergie. L'homme que les caméras ont montré trottinant aux côtés de son Premier ministre est un athlète de la politique. Il a toujours vécu sa carrière comme un interminable marathon.

C'est pourquoi il a sa place dans la galerie des grands fauves politiques.

Or, voilà le plus singulier, cet ambitieux qui s'est taillé, s'est programmé pour les cimes, avoue une dépendance. Qui plus est une dépendance sentimentale : la famille et surtout l'amour : Cécilia. Là réside l'aspect le plus mystérieux et le plus romanesque d'un personnage que les Français croient connaître.

C'est son itinéraire que j'ai voulu vous raconter pour vous faire comprendre l'homme qui est aujourd'hui président.

Catherine NAY
Fin juillet 2007

Introduction
de l'édition parue chez Grasset
en janvier 2007

Nicolas Sarkozy est à tous égards un homme politique hors normes.

Par son parcours : il est le seul aspirant à la magistrature suprême à avoir entamé sa carrière au plus bas de l'échelle militante, et gravi, une à une, les marches du pouvoir.

Par son obstination : « J'ai toujours fait du travail la valeur cardinale de ma vie », dit-il. Depuis trente ans il n'a jamais dételé, il a regardé, écouté, appris, lu, réfléchi, analysé, écrit avant de réaliser sa propre synthèse.

Par sa méthode : il s'est fait le disciple de plusieurs aînés : Achille Peretti, Charles Pasqua, Edouard Balladur, Jacques Chirac, se nourrissant de leur expérience et les abreuvant de sa jeunesse et de son inventivité, créant lui-même ou saisissant l'occasion propice de dépasser ses maîtres.

Par son énergie : ce sportif est un athlète de la politique. Il vit sa carrière comme un interminable marathon.

Pour toutes ces raisons, il s'inscrit dans la galerie des grands fauves de la politique.

Et voilà qui est plus singulier : cet ambitieux, qui s'est taillé et programmé pour les cimes, avoue sa dépendance vis-à-vis du sentiment et d'abord de l'amour. Là réside l'aspect le plus mystérieux et le plus romanesque de ce personnage que les Français croient connaître.

Tout cela, me semble-t-il, méritait que j'aille y voir de plus près.

C.N.

Chapitre I

Rue Fortuny

Des portes qui claquent, leurs voix qui s'élèvent et lui qui hurle, et elle qui pleure. De méchants bruits que les enfants ont enfouis au plus profond de leur mémoire. Sans jamais s'en débarrasser vraiment. Et puis, un jour, le tonnerre a cessé de gronder et la foudre de s'abattre. Il n'était plus là.

Mais ce n'est pas lui, le père, qui est parti, c'est elle, la mère, qui a fait ses valises. À bout de patience, incapable de supporter plus longtemps les emportements, les absences et les affronts de son mari, un incorrigible cavaleur. Peut-être l'aimait-elle encore ? Mais trop, c'était trop ! Alors elle s'en est allée, emmenant avec elle les garçons. Les trois : Guillaume, huit ans, Nicolas, quatre ans, et François, un bébé.

Le père ? c'est Pal Sarkozy de Nagy Bocsa. Un aristocrate. Belle gueule, fière allure, sourire enjôleur, timbre de miel. En apparence, tout pour plaire, et toute une histoire aussi.

Venu de Hongrie, cet imprécis milieu d'Europe, théâtre de tant de conflits, de drames et de romans, un pays à la géographie amputée, peuplé d'êtres parlant une langue aux origines obscures, de princes et de héros de légende : Arpad et ses guerriers, les Magyars, les Habsbourg…

Pal Sarkozy peut figurer en bonne place dans ce tableau de fureur et de chambardements. Au XVIe siècle, ses ancêtres s'illustrèrent dans la lutte contre les envahisseurs turcs. L'un d'eux, Michel, fut capturé et massacré. Ils défendaient leur religion, leurs terres, leur roi.

Pour récompense de leur bravoure, ils furent, en 1628, renouvelés dans leur noblesse par Ferdinand II, empereur d'Autriche et roi apostolique de Hongrie. Et dotés par lui d'armoiries : un loup armé d'un cimeterre (qui ferait une très éclatante affiche pour une campagne présidentielle !).

Etrange, mais peu surprenant clin d'œil de l'Histoire, quatre siècles plus tard, un de leurs descendants prénommé Nicolas mènera lui aussi le combat contre les Turcs en s'opposant à leur entrée dans la Communauté européenne…

Pal Sarkozy a grandi dans une gentilhommière sise à Alattyan, à deux étapes de Budapest, au nord de Szolnok, une ville de soixante mille habitants, sur la rivière Theiss – un affluent du Danube – dont son grand-père et son père furent les vice-maires. Son père, un propriétaire terrien, était protestant, comme nombre de patriciens hongrois, sa mère, catholique. Le dialogue interreligieux, auquel le ministre allait accorder tant d'attentions, était déjà familial.

À la fin des années trente, le jeune Pal est envoyé dans un collège privé du Valais suisse, chez les pères Prémontrés [1] où il apprend le français. Hélas, la guerre va cham-

1. Ordre de saint Norbert.

bouler cette douce quiétude. La Hongrie, dirigée par le régent Horthy, un amiral dictateur, joue le jeu allemand mais pas assez au gré des nazis. Au printemps 1944, la Wehrmacht, mais aussi les SS et le commando spécial d'Eichmann, envahissent le pays. Villes et villages sont saccagés, des trains emmènent les juifs vers Auschwitz par dizaines de milliers et avec eux des aristocrates, des intellectuels antinazis, des communistes résistants, avec la complicité de la police et de la gendarmerie hongroises. Et la libération n'en est pas une : l'Armée rouge, bien dotée en armes par les Anglo-Saxons, ne se contente pas de bouter les Allemands dehors, elle pille à tout-va. Et s'installe.

Au début des hostilités, la famille Sarkozy avait fui en Carinthie, au sud de l'Autriche. Crédule, elle est revenue au pays en 1946. Elle avait hâte de retrouver un monde, hélas, à jamais perdu. La République a été proclamée, mais elle deviendra vite populaire. Une occupation va succéder à l'autre. « La propagande communiste officielle estimait que, le peuple hongrois ayant été libéré, il se trouvait donc libre de supporter désormais la terreur communiste », raille l'écrivain antifasciste Sandor Maraï [1].

Terreur est bien le mot : comme dans toutes les démocraties dites populaires, on ouvre des camps de travail, on exproprie, on déporte des intellectuels, des bourgeois, on truque les procès et on tue.

Pal, lui, a vite compris. À la fin de 1947 – il a 19 ans –, craignant d'être envoyé dans l'armée en Sibérie, il choisit l'exil. Destination la France, le pays des libertés. Son père, tout juste cinquantenaire, spolié de tous ses biens,

---

1. *Mémoires de Hongrie*, Albin Michel ; Le Livre de Poche n° 3430.

désespéré, vient de mourir. Ses deux frères, Gédéon et Gyorgy, demeurent en Hongrie. (L'un d'eux y subira durant de longues années l'épreuve des geôles communistes.) Leur mère Kotinka (née Tott de Csafford) – « la seule femme qu'il ait jamais respectée », selon son fils Guillaume –, approuve Pal et promet de le rejoindre à Paris avec l'ambition d'y fonder une maison de couture.

Pour éviter qu'on le recherche, elle ira déclarer aux autorités que son fils s'est noyé dans le lac Balaton. En guise de viatique, elle glisse dans sa poche un petit diamant. Et à Dieu vat !

Il réussit à gagner l'Autriche voisine, Vienne où il ne s'attarde pas – les Russes sont encore présents dans la ville – Baden-Baden en Allemagne, où les occupants, français ceux-là, ont installé leur quartier général et où il tente, en vain, d'obtenir un visa. Mais ils vont lui ouvrir une autre porte. Inattendue et romanesque. A Salzbourg, où son errance l'a conduit, Pal Sarkozy rencontre dans un bar un recruteur de la Légion étrangère, laquelle a besoin d'hommes pour l'Indochine. Topons là ! La Légion, c'est déjà la France. Afin de célébrer l'événement, le diamant est vendu pour organiser une fête avec des amis de rencontre. Ainsi va Pal Sarkozy…

Le voilà en Algérie, à Sidi Bel Abbès, maison mère de la Légion. Maniement d'armes, tirs, sauts en parachute, le soleil, la chaleur, le sable, la routine, quoi ! Cinq mois plus tard, le camp de Fréjus dans le Var, par où passent tous les partants pour l'Indochine. Mais il est écrit que le destin de Pal Sarkozy ne sera qu'une suite d'étonnants tournants : c'est un médecin hongrois qui l'ausculte et le convainc qu'un beau garçon de son espèce a mieux à faire qu'à risquer sa vie dans les rizières ou sur les rives du Mékong. Les actes suivant les paroles, voilà Pal réformé. Mais sans le moindre sou en poche. Il racontera un jour à ses enfants qu'il a vendu les semelles de cuir de ses chaussures de parachutiste pour se faire un peu d'argent. Incroyable ? Comment démêler le vrai du faux… Ainsi se bâtit une légende paternelle.

Celle-ci veut aussi qu'arrivé en guenilles fin décembre 1948 à Paris après trois jours de train, il ait passé une glaciale première nuit sur la grille d'une bouche de métro place de l'Etoile. Avant de retrouver, par la grâce d'un organisme d'aide aux réfugiés, la trace d'un grand-oncle. Lequel ne roule pas sur l'or mais lui offre gîte et couvert et l'introduit dans la diaspora hongroise. L'un ou l'autre l'aide à dénicher des petits boulots : livreur chez un vernisseur de films, maquettiste chez un architecte et ainsi de suite. Doué pour le dessin, il s'exerce au portrait mondain, se fait ainsi des relations. Et excelle dans l'art qu'il connaît le mieux : la séduction.

Tel est, tel fut Pal Sarkozy, l'homme qui sonne à la fin de juin 1949 à la porte d'un petit hôtel particulier du XVIIe arrondissement, 46, rue Fortuny.

Une rue huppée. Sarah Bernhardt, Edmond Rostand, la Belle Otero, d'autres encore y résidèrent et promenèrent là leurs projets et leurs rêves. Au 46, maison archétype de l'architecture baroque XIXe de la Plaine Monceau – façade de briques et de pierres, fenêtres étroites ornées de vitraux – vit la famille d'un urologue réputé, spécialiste des maladies vénériennes et chirurgien (il opère à la clinique Saint-Jean-de-Dieu) : le docteur Bénédict Mallah.

Ce n'est pas lui que le jeune Hongrois vient consulter. Le dessin l'a amené là, non les ennuis de santé. La fille aînée de l'honorable spécialiste, Suzanne – que famille et amis appellent Loulou – docteur en droit, est juriste chez Râteau, une entreprise de matériel aéronautique. Elle pourrait, a-t-on chuchoté à Pal, lui trouver un emploi de dessinateur.

Seulement voilà, elle est absente, partie en vacances et c'est sa jeune sœur Andrée, dite Dadu, qui reçoit le réfugié demandeur d'emploi.

Dadu : une petite brune à la silhouette gracile, une jolie frimousse, un regard qui pétille sous des sourcils en ailes d'hirondelle, une bouche gourmande, elle a, comme on dit, du peps, et voilà le séducteur séduit d'emblée !

Elle ? En ouvrant la porte elle a marqué un temps d'arrêt. Eblouie par la longue silhouette, l'élégance élimée, l'accent magyar, la jeunesse ardente du personnage. Comme si le soleil entrait dans la maison. Et voilà qu'il commence à raconter sa vie. Elle l'écoute bouche bée. Un récit d'un romantisme fou. Une tranche d'histoire. Comme un rêve !

Il l'a devinée. Quand elle lui suggère de revenir plus tard, au retour de sa sœur, il n'hésite pas un instant : plus tard c'est demain, et ce n'est plus l'aînée qui l'intéresse, c'est elle, la jolie brune. Il l'invite : rendez-vous à la piscine, car il fait très chaud.

« Il voulait me jauger de plus près, je suppose », plaisante-t-elle aujourd'hui. Ce jour-là, elle a accepté sans hésiter. D'accord pour aller se baigner. « J'avais un très beau maillot jaune et, dès qu'il m'a vue, il m'a annoncé que nous serions mariés six mois plus tard. J'ai éclaté de rire. Ensuite je suis partie en vacances sans y penser davantage. »

En y songeant quand même un peu puisque, dès le début de septembre, elle le convie rue Fortuny où elle reçoit quelques amis. « Quand il a vu que j'avais un amoureux, il est parti », raconte-t-elle.

Fuis-la, elle te suit, c'est le b-a-ba de l'art de la séduction. Pal bien sûr trouve un prétexte pour revenir. Voilà Dadu prise à l'hameçon !

Dans les bonnes familles de l'époque, on ne laisse pas batifoler longtemps des jeunes gens qui se plaisent. Pal d'ailleurs est pressé, c'est son style. Le voilà qui vient demander la main de la jeune fille en bonne et due forme. Le père de la jeune Dadu, le docteur Mallah, n'est pas enchanté. Ce garçon ne lui paraît guère mature, il n'a ni situation, ni espérances et, en plus, il n'est pas français. Bien des raisons d'hésiter. Mais la jeune fille insiste. Et le docteur veut bien se montrer compréhensif. Il sait mieux que quiconque ce que signifie la vie d'un jeune étranger à Paris loin de ses parents, sans relations. Il est lui-même, en effet, venu de loin. En 1904, à l'âge de 14 ans, il débarquait de Salonique – ce haut lieu de l'élite sépharade, chassée de Grenade en 1492 par les rois catholiques – où son père exerçait la profession de bijoutier. Pensionnaire au lycée Lakanal de Sceaux, et bientôt rejoint par ses quatre frères, il avait auparavant appris le français (la langue du commerce, de la diplomatie et de la culture) en Grèce dans une de ces maisons de l'Alliance israélite universelle dont le corps enseignant, formé à Paris, militait pour la propagation de notre langue. On y exaltait le modèle français et l'occidentalisation des populations juives : « Pour un jeune Salonicien, passer par ces bancs, c'était s'imprégner à jamais de la culture française [1]. »

Doué pour les études, très bosseur, Bénédict Mallah – Bénico pour ses frères et sœurs – passe le bac, puis « fait sa médecine ». Quand débute la guerre de 1914, il n'est pas mobilisé puisque encore étranger. Son patron parisien l'envoie assister un confrère lyonnais. Il y rencontre une infirmière, Adèle Bouvier. Elle compte parmi les innombrables jeunes veuves de guerre, elle pleure en outre la perte d'un enfant. Il la console. Ils se plaisent, se marient en 1917, après que Bénédict, soucieux de lui faire plaisir, s'est converti au catholicisme. « Il n'avait pas assez de religion pour le lui refuser », note une de ses nièces. Chez les Mallah, comme chez les Sarkozy, on pratique la tolérance religieuse.

Ses petits-fils Nicolas, Guillaume, François ignoreront l'ascendance juive de leur grand-père jusqu'à sa mort. Voilà un sujet dont on ne parlait jamais en famille. Devenu français, à la fin de la guerre, le docteur Mallah a fait un choix de cœur, d'esprit, d'assimilation et, du coup, de religion.

Son épouse, aidée d'une femme de chambre et d'une cuisinière, sait tout faire… et bien. Dresser une table avec art, cuisiner, coudre, broder. Elle entend que ses deux filles, élevées chez les sœurs, au cours Dupanloup à Boulogne, soient comme elle expertes dans l'art du foyer. Elles auront également un métier. Leur père l'exige.

Quand Pal a demandé la main de Dadu, Adèle s'est

---

1. Esther Benbassa et Aron Rodrigue, *Histoire des juifs sépharades*, Seuil, 2002.

beaucoup interrogée elle aussi. Mais ses réticences ont vite été balayées. Tout de même : Pal Sarkozy de Nagy Bocsa est un aristocrate. Il a si grand genre, de si bonnes manières et il est si joli garçon ! « Ma mère était sous le charme », s'amuse Dadu.

Surtout, la mère veut le bonheur de sa cadette. Elle semble si éprise ! Dans la famille on a le goût des amours romanesques. On sort d'années très rudes, celles de la guerre, la deuxième. Il a fallu chercher refuge en Corrèze, à Marcillac-la-Croisille, à 30 kilomètres de Tulle, et – coïncidence – pas très loin de Gros Chastan et de Saint-Martin-la-Méanne, le berceau de la famille Chirac. Dans une vieille ferme du XVIIe siècle, au toit de lauzes, sans eau ni électricité : la Besserie, c'est son nom, un héritage du docteur Brieude, un grand-oncle par alliance d'Adèle Bouvier, devenue Mallah. (On peut donc imaginer – pourquoi pas ? – que les ancêtres de ce médecin aient croisé ceux de Jacques Chirac.)

A la fin de l'Occupation, la région s'est révélée chaque jour plus dangereuse. Maquisards et Allemands s'y affrontent durement. Souvent, le docteur Mallah est appelé pour soigner les blessés. La Gestapo recherchant tous les hommes, il doit passer de nombreuses nuits dans les bois. Un jour, la famille voit arriver dix-sept SS… C'est Dadu qui les reçoit, guère rassurée : « Je leur ai fait visiter les granges, la maison. Lorsqu'ils ont constaté que l'on n'y trouvait que des femmes – ma grand-mère, ma mère et ma sœur – ils sont repartis. »

Quand, le 10 juin 1944, accompagnée de son père, elle prend la route de Tulle pour y passer la deuxième partie du baccalauréat [1], ils croisent des Résistants qui leur

1. Elle a suivi des cours par correspondance.

feront rebrousser chemin : les maquisards ayant pris la ville au lendemain du débarquement en Normandie, les SS ont contre-attaqué et pendu 99 hommes aux balcons de la ville : une tragédie.

Il a fallu apprendre à côtoyer le danger, vivre avec la peur, le courage aussi, attendre le bonheur de la paix retrouvée.

La félicité prend donc six ans plus tard le visage de Pal Sarkozy. Le 9 février 1950, en l'église Saint-François-de-Sales, Andrée Mallah est devenue sa femme. Ils se connaissent depuis sept mois à peine. À la piscine, au lendemain de leur première rencontre, il lui avait dit, on le sait, « dans six mois ». Pari presque tenu. La mariée vit un rêve. Ce garçon enchanteur de deux ans son cadet – il n'a pas encore 22 ans – lui a promis le meilleur. Elle ignore que bientôt viendra le pire.

Pour l'heure, la IVe République se porte mal, la guerre d'Indochine s'éternise dans la boue et le sang. Pal n'a pas de situation ? Et alors ? Le pays est à l'orée des Trente Glorieuses. Le chômage n'est pas un souci et l'argent n'est pas le moteur de toutes les ambitions. Pal apprend le dessin publicitaire chez un compatriote. Il a reçu de sa mère, toujours retenue en Hongrie, un autre diamant. Qu'il a vendu, comme le premier, mais cette fois pour le placer, dans une fabrique de chaussettes. Il entend démontrer à son beau-père qu'il peut se lancer dans les affaires. Celle-là périclite. Bah ! Rien de grave. Les Mallah sont là chez qui le jeune couple est toujours hébergé, nourri, gâté. Il y restera huit ans. Guillaume naît l'année suivante, le 18 juin 1951, Nicolas, quatre ans plus tard, le 28 janvier 1955.

A ce moment, leur père est décidément engagé dans la publicité. Il travaille pour Boussac, pour Elvinger qui sera bientôt racheté par Publicis. Il fait vite preuve de talent : dans le journal interne de la maison figurent plusieurs illustrations signées Sarkozy, voisinant avec celles d'affichistes de renom comme Ungerer ou encore Savignac, l'homme du moment dans la profession, auteur d'un dessin connu de la France entière : une vache sympathique et obèse qui abreuve du lait de ses pis un gros bloc de savon. Du savon Monsavon, bien sûr.

Pour vanter les mérites de la machine à coudre Singer, alors présente dans la plupart des foyers, Pal Sarkozy pose lui-même en habit derrière une belle personne, parée comme pour une soirée à l'Opéra. Ce qu'apprécie peu le docteur Mallah quand il découvre l'image dans un magazine. « Mon gendre mannequin ? Ça n'est pas un métier », s'écrie-t-il. Peut-être, mais les premiers chèques arrivent. En s'endettant, Pal peut enfin acheter un appartement au premier étage de l'avenue Rachel, du côté de la place Blanche. Il le décore avec peu de moyens et beaucoup de goût. Il y installe ses bureaux et sa famille, y invite volontiers à dîner les amis. Dadu déploie ses talents de maîtresse de maison. Et lui de charmeur. Toutes les amies de son épouse ont droit à ses œillades prometteuses et quelques gestes appuyés. Et toutes, il les appelle « cherrie »… Elles le grondent, rieuses, « Pal, tu n'as pas de moralité ». Dadu n'est ni aveugle ni insensible. Un troisième garçon, François, est né le 6 juin 1959. Mais le beau rêve est dissipé.

Un soir, elle téléphone à son père. Un message bref : « J'arrive avec les enfants. » Il n'en est guère surpris. Dadu vient de quitter le domicile conjugal. Pour toujours. Et elle a demandé le divorce.

L'enfance d'un chef

Retour à la case départ : 46, rue Fortuny. Commence pour les trois frères la véritable enfance. « Je me souviens que ce jour-là maman m'avait donné un album à colorier », dit Nicolas.

De ce qui s'est passé auparavant, ils ont fait table rase, « une période grise et vague », selon l'aîné. « Mon père était violent, j'en avais peur », lâche le cadet.

La maison du grand-père, devenu veuf, n'est pas très gaie. Enténébrée au contraire. Une entêtante odeur d'éther flotte au rez-de-chaussée où se situe le cabinet médical. L'ensemble a mal vieilli. C'est rouille et grisaille. Mais le propriétaire n'entend se lancer dans aucune rénovation et le docteur Mallah, le locataire, refuse toute vaine dépense. Il peut cependant se targuer d'une belle clientèle. Ainsi le peintre Jacques Villon, qui deviendra son ami et fera son portrait. Ou encore Paul Delval, le propriétaire des Folies-Bergère. Si bien que toute la troupe, Joséphine Baker en tête, consulte chez lui. Comme bien sûr des personnes plus modestes : ainsi cette patiente qui finit par lui laisser en guise d'honoraires trois dessins offerts par un artiste qu'elle avait hébergé et qui se nomme… Modigliani. Accrochés dans le couloir, ils font bel effet.

Dadu et ses fils ont pris position au second étage. Quatre petites pièces qui communiquent et où les garçons courent, chahutent, font un boucan de tous les diables, qui contraste avec le silence quasi sépulcral du premier, celui où vivent le grand-père et sa fille aînée Loulou, restée célibataire. En semaine, on ne se mêle pas pour les repas. Chacun vit à son rythme. Mais l'on se sait proches les uns des autres. « Papy », décrit par les amis comme un homme « très réservé et à l'autorité impérieuse », surveille la nichée dont il sait se faire craindre. « Mon père a eu grâce à ses petits-fils une vieillesse enchantée », croit pouvoir dire Dadu. Tante Loulou – que les enfants appellent « Tatie » – d'une timidité maladive, la « bonté même », selon les proches, chérit et materne ses neveux. Le dimanche, c'est elle qui les emmène à la messe, et le mercredi après-midi goûter chez Smith, rue de Rivoli, elle aussi qui les fait travailler au retour de l'école [1]. Car Dadu rentre tard. « Tous les soirs je l'attendais assis en haut de l'escalier (clos par une verrière plate en vitraux sombres), raconte Nicolas. En arrivant elle me lançait, moqueuse : "c'est pour le chocolat, bien sûr", car elle nous en rapportait un chaque jour. Mais moi, c'était elle que j'espérais, toujours tremblant qu'elle ne revienne pas. »

Dadu est devenue avocate. Son jeune mari lui avait demandé d'abandonner ses études de droit, elle les a reprises après la rupture. Elle apprend le métier au cabinet de maître Farré, le mari d'une amie du cours Dupanloup. C'est qu'il lui faut absolument arrondir ses fins de mois. Si son père la défraie beaucoup, Pal se montre plus que chiche, elle n'a donc pas le choix. « Je me réveillais à cinq heures et demie, raconte-t-elle, je travaillais mes cours dans mon lit jusqu'à sept heures et demie. Ensuite, je m'occupais des garçons, les emmenais à l'école, je faisais les courses, un peu de ménage, et enfin à 14 heures, je partais au bureau, une jeune fille arrivait pour me relayer. C'est elle qui allait

1. Elle a terminé sa carrière comme secrétaire générale d'une filiale d'Alstom.

rechercher les enfants, faisait dîner les deux petits, et les baignait. Moi, quand je rentrais, je dînais avec Guillaume. »

Elle plaide au pénal, amène parfois son aîné jusqu'à la porte des prisons où elle attend la sortie d'un client pour lui offrir un café. Fervente abolitionniste, elle organise des dîners de confrères qui débattent de la peine de mort. Les enfants écoutent, observent, s'imprègnent de la philosophie maternelle.

Ils étudient au cours Saint-Louis-de-Monceau, tout proche. Un établissement catholique avec son aumônier que les élèves surnomment « Biquette ». Les professeurs sont des laïcs, on ne compte pas plus de vingt élèves par classe, ceux-ci sont tenus, l'ambiance est familiale et conventionnelle. Les Sarkozy sont les seuls enfants de divorcés. Une situation encore rarissime dans ce quartier bourgeois. A la sortie des cours, quelques mères leur décochent cet indicible regard fait de supériorité bienveillante et de mépris contenu que le cadet n'a pas oublié. Le directeur René Després, un grand homme à la voix haut perchée, littéraire affable et cultivé, guide et observe chaque élève, reçoit longuement les parents. Chez les Sarkozy, seul Nicolas lui donne du fil à retordre : il n'imagine guère que des années plus tard celui-ci l'invitera à déjeuner à la mairie de Neuilly. Pour l'heure, il s'est bâti une réputation solide de chahuteur, il sèche le catéchisme. Il est dispersé, il quittera l'établissement pour aller faire sa sixième au lycée Chaptal, dont il est renvoyé pour absentéisme et désordre. Contraint de revenir au cours Monceau, il doit redoubler. « Cette scolarité n'avait pas de sens à mes yeux, expliquera-t-il, il n'y avait pas de direction, pas de gouvernail, je n'ai vraiment commencé à travailler qu'après le bac. »

Dans le même temps, le frère aîné Guillaume, très doué pour les maths, « si responsable », a obtenu ses deux bacs à 16 ans. Il s'est fait remarquer dans l'école comme un servant de messe zélé, chef des enfants de chœur qu'il dirigeait avec autorité (à en croire sa mère, c'est là que serait née sa vocation de patron). François, le petit dernier, « si mignon », réussit dans tous les domaines. Un seul souci, donc : Nicolas. Mais la jeune avocate se rassure. Cet enfant est « vif, dégourdi, téméraire », il réussira lui aussi.

De leurs week-ends, les trois garçons conservent un souvenir émerveillé. Le docteur Mallah avait acheté à Orgerus dans les Yvelines, en bordure de la forêt de Rambouillet, une petite maison couverte de vigne vierge, pleine de charme. On y partait le samedi après-midi à la sortie des cours. Les gamins ont exigé que le grand-père ne se montre pas devant l'école au volant de sa vieille traction, une 11 CV Citroën, qu'il gare donc dans une rue voisine. Ils ne veulent pas que leurs copains les aperçoivent dans pareil équipage. « Tu pourrais changer ta voiture », pestent-ils souvent. A quoi papy rétorque invariablement : « Mais pourquoi donc ? Elle roule. »

Elle est vieille, certes, mais assez vaste pour tenir près du conducteur la tante Loulou et les deux chats, à l'arrière Dadu, ses trois garçons et leur invité. Plus le bocal du poisson rouge. Et enfin, nichée sur la galerie dans une caisse en bois, une poule que François et Nicolas ont gagnée à une tombola, lors d'une fête de village, et qu'ils ont apprivoisée. La semaine, elle caquette dans la petite cour de la rue Fortuny. Mais elle part en week-end comme tout le monde. Et parfois, effrayée par les embouteillages aux feux rouges, elle se met à chanter à tue-tête. Au grand étonnement des passants. Mais pour le plus grand plaisir des copains. C'est la famille Fenouillard en balade.

Une vraie partie de plaisir, sauf pour Nicolas qui ne supporte pas la voiture et vomit à chaque voyage.

Histoire de se dégourdir les jambes, on fait donc halte à Pontchartrain où, comme par hasard, une pâtisserie offre de bons gâteaux. Voilà enfin la maison. Du charme, on l'a dit, mais aucun confort. Pas de chauffage, l'hiver il faut ouvrir le four de la cuisinière pour faire monter la température. Pas de télé non plus. Le samedi soir, les trois frères et leurs copains courent en pyjama chez une voisine, Madame Gautry, pour se régaler des aventures du chien Rintintin, déjà célèbre aux Etats-Unis depuis les années trente. « Je crois que l'admiration de Nico pour l'Amérique a commencé là », plaisante Serge Danlos, un ami de Guillaume, qui était très souvent invité.

Le grand bonheur c'est le jardin potager que le grand-père, ceint d'un grand tablier et coiffé d'un béret, surveille avec une méticulosité de pépiniériste chinois. Il aime faire admirer aux amis ses salades « époustouflantes de beauté ». Il se fait aider d'un jardinier nommé Morvan, un poilu de 14 qui conte aux enfants les mille et une histoires de la vie dans les tranchées. Sur le sujet il est intarissable, les garçons ne s'en lassent pas, en redemandent à chaque week-end. Surtout Nicolas, qui annonce bravement à sa mère : « plus tard, je serai soldat ».

« Sur l'autre guerre, la deuxième, la France libre et la Résistance, sa curiosité était insatiable, se souvient son cadet François. Il dévorait tous les livres. » Surtout la série de Christian Bernadac sur l'Occupation et la déportation dans laquelle il découvre l'ignominie de l'Holocauste ou encore l'ouvrage de Guy Sajer *Le Soldat oublié* [1].

En matière de pittoresque, le retour vers Paris pouvait en remontrer à l'aller. Il fallait d'abord, dans les cris et le vacarme, rassembler la ménagerie. Retrouver les deux chats égaillés dans la nature, quérir la poule réfugiée dans le cèdre, une obstinée qui refusait d'en redescendre. Enfin arrimer les caisses de légumes sur la galerie avant d'entasser les passagers.

Sur les routes de campagne, papy, réfractaire au maniement des clignotants, tendait le bras par la portière pour amorcer un virage, klaxonnait tous les trente mètres. Les enfants pouffaient de rire. Des joies simples. Celles de l'époque. Les exigences étaient modérées. Attentif à satisfaire ses petits-enfants, le docteur Mallah excluait toute dépense inutile.

Les sorties ? Une fois par an, pas plus. Quand tante Loulou emmenait ses neveux voir un spectacle : *Ben Hur* ou les chevaux du Cadre noir de Saumur. Elle avait loué les places des mois à l'avance. Pour l'occasion, on habillait les garçons chez Mamby, une des premières boutiques pour jeunes (sise avenue Victor-Hugo dans le XVIe). Pour le reste, les loisirs se limitaient à la télévision, les matches de foot ou de rugby le samedi, aux grandes émissions de variétés que l'on regardait en famille et dont Nicolas était si friand, « La Piste aux étoiles », « Thierry la Fronde », « Les Rois maudits » avec Jean Piat. (« Ah ! qu'il est beau ! », s'écriait Dadu, extatique.) Pour le meilleur et pour le pire il reste « un enfant de la télé ».

Il raconte : « Mon grand-père ne nous a jamais

1. Robert Laffont, 1967.

emmenés au cinéma ou au théâtre. Ça ne lui serait pas venu à l'idée. Il en avait certes les moyens, mais ça n'était pas le genre. Chez lui, on mangeait toujours du pain rassis. On achetait bien une baguette tous les jours, mais il fallait d'abord terminer celle de la veille. Et quand on quittait une pièce, il fallait toujours éteindre la lumière. Le jeudi, on prenait tous les deux le métro jusqu'au bout de la ligne, on sortait, il me prenait la main, on marchait jusqu'au premier café où il commandait pour lui un café crème, et pour moi, un jus de fruit et une tartine beurrée. Pas deux. Papy ne parlait pas, mais c'était pour moi une fête extraordinaire. »

« Papy était très près de ses sous », renchérit François. Qui a souvent entendu sa mère pleurer quand il refusait de lui prêter de l'argent pour emmener les enfants en vacances à Pâques. C'est qu'elle devait compter au plus juste : « Longtemps maman s'est habillée avec les vêtements que lui donnait une amie, et moi j'en avais honte », ajoute-t-il.

Ce grand-père, qui a tout de même assuré l'intendance, était tout simplement un homme de sa génération. Comme beaucoup, l'âge venant, il craignait de manquer. En mai 68, alors que des étudiants qui deviendraient ministres ou PDG dressaient des barricades dans les rues de Paris pour mimer la révolution, lui, gardant en mémoire les pénuries de la guerre, avait amoncelé un stock de sucre, de farine et de savon.

Il n'avouait qu'une seule folie : la philatélie. Une passion qu'il a inculquée à Nicolas. Souvent le dimanche, il l'emmenait au marché aux timbres, proche du rond-point des Champs-Elysées « mais il n'achetait plus rien », déplore son petit-fils qui dit avoir découvert *Les*

Joueurs de cartes de Cézanne, non pas dans un musée mais sur une vignette postale. En les contemplant, ils enjambaient les frontières, traversaient les mers, voyageaient vers ces colonies devenues depuis 1946 l'Union française. Toujours le culte de la France : « Il en avait une notion sublimée », disent ses petits-fils unanimes. Bien entendu, il les emmenait sur les Champs-Elysées pour assister au défilé du 11 Novembre. Nicolas juché sur ses épaules, tentant d'apercevoir le général de Gaulle, l'idole du grand-père. « Il était gaulliste de chez gaulliste », comme ils disent aujourd'hui.

Gaulliste, ce grand-père le fut au point d'aller manifester pour la première fois de sa vie le 30 mai 1968. A ceux qui depuis des semaines criaient : « Dix ans ça suffit ! », pour provoquer le départ du Général, il voulait répliquer avec la foule : « De Gaulle n'est pas seul. »

Nicolas, âgé de 13 ans, était trop jeune pour se joindre aux manifestants. Sa mère avait dû s'assurer auprès du cours Monceau que l'on bouclerait bien cet inconscient. Son frère Guillaume, qui en comptait 18, ne s'est pas laissé séduire par le mouvement contestataire. « Moi, dit-il, je suis allé manifester devant l'ambassade d'URSS, trois mois plus tard, en août, quand les chars soviétiques ont envahi Prague, je suis allé crier : "Prague, Budapest, Varsovie, ça suffit !" »

Le premier engagement partisan des frères Sarkozy est celui de leurs racines hongroises. Tous les trois proclament une aversion viscérale, totale, définitive pour le communisme.

La paix civile rétablie, de Gaulle conforté – provisoirement – par un triomphe aux législatives, revient le temps des vacances. Un rituel immuable comme pour les week-ends. Depuis son divorce, Dadu louait en juillet à Pontaillac, près de Royan, le deuxième étage d'une grande villa en bord de mer de style anglo-normand, au nom bizarre de « Janchougui ». Elle appartenait à la belle-mère d'une de ses amies d'enfance, Fabienne Godlewski, dont les deux filles Brigitte et Muriel avaient le même âge que Guillaume et Nicolas. On y rencontrait aussi les trois cousins Saint-Mathieu. Une dizaine d'enfants au total qui, une quinzaine d'années durant, se sont ainsi retrouvés chaque été.

Les Sarkozy menaient la danse. La maison tremblait de leurs bagarres. On ne s'y entendait plus. Nicolas arrivait avec sa valise de vinyles, faisait marcher le Teppaz à tue-tête pour écouter et réécouter son idole Johnny bien sûr, mais aussi France Gall et Hervé Vilard.

« Heureusement ma grand-mère était sourde », ponctue Brigitte.

Ainsi allaient les grandes vacances. Mais pour Dadu, pas question de rêvasser, ni de s'attarder dans de longs câlins. Levée dès l'aube pour faire le ménage et les courses, elle réveillait son petit monde pour l'envoyer vite fait et par tous les temps, sur la plage, au cours de gym du club ABC. Allez ouste ! Dehors les garçons ! L'après-midi, alors que la plupart se baignaient, Nicolas préférait passer des heures au café Plaisance où un poste de télévision diffusait – grande innovation – les étapes du Tour de France. En noir et blanc bien sûr. Sinon, il faisait du cheval dans un manège dont il soignait les bêtes. Quand Dadu ne régalait pas les copains de grandes parties de crêpes, il terminait l'après-midi en compagnie de Muriel, aussi gourmande que lui, par une tournée en bicyclette dans les pâtisseries alentour dont ils connaissaient chaque spécialité.

Souvent, le soir, les aînés partaient en boum dans les villas des environs. On leur louait des mobylettes. Et toujours Dadu guettait leur retour en chemise de nuit en haut de l'escalier, veillant à ce que filles et garçons rejoignent chacun leurs chambres. Nicolas, trop jeune et contraint de rester à la maison, tempêtait et rageait.

Au mois d'août, changement de programme. Dadu doit reprendre son travail. Le grand-père et la tante prennent le relais, ils emmènent les garçons en voyage, l'Ecosse, l'Italie ou encore Biarritz. La deuxième quinzaine d'août, Dadu emmène par le train [1] ses fils à Beauvallon, dans une des plus belles villas « pieds dans l'eau » du golfe de Saint-Tropez. Une propriété du couple Hauvette. Elle, une amie depuis le cours Dupanloup, lui, un agent de change dont le père, le colonel Hauvette, époux d'une Michelin, avait été l'un des plus gros actionnaires de l'entreprise. Des gens très fortunés donc, qui mènent grand train. Ils ont trois garçons du même âge que les Sarkozy, lesquels sont accueillis à bras ouverts. Il y a une piscine, une plage privée, un hors-bord, du service, tout le confort. Et un va-et-vient de la jeunesse dorée des villas proches. De quoi rendre le séjour plus qu'agréable. Nicolas, contrairement à ses frères, ne l'appréciait guère. Il raconte : « Quand ma mère repartait, je me sentais abandonné, détruit, j'avais un cafard monstre. » C'est qu'être un invité, comme cela, en bout de table, dans une famille « normale », avec un père et une mère qui vivent ensemble, jouissent d'une grande aisance, d'une position reconnue, aiguisait chez lui la sensation d'appartenir à un rang social infé-

1. Elle passera son permis de conduire à Royan, en même temps que Guillaume, son fils aîné et Brigitte Godlewski.

rieur. Ce n'étaient pas tant les différences matérielles, l'envie qui le faisaient souffrir, que cette perception pénible de se sentir un rien ou un pas grand-chose aux côtés de gens qui étaient quelqu'un. Un sentiment, on le sait, qui entraîne à douter de soi. Et cela, il ne le supportait pas. « J'ai été façonné par les humiliations de l'enfance », dira-t-il.

« Dès 14 ans, je l'ai vu se fabriquer sa motivation. Il me parlait toujours de revanche, et moi je ne comprenais pas pourquoi », confirme Stéphane, le cadet de la famille Hauvette.

Lors de ces séjours estivaux, il fait la connaissance d'un autre invité de son âge, Hugues Dewavrin, un Neuilléen qui deviendra plus tard l'un des leaders des jeunes giscardiens. « On se moquait de Nico parce qu'il adorait Serge Lama et nous, on trouvait ça ringard. »

Humilié, le jeune Nicolas ? Par comparaison, la famille vit plutôt chichement. Le père « oublie » très souvent d'envoyer le mandat de la pension alimentaire. Devant ses amis, Dadu affecte de prendre à la légère les inconséquences de son ex-mari. Devant ses fils, elle garde le silence. Ils n'entendront jamais une critique de leur père.

S'il est une leçon que les trois frères auront retenue de Dadu, elle tient en un mot : l'optimisme. Prendre toujours le bon côté des choses, ne pas dramatiser. Question de caractère ? Sûrement, mais aussi une hygiène de vie mûrement réfléchie. Quand on doit assumer seule tous les rôles, il faut aller à l'essentiel. Donc, inutile de céder aux nostalgies et aux regrets. Les états d'âme ? Une perte de temps stérile. Un problème surgit-il ? Chouette, on va le dépasser. Et si l'on n'évoque que ce qui va bien, tout finit par aller. Telle a toujours été sa philosophie.

« Chez nous, on ne parlait jamais de ses sentiments, jamais de soi », dit François. (Un déficit que Nicolas comblera – oh combien ! – plus tard.)

Cette fille de médecin déteste aussi que l'on soit malade. « C'est seulement si l'on s'écoute que l'on ne va pas », disait-elle. Quand elle emmène son cadet chez le dentiste, elle le prévient : « Tu vas avoir mal, mais c'est ainsi que l'on devient un homme. »

« Elle a été une mère très structurante, elle posait des règles, mettait certaines barrières, mais elle nous a laissé un certain libre arbitre et pas mal de liberté », souligne Guillaume.

Traduction concrète : il faut, en classe, rester dans la bonne moyenne, supérieure si possible (pour autant, elle ne s'enquiert pas chaque soir des notes), il faut en famille et ailleurs ne jamais mentir (elle ne le supporte absolument pas) ; pratiquer des sports et enfin se laver, être propre. Presque une obsession, partagée par la tante Loulou, laquelle avait, paraît-il, la phobie des microbes au point d'emporter dans ses voyages de l'alcool à brûler dont elle nettoyait les baignoires des hôtels par une grande flambée.

En revanche, assez libérale, Dadu n'exige pas un respect trop strict des usages de l'époque : si un enfant se lève de table sans demander la permission, elle n'en fait pas une affaire. A ses amis qui s'étonnent parfois de telles dérogations, elle rétorque qu'elle ne peut pas se battre sur tous les fronts. « Et puis chacun a le droit d'être ce qu'il est. »

Si Nicolas, ce qui arrive souvent, refuse de manger ce qu'elle a préparé – il détestait les légumes et le foie de veau – pas de problème, elle cède à ses revendications tout en lui « mettant la pression », comme on dit aujourd'hui. L'ambiance des repas est toujours chaude, et le ton monte aussi vite qu'il redescend. Les garçons ne se privent pas de râler et lui répondent, parfois, avec quelque insolence.

« Occupe-toi de tes casseroles », lui lance même un jour Nicolas.

« S'ils adoraient leur mère, qui était le centre de leur vie, ils se montraient très machos avec elle », notent les amis. Les casseroles ? Justement. Chez elle c'est toujours table ouverte. Les copains sont invités sans problèmes.

« En rentrant du Palais, cela me changeait les idées », dit-elle. Aujourd'hui encore, il lui arrive de mitonner un cassoulet pour trente personnes. L'admire-t-on ? Elle rétorque que ce n'est rien : « Il suffit de laisser cuire pendant trois jours. » Ainsi la maison est-elle toujours animée, festive, gaie. « Après mon divorce, je me suis dit que, si je ne les recevais pas, mes amis ne me verraient plus. »

« C'était une famille atypique, complètement hors conventions », note encore, éblouie, leur amie d'enfance Diane de Saint-Mathieu, qui ajoute : « Si les trois Sarkozy sont devenus ce qu'ils sont, c'est grâce à elle. »

Si elle les houspille pour qu'ils avancent, quoi qu'il arrive, jamais elle n'a douté de leurs destins. Jamais elle ne les a mis en rivalité. S'interdisant de les critiquer devant des tiers, même lorsqu'ils faisaient des bêtises. Elle a réussi ce prodige : demeurer très présente, sans être trop envahissante ou pesante. Et si, les années passant, elle a admis que ses garçons prennent davantage de liberté, elle se plaît à souligner que les trois sont restés chez elle jusqu'à 27 ans. « Preuve qu'ils ne s'y sentaient pas trop mal. »

Chacun d'eux a décidé seul de son avenir, de son orientation professionnelle. Si Guillaume a passé et réussi le concours de l'Ecole navale pour lui faire plaisir, il a opté ensuite – après avoir rêvé d'être pompier – pour les travaux publics, avant de devenir patron dans le textile. Aujourd'hui, il poursuit une autre carrière dans les assurances.

Ce qu'elle ne souhaitait pas – elle l'avait confié à ses amies – c'est qu'ils fassent médecine : « J'ai trop vu mon père à la peine. » Pire encore : qu'ils se lancent dans la politique, « parce que ça n'est pas un métier ». « Elle y voyait même comme une régression sociale », précise Nicolas.

Or, François, avant de devenir consultant, fut interne des hôpitaux, major de sa promotion, médaille d'or de l'internat, pédiatre en souvenir de son grand-père.

Quant à Nicolas…

Et le père dans tout cela ? S'il est absent de ces pages, c'est qu'il fut presque absent de leur vie. « Je n'ai jamais passé un Noël chez mon père, je n'ai jamais dormi chez lui », avoue François.

Pal Sarkozy, vrai personnage de roman, a mené son existence selon son bon plaisir, sans se soucier de sa progéniture. Il n'avait pas la fibre paternelle. Séducteur, complimenteur, flatteur. « Il ouvrait le robinet de la séduction comme celui d'une baignoire », se moque une cousine de Dadu. Il multipliait les conquêtes, épousait aussi. Après Dadu, ce fut Mélinda d'Eliassy, grande, belle, blonde, fille d'un aristocrate hongrois et d'une Française (une Mallet, fille d'un régent de la Banque de France). Trois ans de liaison pour commencer et un mariage qui craque presque aussitôt. Un phénomène assez habituel aujourd'hui. Un peu plus tard, Pal rencontre Christine de Ganay. Encore une aristocrate. Bien plus jeune que lui, 21 ans. Nouveau mariage, au grand dam des Ganay, qui considèrent ce gendre comme un aventurier. De cette union naîtront deux enfants : Caroline en 1967 et Olivier en 1969. Il ne s'en souciera guère plus que des trois fils de Dadu. En 1970, nouveau divorce [1] : « Les trois premières femmes de mon père l'ont quitté parce que papa est invivable », explique en souriant sa fille Caroline.

Et le travail ? Pal a créé sa propre agence de publicité avec succès. Il a de bons clients : Procter et Gamble, entre autres. La génération du baby boom a connu le célébrissime cadeau Bonux : petit objet de plastique que l'on trouvait à l'intérieur du paquet de lessive portant ce nom. Pendant un temps, les acheteurs pouvaient aussi découper sur l'emballage des bons dont l'accumulation permettait de gagner un train électrique. Une photo montrait un petit blondinet avec ce jouet. Les ménagères de l'époque étaient loin de penser qu'elles regardaient un futur ministre de l'Intérieur et des Finances et, qui sait, président de la République. Pour la première fois de sa vie, Nicolas Sarkozy s'affichait en produit d'appel.

Car Pal voyait quand même ses enfants. Un jeudi sur deux, il les invitait à déjeuner à la Pizza Wagram près de son bureau. Toujours très chaleureux il leur roucoulait des mots tendres en hongrois. Mais, s'ils arrivaient en retard, il les réprimandait. Il surveillait aussi leur

1. Christine de Ganay s'est remariée avec Franck Wisner, un diplomate américain ex-sous-secrétaire d'Etat, plusieurs fois ambassadeur, c'est lui qui a élevé ses enfants.

tenue à table. Et il s'intéressait à leurs résultats scolaires. « Il nous accordait une attention qui variait en fonction des réussites de l'un ou de l'autre, se souvient François. C'était une façon indirecte d'entretenir une forme d'émulation entre nous. » Pal n'aimant que ce qui brille, ses compliments étaient le plus souvent réservés à Guillaume et à François, les bons élèves, auxquels, à en croire les amis, il marquait une nette préférence.

Nicolas, pas très travailleur, aux résultats médiocres, se faisait régulièrement admonester. Alors il se refermait et boudait. Il détestait ces déjeuners. Il se sentait si peu valorisé, si peu aimé de son père. A ses collaborateurs, il racontera plus tard que celui-ci lui avait lancé un jour : « Avec le nom que tu portes et les résultats que tu obtiens, jamais tu ne réussiras en France. » On ne fait pas plus encourageant ! Tout le contraire du papy maternel qui lui serinait à l'oreille : « L'avenir est une promesse. »

Les enfants rencontraient un père toujours élégamment vêtu. Il avait de jolies montres, de superbes chaussures, des collections de beaux stylos. Il ne se refusait rien. Il lui arriva même de venir les attendre à la sortie du cours Monceau au volant d'une Jaguar E décapotable bleu métallisé. « Quel frimeur ! » avaient-ils pensé. Ils en étaient gênés.

L'autre jeudi, tous les quinze jours, Pal venait déjeuner rue Fortuny. Son ex-épouse tenait à ce lien, aussi ténu fût-il, avec « ce monument d'égoïsme », le père de ses garçons. Elle invitait – pour qu'il les voie aussi – ses deux autres enfants, nés de son mariage avec Christine de Ganay, « le frère et la sœur », comme elle les appelait, Olivier et Caroline. Cette dernière raconte : « Nicolas nous ramenait en métro chez notre grand-mère. Il était très gentil, très affectueux. Il nous faisait rire en imitant Johnny. »

Il les faisait rire ? Pourtant, tous les témoignages concordent : c'était un petit garçon au regard ourlé de mélancolie, peu loquace, tourmenté, teigneux, solitaire. Un écorché vif. Très amical pourtant. Un caractère singulier, ambigu. « Au fond un tendre qui avait un grand besoin d'être aimé », selon son amie Muriel.

Quand il évoque cette prime jeunesse, Nicolas Sarkozy distille, lui, des anecdotes endolories et confie : « Je n'ai pas aimé mon enfance. »

« Aucun de mes frères ne l'a vécue de la même manière », juge Caroline. Le cadet est sans doute celui des trois qui a le plus souffert affectivement et socialement de la séparation de ses parents, celui qui a le plus intériorisé les difficultés de sa mère, d'autant plus qu'elle ne se plaignait jamais. Ce qu'il confirme : « Ma mère a été déclassée par son divorce, je détestais les regards de condescendance que l'on posait sur elle. »

Nicolas est aussi celui des trois qui lui ressemble le plus : même regard, même démarche, mêmes mimiques. Il a hérité sa vitalité hors normes. A ses amis, il annonçait : « ma mère est une maîtresse femme » sur un ton plein de fierté. Guillaume raconte : « Mon frère et ma mère ont toujours entretenu des rapports passionnels. Avec eux, c'est soit on s'appelle tous les jours soit on ne se parle plus pendant trois semaines. »

« Il était, des trois, le plus prévenant, reconnaît Dadu, quand il sortait avec des amis il me demandait toujours si je ne voulais pas me joindre à eux. »

Dans cette famille sans père, Guillaume se sentait investi d'une mission : être un chef de famille de substitution. Nicolas ne l'a jamais toléré. Ce qui provoquait de multiples conflits. C'étaient entre eux des bagarres continuelles.

« Comme il était petit, racontent les amis, il était un peu le souffre-douleur de Guillaume. » Lequel rectifie : « Pas du tout, c'est Nicolas qui venait toujours me chercher en me lançant droit dans les yeux "même pas peur". » Et Dadu de ponctuer : « Nicolas n'a jamais eu peur, ça lui a sûrement facilité la vie. »

Et toujours les repas entre frères se terminent par de vives discussions. « Pour un rien, ils se traitent de cons, mais c'est sans conséquences, c'est leur façon de fonctionner », expliquent leurs amis.

Sans conséquences ? Voire… Les psys de l'école freudienne, qui se sont beaucoup intéressés au fonctionnement des fratries, assurent que, souvent, le second, lorsqu'il subit les pressions de l'aîné, ambitionne de le dépasser, voire de le vaincre. Résultat : en tous domaines, il supporte mal la domination des autres. « Aussi loin que je me souvienne, je n'ai jamais accepté que l'on me marche sur les pieds », confirme Nicolas.

Alfred Adler, disciple de Freud, notait que « ceux qui grandissent avec l'impression d'être écrasés par leur aîné développent un sentiment d'infériorité, tandis que ceux qui entrent en compétition augmentent leurs chances de réussir ».

Que depuis la petite enfance Nicolas ait vécu un tel rapport de forces avec Guillaume, explique que le conflit soit devenu chez lui une deuxième nature ; mieux, un moteur. Il aime la bataille. Il se réalise dans l'affrontement.

Les relations entre l'aîné et le cadet, jamais simples, s'espaceront avec les années.

Il n'a en outre pas été facile non plus pour Nicolas

d'être entouré de trois frères (Guillaume, François, Olivier) beaucoup plus grands que lui. Tous. A-t-il été taraudé par le complexe de sa taille ? Sûrement. Selon ses proches : « Ce qui le fait souffrir, c'est que sa taille soit l'objet de quolibets dans les médias. Les Guignols de l'Info le rendaient malade. »

Dans son constant désir de s'élever, sa taille est à coup sûr un mobile prégnant.

Il était différent, chacun pouvait le mesurer. Guillaume et ses amis aimaient le rugby, le tennis, les rallyes, les Beatles, les Rolling Stones et Kennedy. Ils regardaient le cadet gouailleur qui cultivait un côté provocateur rebelle comme un personnage d'un autre monde, presque un martien. Nicolas ne partageait aucun des goûts de son environnement, il préférait le vélo, le foot, de Gaulle, Johnny Hallyday, la chanson française… Serge Danlos, un habitué des week-ends à Orgerus, aujourd'hui notaire, raconte : « Je l'ai emmené un peu partout : sur le Tour de France, écouter les concerts de Johnny, assister aux matches de foot. Moi, j'étais pour Valenciennes, Nico pour le PSG. Nous avons passé des heures dans le train, sandwich et cornet de frites à la main en hurlant avec les supporters jusqu'à nous érailler la voix. Nous pouvions aussi jouer à la pétanque des heures durant sans s'arrêter. Nicolas a toujours eu des goûts populaires. » Plus tard, le président de l'UMP expliquera que « si l'on n'aime pas ce qu'aiment les gens, on ne les comprend pas ».

Reste que les frères Sarkozy, aussi divers que fussent leurs goûts, leurs caractères et leurs penchants, ont été formés à la même école.

Pour baliser leur route, quatre adultes leur ont servi de modèles : leur grand-père, leur mère, leur tante et de bien plus loin, leur père. Quatre adultes fort différents, mais qui leur auront transmis les mêmes valeurs : travail d'abord, le labeur pour seul horizon. Quatre adultes qui ont bâti leur vie à partir de rien, mais qui éprouvaient le même ardent désir de réussir et savaient qu'ils n'y parviendraient qu'à force d'énergie, de courage et de volonté. « Rien ne leur a été donné, personne n'est venu les chercher », aime à dire Nicolas Sarkozy. Il en a tiré une leçon : qui veut arriver ne peut compter que sur soi. Et, de cette leçon, il va faire grand usage.

[illegible] taille, appar- [illegible] être chez [illegible]

[illegible] petite [illegible] plein [illegible] plongé [illegible] il faut le [illegible] la manger [illegible] de pain en plus [illegible]

[illegible] moins seuls, [illegible] des amis [illegible] vacances à Pon- [illegible] la Côte. [illegible] Mais c'est [illegible] ensoleillé que [illegible] lugubre encore [illegible] fois. Le fils du [illegible] fenêtre, c'est [illegible] une proposition. Elle a été

[illegible] la limite de la Défense

Chapitre II

Le mal de père

« Neuilly, immeuble ancien, pierre de taille, appartement 5 pièces plus chambre de bonne, étage élevé. Ensoleillé. Affaire à saisir. »

Au printemps 1973, Dadu épluche les petites annonces du *Figaro*. Quelques semaines plus tôt, son père, le docteur Mallah, est mort. La famille est plongée dans l'affliction. « Ce fut un énorme chagrin », dit Nicolas. A quoi s'ajoute une angoisse : il faut déménager. Le propriétaire, qui veut reprendre la maison et propose une indemnité de départ, se fait de plus en plus pressant.

Pourquoi choisir Neuilly ? Pour se sentir moins seuls, pour se rapprocher des amis. Ceux des vacances à Pontaillac et sur la Côte. « Mais c'est le mot ensoleillé que j'ai retenu », insiste Dadu. L'atmosphère déjà sombre de la rue Fortuny était devenue plus lugubre encore. « Je suis allée visiter les lieux avec François. Le fils du propriétaire travaillait torse nu devant la fenêtre, c'est ce qui m'a décidée. J'ai fait une proposition. Elle a été acceptée. »

L'appartement est sis à la limite de la Défense.

L'avenue Charles-de-Gaulle (une adresse qui aurait plu au grand-père) est très bruyante, les travaux d'enfouissement n'ayant pas commencé. Les acquéreurs ne se précipitaient donc pas. « Mon père m'avait laissé un peu d'argent. En ajoutant l'indemnité versée par le propriétaire, j'ai pu réaliser l'affaire et j'ai fait acheter aux garçons la chambre de l'étage supérieur. » Car « Papy » a laissé en héritage à chacun de ses petits-fils un rouleau de pièces d'or de vingt dollars cousues très serré dans une chaussette. « Trop serré car certaines étaient rayées, en mauvais état, elles n'avaient plus de valeur marchande », précise Nicolas.

Un signe, ce bas de laine préféré à un compte en banque. La pratique d'une génération, certes. Mais plus significatif est le réflexe de celui qui sait, d'éternité, que l'on peut, du jour au lendemain, être obligé de fuir en emportant son bien avec soi.

C'est à ce moment que les enfants découvrent leurs origines.

« J'avais du sang juif et on ne me l'avait pas dit », s'exclame François.

Si papy n'en parlait jamais, nous l'avons vu, ce n'était ni par oubli, ni par reniement. A son puissant désir d'assimilation s'ajoutait un souci de protection. Il restait habité de trop de souvenirs dramatiques. Des juifs de son enfance à Salonique, il ne subsistait qu'une petite poignée : 96 % de la communauté avait été déportée, les morts se comptaient par dizaines de milliers, lui-même avait perdu sa plus jeune sœur Henriette ainsi que son beau-frère et leur petite-fille. Jugeant les ravages de l'antisémitisme susceptibles de resurgir à tout moment, il estimait superflu d'en rajouter sur les épaules déjà chargées de ses petits-fils, inutile de leur faire humer ce parfum de malheur. Ils étaient fils d'immigré, enfants de divorcés. Un statut déjà pas facile. Qu'ils soient catholiques et français était bien l'essentiel.

Les garçons ne se posaient pas de questions. « On déjeunait seulement une fois par an avec des cousins d'Argentine, précise Nicolas, ils s'appelaient Haïm, mais maman les appelait phonétiquement les "Zem". » Et puis, d'évidence, le passé tourmentait beaucoup moins les trois frères que leur avenir. « J'étais pressé de m'en inventer un », dira plus tard Nicolas.

Au moment du déménagement qui marque dans leur vie un grand changement, presque une rupture, Nicolas est loin de deviner que Neuilly va sceller son destin politique [1]. Pour l'heure, il vient de réussir son bac B, sans tambours ni trompettes et surtout sans mention. Mais voilà au moins une bonne chose de faite, un cap franchi. Et il ne se sent pas de vocation particulière. Journaliste ? Peut-être. Avocat comme maman ? Pourquoi pas ? Il va donc s'inscrire en droit à la fac de Nanterre. Un monument de saleté et de désordre après 1968.

Pour fêter ce passage à l'âge adulte – même si la majorité à 18 ans n'était pas encore votée –, il avait décidé avec son ami Jean-Marie Chaussonnière d'entreprendre un grand voyage, une aventure : Paris-Istanbul aller et retour dans une vieille Coccinelle. Les deux amis ont soigneusement étudié leur itinéraire. Jean-Marie, prudent, a souscrit une assurance à Europe Assistance. Afin d'immortaliser leur exploit, à la veille de prendre la route, les deux amis se font photographier, devant la Coccinelle, hilares, place de la Concorde, tenant à la main le drapeau français qu'ils fixeront à l'arrière de

1. Dix ans plus tard, il devenait maire de la ville.

la voiture, autant pour revendiquer leur nationalité – car il leur faut franchir de nombreuses frontières – que par fierté patriotique. Comme ils ne roulent pas sur l'or, c'est le moins qu'on puisse dire, ils ont décidé que l'expédition irait droit au but. Pas question de s'arrêter en route pour visiter. De l'Allemagne ils ne garderont qu'un souvenir, mémorable il est vrai. Leur arrivée le soir sous la pluie dans un Eros Center qu'ils ont pris pour un hôtel et dont, harcelés par les filles, ils s'enfuiront à toutes jambes au milieu de la nuit. Puis c'est l'Autriche, la Yougoslavie, la Croatie dont ils retiendront la stupéfiante pauvreté. Remarquant dans chaque village du papier journal collé aux fenêtres en guise de rideaux. A Sofia en Bulgarie, ils échouent dans le plus grand hôtel de la ville où l'on fête un mariage. Celui, semble-t-il, d'un dignitaire du régime. Les caméras de la télé ronronnent. Les deux garçons vont bravement embrasser la mariée. Ils seront invités à dîner.

Voilà enfin Istanbul. « Nicolas a visité ses premières mosquées », note Jean-Marie, lequel a la chance – imprévue – de tomber malade : grâce à Europe Assistance, les deux amis pourront se reposer quatre jours dans un hôtel de luxe. Un séjour de rêve.

Au retour, Nicolas a tenu à passer par Salonique. Il veut se rendre chez le notaire pour réclamer la part d'héritage de son arrière-grand-père bijoutier. Des maisons, des terrains sont encore indivis, propriétés communes de ses grands-oncles et tantes survivants.

« Nicolas a tellement baratiné qu'il a fini par vaincre les réticences du notaire et du banquier, il s'est battu comme un lion, rien ni personne n'aurait pu lui résister », admire son compagnon qui l'a attendu pendant plusieurs heures. Le butin est modeste, l'équivalent de trois ou quatre mille francs de l'époque. Un argent que les lois grecques obligeaient à dépenser dans le pays. Nicolas dissimule l'argent dans la doublure de sa veste. Il a réclamé son dû, il l'a obtenu. Bonne chance et bon vent ! Il passe la frontière sans encombre. Le solde de l'héritage sera versé à la famille en 1995.

Ce passage par Salonique avait-il valeur de retour aux sources ? Peut-on parler de voyage initiatique ? L'intéressé se contente de répondre : « Je voulais seulement ramener de l'argent à ma mère car nous en avions besoin. » Est-ce la seule raison ? Difficile de se prononcer.

L'écrivain Pierre Assouline se souvient d'une « boum » à Neuilly chez Muriel Godlewski. « C'était en 1974 ou 1975, raconte-t-il, Nicolas était déjà très politique et urbain. Il allait de groupe en groupe, conversant avec chacun. Nous avons bavardé et il m'a demandé quel effet cela faisait d'être juif. Je lui ai rétorqué : "Mais toi aussi tu es juif." Alors, il a interpellé ses amis pour leur lancer en riant : "Vous entendez, Pierre dit que je suis juif." »

Selon la loi juive, la religion se transmet par la mère. Nicolas Sarkozy n'est pas juif en effet. Il n'empêche : cette ascendance tardivement découverte et sa qualité de fils d'étranger n'ont pas été sans conséquences. Elles ont ancré en lui ce qu'il appelle un sentiment de minoritaire. Il s'en explique volontiers. « Je suis de religion catholique, mais je me sens proche de la communauté juive. J'aime l'attachement des minorités à leurs racines, à leur culture, à leur famille. Être majoritaire s'accompagne souvent d'un sentiment de dilution et de fadeur. J'aime au contraire les sentiments exacerbés des minorités. »

Se sentir minoritaire affûte les sensations, fortifie les convictions, pousse à la défense de son pré carré, avive enfin la susceptibilité : une simple observation est souvent prise pour une agression, un avis contraire, comme une déclaration de guerre. Nicolas Sarkozy est habité de tous ces sentiments.

« Nous sommes arrivés à Neuilly comme des va-nu-pieds », insiste-t-il (trop ?) aujourd'hui. Toujours ce sentiment de n'être pas grand-chose dans un environnement opulent. Les trois garçons et leur mère avaient certes des amis qui avaient une position, mais aucun de ces personnages importants et lointains qu'on appelle des « relations ». Ils ne faisaient pas partie de l'establishment, dont ils ignoraient les codes. Ils avaient peu de moyens, certes, mais ils vivaient dans un appartement plus que convenable. Leur richesse était entre leurs mains. Ils étaient intelligents, en bonne santé et pouvaient nourrir toutes les espérances pour l'avenir. La France venait de connaître la première crise pétrolière, l'économie était morose, le chômage croissait, mais cette conjoncture, plutôt sombre, n'affectait pas encore la jeunesse.

Nicolas se plaît à raconter que ses premiers amis neuilléens ne furent pas les bourgeois de la ville, mais au contraire, ceux dont il se sentait le plus proche : Pascal le pizzaïolo, le serveur du restaurant italien « La Casa Nostra » où tante Loulou l'emmenait déjeuner le samedi avec ses frères ; Ali, le patron de la supérette, et aussi Arthur Kasparian, un pied-noir du Maroc, propriétaire d'un glacier, « La sorbetière », magasin où Nicolas alla travailler comme vendeur pendant deux ans pour payer ses études. « Quand j'ai été élu maire, raconte-t-il aujourd'hui, Arthur avait tapissé son magasin de mes photos. Chaque fois que quelqu'un entrait, il disait : “C'est mon collaborateur.” » Un job qui a permis au jeune étudiant de se délecter de glaces : « J'avais toujours une cuillère dans ma poche et chaque fois qu'un bac de cinquante litres arrivait, je goûtais. » Il en faisait profiter aussi ses petites amies. L'une d'elles n'a pas oublié la glace au camembert.

Il a ainsi multiplié les petits boulots. Chez Hermès, par exemple. Pas le grand, celui du Faubourg Saint-Honoré, non : le fleuriste installé en bas de l'appartement familial pour lequel, vêtu d'une blouse blanche, il a vendu et livré des bouquets.

C'est qu'il voulait absolument aider sa mère. L'installation à Neuilly coïncidait en effet avec une double rupture. Sentimentale et financière. Papy mort, la stabilité de la famille pour laquelle il était le recours, le protecteur a été bousculée et meurtrie. La deuxième rupture, dès lors plus ressentie, et qui va se prolonger concerne le père. Dadu doit maintenant assumer seule la vie financière de la famille. Or l'éducation de garçons âgés de 22, 18 et 14 ans, étudiants ou lycéen, coûte cher. Et Pal, on l'a vu, avait toujours limité son aide au strict minimum. Dadu lui demande donc d'augmenter la pension alimentaire. Ce qui ne devrait pas lui poser grand problème : au début des années soixante-dix, sa situation est plus que florissante, il mène grand train, s'est acheté une propriété à Ibiza, possède deux bateaux, un voilier armé de bois précieux en Thaïlande et un Riva et enfin, sur l'île de la Jatte, un superbe appartement où il collectionne les tableaux : Matisse, des dessins de Picasso, un Max Ernst et ainsi de suite… C'est que son agence a prospéré. Il a gagné la confiance de très gros clients, comme L'Oréal ou C & A. « Il existait un énorme décalage entre son train de vie et le nôtre », constate François.

Georges-Henri Muller, ex-PDG de Biotherm témoigne : « Je l'ai rencontré en 1967, j'étais alors directeur du marketing de la SCAD (Ambre Solaire, Twenty's et Garnier) ; le directeur du développement de L'Oréal m'avait demandé de recevoir un certain Sarkozy. J'ai vu arriver un grand type bronzé dans le style hollywoodien, vêtu sans une faute de goût. Il me proposait, pour la marque Twenty's, qui s'adressait aux jeunes filles, de créer un tatouage réversible. La grande mode aujourd'hui. A l'époque, c'était une nouveauté absolue. On a lancé le produit, "les beauty fleurs", au cours d'une soirée chez Castel en mai 1968, une date d'autant plus mémorable que l'on entendait des bruits de grenades dans tout le quartier. En fin de compte, le tatouage n'a pas très bien marché, mais cela montre que l'homme avait du flair. Quand je suis devenu directeur de Biotherm, en 1970, je l'ai engagé pour qu'il s'occupe de la publicité graphique. Il me coûtait très cher en maquettes, mais c'est un dessinateur extraordinaire. Très créatif. Un esthète. Avec lui, nous avons lancé les premières pubs surréalistes. Pour vanter les mérites d'une crème pour le ventre, il avait imaginé une Vénus de Milo découpée en rondelles. Et cette affiche fut exposée dans toutes les pharmacies de France, de Navarre et d'ailleurs. Un vrai succès. C'est lui aussi qui nous a vendu le concept "d'antirides solaires", et l'expression a fait le tour du monde. Nous avons, avec lui, inventé une nouvelle approche du soin solaire. Un grand succès commercial. Pour illustrer les nouveaux produits, il avait dessiné, sortant d'une terre brûlée par le soleil, des têtes au long cou figurant des fleurs. L'affiche fut imprimée sur le spi du catamaran Biotherm de Florence Arthaud. Un autre grand succès visuel mondial. Il aurait aussi voulu que L'Oréal fabrique des gélules de beauté. "Il faut lancer l'idée de la beauté par l'intérieur, ce sera révolutionnaire", me disait-il. Ces gélules, on en trouve aujourd'hui dans toutes les pharmacies. Mais à l'époque, L'Oréal ne disposait pas – manque de chance – des laboratoires nécessaires à leur réalisation. Pal Sarkozy était un visionnaire et il a gagné beaucoup d'argent. »

« C'est parce qu'il aimait les femmes qu'il savait leur proposer des produits raffinés », explique une de ses anciennes collaboratrices qui le décrit comme un patron perfectionniste, très exigeant au travail, acharné à créer de la beauté et de la nouveauté, très charmeur bien sûr, donnant du « ma cherrie », à tout le monde, aux femmes, aux hommes, et même à ses clients, ce qui les amusait. Elle ajoute : « Il demeurait très hongrois dans sa tête, même s'il ne nous parlait jamais de son passé. » (Il n'a pris la nationalité française que tard, dans les années soixante-dix, son statut d'apatride compliquant trop, lors de ses voyages, les passages aux frontières.) « Il ne nous parlait pas non plus de ses enfants ». Des années plus tard, seulement, il aimera se vanter de leur réussite.

Dadu lui demande donc de l'aide. Il commence par faire le sourd, ne réagit même pas. Elle insiste. Il finit par se fâcher. Et répond par un non sans nuance ni appel. « Mon père ne supportait pas qu'on lui demande quoi que ce soit et que l'on devienne dépendant de lui », dit Guillaume. Une situation qui confine au drame familial. A l'époque, tous ses amis s'en souviennent, Nicolas ne cachait pas une hostilité violente, voire obsessionnelle à l'égard de son père. Il le traitait de salaud, annonçait à qui voulait l'entendre qu'il allait lui intenter un procès.

En effet Dadu, qui s'était spécialisée dans le droit de la famille, demandera à la justice une réunion de conciliation.

Aujourd'hui la famille n'entend pas s'appesantir sur l'épisode. On peut le comprendre. Le rôle du père y est rien moins que glorieux. Arrivé au tribunal en limousine, très élégamment vêtu, il réussit à faire croire au juge qu'il ne possédait plus rien. Il s'était rendu insolvable dans le seul but d'échapper à une augmentation de la pension alimentaire. Comment ? Mystère… A la sortie, Nicolas, fou de rage, lui avait tordu le bras. Pal lancera à ses fils un « je ne vous dois rien [1] », qui les blessera au plus profond. Ce qui les conforte tous les trois dans la même philosophie : ne compter que sur soi, ne jamais rien devoir à personne.

C'est surtout à partir de ce moment que l'absence du père est davantage ressentie par la fratrie. Ainsi, François, qui commence sa médecine, lui a fait grief par lettre de sa conduite. Il se voit répondre qu'« un père n'a pas à se justifier devant ses enfants ». A Guillaume qui lui reproche son quatrième mariage, Pal rétorque qu'« on ne juge pas son père ». Nicolas, lui, est contraint d'emprunter – les petits boulots ne suffisent pas – pour terminer ses études.

La rupture se prolonge, la famille fait mine de l'oublier. Mais tristes souvenirs, rancœurs et regrets rôdent toujours dans l'inconscient. « Les larmes inap-

1. « Peut-être a-t-il connu trop de privations durant l'enfance pour accepter de se priver fortune faite », explique sa fille Caroline.

privoisées de l'enfance murmurent toute la vie », a écrit André Dhotel…

Des années plus tard, le 7 février 2005, le président de l'UMP est invité par Marc-Olivier Fogiel dans l'émission de France 3 « On ne peut pas plaire à tout le monde ». Comme à l'ordinaire, on saute d'un sujet à l'autre, on parle politique et aussi variétés, chansons. Soudain Nicolas Sarkozy évoque un succès de Calogero « Si seulement je pouvais lui manquer », une chanson dont il semble connaître toutes les paroles : « J'arrête pas d'y penser, si seulement je pouvais lui manquer. Est-ce qu'il va me faire un signe, manquer d'amour n'est-ce pas un crime… A part d'un père je ne manque de rien. »

L'arrivée à Neuilly est donc tout le contraire d'une fête. « Cette situation, ces événements avaient engendré chez moi, explique Nicolas, un sentiment de peur diffuse. Mais la nécessité de se battre à laquelle nous avons été tous les trois confrontés s'est finalement révélée être un carburant formidable. La peur du lendemain, sauf quand elle paralyse, pousse à travailler plus que les autres, c'est un sentiment structurant. Pour s'en tirer, il faut balayer les obstacles, s'acharner. » Ce qu'il est bien décidé à faire, dès l'arrivée à Neuilly.

Il va se lancer en politique.

CHAPITRE III

Une vocation

Mars 1974, morne printemps. Les experts en économie annoncent de sombres nuages. Les Français s'interrogent sur la santé de leur Président, Georges Pompidou, dont la télévision laisse apparaître le visage enflé, blafard, souriant pourtant. Un mois plus tôt, il a demandé à Pierre Messmer de former un deuxième gouvernement auquel participent presque tous les barons gaullistes.

Valéry Giscard d'Estaing, qui n'appartient pas à ce bord, bien au contraire, tient les Finances. Jacques Chirac, après avoir été son secrétaire d'Etat au Budget, est ministre de l'Agriculture depuis 1972. Ces deux-là s'observent, se préparent à jouer les premiers rôles. L'heure est plus proche qu'ils ne le pensent.

Un samedi après-midi de ce mois-là, Nicolas Sarkozy frappe à la porte de la permanence de l'UDR, le parti gaulliste. Il faut la trouver, au fin fond de Neuilly, près de la Seine, dans une toute petite rue qui porte un nom inconnu de tous les dictionnaires biographiques : Paul Chatrousse. Elle est nichée au numéro 19, dans un ancien café gris et sombre. Deux petites pièces encore encombrées d'un gros comptoir, presque toujours vides et frisquettes. Les militants locaux ne s'y pressent guère. Militant est un grand mot : des inscrits plutôt, qui ne sont que 120 et loin d'être tous à jour de leur cotisation. Ce samedi-là d'ailleurs, le secrétaire de section, Renaud Chauvot de Beauchêne, s'y trouve seul avec un compagnon. « Soudain, raconte-t-il, j'ai vu arriver un jeune garçon très souriant qui nous a déclaré tout de go avoir tout juste 19 ans et brûler d'envie de militer avec nous. Un peu ébahi, je lui ai demandé de recruter des jeunes, le plus grand nombre possible, bien entendu. »

Seulement voilà : pour le gaullisme, 1974 sera un millésime sinistre, celui de la division et de la perte du pouvoir.

Georges Pompidou meurt le 2 avril. Une rude bataille commence avec une rare profusion de revirements et de coups tordus. Le candidat naturel de l'UDR s'appelle Jacques Chaban-Delmas, un homme d'ouverture, aimable, solaire, fait pour le bonheur. Compagnon de la Libération, général de la France libre, il a participé à plusieurs gouvernements sous la IVe République et en a dirigé un, sous la présidence de Georges Pompidou, qui a laissé, avec son slogan de « nouvelle société », un souvenir très vif. Il doit affronter un concurrent redoutable, Valéry Giscard d'Estaing. Un ennemi pour les gaullistes. N'a-t-il pas contribué à la chute du Général au référendum d'avril 1969 en conseillant aux Français de… « ne pas voter oui » ?

Voilà que cet adversaire reçoit l'appui de Jacques Chirac, poulain de Georges Pompidou, devenu ministre de l'Intérieur le 1er mars dans un troisième gouvernement Messmer : une place de choix en période électorale. Chirac se démène avec la fougue qu'on lui connaît déjà pour faire triompher le candidat du camp opposé avec le concours de quarante-trois députés gaullistes démarchés par lui sur les encouragements insistants de ses mentors, Pierre Juillet et Marie-France Garaud, deux conseillers du Président défunt. Personnages hors du commun qui, pendant dix ans, auront fait trembler la majorité. « Des Médicis », selon Edgar Faure. Lui, front têtu, silhouette râblée, avocat de formation, fils et frère de préfet, Résistant, se présente à l'occasion comme éleveur de moutons en Creuse dont il est originaire. Elle ? Grande, belle, brune, native du Poitou, fille d'avoué cossu, magistrate, adopte volontiers des allures de Diane chasseresse. Jeune, elle a dressé des chevaux, il lui en est resté quelque chose pour manœuvrer les parlementaires. Intelligents et retors, ils aiment les coulisses de la politique, sont impitoyables pour les médiocres, abhorrent les idées molles, font et défont les carrières et adorent tacler les barons du gaullisme, tel Chaban.

Ce dernier, débordé, ne résistera pas longtemps. Le 16 mai, Valéry Giscard d'Estaing entre à l'Elysée. Il annonce hardiment le commencement d'« une ère nouvelle » et, reconnaissant, il ouvre à Jacques Chirac les portes de l'Hôtel Matignon. Le Premier ministre a 41 ans, le Président 48. Le couple a fière allure. Longiligne, éclatant de santé, il paraît annoncer l'entrée en politique d'une autre génération unie par une joyeuse complicité.

L'UDR rumine son vague à l'âme. Chirac s'est fait huer dans tous les meetings. Il est le « traître ». A l'UJP (Union des Jeunes pour le Progrès), le mouvement des jeunes gaullistes, la consigne se résume en un sigle : TSG « Tout sauf Giscard ».

Nicolas Sarkozy, n'ayant pas atteint la majorité légale

(de 21 ans), n'a pu prendre part au vote. Mais il a suivi la campagne avec passion, et pris, du coup, quelques bonnes leçons de politique. Sans changer un seul instant de convictions, malgré la défaite du camp où il venait de s'engager. Quelques mois plus tard, il refusera avec superbe l'invitation des jeunes giscardiens neuilléens. « Je l'ai appelé pour lui dire : "Tu perds ton temps, les gaullistes c'est dépassé" », raconte leur leader Hugues Dewavrin. Il m'a répondu sur un ton de père noble « qu'il n'avait pas vocation à rejoindre les puissants du moment, et qu'il resterait fidèle à son mouvement ». « Il faudrait que vous le rencontriez, il a une moelle d'enfer », conseille Dewavrin à Jean-Pierre Raffarin et à Dominique Bussereau. Lors d'un déjeuner dans une pizzeria de Neuilly, le jeune Sarkozy campera sur ses positions. UDR il est, UDR il reste !

Il s'en est expliqué : « Culturellement, je n'étais pas de gauche, socialement je n'aimais pas cette forme d'arrogance que je percevais, peut-être à tort, dans le giscardisme des années soixante-dix. Giscard ? Ça n'était pas ma tasse de thé. J'aimais le côté populaire, tellement français des gaullistes. » Sans compter le souvenir de papy et de ses convictions.

Cette fidélité vaut d'être soulignée. Pour un jeune ambitieux, se lancer dans la politique six ans après 1968, et plus encore dans un mouvement désemparé et divisé, peu attirant pour les jeunes de cette génération, était un pari très risqué. Réponse de l'intéressé : « Je sentais en moi une force intérieure qu'il fallait utiliser. J'avais besoin de faire quelque chose de ma vie et pour moi, la politique était l'un des derniers terrains d'aventure collective. Du moins le seul qui m'était ouvert. Et je voulais passionnément être acteur, pas spectateur. »

Pendant la campagne, le meeting de Chaban à la patinoire de Boulogne lui a offert sa première grande émotion, une vraie montée d'adrénaline. « J'y suis allé dans la 404 blanche d'un militant. Nous étions quatre, mon cœur battait à tout rompre. »

Dans la salle archi-comble, il peut apercevoir au premier rang les hiérarques gaullistes : Malraux, Debré, Guichard, une brochette de célébrités et aussi des gens de tous métiers, tous milieux, toutes origines vibrant du même enthousiasme. Un moment d'ivresse collective qui le transporte.

« C'est incroyable le nombre de gens que j'ai vus là. Il y avait même Guy Lux ! » racontera-t-il à son ami Jean-Marie Chaussonnière, lequel précise : « Nicolas était fasciné. Au retour de ce meeting, on le sentait bardé de résolutions. Il allait être le militant qui colle le plus d'affiches, celui qui distribue le plus de tracts, qui vend le plus de muguet le 1er Mai. Il allait être le meilleur. Il voulait montrer à sa famille, sa mère, son père, et à ses aînés toutes ses capacités. »

Déjà il annonçait à tous ses amis : « Si je fais de la politique, c'est pour monter très haut. » Pour saisir les clés de la réussite, il dévore les biographies de ceux qui ont marqué l'histoire : Louis XIV, Napoléon, de Gaulle. Et il fait des fiches, chaque fois qu'un de ses contemporains gagne dans n'importe quel secteur d'activité, il étudie son dossier. Il veut comprendre pourquoi.

« La vie politique lui a apporté un épanouissement complet, à la fois intellectuel et physique », précisent ses compagnons. Il faut ajouter qu'elle n'est pas seule à l'origine de cet embrasement.

Nicolas Sarkozy, on l'a vu, n'avait pas aimé son enfance. Entre 12 et 15 ans, trop jeune pour se mêler aux sorties de Guillaume, trop âgé pour partager les jeux de François, il passait seul de longs dimanches à rêver devant la télé. A s'imaginer en haut de l'affiche. Et dans la lumière. Vers 17 ans, le ciel s'est éclairci. Le petit garçon tourmenté et rondouillard s'est métamorphosé en un ado efflanqué, convivial, joyeux, entouré d'amis. Et poursuivant toujours le même rêve. Nicolas a adoré son adolescence.

Il a découvert les boums, le rock, les filles, le flirt et… sa capacité de séduction. Bon sang ne saurait mentir.

« Les filles s'attrapent avec les oreilles », dit un proverbe magyar. Or, parler, voilà ce que Nicolas sait très bien faire. Il a « la tchatche ».

« Quand je voyais mes copains hésiter, regarder leur nombril, moi, j'agissais, j'allais parler aux filles, j'invitais. J'ai allumé le moteur avant les autres. »

La vie est là, bouillonnante et tempétueuse. Le calice intérieur qui en lui déborde le porte à l'audace. En tous domaines.

Au temps de la pilule et bien avant le drame du SIDA, la vie amoureuse rime avec insouciance et exubérance. La presse féminine exalte le droit au plaisir. Les slogans de mai 68 sont presque devenus des dogmes. Un vent de liberté souffle dans la jeunesse.

L'activisme de Nicolas est payant en ce domaine aussi, même s'il veut bien reconnaître que son offre était supérieure à la demande. « Je n'étais pas avare de sentiments, j'étais jeune, fougueux, capable de sauter sur tout ce qui bouge. »

« C'était dur, hein Didier ?…. lance-t-il plus tard à son ami le compositeur et chanteur Didier Barbelivien, alors qu'ils évoquaient leur jeunesse.

— Qu'est-ce qui était dur, Nicolas ?

— Toi et moi on n'était pas des beaux footballeurs, qu'est-ce qu'il a fallu ramer et se battre pour avoir les filles. »

L'amour est aussi un combat.

Dans son ouvrage *Du statut social* [1], l'essayiste Alain de Botton note que chaque vie d'adulte est définie par deux grandes histoires d'amour. La première est la quête d'amour sexuel, socialement acceptée et souvent célébrée dans la littérature. Un domaine où Nicolas ne sera jamais un frustré. La seconde histoire est une quête de reconnaissance sociale : celle de l'amour du monde. « Elle n'est pas moins intense, aiguë que la première, elle n'est pas moins complexe, importante et universelle et ses échecs ne sont pas moins douloureux. »

Pour la reconnaissance sociale, la politique va vite renvoyer au jeune militant un effet de miroir très valorisant. Ses aînés vont rapidement le distinguer, et ce ne sera pas par hasard.

« Il était très mature pour son âge, il possédait déjà un véritable don de la parole, de la synthèse, de la réplique », se souvient le secrétaire de la section UDR de Neuilly, René Chauvot de Beauchêne : « Le samedi, nous avons pris l'habitude de tenir à la permanence des réunions d'information, et c'était surtout Nicolas qui parlait. Très vite aussi, il a organisé des rassemblements plus importants, invité des leaders. » Ainsi, Alexandre Sanguinetti, le secrétaire général du mouvement, personnage haut en couleur, orateur décapant qui avait tout pour plaire à la centaine de jeunes venus l'écouter. Un vrai succès pour lui et pour l'organisateur aussi qui « invitait des personnalités pour en devenir une lui-

1. Mercure de France, 2005.

même », comme le note avec finesse son ami Jean-Marie Chaussonnière.

Dès lors, il ne s'appartient plus. Son agenda est surbooké. Tous ses samedis sont pris, ses dimanches aussi. Ce jour-là, « on partait chez les cosaques à quatre ou cinq voitures », se rappellent les militants. Il fallait couvrir d'affiches UDR les murs des communes de la banlieue complètement acquise alors au parti communiste, la ceinture rouge. « On s'amusait comme des fous. »

Les études elles-mêmes, auxquelles il s'est enfin accroché (il obtiendra sa licence sans problème) sont scandées par l'activité politique. D'autant que 1968 a laissé des traces : grèves, manifs, et crises se succèdent à la fac de Nanterre. Pour avoir proclamé lors d'une assemblée générale dans le grand amphi qu'il était hostile à la grève, gaulliste et fier de l'être, Nicolas se fait tabasser par des gauchistes, et se retrouve marbré d'ecchymoses, la chemise en lambeaux. « Six mois plus tard, dit-il, je ne pouvais toujours pas aller aux cours dans la journée, j'assistais à ceux du soir. »

Il se fait alors des amis parmi les gaullistes neuilléens. Ainsi Philippe Grange : « C'est lui qui m'a le plus aidé », assure-t-il. Il est le trésorier de la section, expert immobilier, conseiller municipal, membre du comité central de l'UDR et supporter affirmé de Chaban-Delmas. « A l'époque, raconte-t-il, j'étais encore célibataire, Nicolas venait très souvent chez moi le soir et nous discutions politique. Justement, un soir de décembre 1974, je venais de recevoir un télégramme de Matignon me convoquant à une réunion extraordinaire du Comité central pour le lendemain même, un samedi à huit heures trente. Une procédure tout à fait exceptionnelle. Comme je lui faisais part de mon étonnement, il m'a demandé de l'emmener. Il a tellement insisté que j'ai fini par céder. »

Or l'événement sera aussi exceptionnel que la convocation.

En décembre de cette année 1974, l'UDR déprime. Elle n'est plus au pouvoir. Et Valéry Giscard d'Estaing, le nouveau Président, fait peu d'efforts – c'est le moins que l'on puisse dire – pour séduire les gaullistes, lesquels constituent pourtant la majorité de la majorité parlementaire. Jacques Chirac est toujours considéré comme « le traître » par beaucoup d'entre eux. Mais le jeune Premier ministre déploie beaucoup d'efforts pour rentrer dans leurs grâces. Il multiplie les mots gentils, les coups de fil amicaux, les offres de services, il invite beaucoup à Matignon pour redonner espoir, ouvrir des perspectives avec des mots de reconquête. « Aux prochaines législatives, nous reviendrons à 150, et nous resterons la majorité de la majorité », promet-il lors des Journées parlementaires de septembre, faisant mine d'ignorer que lesdites législatives ne doivent intervenir que quatre années plus tard. Mais ça marche. De tels propos mettent un peu de baume au cœur. Et Charles Pasqua, secrétaire national de l'UDR, chargé de l'animation, compagnon à la faconde bonhomme et à l'accent ensoleillé, garanti gaulliste pur jus, s'emploie à « chiraquiser » le mouvement. Il va de fédération en fédération, porter partout le même message : « Pour revenir au pouvoir, nous ne pouvons compter que sur Jacques Chirac. »

Le mandat du secrétaire général, Alexandre Sanguinetti est alors proche de son terme. Il doit être renouvelé lors d'un comité central prévu au plus tôt pour mars 1975. Mais déjà les barons s'agitent, le paisible Olivier

Guichard laisse entendre tout haut qu'il se verrait bien à la tête du mouvement. Michel Debré, qui s'y verrait également mais ne le dit pas, suggère seulement qu'une direction collégiale ferait mieux l'affaire. Ce remue-ménage, encore discret pourtant, inquiète l'Elysée. Jacques Chirac n'avait-il pas promis qu'il se faisait fort de « giscardiser » l'UDR ? C'était même la seule mission que lui avait assignée le Président. Au début de décembre, Valéry Giscard d'Estaing va rencontrer aux Antilles Gerald Ford, le Président des Etats-Unis. Comme le veut la coutume, le Premier ministre l'accompagne à l'aéroport. En chemin, ils évoquent la situation de l'UDR. Au moment d'embarquer, Giscard lance : « Il faudra prendre une initiative. »

Jacques Chirac, qui n'attendait que ce feu vert, l'avait même devancé. Avec un plan de bataille et de conquête... mais à son profit, et non à celui du Président ! On est jeudi. Giscard parti, il faut brusquer les choses. Le soir même, Chirac est l'hôte des barons réunis pour dîner au Conseil constitutionnel présidé par l'un d'eux, Roger Frey. Au menu, on parle de l'avenir, du mouvement gaulliste, des projets des uns et des autres. Le Premier ministre reste évasif, les mets sont délicats et l'ambiance chaleureuse. Mais le dessert à peine avalé, Chirac prend congé, et, riant, lance à ses commensaux « Finalement, c'est moi qui devrais prendre la tête de l'UDR ! » Quelle bonne blague ! Les barons s'esclaffent : a-t-on jamais vu dans la Ve République un Premier ministre à la tête d'un parti ? De quoi se faire retourner le Général dans sa tombe.

Ils n'ont pas encore flairé la manœuvre.

Tandis que Jacques Chirac conversait avec eux, Charles Pasqua a convié Alexandre Sanguinetti à dîner dans un bon restaurant. Sur l'air de « un ami corse parle à un ami corse », il lui fait comprendre qu'il va devoir démissionner. Quand ? Samedi. C'est-à-dire après-demain. Le secrétaire général, assommé, comprend vite qu'il ne peut qu'obtempérer.

Tard dans la soirée, Jacques Chirac, Pierre Juillet, Marie-France Garaud, Charles Pasqua et quelques autres, se retrouvent à Matignon. Ils passeront la nuit à préparer les télégrammes de convocation qui seront envoyés le lendemain aux membres du Comité central.

Et voilà pourquoi, ce samedi-là, le jeune Nicolas assiste derrière la porte à ce qui ressemble à un hold-up politique. Mais il n'en perd pas une miette. Il voit monter à la tribune Alexandre Sanguinetti, qu'il avait invité quelques semaines plus tôt à Neuilly, annoncer avec une mine de condamné à mort qu'il a décidé de démissionner pour « raisons personnelles ». Murmures dans la salle. Jacques Chirac s'empare alors du micro pour annoncer qu'il est candidat.

« C'est une pantalonnade », clame un Chaban bouleversé. « C'est contraire aux statuts », tonne Pierre Messmer ; « Faisons plutôt une direction collégiale », répète Michel Debré. Mais personne n'écoute plus personne. C'est le tohu-bohu. Et curieusement, personne ne quitte la réunion. On passe donc au vote. Pour le principe, un militant courroucé fait lui aussi acte de candidature. C'est Jacques Chirac qui est élu.

« Jusque-là, j'étais chabaniste. Mais, en cet instant, je me suis dit : seul Chirac peut nous sauver », confesse le jeune étudiant qui en tire d'emblée la leçon : pour obtenir ce que l'on veut il faut une stratégie, s'armer de culot, et foncer.

Il ne va pas tarder à passer aux premiers travaux pratiques. Dans la foulée de l'élection de Jacques Chirac, le secrétaire de la section de Neuilly réunit les militants. On se répartit les postes et les tâches : « Qui veut être trésorier ? » « Moi », répond Nicolas en levant le doigt.

Adjugé. Vendu.

Son ami Philippe Grange, qui occupait jusque-là cette fonction, en a le souffle coupé. Mais n'ose protester publiquement. A la sortie il grogne pourtant : « Dis donc, tu ne manques pas d'air, tu aurais pu me prévenir. » Et Nicolas de rétorquer sans se démonter : « J'ai levé le doigt, parce que je savais que tu n'en avais plus envie. »

Son nouveau professeur, en politique et en audace, s'appelle Jacques Chirac. Or, celui-ci, pendant sept ans, ne cessera de surprendre les gaullistes qu'il a très vite gagnés à sa cause, « retournés comme des crêpes », selon l'un d'eux. L'UDR ne sera jamais giscardisée, elle s'est chiraquisée. Dès lors, le septennat de Valéry Giscard d'Estaing va prendre des allures de western. Tensions, règlements de comptes, séparations, gloire, échecs, se succèdent à un rythme haletant. En plusieurs actes.

Août 1976, Jacques Chirac démissionne avec fracas de Matignon. A la télévision, il expliquera solennellement aux Français : « Je n'avais pas les moyens de gouverner. » Du jamais-vu sous la Ve République. Rien ne va plus. Raymond Barre forme le nouveau gouvernement. Un autre style.

Jacques Chirac n'a évidemment pas quitté Matignon pour prendre sa retraite. Deux mois plus tard, le 3 octobre, il lance l'appel d'Egletons (une ville de Corrèze dont il ambitionnait alors de devenir le premier magistrat). Il préconise un vaste rassemblement populaire « que la France a toujours su tirer de ses profondeurs, lorsque le destin paraît hésiter ». Au programme de ce rassemblement, un « travaillisme à la française ». Pour se démarquer du « libéralisme avancé » de Giscard.

Ce discours annonce le grand rassemblement du 5 décembre 1976. Le RPR, alors, remplace l'UDR. Ce n'est pas un simple changement de nom, il s'agit de créer « le » parti de Jacques Chirac. En chauffeur de salle, Nicolas Sarkozy prononce le discours « les jeunes pour Chirac ». Dans la foule, le public scande « Chirac, président ! », or la présidentielle est bien loin : dans cinq ans. Du côté de l'Elysée, on n'apprécie évidemment pas.

Janvier 1977. Pour la première fois les Parisiens vont pouvoir élire leur maire au suffrage universel. La réforme est signée Giscard. Et il a désigné son favori : Michel d'Ornano, non pas un Parisien, mais son ami proche, député du Calvados, qui doit quitter sa mairie de Deauville pour conquérir la capitale. De quoi donner des idées à un autre élu de province. Poussé par Marie-France Garaud et Pierre Juillet, Jacques Chirac, député de Corrèze, président du Conseil général, se porte candidat à son tour. La Giscardie en a les sangs retournés. Car, elle le sait, Chirac n'est jamais aussi efficace, aussi heureux, autant lui-même que lors des campagnes électorales. Chaque arrondissement, chaque rue, chaque immeuble, chaque commerçant reçoit sa visite. Il veut démontrer au grand jour que lui seul incarne le dynamisme et la combativité. Il se montre infatigable. Et il l'emporte. Une victoire qui va peser lourd dans sa destinée : s'il n'y avait pas eu Paris, sans doute n'y aurait-il pas eu l'Elysée. Le mandat municipal de Jacques Chirac dans la capitale lui a procuré non seulement une base logistique incomparable, mais ce bien encore plus précieux : une visibilité, un rôle et une longévité politique exceptionnels.

Au cours de cette campagne, un petit soldat RPR anonyme a collé beaucoup d'affiches dans les rues de Paris : Nicolas Sarkozy, bien sûr.

11 février 1978 : lancement de la campagne des législatives. La gauche rassemble ses bataillons. Pour la première fois on évoque l'hypothèse d'une cohabitation (président de droite, gouvernement de gauche) que les gaullistes, à commencer par Jacques Chirac, rejettent de toutes leurs forces. Le RPR rassemble plus de cent mille personnes à la Halle aux Bœufs, porte de Pantin. Il fait ce jour-là un froid de gueux. Charles Pasqua est l'organisateur de cette réussite. Nicolas Sarkozy appartient désormais à son staff.

Dans son discours, le maire de Paris critique ouvertement le Président de la République. Et il mène ses partenaires centristes et giscardiens à la cravache sans cacher le moins du monde son absence de considération pour eux. Ces derniers, afin de résister au rouleau compresseur RPR, ont créé l'UDF. Un mariage entre le parti républicain de Giscard, les centristes de Jean Lecanuet, les radicaux de Jean-Jacques Servan-Schreiber et les démocrates sociaux de Max Lejeune. Aux élections de mars, la majorité finit par l'emporter comme Jacques Chirac l'avait promis en 1974. Le RPR demeure, avec 153 élus, le groupe le plus puissant de l'Assemblée, mais il perd tout de même vingt sièges et – mauvaise surprise – l'UDF qui en a conquis 124, le talonne. C'est Valéry Giscard d'Estaing qui empoche le bénéfice. « On nous a volé notre victoire, c'est nous et nous seuls qui avons fait campagne », pleurent les gaullistes. La guerre va continuer, plus rude encore.

1979. Premières élections européennes au suffrage universel. Victime d'un accident de voiture sur une route verglacée de Corrèze, Jacques Chirac est encore immobilisé sur son lit de l'hôpital Cochin, d'où il lance un appel qui passera à la postérité sous le nom de cet établissement. Ledit texte est l'œuvre, entre autres, de Pierre Juillet, mentor constamment à l'affût. « Comme toujours, y lit-on, quand il s'agit de l'abaissement de la France, le parti de l'étranger est à l'œuvre avec sa voix paisible et rassurante. Français, ne l'écoutez pas, c'est l'engourdissement qui précède la mort. » C'est surtout un gros missile du RPR en direction de l'UDF. A la lecture de ce pamphlet, toute la France politique suffoque de surprise et souvent d'indignation.

Tête de liste à ces élections de juin, Jacques Chirac, qui a confié la deuxième place à Michel Debré, obtient un score calamiteux : 16,3 % des voix seulement contre 27,60 % à Simone Veil, tête de liste de l'UDF. Une vraie claque. Un échec qui aura de lourdes conséquences. D'abord pour l'équipe du président du RPR : Marie-France Garaud et Pierre Juillet font dare-dare leurs valises. Bernadette l'a exigé. « C'étaient eux ou moi », dira-t-elle à Christine Clerc dans une interview à *Elle*. Côté Elysée, c'est pire encore, Jacques Chirac et Valéry Giscard d'Estaing sont devenus des adversaires irréconciliables.

Deux ans plus tard, en 1981, le président du RPR se porte candidat à l'élection présidentielle (contre l'avis de son épouse). Michel Debré est également candidat. C'est la débandade dans la famille de droite et ce sera la déroute. Valéry Giscard d'Estaing est défait.

Après vingt-trois ans d'une longue opposition, François Mitterrand accède enfin à l'Elysée.

« Vous verrez, il n'y restera pas plus de deux ans », prophétise alors Jacques Chirac. On connaît la suite. Le président du RPR n'en est pas pénalisé : six mois plus tard, les sondages le sacrent à 53 % l'opposant préféré des Français. Il n'a pas à regretter d'avoir fait tomber Giscard au profit de Mitterrand comme il avait trahi Chaban au profit de Giscard sept ans plus tôt.

Au long de ces années, le jeune militant Sarkozy a pu constater que celui qui se dit l'héritier du Général n'a guère respecté la fonction présidentielle, « la clé de voûte de nos institutions », comme le répète, telle une litanie, le premier verset du credo gaulliste.

Au contraire, Jacques Chirac a contribué à faire battre celui qu'il avait tant aidé à être élu. Il a transgressé toutes les règles. Il a obtenu de grands succès, connu des échecs aussi. Mais quel chemin parcouru depuis 1974. Et il n'a que 48 ans !

Le novice admire l'animal politique. De tout ce qu'il a vu et entendu au long de ce septennat, il a été solidaire. Un postulat s'en dégage : les usages et les principes ne méritent le respect que lorsqu'ils servent. On doit s'empresser de les oublier dès qu'ils deviennent des obstacles.

Retour en 1975. Militer à Neuilly, c'est bien. Mais insuffisant pour qui veut précipiter les choses. Pour cela, il est impératif de se faire connaître au siège du mouvement, Rue de Lille, où Jacques Chirac encore Premier ministre vient de charger Robert Grossmann, ex-patron des jeunes gaullistes, de reconstruire un mouvement de jeunes. Grossmann a accepté et fait revenir auprès de lui ses amis. Michel Barnier, Patrick Ollier, d'autres encore. Mais il a besoin de renforts.

Il raconte : « Un jour, dans les couloirs, j'ai vu arriver un jeune garçon tenant un bouquet de fleurs. Je lui ai demandé ce qu'il faisait là. Il m'a raconté qu'il était étudiant et gaulliste, qu'il militait à Neuilly mais travaillait chez un fleuriste pour payer ses études. Il était naturel, sympathique, je lui ai dit : "Je t'embarque." "Robert, je lui dois beaucoup", ponctue Nicolas. Et très vite, poursuit Grossmann, il a fait partie de ma petite équipe rapprochée, dont il est devenu un élément actif. Le soir, il me ramenait souvent chez moi dans le XIIIe, à bord de sa vieille Coccinelle. On dînait ensemble, on discutait à perte d'heures, car ses convictions étaient fortes. Mais on allait aussi en boîte, et on s'intéressait beaucoup aux nanas. A l'époque, il était très amoureux d'une fille très douce, Sabine, qu'il avait connue en terminale sur les bancs du cours Monceau. L'été, il allait lui rendre visite en Dordogne. »

Nicolas ne va pas tarder à en amener une autre Rue de Lille. Elle se nomme Clara Lebée et elle est différente de toutes les précédentes. Il a rencontré dans une boum cette étudiante à Nanterre, comme lui. C'est une partenaire avec laquelle il parle d'égal à égale. « C'était une militante très douée, une fille radieuse, rayonnante, avec des yeux bleus superbes. Ils étaient comme des jumeaux, inséparables », sourit Robert Grossmann. Un sourire teint de mélancolie. Peu de temps plus tard, Clara Lebée, partant au ski avec un ami, est percutée par un camion et meurt dans l'accident. Un décès qui affectera énormément Nicolas. Lors de ses obsèques, c'est la voix étranglée par des sanglots qu'il lui adressera ses adieux. Aujourd'hui encore, quand il évoque son souvenir, son regard se voile de tristesse.

Le jeune militant est bientôt invité à toutes les réunions du comité départemental RPR des Hauts-de-Seine présidé par Michel Bokanowski, le sénateur-maire d'Asnières. Une belle figure du gaullisme, un compagnon de la Libération au physique d'acteur américain, toujours bronzé. Mais qui souffre d'un grave défaut : il n'arrive pas à mémoriser le nom de Sarkozy. « Je passe, dit-il alors sans malignité, la parole à Nicolas Skorzény. » Ceux qui connaissent l'histoire de la Deuxième Guerre mondiale encore proche s'esclaffent : le colonel Otto Skorzény n'était pas n'importe qui. Il était l'homme à tout faire d'Hitler. D'origine autrichienne comme lui, c'est lui qui, en septembre 1943, après le renversement de Mussolini, détenu par le nouveau pouvoir italien, avait monté une opération pour le libérer de sa prison des Abruzzes et l'embarquer sur un petit avion. Un événement qui avait fait sensation. C'est lui aussi qui avait conduit le régent de Hongrie, Horthy, à renoncer à signer un armistice avec les Russes en enlevant son fils et en le gardant en otage. A la fin de la guerre, il fut aussi soupçonné d'avoir fait évader plusieurs officiers SS, *via* une filière du Vatican. Cité à comparaître au procès de Nuremberg pour crimes de guerre, il fut acquitté. Ensuite, il mit sur pied une fantastique organisation baptisée Odessa destinée à récupérer les restes épars du trésor nazi et à protéger les anciens SS. Une carrière digne des meilleurs suspenses hollywoodiens.

Le jeune Sarkozy ne connaît peut-être pas l'histoire de Skorzény, mais n'aime guère que l'on écorche son nom et il veut que cela se sache. Alors, un jour, le ton plein de rage il lance à Michel Bokanowski : « Une fois pour toutes, je m'appelle Sar-ko-zy ! Ça n'est tout de même pas plus difficile à retenir que Bokanowski. » La centaine de militants présents comprend à qui elle a affaire. Quel aplomb ! Ce jour-là, Philippe Grange prédit à son ami : « Un jour, tu seras maire de Neuilly. »

CHAPITRE IV

L'envol

1975 est un millésime faste pour Nicolas Sarkozy. L'UDR cherche des jeunes pour participer à une émission télévisée sur FR3. « J'ai dit à Nicolas qu'il devait y aller et que je l'entraînerais à parler », raconte encore Grossmann. « Je l'ai beaucoup fait travailler, il devait apprendre à s'exprimer moins vite, à articuler. Quand je lui disais : "Je te donne 12/20 pas plus", il enrageait et l'on recommençait. Encore et encore... Pour l'encourager, j'ajoutais : "Tu es un diamant brut, je vais te tailler." »

Cette première expérience télévisée est jugée très réussie par l'état-major de l'UDR et par l'entourage de Charles Pasqua, sinon par le maître lui-même. Ce qui va lui valoir de parler à nouveau. Cette fois à la tribune des assises départementales des Hauts-de-Seine. Elles se tiennent une quinzaine de jours avant les assises nationales, au théâtre André-Malraux de Rueil, qui vient tout juste d'être inauguré. Un événement dont se souvient son ami Chaussonnière : « La veille, nous sommes allés reconnaître les lieux. Nicolas est monté sur la tribune et il m'a dit : "Tu sais comment je vais les avoir ? Je commencerai par regarder les types du fond, les sans-grade, les jeunes comme nous. C'est à eux que je m'adresserai en premier et puis mon regard progressera rang par rang et à la fin je veux avoir convaincu les types du premier rang, c'est-à-dire tout le monde." » Un souci de méthode que confirmeront par la suite tous ses proches : « Avec lui, rien n'est jamais laissé au hasard, chacune de ses interventions, qu'il écrit lui-même, est répétée, corrigée, recorrigée. Son propos est toujours millimétré, il n'aime pas les improvisations. »

De fait, comme prévu, ce jour-là, quand ce gamin encore inconnu est appelé à la tribune, il obtient un vrai triomphe. A la fin de son discours, les militants l'accostent pour lui prédire un bel avenir. Lui-même n'en revient pas. Et il téléphone aussitôt à Dadu : « Allô, maman, tu sais quoi ? Ils m'ont applaudi et félicité. »

Ce nouveau succès lui vaut d'être distingué cette fois par Charles Pasqua, lequel, aux commandes de la fédération départementale des Hauts-de-Seine, est surtout l'un des conseillers intimes de Jacques Chirac. Puisqu'il faut amener des jeunes aux assises nationales de Nice, celui-là est tout désigné. C'était aussi l'avis de Grossmann.

Quelle promotion ! Un grand souvenir qui commence par le voyage en train, affrété spécialement pour les militants de la région parisienne par le même Charles Pasqua. Le périple est long et joyeux. Déjà grisé, Nicolas amuse, fait du charme, séduit. Arrivé à Nice, il passera le reste de la nuit à répéter son texte (écrit sur une feuille recto-verso). « Quand je l'ai lu à Robert Grossmann, il m'a dit : "Ne change rien." » Le dimanche matin, plus de vingt-cinq mille militants sont réunis dans un hall immense. Le novice de Neuilly a droit à une place à la tribune, aux côtés d'un autre jeune, aussi ému que lui, Philippe Goujon, aujourd'hui sénateur UMP de Paris.

Nicolas doit intervenir après Michel Debré. Or, le discours de celui-ci est un rite bien rodé. Il commence toujours par un tonitruant « Amis, compagnons, militants ». Le propos est toujours long – trop long – et enflammé. Lorsqu'il a terminé, les militants, la tête bourdonnante de mots, ne rêvent que d'aller souffler un peu, boire une bière et se dégourdir les jambes. Moment creux que les hommes de la tribune s'efforcent de combler. Jacques Chirac se tourne donc vers Nicolas Sarkozy qu'il n'a pas encore rencontré. « C'est toi, Sarkozy ? Tu as deux minutes ! »

Aussi survolté que terrorisé, le jeune garçon monte à la tribune comme on se dirige vers la proue d'un navire, sa voix est si amplifiée par la sono qu'il en sursaute. Il s'adresse d'abord au premier rang, là où est encore alignée la nomenklatura gaulliste. Et il n'y va pas de main morte pour manier la brosse à reluire : « J'ai la tête dans les étoiles, vous qui êtes devant moi, vous êtes mes idoles. Je suis jeune mais comme vous je suis gaulliste, car je sais qu'être gaulliste c'est être révolutionnaire. » Et ainsi de suite. Il passe tant d'énergie dans ce micro que les militants se sont rassis et écoutent, éberlués, ce gamin aux cheveux longs. Un moment aussi inoubliable que décisif pour lui. « J'ai entendu les applaudissements qui interrompaient mon discours. J'étais ébloui par les lumières, je ressentais comme une forme d'ivresse. Pour un peu, je ne serais plus descendu de la tribune. »

Dans toute vie, il existe un moment où une porte s'ouvre pour laisser entrer l'avenir. Il faut savoir en profiter. Salué par une longue ovation, le novice respire un parfum de destin. Il est comme étourdi. Le voilà semblable au papillon qui sort de sa chrysalide. En cet instant précis où il se sent admiré, valorisé, il le sait, il le sent, il en est sûr : il fera de la politique. Sa vocation est née. Et il n'a plus qu'une envie : recommencer. Comme toujours Dadu est la première avertie. « Allô maman… »

Achille Peretti, le maire de Neuilly, qui se trouve dans la salle interroge Philippe Grange, assis à ses côtés.

— Qui c'est, celui-là ?

— Il est de chez nous, il milite à Neuilly.

— Allez donc me le chercher.

Aussitôt dit, aussitôt fait. Après l'avoir félicité, Achille Peretti lui demande de venir le voir à la mairie. Où il lui demandera quelques jours plus tard s'il serait intéressé par un siège au conseil municipal. La réponse est bien sûr positive.

— Parfait, conclut Peretti, je penserai à vous en 1977.

Un bonheur n'arrivant jamais seul, au lendemain des assises, Denise Esnous, la secrétaire particulière de Jacques Chirac, le convoque avec Robert Grossmann pour un rendez-vous avec le Premier ministre. De ce moment, il ne retient pourtant qu'un trait, très habituel en vérité de Jacques Chirac. Celui-ci s'exprime en remuant la jambe sous son bureau, avec frénésie ! Comme s'il cherchait à évacuer un trop-plein d'énergie.

Cela dit, Nicolas exulte. Ah non ! Ça n'est pas lui qui écrirait que vingt ans n'est pas le plus bel âge de la vie.

Retour à Neuilly, les promesses n'engageant que ceux qui les entendent, comme chacun le sait, Nicolas devra donc se rappeler au bon souvenir de son maire deux ans plus tard, quand approcheront les élections municipales. Avec une astuce efficace. Il commence par rameuter les jeunes à la permanence : « Je vais vous faire rencontrer un grand leader, je ne vous dis pas qui, mais venez nombreux. » Certains croient que la surprise s'appelle Jacques Chirac. Ils se retrouvent donc à près de 400 qui attendent en trépignant. Et qui arrive ? Un Achille Peretti, époustouflé de recevoir un tel accueil. Bien joué. Nicolas figurera bien sur sa liste… Mais à la 37e et dernière place. Qu'importe… Il est le plus jeune, il a 22 ans. Il a gravi un échelon. Le roi n'est pas son cousin.

« Allô, maman, c'est fait. J'entre au conseil municipal. » Il n'en est pas autrement surpris. C'est qu'il avait reçu entre-temps, en 1975 encore, une autre promesse, et de taille, l'annonce d'un plus grand avenir. Il s'agissait cette année-là d'organiser les assises des jeunes de ce qui s'appelait encore l'UDR. Rassembler 25 000 jeunes, pas moins.

« Si je vois une seule chaise vide, vous recevrez des coups de pied au derrière », a lancé, joyeux, Jacques Chirac à l'équipe de Robert Grossmann qui s'est mise au travail. Nicolas est chargé de préparer le spectacle : pour attirer les jeunes, a-t-il compris, il faut mêler politique et show-biz. Ça tombe bien : les vedettes et les paillettes sont, avant le chocolat, sa première gourmandise. Il est devenu le pote de Robert Madjar qui dirige *OK Magazine*, alors leader de la presse jeune et qui publie les posters des vedettes. Il se fait donc un plaisir d'inviter Thierry Le Luron, le chanteur Nicolas Peyrac, dont il apprécie – comme par hasard – la chanson « Et mon père [1] » – et le groupe Il était une fois, dont la

1. Pour la petite histoire : très applaudi par les jeunes gaullistes, le soir même, le chanteur se produisait devant une salle communiste où il fut hué, pour avoir chanté cette chanson en raison de la strophe : « Aragon n'était pas un minet ».

vedette Joëlle lui plaisait beaucoup. « J'en ai rêvé si fort que les draps s'en souviennent... » Succès total, la salle debout entonne avec elle le refrain : « Si je savais où la trouver... »

Plus de vingt-cinq mille jeunes s'égosillent : « Chirac président, Chirac président ». Mais l'on est toujours à six ans de la présidentielle ! En guise de remerciement, les organisateurs sont invités à dîner à l'Hôtel Matignon. Toute l'équipe est présente, bien sûr. Robert Grossmann, Alain Aubert, Clara Lebée, Nicolas Sarkozy. Un grand souvenir. A la fin de la soirée, Jacques Chirac lance à ce dernier : « Toi, un jour, je te ferai ministre. » La promesse ne tombe pas dans l'oreille d'un sourd. « Allô, maman, tu sais ce qu'il m'a dit, Chirac : je serai ministre. »

Nicolas Sarkozy, d'ordinaire, n'aime guère qu'on le tutoie. « Non mais, qu'est-ce qu'ils ont tous, ces politiques, à me tutoyer ? Et que j'te tutoye et que j'te tutoye, est-ce que je les tutoie, moi ? C'est insupportable. » Mais ce « tu » de Chirac, il le supporte évidemment. Mieux, il l'apprécie. Car, désormais, il s'est inscrit dans le paysage du chef du gouvernement. « Allez donc dans les Hauts-de-Seine, vous y rencontrerez un jeune type très dynamique, conseille celui-ci à Alain Juppé qui vient d'arriver à Matignon comme chargé des études avec pour mission d'écrire les discours et donc préparer celui que le Premier ministre va prononcer aux assises consacrées à la jeunesse. On est en juin 1976, à un mois et demi de sa démission de Matignon. Ce jour-là, Jacques Chirac a décidé de parler en premier pour laisser aux jeunes le soin de clôturer la journée.

Lors de cette réunion porte Maillot, Nicolas Sarkozy est, bien sûr, l'un de ces orateurs. Et il a séduit un jeune homme de trois ans son cadet, un grand garçon blond, d'apparence timide et qui l'apostrophe par ces mots : « Monsieur, j'aimerais travailler avec vous. » Il s'appelle Brice Hortefeux. Il est encore collégien, habite Neuilly. Son père, cadre supérieur dans une banque, est élu municipal de la commune de Saint-Saturnin dans le Puy-de-Dôme, dont il est originaire, le berceau des Bardoux, la famille maternelle de Valéry Giscard d'Estaing. Quand on lui demande aujourd'hui pourquoi il a fait un tel choix, Hortefeux explique : « Parce que Nicolas était vraiment le seul jeune qui m'ait passionné. Il était bien meilleur que Chirac qui, ce jour-là, avait parlé de patente… Il y a mieux pour faire vibrer un jeune. » En effet.

« Il faut qu'on se revoie », lui répond, laconique, Nicolas Sarkozy ignorant qu'il vient de trouver un disciple. Ce qui se fait en septembre. Une militante s'en souvient : « J'ai vu arriver Brice, il ne parlait pas, écoutait pieusement Nicolas, un vrai séminariste. » Et d'ajouter : « Brice aujourd'hui le tempère. » Depuis trente ans, aucun nuage n'a troublé leur relation. Brice Hortefeux est devenu l'ami, le confident, le proche, presque un frère. Indispensable à Nicolas Sarkozy. « A chaque étape de ma vie, Brice était là », dit-il.

« Il est le Ponia de Sarko », disent les spécialistes, par allusion au rôle joué par Poniatowski auprès de Valéry Giscard d'Estaing candidat à la présidence. Une comparaison qui ne déplaît pas à l'intéressé.

Désormais, Nicolas Sarkozy fait la pluie et le beau temps à la permanence de Neuilly. Si l'on y grelotte toujours autant l'hiver, il l'a rendue plus accueillante, d'abord plus propre, n'hésitant pas, au besoin, à passer la serpillière lui-même. Il l'a aussi repeinte en bleu.

Garçons et filles s'y retrouvent nombreux le soir ou le week-end. Pour parler politique, bien sûr. Ils se le rappellent : « On tapait sur Giscard toute la journée. » Et Nicolas leur trouve toujours du travail : distribuer des tracts, coller des affiches. Il veut des résultats. « Il fallait être à ses ordres, et il n'aimait pas la contestation, tout tournait autour de lui », se souviennent-ils. Pour lui, l'insulte suprême était : « Tu ne fous rien. » A quoi certains répondaient : « Dis donc, tu nous parles comme si tu nous payais », ce qui ne le démontait pas. Il lançait même parfois : « Plus tard, je ferai travailler des énarques et des polytechniciens. » Ce qui faisait sourire quand on le voyait partir pour aller poser des affiches en blouse blanche maculée de taches de colle.

C'est qu'il se moquait complètement de son apparence. Il n'incarnait pas comme eux le chic neuilléen : blazer et pantalon de flanelle, Mini-Cooper ou R5. Lui, arborait éternellement la même veste de velours marron avec des ronds de cuir aux coudes. Un jean ou un pantalon bordeaux. Il était chaussé de boots beiges à talon. Il portait le cheveu long et ondulé et se couvrait parfois le chef d'un chapeau de cow-boy, son cartable en carton à la main, il cultivait un style soixante-huitard mal recyclé. Ce qui désolait sa mère : « Pour qu'il aille s'habiller, je lui donnais des chèques libellés Mamby que je retrouvais des mois plus tard au fond d'un tiroir. » Sa seule coquetterie : l'Eau sauvage de Dior, dont il s'aspergeait d'abondance. Et il signait ses lettres : Nicolas Sarkozy de Nagy Bocsa. Une particule qu'il gommera vite, ensuite, de ses cartes de visite.

Quelques garçons ironisaient sur son look. « On lui aurait donné cent sous pour qu'il en change. » Les filles, elles, c'était une autre affaire. Quand il refusait de participer à une soirée, sous prétexte d'un travail à la permanence, c'était souvent, racontent ses amis, pour y retrouver une jolie militante. « Les mères avaient peur pour leurs filles », s'amuse un ancien. « C'était un dragueur invétéré. Un expéditif. Tu veux ou tu veux pas. » Il promenait ses conquêtes dans la vieille 104 rouge de sa mère en leur repassant en boucle les mêmes cassettes : le « Si maman si » de France Gall, et le « Que je t'aime » de Johnny. Et il chantait à tue-tête (faux). Toujours sans le sou, il ne leur offrait guère de cadeaux, il ne les emmenait pas dans les restaurants huppés. Pour les petits dîners à la pizzeria, on partageait l'addition. Pourtant, elles sont unanimes : il avait un charme fou. L'une d'elles, bonne observatrice, note : « Il était le patron, il s'est toujours comporté partout en mâle dominant. » Elle ajoute : « Quand il nous annonçait : "Plus tard, je serai Président de la République", on ne le croyait pas, mais on était certaines qu'il ferait quelque chose de grand de sa vie. »

Il ne faisait pas toujours bande à part pour autant. Il se joignait aux soirées chez les uns ou les autres, aimait danser, chanter, plaisanter. Lui ne buvait que des jus de fruits et ne fumait pas. Ce qu'il préférait : aller parler politique avec les parents. Sa drogue. Sa passion. « Au fond, il n'avait pas de légèreté », note l'une de ses amies.

Sa tendance à tout régenter agaçait bien un peu ses aînés à la permanence. En plus il ne se gênait pas pour leur dire qu'il fallait tout changer – déjà la rupture ! Et il menaçait comme dans les bandes dessinées : « Celui-là je vais le tuer. » (Il continuera longtemps à s'exprimer de la sorte.) Mais il obtenait toujours gain de cause. Les dirigeants du RPR, à commencer par ceux de Neuilly, allaient bientôt en faire l'expérience, comme Achille Peretti quand il l'eut fait entrer au conseil municipal.

L'application des leçons du maître Jacques Chirac est en effet poursuivie à Neuilly, après l'élection, par une offensive éclair. « Une nuit, vers une heure du matin, raconte Philippe Grange (devenu adjoint au maire chargé du logement), le téléphone sonne. C'est Nicolas. Il veut me voir d'urgence. Je lui demande s'il a vu l'heure et si nous ne pourrions pas nous rencontrer le lendemain. Il me répond : "Non, tout de suite." Et le voilà qui débarque. "Il y a, dit-il, un coup formidable à faire." Je l'interroge : quoi donc ? Le soir suivant, en effet, était prévue une réunion qui devait notamment élire le secrétaire de circonscription. Et il avait décidé de se porter candidat. "Je n'y arriverai, me lance-t-il, que si tu me soutiens."

« Je lui réponds que c'est impossible, qu'Achille Peretti a déjà choisi son candidat, l'un de ses amis, un ancien commissaire de police, un certain Pignard. "Tu ne peux pas faire ça à Peretti, et puis c'est risqué pour toi." Mais lui insistait encore plus. Il m'a pris par les sentiments, alors j'ai craqué, et fini par acquiescer, mort de fatigue… Il était trois heures du matin. »

Le soir même, Nicolas Sarkozy posait bravement sa candidature avec un aplomb tel que le concurrent désigné n'osait même pas lever le doigt. Une nouvelle fois, il appliquait le principe : on ne peut compter que sur soi.

Le lendemain, le maire de Neuilly, évidemment furieux, tempêtait : « Il est gonflé. » Mais comment en vouloir longtemps à un jeune homme qui se révèle si précieux ? Depuis l'entrée de ce benjamin au conseil municipal, Achille Peretti n'a eu qu'à se féliciter de ses services : il est disponible 24 heures sur 24. « Si le jour avait 25 heures, je serais là 25 heures », assure-t-il. Il se montre égal d'humeur, prévenant, bien élevé. Cérémonieux et flatteur avec les plus anciens auxquels il fait sa cour. A commencer par Edith Gorce-Franklin, la doyenne du conseil, première adjointe aux affaires scolaires qui s'est entichée de lui – elle lui laissera en 1985 son siège de conseiller général. Elle devient un peu sa marraine. Elle lui a demandé de prendre en main les conseils d'école. Ce qu'il accepte avec enthousiasme. Il n'existe pas de meilleur endroit, en effet, pour rencontrer les électeurs. 17 écoles sont réparties dans la ville : à raison de trois conseils par an, dans chacune d'elles, cela fait 51 réunions.

Jusqu'à son arrivée Place Beauvau, Nicolas Sarkozy n'en a jamais manqué une seule. « Il adorait ça », témoignent ses proches.

Il est le plus jeune certes (il n'a même pas fini son droit), mais comme il travaille beaucoup, Achille Peretti le charge de « rapporter » un dossier hautement délicat, la mise sous terre partielle de l'avenue de Neuilly devenue si bruyante, ce dont les riverains ne cessent de se plaindre. Là encore, la qualité de son travail est appréciée.

Juste retour des choses, Nicolas apprend beaucoup aux côtés du maire. Celui-ci ne manque ni d'influence ni de relations. Ancien avocat, ex-commissaire de police, compagnon de la Libération, il a été élu député et maire de Neuilly en 1947. Il a même présidé un temps l'Assemblée nationale. Il n'est certes pas un grand orateur, mais il connaît toutes les ficelles du métier. Nicolas traîne beaucoup dans les couloirs de la mairie et interpelle ceux qui sortent du bureau du maire. Pour leur dire son bonjour. En réalité, il se renseigne. Il veut savoir tout ce qui se passe dans la maison.

Autre professeur en politique : Charles Pasqua. Il a réorganisé le parti dans les Hauts-de-Seine. Il est le patron de la fédération. Il convient donc d'être au mieux avec lui. Il a remarqué Nicolas, forcément, et le nomme en 1977 secrétaire départemental adjoint avec Patrick Devedjian, en leur fixant pour mission de renforcer l'implantation du mouvement.

« Ce qui m'a frappé chez Nicolas, souligne Devedjian, qui l'a connu cette année-là, c'était son culot et son imagination. Il avait cette formule : “Quand je ne suis pas invité à dîner, je sonne, j'arrive avec le repas, et c'est bien rare si l'on ne me garde pas à dîner”. »

Traduction : « Quand il y a un problème ou que l'on ne pense pas à moi, j'apporte la solution et je m'impose. »

Illustration de la parabole : le jeune apparatchik est devenu aussi indispensable à Charles Pasqua qu'il l'est à Achille Peretti. Bon tacticien, il a compris d'instinct que, pour réussir, il faut se choisir un parrain aussi haut placé que possible, d'un âge élevé aussi et gagner ses bonnes grâces afin de récolter le moment venu tout ou partie de l'héritage. Se nourrir de leur expérience, mais les abreuver de sa jeunesse, de sa disponibilité, de son inventivité. Un donnant-donnant qui est selon lui gagnant-gagnant.

Une méthode décrite avec minutie dans la biographie de Georges Mandel qu'il écrira plus tard, figure dans laquelle il se reconnaît. Ancien ministre de l'Intérieur de la IIIe République, Mandel (qui fut assassiné par la milice en 1944) avait fait ses débuts près de Georges Clemenceau et réussi à s'imposer au Tigre en montrant une habileté et une ardeur au travail hors pair.

Achille Peretti, que Nicolas, toujours très respectueux, appelle « Monsieur », peut compter sur sa fidélité.

Les législatives de 1978 en sont un bon test. Le maire, tout juste nommé au Conseil constitutionnel et qui ne peut donc se représenter, lui confie une mission délicate : animer la campagne de Robert Hersant, patron du *Figaro* soutenu par Jacques Chirac, mais qui doit affronter Florence d'Harcourt, ex-suppléante de Peretti, laquelle n'entend pas céder la place. D'où bisbille. L'affaire est mal engagée. Florence d'Harcourt a l'image d'une femme seule, abandonnée par son camp et qui doit se battre contre un puissant, de surcroît accusé de collaboration pendant la guerre. Or, celui-ci se révèle très mauvais candidat. Nicolas Sarkozy avertit Pasqua et Peretti que l'on court à la catastrophe. Pourtant, il mène sa tâche jusqu'au bout.

Il avait vu juste. Florence d'Harcourt est facilement élue contre Hersant, mais lui, il n'a fait que son devoir. C'est ainsi que l'on devient un homme de confiance, c'est ainsi que l'on transforme une relation de travail en un lien affectif. « Je n'ai jamais vu quelqu'un qui sache comme lui être présent et agréable avec qui il faut, quand il le faut, avec des mots gentils, voire des petits cadeaux », dit encore Patrick Devedjian.

La fidélité est parfois payante. Aux élections municipales de 1983, il passe de la 37e place à la 7e. Une belle progression. Le voilà adjoint au maire, il a 28 ans. L'année précédente, il a épousé Marie-Dominique Culioli, une jeune militante. Et c'est Achille qui les a mariés. Le fait que Marie soit corse, fille d'un pharmacien de Vico, a encore renforcé les liens avec lui. « Avec Nicolas, la spontanéité se mêle toujours au calcul », note un bon observateur.

A la demande du maire, il a largement participé à la composition de la liste (se faisant donc des obligés). Le voilà devenu un homme d'influence ancré dans le paysage local.

Charles Pasqua, qui a du nez, lui renvoie l'ascenseur. Nicolas Sarkozy fait désormais partie des *Pasqua's boys*. Avec deux autres Patrick : Devedjian bien sûr et Balkany, de père hongrois comme lui. Plus Roger Karoutchi. Tous fils d'immigrés qui « en veulent », comme on dit. Tous devront beaucoup au patron des Hauts-de-Seine. Nouvelle progression : en 1977, Roger Karoutchi et Nicolas Sarkozy seront nommés délégués nationaux du RPR à la jeunesse, le premier chargé des universités, le second de l'animation.

Exemple mince, mais significatif : en 1978, Nicolas obtient une bonne planque pour un « service » qui sera très peu militaire : à l'état-major de l'armée de l'air, caserne Balard. On l'a intégré au GRI. Une appellation pompeuse qui n'a rien à voir avec une quelconque force d'action rapide. Le GRI s'occupe tout bonnement de la propreté des lieux. Nicolas Sarkozy a pour mission de passer la cireuse dans les halls de la caserne. Chaque matin de 6 heures à 10 heures. « Je vais à la polish machine », disait-il. Il y a plus dur. Merci, Charles ; merci, Achille. Mais le jeune homme a dû considérer qu'il s'agissait d'un juste retour sur investissement.

CHAPITRE V

« Je les ai tous niqués ! »

Il arrive que les petits services soient oubliés. Charles Pasqua va s'en apercevoir quelques années plus tard. À Neuilly justement.

Au printemps 1983, Achille Peretti, 72 ans, vient d'être réélu pour la sixième fois maire de la ville avec 60 % des voix, face à la députée Florence d'Harcourt, son ennemie depuis le parachutage manqué de Robert Hersant. Un beau succès. Mais il est fatigué. La campagne a été rude, venimeuse et il en a beaucoup souffert aux dires de ses amis. Pourtant, ce n'est pas lui qu'ont attaqué en priorité les adversaires de sa liste, mais un nouveau venu à Neuilly, un poids lourd, il est vrai : Charles Pasqua lui-même, président du groupe RPR au Sénat. Quittant le XVIIe arrondissement, il est venu habiter à Neuilly quelques mois plus tôt et a demandé à Peretti (qui ne pouvait le lui refuser) de figurer sur sa liste. Il souhaitait, disait-il, avoir un « mandat local ».

Son arrivée produit l'effet le plus déplorable auprès des adjoints du maire qui ont bien sûr imaginé illico qu'Achille préparait sa succession.

« Mais je ne suis pas le prince de Monaco », s'emportait celui-ci. Main sur le cœur, Charles Pasqua jurait, lui – croix de bois, croix de fer, si je mens je vais en enfer – n'avoir aucune vocation à s'occuper du « ramassage des crottes de chien sur le trottoir ». Les déjections canines étant alors un grand sujet de politique municipale. Mais il ne parvenait pas à convaincre vraiment. Il semblait évident à tous qu'il voudrait succéder un jour à son ami corse.

Pas plus que les autres adjoints, Nicolas Sarkozy n'a vu cette arrivée d'un bon œil. Car il rêve lui aussi de devenir un jour premier magistrat de la ville. Certains le lui ont prédit. Philippe Grange, on l'a vu, mais aussi un autre adjoint au maire, Roger Teullé qui l'avait présenté ainsi lors d'une réunion : « Regardez bien ce jeune garçon, il sera conseiller général, puis maire de Neuilly, puis député, puis ministre et Premier ministre et qui sait, un jour, candidat à la présidentielle, car il en a l'étoffe » (après le décès de Roger Teullé, Nicolas Sarkozy fera venir auprès de lui son fils Arnaud, qui fait aujourd'hui partie de son staff).

A ses côtés, Nicolas Sarkozy avait rougi de plaisir sans démentir le propos, bien sûr. Or, voilà l'imprévu qui va tout bouleverser. Le 14 avril 1983, Achille Peretti s'effondre devant le buffet, lors d'une réception donnée par l'ambassadeur de Corée au pavillon Gabriel. Crise cardiaque. On veut le transporter chez lui. Il meurt pendant le trajet dans les bras du docteur Legman, un ami qui vient d'être élu sur sa liste municipale.

Le premier prévenu de ce décès est Patrick Balkany, le tout jeune maire de Levallois-Perret. Il a été averti par un collègue du Val-de-Marne, le maire d'Alfortville Joseph Franceschi, alors secrétaire d'Etat aux Personnes âgées dans le gouvernement socialiste de Pierre Mauroy.

Aussitôt, Balkany appelle Nicolas qui dit aujourd'hui avoir éprouvé un grand chagrin. « Achille Peretti est celui qui a eu pour moi le premier geste de reconnaissance sociale. » Cette reconnaissance qu'il désirait tant depuis l'enfance.

Balkany tente aussi de joindre Charles Pasqua, mais l'épouse de celui-ci lui apprend qu'il vient d'entrer en clinique pour subir une petite intervention chirurgicale.

Condoléances dûment présentées à la famille, les deux amis filent à la clinique. Ils veulent convaincre Pasqua de repousser cette opération, car il doit désormais préparer son entrée à la mairie de Neuilly. A cet instant, les deux messagers sont tout à fait sincères. Si bien qu'ils convainquent aisément le futur opéré de se mettre dans la peau du futur maire. Il rentre chez lui où, ensemble, ils font le point. Charles Pasqua demande tout naturellement l'aide de Nicolas, qui connaît si bien tous les conseillers municipaux. Il peut compter sur lui, n'est-il pas un ami ? Un an plus tôt, Charles Pasqua n'avait-il pas été le témoin de son mariage ? Il a besoin de lui, de ses contacts, de son enthousiasme. Car l'affaire n'est pas tout à fait simple : le RPR ne dispose pas de la majorité absolue au conseil.

Seulement voilà, en quelques heures, Nicolas Sarkozy va comprendre que le coup n'est pas jouable pour Pasqua alors qu'il pourrait le tenter pour lui-même. Les réactions toutes négatives suscitées par la candidature Pasqua et les mines effarées des conseillers municipaux le montrent assez. Avant même les obsèques et la cérémonie du 18 avril (aux Invalides, Achille Peretti étant compagnon de la Libération), le jeune homme juge la victoire à sa portée. « J'avais calculé qu'aucun conseiller municipal n'était capable de gagner. Quand je l'ai dit à ma famille, ils m'ont cru devenu fou. » Sa mère, ses frères, le mettent en garde : « Tu vas ruiner ta carrière. » Il leur répond : « Une telle occasion ne se représentera peut-être pas, je préfère la concrétisation immédiate au rêve d'avenir. »

Après les obsèques, Charles Pasqua, qui y croit toujours, reçoit à son domicile quelques conseillers municipaux. Afin qu'ils ne se croisent pas dans l'ascenseur, ils arrivent par l'escalier principal et doivent repartir par l'escalier de service. Certains, disciplinés, n'osent lui refuser leur soutien. D'autres expriment des réticences, mais avec tant de circonlocutions que Charles Pasqua ne doute pas de leur appui. Quelques-uns plus courageux, Philippe Grange et Roger Teullé, lui font quand même comprendre sans ménagement qu'il n'est pas souhaité. Il souffre d'une réputation trop sulfureuse. *Le Canard enchaîné* l'a révélé : il est un peu en quarantaine au RPR, suite à une affaire d'élection truquée au bureau du groupe. Ceux qui ont été éliminés, André Fanton, Christian de la Malène y ont vu sa main et, preuves à l'appui (trouvées dans une corbeille à papiers), ils sont allés se plaindre à Jacques Chirac, lequel lui a demandé de se faire discret pour un temps au siège du mouvement, Rue de Lille. Il a donc pris des bureaux place du Palais-Bourbon. Mais il n'entend pas les réserves et les mises en garde. Première anicroche, le jeudi 21 avril ; ce jour-là, les conseillers RPR se réunissent à huis clos pour préparer l'élection. Pasqua veut croire qu'il ne s'agit que d'une formalité : il est toujours persuadé que Nicolas a préparé le terrain pour lui. Hélas, il lui faut vite comprendre que la partie sera difficile. C'est la doyenne, Edith Gorce-Franklin, qui mène la charge : « Il faut, dit-elle, un homme qui habite Neuilly depuis longtemps. » Et elle abat sa carte maîtresse : « Nous connaissons bien Nicolas Sarkozy, il ferait un très bon maire. » Un autre conseiller suggère, lui, que l'on pourrait investir la fille d'Achille Peretti. Charles Pasqua enrage, il se sent trahi, mais il n'est pas homme à reculer. Il pense que la partie n'est pas encore perdue. Il reste quinze jours avant le scrutin. Il suffit d'appeler Jacques Chirac à la rescousse. Il va remettre un peu d'ordre.

Seulement, Nicolas ne faiblit pas, bien au contraire. Lui aussi rencontre les conseillers un à un (à commencer par ceux qui lui doivent leur élection) ; « je passais le nombre d'heures qu'il fallait avec chacun, en tout cas suffisamment pour les convaincre. Je ne sais pas si aujourd'hui j'aurais la force de le refaire », dit-il. La campagne est tellement tendue qu'il en perd le sommeil.

Le conseil comprenait à l'époque quarante-neuf membres, il fallait donc réunir vingt-cinq voix. Or, le RPR ne comptait que vingt-deux élus plus deux apparentés. Il s'agissait donc de conquérir les trois membres d'un petit parti de droite, le Centre national des indépendants.

« Je me souviens de l'un d'eux, raconte Nicolas Sarkozy avec qui j'ai passé quatre heures, je crois l'avoir emporté parce que sa femme avait préparé le dîner et qu'elle voulait absolument que je m'en aille. Et je ne l'ai lâché que lorsqu'il m'a donné son accord. »

Charles Pasqua, de son côté, doit bientôt constater que les alliés se font rares. Jacques Chirac ne souhaite pas intervenir directement. Peut-être parce qu'il sent la partie mal engagée. Il charge quand même Bernard

Pons, le secrétaire général du mouvement, et Alain Marleix, délégué aux fédérations, de convoquer l'effronté Rue de Lille pour lui faire la leçon. Une stéréo qui ne va guère impressionner le jeune homme.

— Je te parle au nom de Chirac, si tu y vas, il t'en voudra toute la vie, tonne Pons.

— Si Jacques Chirac a quelque chose à me dire, qu'il m'appelle directement et je lui dirai qu'avec Pasqua, on perdra Neuilly, rétorque Sarkozy.

Bref, il ne veut rien entendre.

Roger Karoutchi, aujourd'hui sénateur des Hauts-de-Seine, et qui occupait alors un bureau voisin n'a rien oublié du tapage et de leur colère. « En sortant, Nicolas m'a dit : “Je serai maire de Neuilly.” »

Bernard Pons raconte : « J'ai appelé Chirac pour lui dire : “Laisse tomber, c'est archi-cuit pour Charles.” »

Une deuxième réunion se tient à la permanence. Charles Pasqua comprend qu'il a perdu la partie, tous sont ligués contre lui. Certains raillent même en privé son apparence. « Un homme qui porte des chaussures bicolores et des cravates jaunes ne peut être maire de Neuilly. » Jean-Marc Vernes, personnage d'influence, banquier protestant, très proche d'Achille Peretti et de Jacques Chirac et qui avait songé lui-même à se présenter, achève de le convaincre : le rapport de forces ne joue pas en sa faveur.

Puisque ces mystères nous dépassent, feignons d'en être les organisateurs… Charles Pasqua, qui connaît bien la maxime, décrète que « la mairie doit rester au RPR ». Ce qui implique son soutien à Nicolas Sarkozy.

Quand vient l'élection du maire par le conseil, un vendredi, trois mille personnes envahissent la mairie.

Beaucoup vocifèrent contre ce trop jeune adjoint si ambitieux. Mais Nicolas y croit, il a soigneusement préparé son discours comme toujours. « Je me souviens encore de cet après-midi, j'ai écrit, puis je me suis commandé une pizza et j'ai dormi. Avant de partir pour la mairie j'ai appelé le conseiller dont j'étais le moins sûr, pour lui dire que « dans les moments difficiles j'aimais sentir les vrais amis à mes côtés, viens me chercher, nous irons ensemble à la mairie ».

« Il n'empêche, en montant l'escalier, j'étais tétanisé, des gens m'insultaient. J'ai pensé que le matador en entrant dans l'arène devait un peu ressentir ce type d'émotion. »

L'ambiance est en effet électrique. L'ancien préfet Jean-Emile Vie, qui a fait campagne aux côtés de Florence d'Harcourt, donne le ton : « Un maire doit avoir trois qualités : l'expérience, l'impartialité et la compétence. Avant de voter pour lui j'attendrai que Monsieur Sarkozy ait fait ses classes. » Brouhaha dans la salle, Nicolas ne bronche pas, visage impassible. On passe au vote.

La famille Sarkozy est là. Au grand complet. Il y a le père – oui, le père – la mère, les deux frères et tous ont le visage tendu. Voilà que se produit un premier incident. On trouve cinquante bulletins pour quarante-neuf votants. Il faut recommencer : cette fois, les spectateurs comptent les bulletins à voix haute en même temps que les scrutateurs. Les premiers de ces votes semblent donner l'avantage à l'UDF, le deuxième adjoint Louis-Charles Bary, vice-président du CNPF. Nicolas peut se croire perdu. « J'étais au bord de l'évanouissement », avouera-t-il. Mais peu à peu il comble son handicap : 22, 23, 24, 25, 26. Ouf ! Le voilà élu avec 26 voix tout juste, pas une de plus. Applaudissements. Il se lève, un peu pâlichon, paraît plus jeune que jamais avec ses cheveux longs. Il va embrasser Charles Pasqua, Roger Teullé, Jean-Marc Vernes, avant de prononcer son discours qui est un vibrant hommage au maire défunt.

« Je lui dois tout. Je m'attacherai à poursuivre son œuvre gigantesque. Grâce à lui Neuilly est une ville propre, écologique avant la lettre. Une ville où la pression fiscale est la plus basse. Je continuerai son œuvre, je souhaite être un maire d'union. »

Et de proposer sur-le-champ à son adversaire Louis-Charles Bary de devenir son premier adjoint chargé des finances et du social. Après une nuit de réflexion, celui-ci accepte. Bien joué.

Nicolas Sarkozy est devenu le plus jeune maire d'une ville de plus de 50 000 habitants. On lui prête alors ce mot : « Je les ai tous niqués ! »

Vrai ou faux ? C'est en tout cas la réalité. Et, comme on ne prête qu'aux riches, on assure qu'il aurait aussi lâché, parlant de Charles Pasqua : « J'ai pris la mairie dans sa poche. »

Il faut, quoi qu'il en soit, admirer la performance. Six ans plus tôt, il était le petit dernier sur la liste municipale. Le voilà désormais numéro un. Il l'a emporté en bravant toutes les autorités du mouvement. Pis : en se moquant des injonctions chiraquiennes.

Curieusement, la presse ne fait pas grand cas de cette victoire. Elle mettra beaucoup de temps à s'intéresser à lui. Il n'a pas, comme son ami Balkany, ravi une mairie à un communiste. Surtout, il n'a pas été élu maire au suffrage universel.

Les politiques de sa génération, eux, admirent la manœuvre. Ainsi Jean-Pierre Raffarin : « Il a révélé sa capacité de passage à l'acte. Je me suis dit : celui-là, on le retrouvera, parce que, pour battre un type comme Pasqua, il faut déjà être un grand torero. »

La famille Sarkozy, elle, vit une apothéose.

Afin de fêter l'événement, qui est pour elle le plus beau des cadeaux, Dadu reçoit tous les amis dans son appartement – l'ascenseur de l'immeuble n'y résistera pas. Elle ne cache ni son bonheur, ni sa fierté. Nicolas est avocat, il est maire de Neuilly. Elle n'en demande pas plus à la vie.

Côté Pasqua, ce n'est évidemment pas la fête. En privé, le vaincu ne décolère pas contre le « petit saligaud ». « Ce qu'il a fait est inacceptable », maugrée-t-il.

« Il était sonné, affectivement très touché », il en a presque fait une déprime, disent ses proches. L'un d'eux, Jean-Jacques Guillet, député des Hauts-de-Seine, précise pourtant : « Pasqua encaisse, il n'oublie jamais, mais il pardonne plus facilement qu'on ne le croit. » Hum… « Entre deux grands fauves, deux prédateurs, il n'y a ni amour ni haine, ils se reniflent, c'est tout », résume Devedjian.

Quand les deux hommes se retrouveront face à face, ils ne souffleront mot de l'événement. Des sourires et pas de grimaces, comme si rien ne s'était passé. « Nous n'en avons jamais reparlé », assure Nicolas qui croit pouvoir ajouter – il ne manque pas d'air – que de cet épisode-là, « est venu un certain respect mutuel. »

Il est vrai que Charles Pasqua a peut-être apprécié malgré tout l'audace et l'esprit d'à-propos de son rival. Des qualités qui ont beaucoup compté, certes. Mais la chance aide souvent le vainqueur. Si Achille Peretti était mort trois ans plus tard, quand Charles Pasqua était ministre de l'Intérieur au zénith de sa popularité, le résultat eût sans doute été différent.

Nicolas, quoi qu'il en soit, savoure. Alors que certains – dont Philippe Grange – le supplient d'attendre quelques jours avant de s'asseoir dans le fauteuil d'Achille Peretti, il ne peut résister à ce plaisir. Dès le lendemain de son élection, il étrenne le bureau en compagnie de Brice Hortefeux et de Thierry Gaubert, son conseiller en communication. « Ce qui m'a frappé, c'est qu'il était déjà le maire », se souvient ce dernier. Il leur parle même en parabole. « J'étais un pêcheur au bord de la rivière avec ma petite ligne, un gros poisson est passé, devais-je renoncer à tenter de l'attraper ? Je risquais de casser ma ligne, voire de me noyer. Mais j'ai tenté et j'ai réussi. »

A quel prix ? La rancune silencieuse de Charles Pasqua et la méfiance de la direction du RPR, qui le tiendra de longs mois en quarantaine. Plus de rencontres, plus d'invitations. On ne lui déroule plus le tapis rouge. Il est même puni, rétrogradé au comité central. Brice Hortefeux, lui, en est évincé.

Mais voilà que se profilent d'autres élections. Quelques jours après son succès de Neuilly, il se fait élire conseiller régional par les maires du département qu'il avait visités avec Brice Hortefeux. Achille Peretti lui avait donné son feu vert avant son décès. Et puis, deux ans plus tard : les cantonales. Nicolas Sarkozy se porte candidat, forcément. « On m'a expliqué qu'il ne fallait pas en vouloir trop, trop vite, bref, la rengaine habituelle. J'ai répondu que je n'avais pas été élu maire par le suffrage universel, et qu'il était donc normal, voire nécessaire, que je me présente devant les électeurs. » Cette fois, il affronte Marie-Caroline Le Pen, fille aînée du leader du Front national. Elle se fait littéralement écrabouiller. Nicolas Sarkozy l'emporte avec 72 % des suffrages. Un triomphe qui fait oublier bien des réserves et des rancunes. « A partir de ce moment, tout a été plus facile, ce vote a été une consécration », dit-il. Il peut exiger d'avoir, à l'instar de son premier adjoint, une place de vice-président au Conseil général des Hauts-de-Seine. Et il l'obtient. Il est en charge de la culture.

Encore une affaire rondement menée. Il l'avait bien dit : on ne peut compter que sur soi.

[illegible]

[illegible]

[illegible]

Retour en arrière, juin 1964. [illegible] aux étudiants qui lançaient des pavés [illegible] les Français en ont fait [illegible] dans les

CHAPITRE VI

Vie publique, vie privée

À 20 ans, Nicolas Sarkozy avait fait son choix. La politique serait sa voie et son destin. A 18 ans, il l'ignorait encore. C'est donc par facilité, on l'a vu, qu'il s'était inscrit à la faculté de droit de Nanterre, la plus proche de son domicile.

Deux ans plus tard, il sait qu'un sérieux bagage universitaire l'aidera à « monter plus vite et plus haut ». Il se met donc à travailler, se taille bientôt une réputation de bosseur, termine sa licence de droit en deux temps, trois mouvements. Il y ajoute une maîtrise de sciences politiques, préparée sous l'autorité de l'historien René Rémond, aujourd'hui académicien et alors doyen de Nanterre. Lequel se souvient d'un élève « très actif, très assidu, très militant aussi ». Et qui n'avait pas choisi vraiment au hasard le sujet de son mémoire : le référendum de 1969 et le départ du général de Gaulle. Un sujet riche en enseignements.

Retour en arrière. Juin 1968. Pour répondre aux étudiants qui lançaient des pavés les semaines précédentes, les Français en ont fait tomber un très gros dans les urnes : un paquet de voix massif pour les gaullistes et la droite. De ce triomphe, de Gaulle pourrait paraître le grand bénéficiaire. Au vrai, c'est son Premier ministre qui, après avoir exigé la dissolution, a remporté les élections. Mais il est fatigué : on ne traverse pas impunément une crise comme celle de Mai, après six années passées à Matignon. En outre, sur l'interprétation de celle-ci, sur les moyens d'y parer, les deux hommes ont souvent divergé. Entre eux, une fracture est apparue.

Au Président qui l'interroge sur ses projets immédiats – veut-il rester Premier ministre ? – Pompidou répond en demandant quinze jours de réflexion. Il voudrait se reposer, il en a besoin. Mais de Gaulle n'est pas homme à attendre longtemps. Une semaine plus tard, il lui choisit un successeur, Maurice Couve de Murville. Georges Pompidou, ayant justement décidé de rempiler, est alors partagé entre surprise, dépit et colère.

Pour les Pompidou, l'été a donc été meurtrier. L'automne le sera plus encore en raison d'un improbable fait divers : la découverte dans une décharge à Elancourt (Yvelines), le 1er octobre, d'un cadavre enveloppé dans une housse de plastique. Il se trouve qu'Elancourt est proche d'Orvilliers où les Pompidou ont leur résidence secondaire et que l'homme assassiné n'est pas un inconnu pour tout le monde. Ce Yougoslave, Stephan Markovic, fut garde du corps et confident d'Alain Delon. Pour tout compliquer, il a laissé une lettre accusant celui-ci à l'avance, ainsi qu'un truand nommé François Marcantoni.

Les médias étant ce qu'ils sont, et Alain Delon la star qu'il était devenu, l'affaire fait grand bruit. Mais l'on s'agite encore davantage dans la coulisse. Paroles, paroles, rumeurs, rumeurs. Chantage, drogue, parties dites fines, tout est murmuré. Et bientôt l'on passe de la coulisse à la scène. Des journaux évoquent la participation de l'épouse d'un « ancien ministre » auxdites parties. Laquelle ? Qui ? Le Tout-Paris finit par se forger une réponse : c'est, glisse-t-on dans les dîners en ville où l'on évoque même l'existence de photos scabreuses, Madame Pompidou !

Comme toujours, les premiers concernés sont les derniers avertis. Les Pompidou ne se doutent de rien, et pour cause… Le général de Gaulle, ayant eu connaissance de la rumeur, n'y prête d'abord guère attention. A ses yeux, des imprudences ont peut-être été commises : les Pompidou aiment trop les dîners en ville, un monde qui n'est pas le sien. La calomnie persistant, il a demandé à Couve de Murville d'alerter son prédécesseur. Ce que celui-ci, protestant rigide, ne peut se résoudre à faire. Pour lui, c'est une mission impossible.

Or voilà que l'affaire rebondit. Un autre Yougoslave incarcéré à Fresnes fait savoir qu'il a bien vu, de ses yeux vu, Madame Pompidou dans une soirée qui… que… Etc. Chez un industriel à Montfort-l'Amaury. Pure invention bien sûr. Mais allez donc arrêter la rumeur ! Elle se nourrit de cette nouvelle histoire, l'amplifie, s'en réjouit.

De Gaulle, à nouveau prévenu, aurait répondu, assure-t-on : « Il faut voir. » D'où quelques-uns concluent qu'il s'interroge et ne juge pas le fait invraisemblable.

C'est l'interprétation qu'en fera aussi Georges Pompidou lorsqu'il sera enfin officiellement informé, le 7 novembre par Pierre Sommeveille, directeur de cabinet du ministre de l'Intérieur. Quoi ? Alors qu'il s'agissait de son honneur et de celui de son épouse, le Général n'a répondu que par cet « Il faut voir » ? Il demande à être reçu à l'Elysée. Rencontre discrète : dans ces cas-là, le visiteur passe par la grille du coq, au fond du jardin.

L'explication est rude, à ce qu'il a laissé entendre à de rares intimes. L'homme est blessé, profondément. A partir de ce moment, il tient le compte dans un petit carnet noir de tous ceux qui l'ont lâché, trahi, qui lui ont manqué.

Plus tard, lorsque l'affaire Cécilia éclatera et qu'enflera la rumeur de son départ, Nicolas Sarkozy dira à ses proches tenir lui aussi, dans sa poche, un petit carnet noir.

Le général de Gaulle, bien sûr, n'apparaît pas dans celui de Georges Pompidou, mais la rupture est consommée.

L'acte suivant se joue en janvier 1969. A Rome, où les Pompidou souhaitent échapper au climat délétère de Paris. Au programme : tourisme et encore tourisme, mais aussi une rencontre avec des dirigeants italiens et une réception très souhaitée par le couple au Vatican avec le pape Paul VI.

A quoi s'ajoute un soir, à l'hôtel, une réunion avec quelques journalistes. L'un d'eux, comme on pouvait le prévoir, interroge l'ex-Premier ministre sur son avenir (la prochaine élection présidentielle est prévue pour 1972 – trois ans plus tard – le général de Gaulle aura 82 ans). Réponse : « S'il y avait une élection, il est probable que je serais candidat, encore faudrait-il que le Général ne soit plus à l'Elysée. Et puis il faut être élu… »

Rien de très nouveau dans cette réponse, somme toute fort prudente. L'homme de l'agence France-Presse à Rome, Robert Mengin, qui était à Londres en 1940 mais ne s'est jamais rallié à de Gaulle qu'il n'aime pas, présente dans une dépêche cette déclaration comme un acte de candidature. Titre des journaux français le lendemain : « Pompidou candidat ». Surprise de l'intéressé qui l'apprend au moment de se rendre au Vatican. Fureur du Général qui, presque brutal, déclare au Conseil des ministres avoir « le devoir et l'intention de remplir son mandat jusqu'à terme », et annonce quinze jours plus tard – façon de montrer qu'il ne considère pas sa tâche comme terminée – un programme de réformes (visant les régions et le Sénat) qui sera soumis au référendum le 27 avril.

Suite de l'histoire. Janvier 1969 : Pompidou récidive. Au Cercle français de Genève, il déclare, imperturbable : « J'aurai peut-être, si Dieu le veut, un destin national. » Traduction : je pourrais rassembler des espoirs que le Général ne comble plus. En privé cette fois, il dit au gaulliste Pierre Lefranc : « Je le sais, le Général jalouse ma notoriété. Maintenant il me faut agir seul. Les sentiments ne sont plus de mise. La succession est ouverte. Il s'agit de savoir qui gagnera : les gaullistes – c'est-à-dire moi, ou les autres. Tout le reste est du romantisme. »

Traduction : le mouvement ne pourra se maintenir au pouvoir qu'à travers moi. Par extension : l'UDR, j'en suis désormais le chef.

La campagne pour le référendum commence difficilement. Les tout premiers sondages montrent que l'affaire est mal partie. Georges Pompidou, qui n'a pas le choix, se bat lui aussi pour le oui. Il tient notamment un grand meeting à Lyon et chacun le sent, sans véritable enthousiasme. Les sondages demeurant désespérants, quelques gaullistes « historiques », André Malraux en tête, lui demandent d'annoncer qu'en cas de départ du Général il ne sera pas candidat. Il refuse, surpris et courroucé.

Le référendum échoue. Le général de Gaulle démissionne le soir même et s'en retourne à Colombey. Pour toujours. L'élection présidentielle a lieu dans la foulée, Georges Pompidou s'installe à l'Elysée.

De son étude, l'étudiant Sarkozy retient qu'il est possible de pousser le père vers la sortie, aussi prestigieux soit-il. A condition de s'imposer et de se faire reconnaître suffisamment tôt par l'opinion comme le successeur légitime.

En novembre 2003, quatre ans avant une autre échéance présidentielle, l'auteur du mémoire sur le référendum de 1969 et le départ du général de Gaulle, devenu ministre de l'Intérieur, est l'invité d'une émission politique sur France 2, « 100 minutes pour convaincre ». Alain Duhamel lui demande s'il pense à la présidentielle le matin devant son miroir en se rasant. Il répond du tac au tac : « pas seulement en me rasant ». C'est sa « déclaration de Rome ». Nous y reviendrons, bien sûr. Et comme Georges Pompidou, il récidivera. Le 31 mars 2005, toujours lors de l'émission « 100 minutes pour convaincre », il déclarera qu'il se présentera quoi qu'il arrive « même si le chef de l'Etat postule à un troisième mandat ». C'est sa déclaration de Genève. Emoi des chiraquiens qui aboient aux basques de l'effronté. Lequel confiera le lendemain à quelques journalistes : « nous sommes en 1969, j'ai fait acter par l'opinion que Jacques Chirac a un successeur ».

Armé de sa licence et de sa maîtrise, toujours pour se préparer à la vie politique, Nicolas Sarkozy entre à Sciences Po, directement en deuxième année. Sur les bancs, il rencontre entre autres Laurence Parisot, la future présidente du MEDEF. Elle se souvient d'un jeune Nicolas qui restait à la fin du cours pour continuer la discussion avec leur maître de conférence Jérôme Jaffré, l'un des dirigeants de la SOFRES et déjà un politologue écouté. Comme il est de tradition, celui-ci fait lire aux étudiants un livre par semaine et en désigne deux pour présenter un compte rendu de l'ouvrage. « Dans cet exercice, dit-il, Nicolas Sarkozy était époustouflant. Très militant aussi. Je me souviens qu'il nous avait expliqué que son parti avait obtenu un grand succès aux élections européennes, alors que la liste de Jacques Chirac, en recueillant 16 % des voix, avait été très largement distancée par celle de Simone Veil qui avait obtenu 27 % des suffrages. J'ai dû reprendre la parole pour rectifier son propos. »

Ce qui n'empêche pas l'étudiant Sarkozy d'accumuler les meilleures notes. Mais il n'obtiendra pas le diplôme final. Pour une simple raison : il n'a pas la moyenne en anglais, ce qui est éliminatoire. L'anglais a toujours été son point faible.

Très dépité, il décide de passer trois mois plus tard, en septembre, le certificat d'aptitude à la profession d'avocat (le CAPA). L'épreuve écrite de culture générale porte sur un sujet alors peu étudié : « La religion peut-elle être un danger pour la démocratie ? »

A la différence de bien d'autres candidats, Nicolas Sarkozy est très intéressé. A son ami Jean-Marie Chaussonnière, quelque peu désemparé, il lance : « Tu fais comme à Sciences Po, thèse, antithèse, synthèse : Oui, la religion peut être très dangereuse. Exemple : l'Irlande qui n'en finit pas avec les conflits qui mettent aux prises protestants et catholiques. Non, parce qu'elle peut être source d'espoir, constituer un sentiment national contre l'adversité, exemple la Pologne (il admire beaucoup Walesa). »

Le candidat au CAPA ne prévoyait certes pas que, devenu ministre de l'Intérieur, il écrirait un livre avec le père Philippe Verdin *La République, les Religions, l'Espérance* [1], dans lequel il affrontera l'un des tabous d'aujourd'hui, la place de l'islam, deuxième religion de France dans la République. La réflexion sur la laïcité l'a toujours intéressé, car la reconnaissance du fait religieux dans la République et de la neutralité de l'Etat ne s'est pas faite sans combat ni passion, elle a mobilisé plusieurs générations.

Le candidat au CAPA n'oubliera pas non plus le sujet de procédure civile. Cette fois, c'est son ami Jean-Marie Chaussonnière qui va l'aider. Il s'agit de rédiger une assignation au divorce par faute de l'un des époux. Encore un sujet prémonitoire…

Admissible à l'écrit, Nicolas se prépare aux épreuves orales. Il y en a cinq. Il a bossé comme un fou aux dires de son ami. Devant un jury composé d'un magistrat, un avocat et un professeur de droit, il obtient 16 de moyenne et la mention très bien.

Aussitôt il téléphone à sa mère qui ignorait tout de sa nouvelle orientation professionnelle. Il tenait à lui faire cette surprise. « Allô, maman, tiens-toi bien, je suis avocat, comme toi. » Pour elle, un grand bonheur, pour lui, c'est la fin des études.

En septembre 1981 il prête serment et entre dans le cabinet de maître Danet, un ami de sa mère. Celui-ci est un ancien avoué devenu avocat en 1972 (suite à la

1. Cerf, 2004.

réforme des professions juridiques votée en 1971) ; il est habité d'une grande ambition : il entend faire évoluer la profession et pour cela devenir bâtonnier. Sachant Nicolas déjà vétéran des campagnes politiques, il le charge d'emblée de mener la sienne. Ce sera une petite révolution. La tradition de ce milieu voulait que l'on organise quelques petits cocktails avec champagne et petits-fours. Avoir une bonne cuisinière pouvait être un argument électoral déterminant. Le stagiaire Sarkozy, entouré d'une douzaine de confrères, sait comment mener une campagne à l'américaine. Distinguer les âges, les hobbies, les tendances, n'oublier personne, identifier chacun avant de le rencontrer personnellement. Guy Danet réussit à battre Mario Stasi, un autre avocat de renom. Dont le frère Bernard est un ancien ministre. C'est lui qui a présidé en 2003 la Commission sur la laïcité devant laquelle le ministre de l'Intérieur est venu plancher.

En 1982, Nicolas Sarkozy est promu associé. Il a 27 ans. Une ascension aussi rapide que rare, qui s'explique par la qualité de son travail, sa clarté d'esprit, son sens de la synthèse, certes, mais surtout par sa connaissance du milieu politique, susceptible d'apporter des clients au cabinet.

Désormais le jeune homme gagne sa vie. Il est un homme libre. Il peut se consacrer davantage à la politique, fonder un foyer. Il restera avocat associé chez maître Danet jusqu'au début de l'année 1987, date à laquelle le cabinet doit déménager. C'est alors qu'il s'associera avec deux avocats de son âge, Arnaud Claude et Michel Lebovici. A chacun sa spécialité. Lui, c'est le droit des sociétés. Il travaillera avec eux, jusqu'en 1993, date de son entrée dans le gouvernement Balladur, comme ministre du Budget. Il y reviendra en 1995, après l'élection de Jacques Chirac, pour y rester jusqu'en 2002, date de son grand retour au gouvernement. Aujourd'hui, il participe toujours au capital du nouveau cabinet créé par Arnaud Claude – après le décès de Michel Lebovici – auquel il téléphone chaque jour – « 30 secondes ou 5 minutes » – pour s'informer, conseiller, en stratège reconnu, ou prendre des nouvelles. « En 25 ans de carrière, nous n'avons connu aucun nuage, il faut le souligner car il est rarissime qu'une association d'avocats dure aussi longtemps », note Arnaud Claude qui ajoute : « Nicolas est une locomotive, il pousse les autres à aller toujours plus vite et loin. Avec lui, le mieux n'est jamais assez bien et c'est parfois lourd. Mais il sait toujours comment parvenir à ses fins et par quels moyens. »

Vie privée encore, voici que se produit un événement familial imprévu, improbable : la réapparition du père. Pal s'est éclipsé depuis quatre ans, sans donner de nouvelles, excepté quelques réponses peu amènes aux lettres de ses fils. Un sujet, on l'a vu, dont ils ont décidé de ne pas parler en famille. Dadu, elle, n'a soufflé mot du silence de longue durée de son ex-mari à aucune de ses amies. « Dadu, c'est un coffre-fort », disent-elles. Elle est restée fidèle à sa règle. Oublier difficultés et chagrin et ne parler que des bonnes nouvelles. Or, celles-ci sont nombreuses, les trois garçons font de brillantes études, sans compter les succès politiques de Nicolas. Voilà de quoi animer une conversation autour d'une table de bridge. Il y a aussi ses chiens. Dadu a la passion des toutous.

Un matin, quelle ne fut pas sa surprise ! Le facteur lui apporte une grande enveloppe. Elle contient des photos de Nicolas, prises lors d'un passage à la télévision avant les législatives de 1978. Le photographe s'appelle Pal. Elle comprend aussitôt qu'il souhaite reprendre contact. Nicolas est prié sur-le-champ de remercier son père.

Digne et fière, elle n'aurait jamais fait le premier pas. Mais puisqu'il lui tend cette perche, elle la saisit. Les ex-époux vont donc se revoir. Et elle va pardonner, parce qu'elle est ainsi faite. Surtout, parce que, pour elle, rien n'est plus important que la famille et le clan.

« Le retour du père a été proportionnel à la montée de Nicolas en politique », raillent les vieux amis, pas dupes. Les trois frères ne le sont pas davantage. « Je ne l'ai revu qu'au moment de mon mariage (en 1979) », dit Guillaume. Des trois, Nicolas demeure le plus réticent. Tous ses amis l'ont entendu rager pendant ces années d'absence, contre « ces pères divorcés qui laissent tomber leurs enfants et ne paient pas de pension alimentaire ». Mais, pour faire plaisir à leur mère, la fratrie consentira aux retrouvailles. Pal s'est remarié une quatrième fois, avec une jeune femme prénommée Inès. Laquelle, comme les précédentes, souffre de ses incartades. Et qui la console ? Dadu. Elle connaît l'homme, elle peut lui expliquer le personnage mieux que quiconque. D'ailleurs, lui-même, depuis qu'il est réapparu, lui fait volontiers ses confidences. Dadu en est secrètement ravie. Voilà le clan recréé.

Les garçons ont grandi. Ils ont fondé des familles. Elle les rassemble à la moindre occasion. Elle n'aime rien tant que s'entourer de tout son monde qui comprend la famille élargie : les autres enfants de Pal qu'elle appelle toujours le frère et la sœur de ses fils, auxquels s'ajoutent pour les grandes occasions les ex-femmes de Pal. Tous ceux qui s'appellent Sarkozy et dont elle porte l'étendard avec fierté.

Les divorces de ses trois fils la désolent. Quand elle s'accuse devant ses amies de les avoir mal élevés, celles-ci lui rétorquent : « Mais non, c'est parce que tu as trop dédramatisé le tien. » Et elle continue à recevoir ses ex-belles-filles et à entretenir avec elles les meilleures relations.

Le clan a ses rituels : les anniversaires bien sûr et toutes les fêtes carillonnées. On se réunit chez elle, chez Guillaume, ou chez François autour d'un buffet roboratif. Rien que des spécialités hongroises : langoshes (boule de pain frite) avec du lipaïtoure (un fromage frais au paprika) accompagnés de salami hongrois et un dessert de crêpes au chocolat. Les madeleines de Proust des frères Sarkozy. Nostalgies, bonheurs, Pal est désormais toujours présent. Il offre même des cadeaux. (Et à Nicolas sa première montre Cartier en acier.) L'été, il invite à tour de rôle ses fils avec leurs femmes dans sa propriété d'Ibiza. Ceux-ci, cependant, ne ratent pas une occasion de lui envoyer des piques. « Quand il a voulu me donner des conseils pour élever mes enfants, je l'ai envoyé balader, en lui disant qu'il était vraiment mal placé pour le faire. Eh bien, figurez-vous, il l'a mal pris », s'amuse Guillaume. Le plus souvent Pal fait comme s'il n'avait rien entendu. Parfois il se vexe. Qu'importe ! La famille fonctionne ainsi. Pour fêter son soixante-dixième anniversaire il emmènera les cinq enfants et leurs conjoints, plus Dadu et Inès, en Hongrie. Nostalgie encore. Sans doute veut-il retrouver les lieux de son enfance, la gentilhommière où il a grandi, les fermes du domaine. Hélas, de ce passé, il ne reste rien. Tout a été détruit par le régime communiste. Après ce voyage, devant ses frères qui, eux, ne doutent pas de leurs origines, Nicolas s'est interrogé tout haut. Son père n'a-t-il pas affabulé ? Est-il vraiment un aristocrate [1] ? C'est que la confiance chez lui n'est pas tout à fait revenue. La blessure demeure, qu'un rien pourrait rouvrir.

Et l'on continue à se voir, à rire ensemble, et Dadu exulte. Et voilà même que son ex-mari s'est montré sinon généreux, du moins arrangeant. Désormais seule dans son appartement devenu trop grand, elle voudrait le laisser à l'un des garçons et en acheter un autre pour elle, plus petit mais plaisant à quelques mètres de là. Toujours sans le sou, elle a songé à vendre les dessins de Modigliani et le tableau de Villon hérités de son père, et les propose à Pal devenu grand collectionneur. Mais le prix ? On consulte des experts. Bonne surprise, ce sont ceux de Pal qui font la meilleure offre. C'est ainsi qu'elle a pu faire l'acquisition de l'appartement où elle réside aujourd'hui. C'est de là qu'elle règne sur le clan, heureuse de l'avoir rassemblé, en dépit des avanies, des absences et des désaccords. Fière d'avoir tenu son rang sans jamais se plaindre ni rien laisser paraître de ses malheurs. « Pour elle, à partir du moment où l'on fait partie du clan, on est forcément formidable », notent ses amies.

« Dadu, c'est une sorte de Rose Kennedy », s'extasie Diane de Saint-Mathieu, une amie de Guillaume.

---

1. Guillaume porte une chevalière aux armes des Sarkozy.

Chapitre VII

Au royaume de Neuilly

Une forêt de micros et de caméras le cerne et l'enferme. Il ne les a pas cherchés, encore moins convoqués. Pour une fois même, il s'en passerait bien. Car il vit un drame qui peut devenir tragédie pour deux dizaines de familles et endeuiller pour longtemps la ville dont il est le maire depuis dix ans. Sa première grande et lourde épreuve.

Le 13 mai 1993, un jeudi, Nicolas Sarkozy est ministre depuis six semaines. En charge du budget dans le gouvernement que vient de former Edouard Balladur. Porte-parole du gouvernement également. Le plus jeune des ministres, bien sûr. Et satisfait du chemin parcouru. Ce matin-là, il participe à une réunion interministérielle à l'Hôtel Matignon. Rien que de très banal. Mais voilà qu'un huissier se glisse vers lui, pour lui souffler d'appeler Charles Pasqua, le ministre de l'Intérieur. D'urgence. Pas une minute à perdre.

Il se précipite. Et apprend qu'une prise d'otages vient de se produire dans sa commune, Neuilly. Et quels otages ! Vingt et un enfants de trois ans [1], presque des bébés et leur institutrice, Laurence Dreyfus, dans une classe du groupe scolaire Charcot, rue de la Ferme.

L'affaire HB (Human Bomb) vient de commencer. L'homme qui se fait appeler ainsi, cagoulé, gants noirs, pantalon sombre et blouson et muni d'une arme à poing, porte un sac bourré d'explosifs, exhibe une ceinture de fils électriques qu'il dit être de mise à feu. Aussitôt entré dans cette classe maternelle, il a fait connaître sa revendication. Son prix : cent millions de francs. La plus grosse somme jamais exigée à ce jour par un preneur d'otages.

L'émotion est considérable. Chacun se souvient alors du drame de Waco, aux Etats-Unis, quand les forces de l'ordre avaient fini par donner l'assaut au ranch de l'Apocalypse, où le chef d'une secte s'était barricadé avec des adultes et des enfants. Soixante-quatorze d'entre eux avaient payé de leur vie cette attaque, devant les caméras de la télévision américaine, dont les correspondants parisiens ne vont pas tarder à se précipiter vers Neuilly.

A 15 heures, ce jeudi, le patron du RAID [2], Louis Bayon, demande à Nicolas Sarkozy d'aller négocier avec le ravisseur.

HB, puisque c'est ainsi qu'on commence à l'appeler, a déjà laissé sortir huit enfants. Un signe de bonne volonté ? Depuis, en vérité, la situation paraît bloquée. Devant l'école, des brigades de policiers, les parents affolés, mais aussi le monde des médias, la foule. Entassés.

---

1. Coïncidence, l'une d'elles est la fille d'un collaborateur de Charles Pasqua.

2. Unité de recherche assistance intervention dissuasion de la Préfecture de police.

De tous ces spectateurs, Sarkozy n'a que faire. Quand il s'avance, seul, sans arme, vers la classe, aucun calcul médiatique ne l'habite. « Il devait y aller, il ne s'est posé aucune question », disent ses proches. « J'avais le dos trempé, j'entendais la sueur couler dans mon dos, c'était la peur. La peur de mal faire », avouera-t-il quatre ans plus tard, lors de l'émission télévisée « La marche du siècle ». L'obsession de sauver les enfants. A quoi s'ajoute le danger, très réel, provoqué par tous ces fils reliés aux explosifs, qu'il faut enjamber dans une salle plongée dans la pénombre. Ensuite, face à lui, un homme implacable. Il veut ses cent millions. En petites coupures. Plus une voiture pour le transporter. Et aussi des parents d'enfants autour de lui pour assurer sa protection. Sarkozy a beau rétorquer que cent millions – dix milliards de centimes –, il faudrait un camion pour les transporter en billets et que l'on ne réunit pas aisément une telle somme dans ces conditions, l'homme n'en démord pas. Mais autorise quand même le ministre à sortir encore quelques enfants [1].

A sept reprises, tout au long des très longues quarante-six heures de ce drame, Nicolas Sarkozy entrera dans la classe pour négocier. Il est le seul maire en France, à ce jour, à avoir connu une telle situation. Et il ne bougera pas de là. Sauf à deux reprises : pour se rendre à une réunion au ministère de l'Intérieur et pour chercher à réunir le montant de la rançon. Sinon, il se tient auprès des parents, les informe, tente de les rassurer, auprès des policiers aussi qu'il invite à ne rien faire, surtout, qui puisse mettre la vie des enfants en danger.

1. Le hasard, à nouveau, veut que l'un d'eux soit le fils de Stéphane Hauvette, ami d'enfance du maire de Neuilly, qui l'ignorait à cet instant-là !

Le preneur d'otages, lui, est ravi de la présence des médias. Il veut savoir ce qu'ils disent. Il réclame un poste de radio, puis une télévision. Il demande ensuite à rencontrer un journaliste de TF1 : Jean-Pierre About, qui est sur place et qui accepte de jouer ce rôle [1].

La première nuit, interminable pour tous ceux qui attendent, HB reste éveillé, discute avec l'institutrice qui a calmé les enfants en leur faisant croire à un nouveau jeu. Mais le lendemain, à midi, changement de cap. Il trouve maintenant que les médias en font trop. Il ne veut plus parler à personne, chasse l'institutrice et Evelyne Lambert, le médecin que l'on avait réussi à introduire pour veiller à la santé des petits. Désormais, il reste seul avec six petites filles. Il n'a pas dormi depuis vingt-sept heures au moins, a bu en revanche beaucoup de café. Il se montre de plus en plus nerveux. A plusieurs reprises, Nicolas Sarkozy est venu lui apporter des sacs contenant des billets. Il les a comptés, mais on est encore loin du total. Dans l'après-midi encore, arrivent des cantines contenant quarante millions de plus.

Le vendredi à 20 heures, le blocage continue. Les négociations traînent. C'est la sortie du ravisseur qui fait question maintenant. Il demande qu'une enfant l'accompagne. Nicolas Sarkozy lui offre de sortir avec lui. HB refuse. Edouard Balladur, qui n'accepte pas qu'un ministre de la République soit pris en otage, lui demande de ne plus rencontrer le forcené. Les six petites filles vont devoir passer une deuxième nuit dans la salle de classe, elles risquent de mourir si rien n'est fait. Charles Pasqua ne veut plus attendre. Il est décidé

1. *HB : 46 heures qui ont bouleversé la France*, Calmann-Lévy, 2005.

à agir, le lendemain, samedi. Peu avant minuit, le procureur de la République Lyon-Caen risque une dernière tentative : qu'HB sorte sans ses explosifs et en laissant les enfants. On lui donnera même une arme. Nouveau refus. La suite est connue : l'assaut au petit matin, à 7 h 30, par les hommes du RAID. L'homme est abattu. Aucun enfant n'est blessé. La France respire. Mais bien sûr une polémique s'ouvre : ne pouvait-on pas éviter de tuer le ravisseur ?

Pour Nicolas Sarkozy – il le dira à Myriam Ezratty, la présidente de la Cour d'appel de Paris, venue l'interroger en qualité de témoin – la question ne tient pas. « Le Syndicat de la magistrature, dit-il, a accusé Charles Pasqua d'avoir donné l'ordre d'abattre HB, c'est faux. Il pouvait tout à fait sortir vivant. Je lui ai proposé moi-même de l'accompagner. J'ai beaucoup parlé d'argent avec lui. Je lui ai donné à de nombreuses reprises l'occasion de s'en sortir sain et sauf. Pourtant, je n'éprouve aucune sympathie pour les preneurs d'otages et pour celui-ci encore moins. Le fait est qu'il n'a pas accepté. C'était son choix. Il y a bien longtemps que je n'attache aucun prix aux propos du Syndicat de la magistrature. Dans des affaires de cette nature, on entend toujours des gens qui n'ont jamais connu de tels drames, qui n'ont pris aucun risque et qui donnent des leçons. Les hommes du RAID, eux, se sont comportés comme des héros et de grands professionnels. J'ai été très touché d'en voir pleurer plusieurs après la libération des enfants. Pour moi, cette prise d'otages a été un moment capital, décisif : j'ai appris ce qu'est la peur et comment il faut essayer de la dominer. Surtout, j'ai ressenti le poids des responsabilités. En fin de compte, nous avons eu de la chance, je ne pensais pas qu'on s'en sortirait si bien. J'avais même préparé ma lettre de démission, presque persuadé qu'il y aurait de la casse. »

Pas de casse, justement. Durant ces deux jours, les Français ont découvert un homme courageux qui sortait d'une classe bourré d'explosifs avec des enfants dans les bras. Le voilà soudain connu de la France entière. Et populaire. Il fait son entrée dans le baromètre SOFRES/*Figaro Magazine*, mais connaît trop l'opinion et sa volatilité pour abuser de cette nouvelle situation. Il refuse de participer à une émission télévisée prévue pour le dimanche soir. Ce n'est pas lui qui apparaîtra ce jour-là sur le petit écran, mais le ministre de l'Intérieur Charles Pasqua.

Une pudeur remarquée dont la presse lui rend grâces, mais qui a aussi le mérite de le protéger. Il laisse le ministre d'Etat seul face à la critique.

De cette soudaine explosion de popularité, les habitants de Neuilly, eux, ne sont pas surpris. Depuis dix ans, ils ont appris à connaître leur maire. Au tout début, au moment de son élection, ils s'interrogeaient, le connaissant à peine. On se répétait même dans la ville, entre cours et jardins, que Sarkozy venant après Peretti, il s'agissait d'une succession entre compatriotes. Certains habitants croyaient même, dur comme fer – la rumeur court encore aujourd'hui – que Marie sa charmante et blonde épouse était la nièce du maire précédent.

Depuis ces dix années, le nouvel élu, lui aussi, a beaucoup appris. Au fond, il ne connaissait pas grand-chose à la gestion municipale et voilà qu'il se retrouvait à la tête d'une véritable entreprise : plus de mille salariés, un budget annuel de trois cent cinquante millions de francs. Mais il avait eu deux maîtres. Entendu les conseils de l'un, Achille Peretti, et suivi en partie l'exemple de l'autre, Jacques Chirac.

Le premier, qui craignait un peu les ardeurs de la jeunesse, lui avait expliqué Neuilly, « une ville déjà faite ». « Les Neuilléens ont horreur qu'on les bouscule, disait-il, si on le fait par malheur, ils vous écrivent beaucoup : parce qu'ils ont des secrétaires ! »

Ce discours, bien entendu, parle au jeune maire. Neuilly ne sera pas un laboratoire expérimental. Il se veut l'héritier humble, multiplie les déclarations d'affection et de regrets éternels pour son prédécesseur, « mon deuxième grand-père », comme il disait parfois. Il continue même un temps d'utiliser sa voiture de fonction, une vieille CX fatiguée. Et s'il investit son bureau, il attendra deux ans pour remplacer les tentures cramoisies et la moquette pourpre par un beige plus apaisant.

Rien d'ostentatoire surtout. Pas de dépenses inutiles. Neuilly est une commune bourgeoise, certes, elle paye à elle seule 1 % du total national de l'impôt sur le revenu. Mais, en matière de finances locales, elle a toujours été la moins imposée de France. Et le restera. Il s'y est engagé dès le soir de son élection.

Il doit pourtant faire oublier sa jeunesse. Et celle de son directeur de cabinet, Brice Hortefeux bien sûr, qui est tout juste âgé de 24 ans. Le petit maire, comme on l'appelle alors dans la ville, s'est fait couper les cheveux, s'habille désormais en costume cravate et exige d'emblée le vouvoiement de tous ses collaborateurs.

Pour le reste, il suit l'exemple de Jacques Chirac, parti à la fin des années soixante à la conquête de sa circonscription corrézienne. Avec une seule différence de taille : Nicolas Sarkozy n'utilise ni les finances de l'Etat, ni les moyens de la ville de Paris pour déverser sur sa circonscription subventions multiples et investissements divers.

« Il ne s'est pas précipité sur la mairie, il s'est précipité sur le travail », note Louis-Charles Bary, son ancien rival devenu premier adjoint. Le maire est partout, il veut connaître tout le monde. Et il tient son équipe d'une main de fer ; « il était surtout aimable avec les gens de l'opposition, les nôtres n'avaient pas le droit de l'ouvrir », confie un conseiller municipal de sa majorité. « Avec nous il était exigeant, cassant, voire cruel. » Car Nicolas, c'est là son grand défaut, peut humilier, se montrer méchant inutilement. Le même ajoute : « En revanche, si l'un d'entre nous rencontrait un problème personnel, une histoire de santé y compris dans sa famille, il téléphonait pour prendre des nouvelles, proposait son aide. Et il appelait aussi pour se réjouir de nos joies : le mariage d'un enfant ou une réussite à un examen. C'est pour cela qu'il est attachant. »

Le maire veut plaire, s'intégrer. Ses fils Pierre et Jean portent les prénoms de deux paroisses de la ville. Marie, son épouse, fait le catéchisme. Un couple parfait. Neuillyssimo !

Dès sa prise de fonction, il l'a exigé, il entend être mis au courant de tous les événements, grands ou petits, de sa cité. Un four brûle-t-il dans une boulangerie à 2 heures du matin ? A 2 heures dix, il est sur les lieux. Un accident survient-il à un carrefour à 3 heures du matin ? Un quart d'heure plus tard il se trouve aux côtés des policiers et des pompiers.

L'âge venant, Achille Peretti s'était enfermé dans son bureau. On ne le voyait quasiment plus. Lui, au contraire, se montre et quadrille la ville. Chaque samedi il visite un quartier à pied, entouré de ses chefs de service (voiries, espaces verts) et du directeur de la police locale. Toujours accompagné de son premier adjoint Louis-Charles Bary, maire de la ville depuis 2002, lequel juge aujourd'hui qu'il a hérité d'une succession difficile.

Dix jours avant ces visites, les habitants ont reçu une lettre personnalisée, les avisant de l'heure de son passage. Tout doit être inspecté : les trottoirs, les immeubles, la signalisation. Et, bien sûr, il entre dans chaque boutique.

Une matinée par semaine, le vendredi, il reçoit les Neuilléens sans qu'il leur soit nécessaire de prendre rendez-vous. Vient qui veut. Il suffit de se présenter au premier étage de la mairie. Parfois, il enchaîne cinquante, voire soixante de ces rencontres à la suite. A chacun, il offre le même laps de temps : entre cinq et dix minutes. « Le jour où l'on n'a plus envie de voir les gens, il faut changer de métier », explique-t-il alors. Et les Neuilléens d'en haut, comme ceux d'en bas ont toujours quelque chose à dire ou à réclamer à leur maire pour eux-mêmes, pour leurs enfants ou leur employé de maison. Une intervention fiscale, un logement, une place à la crèche, à l'école. A chacun il accorde considération et importance.

Le système Sarkozy, comme celui de Jacques Chirac dans ses débuts corréziens, est l'omniprésence : sur les marchés, aux fêtes des écoles, aux banquets des pompiers, aux cocktails d'ambassades. « Il n'a jamais raté l'assemblée générale d'aucune association. Comme il en existe trois cent soixante à Neuilly, faites le compte », admire son successeur. Et toujours, comme Jacques Chirac, Nicolas Sarkozy arrive joyeux, embrasse tout le monde, reconnaît chacun ou fait comme si, plaisante. Et repart en affichant le même sourire. Il ne rate pas davantage les offices religieux importants. « Catholique avec les catholiques, juif avec les juifs et protestant avec les protestants. » C'est ainsi que l'on se constitue des réseaux solides.

Ses concitoyens, ses adjoints ne se posent qu'une question : comment fait-il donc ? « Il avait parfois une bien petite mine », note l'un d'eux. Le mot « loisir » semble pour lui appartenir à un vocabulaire obscène. S'il se permet des vacances c'est huit jours, l'été en Corse, le pays de sa femme et huit jours, l'hiver, pour aller skier. Jamais plus.

« En vacances, j'ai toujours mal à la tête », explique-t-il. A l'entendre, c'est le repos qui fait le migraineux.

Lors des trois premières années de son mandat, bien rares sont les Neuilléens qui n'ont pas eu le privilège de le rencontrer, de lui serrer la main, de lui parler. Bien rares aussi sont ceux qui n'ont pas reçu de lui une lettre manuscrite. Tout comme les Corréziens encore, à qui Jacques Chirac écrivait des cartes postales pendant les Conseils des ministres. Et chaque occasion est bonne pour envoyer un petit mot : mariage, baptême, communion, maladie, deuil. « Je suis incapable, explique-t-il alors, de rentrer chez moi avant d'avoir signé tout mon courrier. » Lequel, pour les Neuilléens, ne passe pas par la poste mais par une équipe de coursiers. Ils sont huit, employés à plein temps pour sillonner la ville. Ces missi dominici qui circulent à vélo forment à eux seuls un vrai service de renseignements. Ils connaissent tous les concierges, chaque commerçant. Ils savent tout.

Mais Neuilly c'est aussi un rare concentré d'artistes, de banquiers, de chefs d'entreprise, d'intellectuels. Pêle-mêle : François Valéry, Christian Clavier, Jean Reno, Martin Bouygues, dont les enfants fréquentent le même établissement scolaire que les siens, « mon meilleur ami », dit-il. Son confident auquel il téléphone chaque jour.

Tous ces *beautiful people* sont devenus des proches. Comme Jacques Attali qui habite en face de la mairie.

Celui qui était alors à l'Elysée le conseiller de François Mitterrand raconte : « Au début de 1982, ma secrétaire reçoit pour moi un coup de téléphone qu'elle me transcrit ainsi : "Jeune avocat, gaulliste, souhaite devenir Président de la République, a beaucoup d'admiration pour vous, veut vous rencontrer." C'était Nicolas Sarkozy. Je ne le connaissais pas. Je lui ai donné rendez-vous à l'Elysée. C'était un des premiers hommes de droite qui venait vers nous, mais pas pour changer de camp. Seulement pour échanger des idées. Le pouvoir le fascinait, il voulait voir comment cela fonctionnait, je lui ai fait visiter les lieux. Il ne m'a jamais rien demandé. Nous avons déjeuné, puis nous nous sommes revus pour le plaisir, sans raison immédiate. J'appréciais son intelligence, sa drôlerie parfois. Il était sans partis pris doctrinaux. Nos femmes et nos enfants sont devenus amis, ils ont grandi ensemble. Et, amis, nous le sommes restés. Il est toujours là dans les bons moments comme dans les plus difficiles. »

Jacques Attali et sa famille ont même partagé avec les Sarkozy des vacances en Corse chez Marie avec leurs enfants, Pierre et Jean. Et quand ce dernier préparait Normale Sup, c'est encore Jacques Attali qui l'aidait à faire ses fiches de lecture.

Toutes les célébrités et demi-vedettes de Neuilly ne sont pas aussi proches, mais toutes requièrent la même attention. La moindre erreur, la plus innocente, peut avoir de graves conséquences. Nicolas Sarkozy se plaît à raconter qu'il avait voulu créer un sens giratoire dans certaines petites rues de la cité. Dans la première habitaient Patrick Poivre d'Arvor et Patrick Sabatier. Dans la seconde Jean-Marie Cavada et Daniel Bilalian. Il fallait tout savoir, tout prévoir et marcher sur des œufs.

Des quelque mille mariages qui se concluent chaque année dans sa mairie, il en célèbre personnellement une centaine, évidemment triés sur le volet. Il a ainsi marié Eddie Barclay, François Valéry, Henri Verneuil, Jacques Martin – nous y reviendrons – mais aussi Michel Sardou et plus tard Johnny Hallyday, dont il connaît par cœur des chansons depuis longtemps oubliées par la vedette !

Ce n'est pas bien sûr l'essentiel. Sans bousculer personne, le jeune maire transforme la ville, aménage la place du Marché, la place de la Mairie, construit des parkings, bâtit un hôpital, un théâtre, un cinéma, une piscine, réalise l'enfouissement partiel de l'avenue de Neuilly qui coupait la ville en deux. Il entend par ailleurs forger une politique culturelle propre à la ville. L'acteur Daniel Ceccaldi, aujourd'hui décédé, devient son chargé de mission. Avec un objectif : trouver des compagnies théâtrales prêtes à venir roder leur spectacle à Neuilly avant de se produire dans la capitale. Il coproduit quatre concerts classiques par an avec la SACEM. Les Neuilléens peuvent se rendre au spectacle à proximité de chez eux. Un beau travail de relations publiques.

Déjà très attaché aux problèmes de sécurité, le jeune maire consacre chaque mois une nuit entière à patrouiller dans la ville aux côtés des policiers. Pourtant, alors que des services de police municipale sont créés un peu partout en France – notamment à Levallois-Perret, chez son ami Balkany –, il a refusé dans un premier temps d'en créer un à Neuilly. Or, voilà qu'un sondage lui montre que ses administrés le souhaitent. Il change donc d'avis mais en refusant d'armer ses policiers. Ils seront dotés de matraques. Sens de la communication oblige, la mairie fait distribuer dans les boîtes à lettres un fascicule illustré de photos : celles des policiers en précisant leur nom et leurs attributions. Car leur tâche ne se borne pas à des patrouilles. Ils doivent aider les personnes âgées à traverser la rue, ils peuvent les accompagner à la banque ou à la poste ou encore surveiller la sortie des écoles.

Un problème pourtant : bien plus tard, en 2005, l'opposition lui reprochera de ne pas avoir construit assez de logements sociaux. Car il a repris à son compte les vœux de son prédécesseur : jamais de tours à Neuilly, pas de constructions de plus de cinq étages et toujours de la verdure sur les trottoirs. D'ailleurs où les mettrait-il, ces nouveaux bâtiments ? Depuis belle lurette, il ne reste plus de terrains à construire. En outre, il s'est toujours méfié des promoteurs, en craignant les accusations de corruption. Ses adversaires, guère tendres d'ordinaire, ne l'attaqueront jamais sur ce terrain.

Résultat de cette omniprésence, de cette volonté de tout savoir et de tout contrôler : aux municipales de 1989, la liste qu'il conduit pour la première fois est élue avec 75 % des voix. En 1995, il fera moins bien : 60 % seulement. C'est que ce scrutin suit la défaite d'Edouard Balladur à la présidentielle et Jacques Chirac, le nouveau Président de la République a fait présenter un candidat du RPR contre Sarkozy. En 2001, ce dernier rétablira la situation : 76 % des voix, davantage que l'électorat traditionnel de la droite. « On ne meurt jamais d'une indigestion de voix », aimait à dire Achille Peretti. Son successeur a retenu l'adage. Il a compris très tôt la nécessité de disposer d'un bastion politique imprenable. Il a tout fait pour cela et il y est parvenu. Neuilly est son royaume.

Chapitre VIII

Cécilia

A l'origine, rien que de très classique. Puisque Nicolas Sarkozy se réserve de célébrer les mariages de ceux que l'on appellera plus tard les « people », pour rien au monde il n'aurait voulu manquer celui de Jacques Martin. Un comédien, ancien élève de Charles Dullin, qui a galopé de succès en succès. Pour le théâtre où il se produit souvent, il a écrit une pièce *Une case vide*. Il a aussi réalisé un film, *Na*. A l'Opéra de Lyon, puis à Paris sur les Boulevards, ce baryton a tenu avec bonheur le rôle du roi Ménélas dans *La Belle Hélène* d'Offenbach avec Jane Rhodes pour partenaire, et connu un grand succès. La télévision a fait connaître ce polémiste chansonnier à la France entière quand il animait « Le Petit Rapporteur ». Surtout, en ces années quatre-vingt, « Dimanche Martin » en fait une vedette comme il en existe peu : une star !

Le maire de Neuilly rentre donc de Corse au beau milieu de l'été pour recevoir, le 10 août 1984, les consentements de Jacques Martin, 52 ans – qui n'en est pas à son premier mariage – et de Mademoiselle Cécilia Ciganer Albéniz, de 25 ans sa cadette.

Qui est cette beauté née sous le signe du Scorpion ? Ses parents, qui avaient d'abord eu trois garçons, ne sont pas des inconnus. Le père, André Ciganer, né Aron Chouganov à Belz, en Roumanie, en 1898, est arrivé en France au début des années quarante. Aux dires de ses fils il a obtenu la nationalité française en 1955 [1], pour faits de Résistance. Surtout, il est le fourreur du grand monde. Il tient un magasin dans les beaux quartiers : d'abord rue François-Ier, tout près des Champs-Elysées, puis – coïncidence – place Beauvau, à deux pas du ministère de l'Intérieur. Son épouse, Térésita, de trente-cinq ans sa cadette, est espagnole et se fait appeler Diane. Cette très belle personne, typée, racée, élancée aux lourds cheveux bruns, a un grand-père connu du monde entier, le compositeur Isaac Albéniz – pianiste virtuose, auteur du très célèbre *Iberia*, admiré de Debussy –, d'un père ambassadeur qui fréquenta la Société des Nations à Genève dans l'entre-deux-guerres, d'une mère belge, née Rosaline de Swert à Anvers.

Un grand appartement rue Marbeuf, un presbytère aménagé dans le charmant village de Monchauvet dans les Yvelines, non loin de Houdan. Bref, ce que l'on appelle une certaine aisance. Diane conduit une Jaguar bleu nuit qui fait bel effet. Mais la famille connaîtra ensuite des revers de fortune dus à la santé du père et au déclin des droits d'auteur de l'aïeul musicien.

Entre deux passages au magasin où elle reçoit les clientes, Diane s'occupe beaucoup de sa petite dernière, Cécilia, qui a dû subir à 12 ans une opération à cœur ouvert… Et qui ensuite lui a créé des soucis d'une

1. A sa mort, ses fils découvriront qu'il s'est rajeuni de 7 ans (il est né en 1905 sur sa carte d'identité française), pour épouser leur mère, alors âgée de 18 ans.

tout autre nature. Elle a, certes, bien terminé ses études secondaires chez les sœurs de Sainte-Marie-de-Lübeck, mais n'a fait qu'entrer et sortir de la fac de droit avant de s'orienter – très brièvement – vers le mannequinat chez le couturier Serge Lepage (Schiaparelli). Madame Ciganer rêve « d'une vie pas comme les autres », d'un mariage prestigieux pour sa fille si belle et qui se cherche – ce serait aussi pour la mère une belle revanche sociale. Cécilia va trouver par hasard : elle dîne un soir de 1983 à la Maison du Caviar, un restaurant près des Champs-Elysées et du domicile de ses parents avec une amie en instance de divorce. Celle-ci, justement, connaît très bien leur voisin de table, Jacques Martin, qui vient lui prodiguer quelques paroles de consolation. Il a remarqué Cécilia. Et plus il la regarde, plus il est conquis. C'est-à-dire décidé à la conquérir. Le lendemain, il appelle l'amie pour la convier à dîner chez lui à Neuilly en lui demandant d'amener la jeune femme.

Il est libre. Sa compagne, la comédienne Danièle Evenou, l'a quitté, emmenant leurs deux fils. Elle ne supportait plus les humeurs peccantes de ce perpétuel insatisfait. Selon elle, un égocentrique. Ce départ l'avait désemparé. Ne pouvant vivre seul, il se perdait, au grand désespoir de ses amis.

A ce moment, Cécilia vit seule, elle aussi. Plusieurs histoires de cœur ont tourné court. Certaines l'ont beaucoup affectée. La dernière avec un photographe de renom de *Vogue*, de vingt ans son aîné. Il l'avait photographiée pour son magazine : elle présentait la collection de fourrures de son père. C'est ainsi qu'ils avaient fait connaissance. Bientôt ils ne s'étaient plus quittés, voyageant autour du monde – Panama, La Barbade… – où il faisait des photos de mode. Elle organisait son planning et, à Paris, sa maison (il vivait dans un hôtel particulier). « Cécilia fait partie de ces femmes qui propulsent un homme », dit-il d'elle aujourd'hui. Chaque année, Régine, la célèbre reine de la nuit, faisait éditer un album consacré aux « Régine's », les boîtes de nuit qu'elle dirigeait à travers le monde. Lui photographiait les clients renommés. Cécilia s'occupait de la publicité et cherchait des sponsors. Ces deux-là devaient convoler en justes noces. Les invitations étaient lancées. La réception devant se dérouler à l'abbaye de Royaumont, encore propriété de la famille du futur marié. Quand celui-ci, pris de panique, demande un délai de réflexion. La réflexion s'éternisa. Fin de l'épisode. Pas de mariage.

Cécilia accueille donc avec bonheur les compliments de Jacques Martin, qui déploie pour elle ses multiples talents. Il la fait rire, la régale de nourritures exquises (il excelle en cuisine), il lui parle littérature (domaine favori de cet amuseur, en réalité grand lettré), il lui récite des vers à l'oreille et entonne ses plus beaux airs. Bientôt ils voyagent, se montrent assidus aux plus grands concerts, visitent des musées et ainsi de suite. Bref, il l'étourdit de charme et de culture et lui fait découvrir un monde qu'elle ignorait. Le Grand Jeu.

Est-elle amoureuse ? Sans doute. Elle l'admire encore plus, flattée aussi d'être l'objet de tant d'attentions. Ils font vite vie commune. A son ex-ami le photographe, Cécilia annoncera au téléphone et pas fâchée de la leçon : « Je vis avec l'homme le plus connu de France. »

Tous les amis de Jacques Martin en témoignent : « Elle fut pour lui une compagne pleine d'humour et d'autorité, d'humeur volontiers badine et qui a tout assumé : l'organisation de la maison, la vie quotidienne et aussi, hélas, les dérives de son nouveau compagnon, lequel, grâce à ses patientes attentions, s'en est sorti peu à peu. Elle a été très solidaire, elle l'a beaucoup aidé. »

Deux ans plus tard, le couple décide de se marier. Lors d'une cérémonie dans la plus stricte intimité : avec la seule compagnie de la famille, d'une poignée d'amis et des témoins. Car Cécilia attend un heureux événement, très proche. Jacques Martin, habitant Neuilly, a demandé au maire – que le couple avait rencontré une fois lors d'un dîner – de recevoir leur consentement.

Achille Peretti, qui n'aimait pas célébrer les mariages, racontait à ses adjoints : « Quand j'y suis obligé, une seule chose m'amuse, je regarde la mariée et je me demande si, le soir, j'aimerais être à la place de son conjoint. » Or, ce 10 août 1984, dans des circonstances analogues, le jeune maire de Neuilly n'a pas le temps de s'interroger : le voilà saisi d'un trouble comme il n'en a guère connu jusque-là. Une sorte de feu intérieur l'envahit, que la chaleur estivale n'explique pas. Un embrasement qui s'appelle le coup de foudre. Il est subjugué par l'allure féline de la jeune femme, ses yeux de chatte égyptienne qui lui font un regard si distant, ses faux airs de Jackie Kennedy. Une vraie *first lady.* « Pourquoi, moi, je marie cette femme à un autre ? Elle est pour moi », voilà ce qu'il se dit en cet instant. Il est tellement fasciné que rien dans la silhouette de la mariée n'attire son attention. Il en bafouille. Il oublierait presque le beau discours qu'il a peaufiné pour la vedette, le mari. Il s'y accroche pourtant. Pour cacher son émoi, il accable celui-ci de compliments, ne regarde que lui. Après avoir retracé sa brillante carrière, il s'exclame en guise de péroraison : « Jacques, j'aimerais vous faire un cadeau qui ne me coûterait pas cher et qui pourtant n'a pas de prix pour moi, que je ne puis vous donner et que sans doute vous n'accepteriez pas, parce que vous n'en auriez pas l'usage : mon écharpe de maire. » Une manifestation d'empathie peu commune, qui stupéfie l'assistance – c'est bien la première fois que le maire parle de la sorte – mais que le bénéficiaire, abasourdi lui aussi, accueille une larme à l'œil. Quel homme de cœur, ce jeune maire ! Que veut-il dire ? Il aimerait que Jacques Martin soit le maire à sa place, et que lui soit à celle du marié…

Arrêt sur image : il s'agit bien sûr d'un message subliminal adressé à Cécilia : j'aimerais vous offrir ce que je ne puis pas et que vous-même ne pourriez accepter aujourd'hui : le mariage ?

Il ne le peut évidemment pas, puisqu'il a épousé trois ans plus tôt « une perle », comme il disait alors, nommée Marie, la douce Marie que « tout le monde aimait », répètent aujourd'hui encore les fidèles.

Il l'avait rencontrée quatre ans plus tôt dans le bureau de Roger Karoutchi. Délégué RPR aux universités, celui-ci voulait créer une section à la Sorbonne IV où Marie étudiait l'italien. Il voulait l'en charger. Séduit sur-le-champ, Nicolas avait demandé son numéro de téléphone et Marie fut rapidement conquise. Quelques mois plus tard, ils se mariaient en l'église Saint-Pierre-de-Neuilly. Nicolas pour l'occasion avait accepté de revêtir l'habit. Un mariage chic. Après une réception au « Tir aux pigeons », donnée par les familles pour le gratin de la ville, les mariés avaient fait la fête le soir avec les amis de leur âge, dans l'appartement de la sœur de la mariée alors vidé en vue de prochains travaux. Un mariage de militants. On avait ri, chanté, dansé jusqu'à l'aube, puis Nicolas et Marie étaient partis en voyage de noces aux Seychelles.

A ce moment, il voulait fonder une famille stable, mener avec femme et enfants la vie dont son père l'avait privé. Avec Marie il a d'abord vécu dans le studio situé au-dessus de l'appartement de sa mère, après l'avoir lui-même repeint. Ils y sont restés jusqu'à la naissance de leur deuxième garçon. Un couple uni, heureux, sans histoires. « Nicolas aimait beaucoup Marie », disent les amis et d'ajouter : « Ce qui ne l'empêchait pas de faire du charme – et parfois même pire ! – aux jolies filles. » Jusqu'à ce coup de foudre du 10 août 1984.

Ce jour-là donc, Nicolas en a fait tant et tant qu'il est devenu sur-le-champ l'ami de la famille Martin, laquelle s'agrandit très vite : treize jours plus tard, Cécilia accouche d'une petite fille prénommée Judith. Le parrain est tout trouvé : le maire de Neuilly.

Les Sarkozy et les Martin ne se quittent plus. Les deux couples dînent ensemble au bistrot, ou bien chez l'un ou chez l'autre. « Au début Nicolas ne parlait jamais de Cécilia, il me racontait seulement que l'on mangeait très bien chez les Martin », se souvient son copain Jean-Marie Chaussonnière.

Ils se retrouvent au spectacle. Souvent, Jacques invite Nicolas au Théâtre de l'Empire avenue de Wagram où il enregistre l'émission « Dimanche Martin ». Quand il l'aperçoit au premier rang, il le salue et le fait applaudir par le public. En retour, les Martin sont conviés à toutes les cérémonies festives de la mairie de Neuilly. Cécilia et Marie, elles aussi, semblent inséparables. « Ma meilleure amie », c'est ainsi que Marie présente Cécilia aux Neuilléens, lesquels peuvent rencontrer les deux jeunes femmes rieuses, promenant leurs landaus avenue de Madrid, emmenant leurs bébés prendre l'air au bois de Boulogne. Cécilia a deux filles, et Marie deux garçons pratiquement du même âge. Quand, en 1987, Cécilia a accouché de sa deuxième fille, les magazines la montrent encore alitée à la clinique, son bébé dans les bras. A ses côtés Marie, la femme du maire de Neuilly qui sera, annoncent-ils, la marraine de la petite Jeanne-Marie.

Des proches, très proches donc. Qui se retrouvent même durant l'été 1987 en vacances dans une belle villa, « La Baraka », louée par les Martin près de Mougins.

A cette époque, Nicolas confie à ses collaborateurs qu'il envisage de faire entrer son ami Jacques au conseil municipal de Neuilly lors des élections de 1989.

Seulement voilà, cette belle amitié est déjà condamnée. Car Nicolas est amoureux. Un amour irrépressible pour la femme de son ami. Il a longtemps résisté, mais la digue a lâché. Il en rêve le jour, en perd le sommeil, les sens retournés, il est envahi par l'émotion, vaincu par le désir. Envoi quotidien de fleurs, appels téléphoniques, il fait sa cour avec une assiduité sans faille et son habituelle vigueur. Or, la dame de ses pensées est souvent seule. Jacques Martin, toujours sur la brèche, se partage entre télévision et théâtre où, chaque soir, sa femme doit aller le chercher. Il lui interdit de travailler. Elle s'ennuie, commence à se lasser de la démesure de ce perpétuel insatisfait. Heureusement, Nicolas est là, qui fait son siège, l'amuse, lui parle politique, et avenir (le sien). Son intérêt pour elle la trouble. Comme elle le dit elle-même : « Qui peut résister à Nicolas ? » Elle aussi devient très amoureuse. Et puis le maire de Neuilly, vice-président du Conseil général, de deux ans son aîné, est promis à un brillant avenir politique. Voilà, en outre, qu'il lui propose un travail : la direction du journal municipal. Leurs rencontres, de plus en plus fréquentes à la mairie ou ailleurs, commencent à faire jaser dans la ville. Aucun de leurs amis n'imagine pourtant que Nicolas pourrait quitter Marie. Et pas davantage Dadu, qui adore sa belle-fille. L'annonce de la liaison de Nicolas et Cécilia sera reçue dans la famille avec stupeur et tremblements.

Marie a compris son infortune lors d'un week-end à Megève au printemps 1988. Invité par Roger Teullé, l'adjoint de Nicolas, le couple avait emmené Cécilia puisque Jacques Martin était toujours occupé. Ils logeaient à l'hôtel. Et voilà une scène de roman : un après-midi, le temps n'étant pas de la partie, il n'y a pas de ski au programme. Marie fait des courses, revient à l'hôtel. Nicolas n'est pas là. Elle le cherche. Personne dans les couloirs. Et finit par aller frapper à la porte de Cécilia. Bruits divers derrière la porte. Quand enfin son amie lui ouvre, elle comprend qu'elle n'était pas seule. La fenêtre est encore béante. Des traces de pas dans la neige lui indiquent que quelqu'un vient de s'esquiver. Son mari ? Un cauchemar ! Nicolas, pris en flagrant délit d'adultère, doit sur-le-champ gérer l'ingérable. Marie pleure. Le week-end est abrégé. On rentre à Paris. Nicolas est débordé. La politique vit au rythme de la campagne présidentielle qui a commencé. Et cette année-là, 1988, François Mitterrand a de bonnes chances d'être réélu. Sollicité par le RPR, Jacques Martin, qui ignore encore son infortune, a accepté de participer au grand meeting organisé par les chiraquiens avant le second tour, place de la Concorde où vedettes, patrons et hommes politiques se succèdent à la tribune : Line Renaud, Jean d'Ormesson, le professeur Cabrol, l'amiral de Gaulle, Yves Saint-Martin, Chantal Goya, Paul-Loup Sulitzer et même Antoine Pinay.

Craignant une incartade de la vedette qui a beaucoup insisté pour prendre la parole, l'entourage de Nicolas a prévu de couper son micro au cas où… Mais Jacques Martin s'en tient à la politique. Emporté par sa fougue militante, il menacera même les socialistes des pires maux, jusqu'à la trente-sixième génération. Il clame, dans la même envolée, que leur victoire l'inquiéterait… pour l'avenir de ses enfants. Du coup, le lendemain, les comités d'entreprise qui avaient loué les places pour assister à son spectacle « La lune entre les dents », annuleront leurs réservations.

La rumeur, portée par de bons amis, finit pourtant par arriver jusqu'à lui. Aux accusations de tromperie, Cécilia nie et nie encore pendant des semaines. Jusqu'au moment où Marie téléphone à Jacques pour lui confirmer – preuves à l'appui – leur commune infortune. Le doute n'étant plus permis, fou de colère, Jacques Martin menacera d'aller « casser la gueule » à ce faux frère de Nicolas. Mais, contrairement à une rumeur qui court encore aujourd'hui à Neuilly, il n'a jamais mis son projet à exécution. Chambré sur le sujet, lors de l'émission « Les Grosses Têtes » de RTL, il rétorquera avec humour : « Je ne vais tout de même pas aller battre le maire de mes enfants. »

A l'automne 1988, la vie conjugale devenant insupportable, Cécilia décide de partir « avec ses deux poussins sous le bras », comme elle dit. En donnant à Martin cette simple et seule explication : « Je ne suis plus heureuse, je m'en vais. » Un verdict sans appel ! Elle s'installe dans un petit appartement. Pas très loin de son mari et tout près de la mairie. Et elle demande le divorce.

« Pour Martin, ce fut un drame », disent ses amis. Certains qui avaient tenté de fléchir Cécilia notent : « Elle peut être une amie formidable mais, dès que vous la gênez, elle devient une femme impitoyable. »

Les grandes douleurs de Jacques Martin ne sont pas toujours muettes. Chaque dimanche après-midi, en présentant « L'Ecole des Fans » où des petits enfants chantent sur scène des succès d'une vedette invitée par lui, il leur pose les mêmes questions : « Où elle est, ta maman ? Où il est, ton papa ? » L'enfant désigne alors du doigt ses parents assis dans la salle. Si la mère est jolie, l'animateur met parfois le mari en garde : « Surtout, n'amenez pas votre épouse à Neuilly, le maire s'en occuperait personnellement. »

A Thierry Ardisson qui lui demande sur Antenne 2 dans l'émission « Double Jeu », s'il lui était arrivé de vouloir tuer quelqu'un, Jacques Martin répondra : « Oui. Le maire de Neuilly. » Lequel appellera un de leurs amis proches pour l'avertir que, cette fois, « la ligne jaune a été franchie ». Cécilia a quitté son mari, une décision brutale, définitive ; quatre mois plus tard, elle avait obtenu le divorce.

Nicolas Sarkozy, lui, n'a pas rompu aussi aisément avec Marie. Au grand dam de Cécilia. C'est que sa famille, Dadu surtout, a pris le parti de son épouse. Laquelle très déprimée tombe malade, et gravement. Madame Chirac – qui a toujours été du côté des femmes trompées – téléphone pour prendre de ses nouvelles, elle lui rend même visite à la clinique et lui conseille : « Ne lâchez pas ! » Une situation difficile à vivre et à gérer pour un mari fautif et quand même scrupuleux.

Habité par la crainte et le remords, il tergiverse, quitte le domicile conjugal, puis revient, et repart, va-et-vient qui autorise Marie à croire que la liaison craquera. Pourtant, au lendemain de sa réélection à la mairie, en 1989, Nicolas tranche. En faveur de Cécilia. Chaque matin pourtant, des années durant, il viendra chercher ses fils à la porte de leur mère pour les amener à l'école. Et souvent Pierre et Jean viennent travailler dans son bureau de la mairie. « C'est un très bon père, il adore ses enfants », assurent tous ses amis. Parmi eux, l'une d'elles raconte l'avoir vu pleurer alors qu'il regardait à la télévision le film *Kramer contre Kramer*, l'histoire d'un divorce. Mais il a fait fi de tous les conseils de prudence, de tous les « tu vas briser ta carrière politique ». De tous « les Neuilléens ne te pardonneront pas ». C'est que, dans la ville, peu nombreux sont ceux qui prenaient le parti de Cécilia. Trop belle, trop froide, trop intéressée, disaient-ils. Une situation difficile à vivre pour elle, que certains à Neuilly appellent de manière injurieuse « la pute du maire », comme pour lui qui n'a pas pu résister à la passion.

Chapitre IX

Consoler Pasqua et faire chanter Madonna

A peine a-t-il franchi une marche qu'il veut se hisser sur la suivante. Sans perdre une minute. Et en tirant des leçons de l'expérience précédente. Il est ainsi fait. Jamais rassasié.

« Avec lui, c'est simple, toute seconde qui passe est dédiée à se rapprocher du but », dit son ami Devedjian.

En 1986 à 31 ans, il peut déjà afficher un bilan flatteur. Maire de Neuilly, conseiller régional, vice-président du Conseil général des Hauts-de-Seine. Il y est en charge de la politique culturelle et s'est fait habilement remarquer. Il est en effet intervenu pour que les crédits affectés au Théâtre des Amandiers dirigé par Patrice Chéreau et Catherine Tasca (future ministre socialiste) ne soient pas supprimés, comme l'envisageait la majorité (RPR) du Conseil général... Ce n'est pas qu'il raffole de ses spectacles – il n'est jamais allé les voir – mais en pragmatique il sait que rien ne serait plus dangereux. Il ne faut jamais priver d'herbe une vache sacrée et Chéreau en est une, en son domaine. Sans compter que la mairie de Nanterre, ville où il officie, est dirigée par les communistes : il sera donc dit que Monsieur Sarkozy n'est pas sectaire.

Il est aussi entré, de haute lutte, au Comité central de son mouvement, dont il avait gravi à l'échelon local tous les grades : trésorier, secrétaire de section, secrétaire de circonscription, délégué départemental et ainsi de suite… Beaucoup jugeraient le moment venu de souffler un peu. Lui, non. Toujours plus haut ! Il rêve d'ajouter une écharpe tricolore de député à son blason. Justement, la France va renouveler l'Assemblée nationale. Les circonstances sont favorables à l'opposition. Le gouvernement Fabius ayant déçu, les augures, formels, annoncent la défaite de la gauche.

Seulement voilà : ce Fabius et ce Mitterrand ne reculant devant aucune manœuvre, à condition qu'elle soit efficace, sous prétexte de rétablir la justice dans la représentation du peuple, ont ressuscité le scrutin de liste à la proportionnelle à un tour, scrutin qui contribua à la dégringolade de la IVe République… Peu leur en chaut, puisqu'il s'agit de limiter chez eux la casse, fût-ce au prix d'une entrée de l'extrême droite au Parlement. Il y a bien chez les socialistes des hommes comme Michel Rocard qui trouvent la ficelle un peu grosse. Il a quitté le gouvernement pour marquer sa réprobation. Mais il est bien le seul à avoir osé ce geste. Et son départ est le moindre souci du Président et de son jeune Premier ministre.

Puisque les listes des candidats sont établies par les états-majors des partis, il ne faut pas être grand clerc pour comprendre que ce type de scrutin favorise les vieux loups de la politique, bien installés dans les appareils. Ils figureront au premier rang – en position éligible, comme on dit – au détriment des nouveaux venus, c'est-à-dire du renouvellement. Ce qui ne signifie pas que tous les vieux loups soient à la fête. Ainsi Charles Pasqua, qui mène le jeu dans les Hauts-de-Seine et doit trancher entre les ambitions. Le RPR peut en effet y réaliser un score. Et les candidats se pressent. Bien entendu les sortants n'entendent pas sortir. Ainsi, les anciens et importants ministres du général de Gaulle, bardés de décorations, auréolés d'un passé glorieux comme Jacques Baumel et Georges Gorce. Celui-là, maire de Rueil, celui-ci de Boulogne. Et encore Claude Labbé, président du groupe parlementaire RPR ; et aussi Georges Tranchant, un industriel proche des Dassault dont le poids n'est pas négligeable. Difficile dans ces conditions de faire une place aux « Pasqualitos », ces jeunes qui sont l'avenir du mouvement et l'ont prouvé. Comme Devedjian à Antony et Balkany à Levallois-Perret, qui ont ravi leur mairie à la gauche.

Le RPR peut espérer obtenir cinq sièges dans le département. Pas davantage. Comme il n'est pas question de toucher aux quatre premiers, reste la cinquième place. A qui l'offrir ? Balkany fait le forcing. Mais c'est l'autre Patrick, Devedjian, qui l'obtient. Sarkozy doit se contenter de jouer les figurants, rôle qu'il déteste évidemment, au septième rang ! On lui offre bien une place d'éligible sur la liste pour les élections régionales qui se dérouleront le même jour ; comme il est déjà sortant, pour lui le gain est nul. Et il enrage.

Au soir du scrutin du 16 mars, pas de surprise dans les Hauts-de-Seine. Les cinq premiers sont élus. Dans le pays quinze millions d'électeurs ont voté pour la droite, douze millions pour la gauche. Jamais le rapport de forces n'avait été aussi défavorable à celle-ci, depuis 1968.

Pourtant, ce soir-là, les socialistes battus trinquent, amusés par le spectacle qu'offrent à la télévision les vainqueurs dépités. Le système proportionnel a tenu ses promesses. Il a failli faire manquer à la droite la majorité absolue. Il s'en est fallu de quatre sièges. Avec le scrutin majoritaire, les socialistes ne seraient revenus qu'à cent trente tout au plus à l'Assemblée. Or, ils sont deux cent douze. Et voilà le Front national qui occupe trente-cinq sièges. Une flèche qui pourrait être mortelle dans le flanc de la droite. Vraiment bien joué ! La cohabitation – Président de gauche-gouvernement de droite – la première du genre, ne s'annonce pas aisée.

Dès le lendemain, François Mitterrand a nommé Jacques Chirac à Matignon. Les deux hommes se sont entendus. Edouard Balladur devient ministre d'Etat, en charge de l'Economie, des Finances et des Privatisations. Charles Pasqua obtient l'Intérieur. Il a fait nommer Patrick Devedjian responsable des fédérations au RPR. Nicolas Sarkozy regarde passer les plats : rien pour lui. « A cause de Neuilly », croit-il, Pasqua se venge. Main sur le cœur, les proches de ce dernier jurent qu'il n'en est rien. Qui pourrait les croire ? En tout cas pas l'intéressé.

Mais il sait d'instinct faire une croix sur ses ressentiments quand son intérêt le commande. A quoi servirait-il de bouder ? Il importe au contraire de se réconcilier au plus vite avec l'hôte de la Place Beauvau. Il charge de cette mission Jean-Jacques Guillet, un proche du ministre, élu comme lui dans les Hauts-de-Seine : qu'il joue les médiateurs et rétablisse les liens.

La chance, on l'a déjà vu, aime souvent les tenaces : voilà que la France s'offre une de ces crises étudiantes dont elle a le secret. L'occasion est une loi concoctée par le ministre en charge des Universités, Alain Devaquet. Grand professeur, spécialiste de la mécanique quantique, il enseigne à Polytechnique et à la Sorbonne. Ce grand jeune homme blond aux airs si timides, une allure dégingandée de potache vit donc au milieu des étudiants. Et il s'est mis en tête d'accorder plus d'autonomie aux universités – une mesure que tous les experts appelaient de leurs vœux. Mais c'est une affaire « collatérale », les droits d'inscription dans les facultés, qui va être présentée aux lycéens comme un scandale. Une hypothèque pour leur avenir. Des tracts distribués à la sortie des lycées leur font croire que cette majorité qui vient de supprimer l'impôt sur la fortune – sous-entendu qui n'aime que les riches – est prête à faire monter ces droits jusqu'à 10 000 francs. La sélection par l'argent donc. Rien de tel n'est écrit dans la loi. Mais qui lit les textes ? Il est facile de manœuvrer de jeunes cervelles. L'UNEF, l'extrême gauche, des mouvements comme SOS Racisme dont le père fondateur se nomme Julien Dray prennent une part active à ce bourrage de crâne.

Pierre Mauroy rapporte une anecdote significative. En août 1986, alors qu'il rendait visite à François Mitterrand à l'Elysée, il avait à plusieurs reprises croisé Julien Dray dans les couloirs du palais présidentiel. Et ce dernier l'avait apostrophé, joyeux : « La vraie force révolutionnaire de ce pays, ce sont les lycéens. » « Je ne comprenais pas pourquoi il me disait cela, quelques mois plus tard j'ai compris », avouera l'ancien Premier ministre à l'auteur.

Les manifestations de l'automne avaient été organisées dès l'été à l'Elysée.

La loi dite « Devaquet » est votée fin octobre au Sénat dans une totale indifférence. Un mois plus tard, quand le texte est présenté à l'Assemblée nationale, les manifestations éclatent et se succèdent comme les grains d'un chapelet. Mêmes slogans, mêmes banderoles, d'un bout à l'autre de la France. Des milliers de jeunes lycéens encadrés par leurs professeurs sont dans la rue. La gauche, la Fédération de l'Education nationale leur emboîtent le pas.

Pour mimer 1968, quelques-uns ont, bien sûr, occupé la Sorbonne. La police fait évacuer les locaux. Les lycéens exigent le retrait de la loi. Grenades lacrymogènes, casseurs armés de barres de fer aux alentours du boulevard Saint-Michel. Dans un premier temps, le gouvernement choisit la fermeté. Non, il ne cédera pas, qu'on se le dise. La coordination étudiante créée selon le scénario habituel décrète la grève générale dans les universités et, bien sûr, n'entend pas en démordre. Survient le dénouement imprévu, atroce. Un samedi soir, un jeune Français d'origine maghrébine, Malik Oussekine, est roué de coups par deux voltigeurs motocyclistes de la police. Quelques heures plus tard, il décède. L'horreur. L'absurde horreur.

Le lundi, le Président de la République François Mitterrand déjeune avec Elie Wiesel, débarqué le matin même de New York, en route pour Stockholm où il doit recevoir le prix Nobel de la paix. Après le café, le Président demande à son invité de l'accompagner. Il va présenter ses condoléances à la famille du jeune défunt. Bien sûr, les caméras sont priées d'immortaliser la scène et la présence aux côtés du chef de l'Etat d'un écrivain considéré comme le défenseur attitré des droits de l'homme, impressionne plus que tous les discours. C'est clair : le Président a le monopole du cœur. La droite au pouvoir celui de la répression brutale et mortelle. Personne ou presque ne rappelle que le même Président, quelques semaines plus tôt, avait omis d'aller saluer les familles de jeunes policiers guère plus âgés que Malik Oussekine, tués au Pub Renault par l'explosion d'une bombe terroriste qu'ils avaient emportée pour préserver la vie de centaines de jeunes.

Ce même jour, Charles Pasqua se rend au chevet des policiers gravement blessés lors de la manifestation. La gauche réclame à cor et à cri la démission du patron d'une police inhumaine. Les Français ont été choqués. François Mitterrand fait de l'escalade dans les sondages, tandis que Jacques Chirac dégringole du cœur des Français. Bien qu'il ait retiré sans plus attendre la loi Devaquet.

Pasqua se trouvant en difficulté, Nicolas Sarkozy saute sur l'occasion, il faut l'aider. Réunir des militants dans les Hauts-de-Seine, chauffer une salle, il sait faire. Donc il fait. Il joint le ministre : « Ce sera une réunion entre nous, nous voulons vous dire combien nous sommes auprès de vous. » Ils sont un bon millier, l'ambiance est chaleureuse. Tout couturé de cicatrices et repu de sentiments qu'il soit, Pasqua est retourné. Il en aurait presque la larme à l'œil. Allons, il n'est pas si mauvais, ce petit Sarkozy. Et puis, on fait partie de la même famille, non ?

La récompense ne se fera pas attendre. Il y a toujours de la place dans un cabinet ministériel. Il y en aura une pour Nicolas, même si on ne lui affecte pas de bureau car il n'y a plus d'espace libre à Beauvau. Mais enfin, le voici pourvu d'un titre « chargé de mission ». Toujours utile.

« Je pense à vous pour quelque chose », lui dit alors Charles Pasqua. Ce quelque chose est : la prévention des risques majeurs et technologiques. Un dossier brûlant depuis avril 1986. Le monde entier est traumatisé par la catastrophe de Tchernobyl. Ce qui paraissait improbable aux dires de nombre d'experts est arrivé. Bien plus, le drame a mis en lumière des carences en matière de protection. Il s'agit donc d'évaluer les risques et de proposer des systèmes d'alerte en cas de catastrophe nucléaire. Ce qui suppose, entre autres, une meilleure communication entre EDF et les préfets. Qui connaît l'administration sait bien que rien ou presque n'est plus complexe. Une bonne occasion donc pour Nicolas de se familiariser avec les rouages des services publics, d'en mesurer rivalité et efficacité. Une mission importante donc.

Pasqua tardant un peu à lui confier la mission, Sarkozy active ses réseaux. Alain Carignon raconte : « J'étais ministre de l'Environnement, Nicolas m'a dit : il faut que tu m'appuies auprès de Pasqua. Tu lui diras que tu as un besoin urgent d'un correspondant à Beauvau sur ces questions de risques majeurs et que tu aimerais que ce soit moi. Ce que j'ai fait. Pasqua a aussitôt réagi. Après quoi, on s'est beaucoup vus avec Nicolas pour parler de ce sujet. »

Pour guider son poulain dans les arcanes administratifs, le ministre de l'Intérieur s'en remet à Jean-Paul Proust, futur préfet de police de Paris et alors directeur de la défense et de la sécurité civile.

« Un jour, Pasqua me convoque dans son bureau, raconte-t-il, j'arrive. Il était en compagnie d'un jeune homme que je ne connaissais pas : “Je vous présente Nicolas Sarkozy, me dit-il de sa voix chantante. Il a été élu maire de Neuilly contre mon avis, mais il est plein de qualités et d'avenir. Il n'a qu'un défaut : il ne sait encore rien faire. Voilà pourquoi, je lui ai donné ce dossier. Vous allez le parrainer." »

Nicolas s'est mis aussitôt à la tâche. « Il pouvait utiliser mes services, il a fait le tour de tous les responsables du CEA, il a visité les centrales et bientôt je l'ai vu discuter comme un pro avec les spécialistes. J'étais épaté mais je n'imaginais pas qu'il ferait la carrière qu'il fait », assure son parrain.

L'apprentissage ne se limite pas à l'étude des dossiers. Pour la première fois, le jeune maire de Neuilly pénètre aussi dans l'Hémicycle… Quand son ministre l'y amène, il le fait asseoir sur les bancs derrière lui. Et celui-ci ne manque pas de téléphoner aux amis : « Allô ? Tu as vu où était ton copain ? » Trop content ! Il écoute, observe, fréquente les couloirs, apprend les visages, les rites et les mœurs parlementaires. Il est à son affaire.

C'est l'époque où se prépare la présidentielle de 1988. Jacques Chirac est candidat, bien sûr. Son directeur de campagne est Charles Pasqua, toujours peu pressé néanmoins de laisser une grande place dans le staff au maire de Neuilly.

Alain Carignon raconte : « Nicolas et moi avons créé le comité de soutien des jeunes à Jacques Chirac. C'était bien sûr son idée. Etant ministre je le présidais. Lui assumait le secrétariat général. Et il se tapait tout le boulot. C'est lui qui a organisé le grand meeting de Bagatelle entre les deux tours, un dîner assis de quatre mille personnes, un travail de titan… Moi, j'avais mon nom sur le carton, c'est tout. Lui avait encore besoin de notoriété et voulait se faire valoir auprès de Jacques Chirac. D'autant plus qu'à ce moment, à en croire Patrick Devedjian, Charles Pasqua faisait tout, et le reste, pour écarter la jeune équipe du candidat à la présidentielle.

Au début de 1987, Nicolas Sarkozy a trouvé pourtant une bonne occasion de se faire remarquer du Premier ministre. Jean-Claude Camus, imprésario de Johnny Hallyday et de bien d'autres vedettes, doit organiser la venue de Madonna. Elle donnera un concert au mois d'août. Pourquoi pas en plein air ? Le parc de Sceaux, près de Paris lui semble être un lieu des plus propices. Mais le maire de la ville ne veut pas en entendre parler. Il tient à protéger ses administrés des tonnerres de décibels. D'autant que ses électeurs ne sont pas tous – il s'en faut – des fans de la vedette. Sans compter que l'organisation d'un tel concert présente bien des dangers en termes d'ordre public et de sécurité. Donc, c'est non !

Jean-Claude Camus décide d'en appeler à Jacques Chirac, qu'il connaît bien. Il lui rend visite à Matignon. Il insiste, bien entendu, sur l'intérêt politique qu'il aurait à accueillir cette immense vedette, les jeunes l'adorent. En outre, celle-ci est prête à offrir un chèque de cinquante mille francs à Line Renaud pour l'association de lutte contre le SIDA qu'elle a créée. Autant d'arguments qui touchent le Premier ministre mais séduisent davantage Claude, sa fille cadette, encore étudiante. Elle voit bien, depuis les événements de décembre, que son père doit combler ce que les pros de la communication appellent « un déficit d'image auprès de la jeunesse ».

« J'ai pris papa entre quatre murs et je lui ai fait écouter les disques de Madonna », racontera Claude. Entre ces quatre murs, se trouve comme par hasard un photographe. Et quelques jours plus tard, un magazine pour jeunes, *Podium*, publie la photo d'un Jacques Chirac assis par terre, jambes croisées en tailleur, Walkman à l'oreille, séduit peut-être. Tentant de séduire sûrement. « Ça n'est pas en se déguisant en crooner des années cinquante que Chirac fera oublier les matraques de décembre », grogne alors Jack Lang. Il n'empêche : Jacques Chirac va aider Jean-Claude Camus.

« Allez donc voir Nicolas Sarkozy de ma part. Il est chargé de la culture dans les Hauts-de-Seine. Il va vous arranger cela. »

Jean-Claude Camus n'a pas oublié : « J'ai pris rendez-vous avec le vice-président du Conseil général. Quand je suis arrivé, j'ai été frappé par sa jeunesse. Je croyais donc facile de lui faire miroiter tous les avantages de ce concert pour l'image de Jacques Chirac. J'ai débité mon bla-bla, il m'a laissé parler dix minutes sans m'interrompre, puis il m'a dit : "Ecoutez, moi je trouve que c'est une très mauvaise idée. Mais, puisque Jacques Chirac me le demande, je vais organiser cette fête. Pas de problème." Et c'est là que je l'ai vu à l'œuvre, poursuit Camus. Le maire de Sceaux, en effet, continuait de protester. Mais le parc étant la propriété du Conseil général, celui-ci avait le dernier mot. Sarkozy a mené l'opération sabre au clair. Nous avons tenu au moins dix réunions avec tous les services, à commencer par le préfet totalement aux ordres. Car il fallait tout prévoir, recréer une ville : l'éclairage, la sono, les toilettes, la signalisation, les postes de ravitaillement, le gardiennage, le parking, l'évacuation, la sécurité. Moi, le professionnel, j'étais en admiration. Il faisait tout cela alors qu'il se foutait complètement de Madonna – il n'aime que la chanson française –, il m'a bluffé. Depuis, je ne l'ai plus lâché, il est mon ami. »

Grâce à Jean-Claude Camus, Nicolas Sarkozy pourra inviter Johnny Hallyday à participer au festival qu'il a créé dans les Hauts-de-Seine baptisé « Chorus ».

Nicolas n'est pas invité à la réception offerte dans

l'intimité à la mairie de Paris à Madonna, la veille du concert. Mais le lendemain au parc de Sceaux, il est aux côtés de Claude Chirac qu'il rencontre pour la première fois.

L'opération Madonna est un succès. Elle fait grand bruit dans la presse. D'autant que la tigresse aux bras chargés de bracelets a jeté sa petite culotte aux fans en délire !

En deux ans, Nicolas Sarkozy n'a donc pas perdu son temps. D'abord il s'est rabiboché avec Pasqua. Le voilà aussi – cela peut toujours servir – devenu incollable sur la sécurité des centrales nucléaires. Jacques Chirac, enfin, a compris qu'il pouvait compter sur cet homme à tout faire. Petit bémol : les médias, juge-t-il, ne s'intéressent pas encore beaucoup à lui, pas assez à son gré en tout cas. Mais tout va bien. Il peut passer à l'étape suivante.

CHAPITRE X

Le disciple et les deux maîtres

Il l'avait promis à Cécilia : « Nous monterons ensemble les marches de l'Assemblée nationale », promesse tenue. 1988 est une année à marquer d'une pierre blanche pour Nicolas Sarkozy, mais d'une pierre noire pour Jacques Chirac.

Le 24 avril, au premier tour de l'élection présidentielle, les Français ne lui ont même pas accordé 20 % des suffrages, contre 34 % à François Mitterrand. Bien pis, Raymond Barre le talonne. Et Jean-Marie Le Pen n'est qu'à cinq points de lui. Au second tour, bien sûr, François Mitterrand est réélu aisément : 54 %.

Une défaite ressemble toujours à une petite mort. C'est l'ego que l'on assassine. Le pire vient peut-être du regard des proches. La lueur d'espérance qui y brillait encore la veille se métamorphose en commisération, dépit, doute sur les qualités et l'avenir.

« Les Français n'aiment pas mon mari », constate, désolée, Bernadette Chirac.

Qui est le responsable de la défaite ? Ce soir-là, dans le bureau du candidat battu, la question lancinante occupe tous les esprits. Edouard Balladur qui fut son ministre des Finances, Charles Pasqua son ministre de l'Intérieur, ses deux seconds dans le gouvernement qu'il vient de diriger, qui ont été en désaccord sur la stratégie et l'orientation, ont chacun leur idée : c'est forcément le candidat lui-même, les conditions politiques, et surtout la division de la droite, se dit Balladur… C'est forcément le candidat lui-même mais aussi la stratégie adoptée, donc Balladur qui en fut l'initiateur, se dit Pasqua. Divisés sur l'analyse, ils parviennent tous deux à la même conclusion : Jacques, deux fois vaincu, n'y arrivera pas… Il ne sera jamais Président de la République !

L'élection législative anticipée qui suit la présidentielle confirme la déroute de son camp. Pour la première fois, l'UDF de Valéry Giscard d'Estaing devance le RPR, dont le secrétaire général, Jacques Toubon, sera bientôt remplacé par Alain Juppé.

Quand un camp se débande, il existe toujours des audacieux qui parviennent à tirer leur épingle du jeu. C'est le cas de Nicolas Sarkozy, élu député de Neuilly dès le premier tour ! Or, il ne devait même pas être candidat. Jacques Chirac avait en effet promis son soutien par écrit à tous les sortants. Donc à Florence d'Harcourt, ex-suppléante d'Achille Peretti.

Mais notre jeune homme n'entendait pas laisser passer une si belle occasion. Il avait demandé un rendez-vous à Jacques Chirac, s'était précipité à la mairie de Paris pour lui annoncer tout de go : « Je viens vous dire que je me mets en congé du RPR. »

Jacques Chirac interloqué : « Qu'est-ce qui te prend ? »

Nicolas, décidé : « Je vais me présenter parce que je suis sûr de l'emporter, mais je ne veux pas vous gêner. Voilà pourquoi je me mets en congé du mouvement. »

Une fois encore, Jacques Chirac juge ce garçon décidément bien culotté. Mais une telle effronterie lui rappelle quelqu'un : un certain Jacques Chirac. Et puis le maire de Neuilly a reçu l'appui de Charles Pasqua. Pour une raison simple : la nouvelle règle édictée par la gauche de non-cumul des mandats, qui impose à chaque élu de n'en garder que deux au maximum. Nicolas a vite fait le calcul : s'il devenait député, il garderait sa mairie bien sûr, mais il abandonnerait ses sièges de conseiller régional et de conseiller général.

Quand s'ouvrent les négociations pour les investitures, il vient donc offrir un gros gâteau à Charles Pasqua : « Si j'étais élu député, je vous céderais mon siège de conseiller général, et à vous seul. »

Message reçu cinq sur cinq. Voilà donc une illustration de sa maxime favorite :

« Quand je ne suis pas invité à dîner, j'arrive avec le repas et il est bien rare que l'on ne me garde pas à dîner. »

Charles Pasqua fait comprendre à Florence d'Harcourt qu'il est prudent de renoncer à la candidature. On lui promet en échange un siège de député européen (qu'elle attend encore). Et Nicolas Sarkozy est dûment investi par le RPR.

Il peut reprendre un autre de ses refrains : « On ne m'a rien donné, on ne peut compter que sur soi. »

Aussitôt élu, il tient sa promesse. Charles Pasqua devient haut la main conseiller général. Pas de problème. Et puisque Nicolas Sarkozy était vice-président de ce conseil, il veut l'être lui aussi. Or, le président sortant RPR, Paul Grazziani, ne l'entend pas ainsi. Il ne veut pas d'un si gros poisson dans les parages et le lui dit tout de go. « Je n'ai pas de place pour toi, Charles. »

Vexé, l'ancien ministre de l'Intérieur se décide à mettre la barre plus haut. C'est désormais la présidence qu'il détenait quatorze ans plus tôt (avant de se faire battre par le communiste Parfait Jans) qu'il ambitionne. Il se porte donc candidat sans prévenir qui que ce soit. Et surtout pas Nicolas Sarkozy, qui n'en est pas vraiment enchanté… Il aurait même conseillé par télégramme à Grazziani : « Paul, tiens bon. »

Pasqua pourtant l'emporte. De très peu : une voix. Mais il l'emporte. Et le voilà à la tête d'un département qui compte trente-six villes dont vingt-six de plus de trente mille habitants et qui en termes de produit intérieur brut se classe au trente-huitième rang dans le monde. Bref, c'est le plus riche de France. Enfin, Pasqua est maître chez lui. Il le restera jusqu'en 2004, quand il cédera ce prestigieux fauteuil à… Nicolas Sarkozy. Ce qui lui fait dire aujourd'hui, l'amertume aux lèvres : « Qu'est-ce qu'il a, ce garçon, il a toujours voulu prendre mes places, à Neuilly, dans les Hauts-de-Seine… Et enfin à l'Intérieur avec le titre de ministre d'Etat comme moi. Maintenant, il veut la place de Chirac, il a toujours besoin de tuer le père. »

Point n'est besoin d'avoir fait beaucoup de psychanalyse pour le comprendre.

Mais si en 1988 tout va bien entre Sarko et Pasqua, rien ne va plus entre celui-ci et Chirac. Dès le lendemain de sa défaite, ce dernier, encore sonné, a craqué lui-même l'allumette qui allait embraser sa maison. Il invite l'autre à déjeuner. L'ambiance n'est pas à la fête, bien sûr… Or, c'est le moment que Chirac choisit pour annoncer à Pasqua qu'il abandonne la présidence du RPR :

— Je crois que tu as raison, rétorque Pasqua.

— Pour me remplacer, on va y mettre Balladur, toi et Messmer vous serez vice-présidents.

Là Pasqua manque de s'étouffer. Quoi ! Balladur ? Mais il n'a pas la tripe gaulliste, c'est un centriste, « un sang triste », aime-t-il plaisanter, il est incapable de chauffer une salle militante. En plus, sa responsabilité dans la défaite n'est pas mince. Avec ses privatisations, il a mené une politique trop libérale, alors que les Français apprécient le parapluie étatique. Non, il ne mérite pas ce poste. Il n'est pas taillé pour. Il ne connaît pas le mouvement. Tandis que lui, Pasqua, il connaît son RPR jusqu'au bout des doigts. Et il n'est pas pour rien dans sa création. En plus, qui a mouillé sa chemise pour le député de la Corrèze devenu maire de Paris ? Qui lui a rallié en 1974 les gaullistes qui le honnissaient pour avoir faire élire Giscard, hein ? C'était Balladur peut-être ? Bien sûr que non, c'était lui, Pasqua. C'est trop d'ingratitude.

Plein de rancœur, et dans le seul but d'embêter Chirac et le remettre dans le droit chemin gaulliste, il va finir par tenter une OPA – ratée – sur le RPR en compagnie de Philippe Séguin. Si Séguin se lance dans cette opération, c'est dans le seul but « d'emmerder » Juppé qu'il déteste et dont il envie la place de secrétaire général et le lien privilégié établi avec le maire de Paris. Une banale histoire de dépit amoureux en somme. Pasqua, Séguin font penser à ces enfants qui multiplient les bêtises et tourmentent leurs parents dans le seul but d'être, enfin, chouchoutés par eux.

Edouard Balladur n'est pas beaucoup plus heureux. Il a certes été réélu, dès le premier tour, dans le XVe arrondissement de Paris, une circonscription en or, offerte par Chirac en 1986. Mais voilà que la gauche, revenue au pouvoir remet en cause ce qu'il a fait. Ses privatisations, ses « noyaux durs ». Elle le critique sans cesse. Il a le sentiment que Chirac, lequel a bien sûr la tête ailleurs, ne le soutient pas. Et le RPR pas davantage. Il se sent seul. Et en position d'accusé. Donc, il va organiser lui-même sa défense. Il lui faut d'abord rectifier son image de grand bourgeois sucré que Plantu caricaturait à la Une du *Monde* promené dans une chaise à porteurs. Un dessin dévastateur.

Il prépare donc la contre-attaque et s'installe – c'est un signe – loin de la mairie de Paris, au troisième étage d'un immeuble bourgeois du boulevard Saint-Germain, certes, mais le décor des bureaux est spartiate, presque froid. Finis les ors et les enluminures de Rivoli. Une plaque à l'entrée annonce : « Association pour le libéralisme populaire ». C'est la dénomination où l'adjectif – populaire – a pour mission de faire accepter le mot « libéralisme » si peu aimé des Français, qu'il donne à sa doctrine politique.

Il expose celle-ci l'été suivant dans un livre d'entretiens avec Jean-Pierre Elkabbach dont le titre est conforme à l'image qu'il veut donner de lui-même : *Passion et longueur de temps*. Bien entendu, il ne se prive pas de régler aussi quelques comptes. Comme dans un acte de donation-partage : voici, après deux ans de gouvernement Chirac, quels furent nos erreurs et nos succès, celles qui sont à lui, ceux qui sont à moi. Le tout est dissimulé comme il convient, sous quelques brassées de fleurs et enrubanné de quelques déclarations d'intention. Celle-ci surtout : « Si j'écris ce livre ce n'est pas pour ressusciter le passé, mais pour préparer l'avenir. »

Quel avenir ? Le sien, pardi ! Car il a pris goût à la politique. Or, voilà qu'un jeune député fraîchement élu se présente à lui pour lui apporter son concours. Nicolas Sarkozy, qu'il croise dans les couloirs, lui lance : « Monsieur, j'aimerais travailler avec vous [1]. »

« Quelle drôle d'idée ! » rétorque l'ancien ministre d'Etat qui l'invite illico à lui rendre visite. Ils ne s'étaient rencontrés jusque-là qu'une seule fois, en 1987 ; le maire de Neuilly, toujours prévoyant, avait organisé en l'honneur du ministre d'Etat un grand dîner réunissant les principaux chefs d'entreprise, tout le gratin économique de sa ville. Un grand succès. Un participant se souvient d'une seule fausse note : sur les plateaux-repas, les couverts étaient en plastique, de quoi faire tiquer le ministre d'Etat habitué à l'argenterie.

En 1988, plus question de protocole. Le député du XVe est sûr de sa doctrine, le libéralisme populaire, et de sa stratégie : pour vaincre, la droite doit être unie. Ce sont ses divisions qui ont entraîné la défaite. Il propose bientôt qu'elle présente une liste unique aux élections européennes de 1989.

Jacques Chirac, encore tourneboulé par sa défaite, ne s'y oppose pas.

« Mais nous allons gommer nos sensibilités », enrage Pasqua. En outre, ce scrutin-là est fixé au 18 juin, une date évidemment sacrée dans la liturgie gaulliste. Et voilà que Balladur, décidément offensif, suggère que la liste unique soit conduite par Giscard. Ce que Chirac accepte encore. Après tout, l'ancien Président sera moins gênant à Strasbourg qu'à Paris.

---

1. C'est en ces termes, on s'en souvient, que Brice Hortefeux avait interpellé Nicolas Sarkozy en 1976.

Cette fois, Pasqua éructe de colère.

En 1989, comme l'année précédente, les Français sont beaucoup appelés aux urnes. En juin, il faut aussi renouveler les conseils municipaux. A Paris, Jacques Chirac, enfin remonté sur son cheval, réussit le grand chelem, gagne dans tous les arrondissements, balayant, comme un insecte importun, le candidat socialiste, Pierre Joxe. Il offre à Balladur un grand bureau sous les lambris dorés et contournés de l'Hôtel de Ville. Et essuie un refus dont il ne se vexe même pas.

C'est le moment où il explique à Alain Juppé : « Edouard se verrait bien Premier ministre en 1993, si nous remportons les législatives. D'ailleurs, il ferait un très bon Premier ministre. »

« Avez-vous songé, rétorque Juppé, que, s'il devient Premier ministre, il rêvera de l'Elysée ? »

Réponse de Jacques Chirac : « Quand on partage le même idéal, mieux vaut avoir deux fers au feu. »

« Méfiez-vous quand même », conclut Juppé.

Se méfier ? Mais de qui ? De quoi ? A l'époque le maire de Paris n'est certain que d'une seule chose : il ne sera plus jamais Premier ministre. Il l'a déjà été deux fois. Basta. Ces épisodes lui ont laissé un goût plus qu'amer. Pas question pour lui de recommencer. Or, s'il ne va pas à Matignon, un seul autre gaulliste peut y aller : Balladur. Autant l'aider à se préparer.

« Dès lors, rien n'était trop beau pour Edouard », déplore Juppé.

Nicolas Sarkozy, lui, a une tout autre vision des choses. Son calcul est simplissime. Si Balladur devenait Premier ministre, il pourrait entrer au gouvernement. Quand il lui avait offert ses services dès le lendemain de la défaite des législatives, cette perspective-là n'était pas ouverte. Il n'y songeait même pas : « Je trouvais cruel l'isolement de cet homme de valeur et puis, auprès de lui, je voulais apprendre, j'ai toujours voulu accompagner les meilleurs. Près d'eux, je m'imprègne de tout ce qu'ils peuvent m'enseigner. Je suis comme une éponge », explique-t-il.

Donc, il est toujours là. Prêt à servir. Comme auparavant avec Achille Peretti : « Je ne pose pas de problème, je n'apporte que des solutions. »

La collaboration avec Edouard ravit Nicolas. Une sorte de coup de foudre : « C'est un homme d'Etat qui a une vision. Avec lui je me suis ouvert au débat d'idées, j'ai appris à être moins abrupt dans mes jugements, à pousser ma réflexion, à prendre de la distance, à penser plus haut, voir plus loin. En un mot, il m'a fait évoluer », déclare-t-il à qui veut l'entendre.

Sans compter qu'Edouard n'a pas son pareil pour mettre du moelleux dans la relation. « Nicolas, votre thé est prêt », c'est ainsi que l'ancien ministre d'Etat accueille le nouveau député. Il l'invite lorsqu'il reçoit d'anciens collègues étrangers qui viennent participer aux colloques chics qu'il organise pour sa gloire. Ou lorsqu'il accueille de grands chefs d'entreprise. Il lui ouvre des portes, lui livre les codes de la bonne société, il lui fait découvrir de petits raffinements : fumer un bon cigare après un repas, apprécier le gigot de huit heures (son plat favori), mettre un glaçon dans son champagne (Nicolas ne boit pas d'alcool). Il lui offre des gants. Le dimanche, il le convie à Deauville où ils refont le monde en marchant dans le vent sur les planches. Ces rituels cérémonieux, ces mille grâces, fascinent le jeune maire de Neuilly que Balladur voussoie, tout le contraire de Chirac qui l'a toujours tutoyé mais qu'il ne renie pas pour autant : en janvier 1990, il critique vivement dans les médias l'opération Pasqua-Séguin. « Une OPA, croit-il, qui n'a aucune chance de réussir. Ce sont des archéos, ils ne casseront pas le mouvement gaulliste. »

Depuis l'enfance, Nicolas Sarkozy a toujours désiré être le préféré. Il aurait tellement aimé être celui de son père. Or, voilà que Balladur, ce personnage considérable, père de quatre fils, dont l'un a été le compagnon d'études de son frère François, a le bon goût de lui manifester ce qu'aucun de ses maîtres ne lui avait jusqu'ici offert : un sentiment d'exclusivité. Cette quasi-adoption le comble. En 2006, le ministre d'Etat, ministre de l'Intérieur, lui dira dans un élan : « Vous êtes mon vrai père. »

Si Edouard séduit Nicolas, Nicolas enchante Edouard. Il est si dynamique, inventif, efficace, toujours joyeux. Du vif-argent. Pour lui, il organise des petits déjeuners avec de jeunes députés qui sont séduits à leur tour par l'ambiance positive, studieuse et souriante de ces rencontres. Edouard n'est plus seul.

Edouard et Nicolas se sont trouvés. Le premier aime qu'on l'aime et encore plus qu'on l'admire et qu'on le lui dise. Le second n'est pas avare de compliments : flatter l'encolure des plus anciens, leur passer de la pommade est un exercice qui n'a plus de secret pour lui.

L'ancien numéro deux de Jacques Chirac entame bientôt une tournée des provinces : une visite par mois. Avec toujours le même programme : rencontres avec les dirigeants locaux du RPR, dîners-débats… Et qui est à la manœuvre ? Nicolas. Celui sans qui rien de tout cela n'aurait pu se faire.

Mais il existe désormais un autre Nicolas dans l'entourage de Balladur : Nicolas Bazire. Un grand jeune homme distingué de 31 ans, un énarque au maintien de cavalier, passé par l'Ecole navale qu'il a désertée… Pour cause de mal de mer ! Jean-Marie Messier, qui fut le collaborateur aux Finances du ministre d'Etat, lui a recommandé ce jeune homme auquel il est confié un job somme toute aléatoire : organiser les colloques. Et ces deux Nicolas seront bientôt les meilleurs alliés. Ils vont œuvrer main dans la main à la conquête matignonnesque d'Edouard. Pendant cinq ans, l'entreprise est menée avec science et méticulosité. Edouard Balladur occupe le terrain, c'est-à-dire les médias. Il publie pas moins de quatre livres en quatre ans, qui donnent lieu à des débats, des centaines d'interviews, des articles élogieux, des portraits flatteurs dans la presse. Balladur a changé d'image.

« Mais cessez donc d'écrire ! » lui conseille Jacques Chirac.

« Je crois qu'il était jaloux de moi », analyse Edouard.

Jaloux peut-être, mais coopératif sûrement. Puisque Balladur, candidat à Matignon, doit aussi se faire connaître à l'extérieur, Jacques Chirac lui prodigue ses conseils et l'aide à organiser ses voyages. Pour préparer un déplacement aux Etats-Unis, il lui prête Pierre Lellouche, son conseiller aux Affaires étrangères. Pour son périple en Afrique du Sud, ce sera Michel Roussin, son directeur de cabinet, un bon connaisseur de l'Afrique. Enfin, Pierre Charon, en charge de la Communication, harmonise les relations entre la mairie de Paris et le bureau du boulevard Saint-Germain.

Chirac, ou l'art de se fabriquer un rival.

Pour l'heure, le maire de Paris peut se montrer généreux. Il est désormais perçu dans les sondages comme le meilleur présidentiable de la droite. Mieux, il apparaît pour la première fois comme un candidat du second tour. Quand, en novembre 1990, il est l'invité de l'émission « L'Heure de vérité », la presse se montre unanime. « C'est, écrit-elle, l'une de ses meilleures prestations. » Il n'a jamais été, semble-t-il, aussi proche de l'Elysée… A cette réserve près : la présidentielle est dans cinq ans.

Cette faveur retrouvée de l'opinion l'encourage à persister dans son idée. Il faut tout faire pour qu'Edouard aille à Matignon. Et lui va tout faire pour que ces législatives soient gagnées par la droite, il va mener une campagne d'enfer.

Une stratégie qui convient parfaitement à Nicolas Sarkozy, lequel, comme d'habitude, annonce vite la couleur. En juillet 1991, il déclare au *Figaro* qu'Edouard Balladur serait le meilleur Premier ministre possible pour 1993 : « Il en a les capacités, il l'a démontré comme ministre d'Etat entre 1986 et 1988. En outre, c'est un homme d'union. Nous sommes nombreux à penser ainsi. »

Ses propos sont aussitôt repris par toute la presse, d'autant plus que, l'été, les journalistes manquent souvent de grain à moudre. Mais ils provoquent le courroux d'Alain Juppé : « Il est bien trop tôt pour le dire », reproche-t-il au maire de Neuilly. C'est aussi l'avis de Jacques Chirac. Rien ne presse.

L'idée pourtant fait son chemin. A partir de fin 1991, et plus encore en 1992, tous les sondages le confirment : l'opinion, dans sa majorité, verrait bien Edouard Balladur à Matignon. Celui-ci pourra donc avancer plus tard, quand ses relations avec Jacques Chirac seront au plus bas, « qu'il a été choisi par les Français ».

Menant l'offensive aux côtés d'Edouard, Nicolas Sarkozy n'éprouve ni complexe ni crainte. Pourquoi

Jacques Chirac prendrait-il ombrage de cette collaboration ? N'approuve-t-il pas Balladur ? Le maire de Paris le répète à tous ceux (Juppé, Pasqua, Séguin, Giscard) qui viennent lui conseiller de se méfier : « Mais pourquoi ? Il y a un accord entre nous. »

Jacques Chirac se montre d'autant plus confiant qu'il n'imagine pas une seconde Balladur affrontant le suffrage universel. Sauf dans la circonscription facile qu'il lui a offerte dans le XVe arrondissement.

« Vous l'avez vu, Edouard ? aime-t-il plaisanter… A dix heures il tombe de sommeil, il a des migraines, il est incapable de mener une campagne dans le pays. Il n'a pas la santé. Les électeurs, il faut aller les chercher avec les dents, j'en sais quelque chose. »

Il ne se méfie pas davantage de Nicolas Sarkozy. N'est-il pas fidèle entre les fidèles ? Quand, vers la fin de 1988, douze quadras qui se font appeler « Les Rénovateurs », les « Douze Salopards », préférait dire Alain Juppé, parmi lesquels Séguin, Noir, Bayrou, Villiers, Carignon, Baudis, ont voulu secouer le cocotier, présenter une liste séparée aux européennes, casser le RPR, Sarko ne les a pas rejoints. Pas question pour lui, le trentenaire, de se mêler à des seconds couteaux, eussent-ils été déjà ministres. D'ailleurs, explique-t-il avec clairvoyance : « Douze types du même âge qui veulent tous la même chose et qui n'ont pas de chef, cela ne mène à rien, cela n'a pas de sens. » Et de railler ces pseudo-romantiques.

« Tu es vraiment con, dit-il à son ami Carignon qui appartient aussi à cet aréopage, en politique, il faut toujours se ranger derrière un vieux, afin de lui succéder le moment venu. »

Réponse de l'intéressé : « Peut-être allons-nous échouer,

mais au moins, nous aurons passé de bons moments. » Une réponse peu convaincante et qui ne convainc pas un Sarkozy d'abord soucieux d'efficacité. « A ses yeux, c'était une perte de temps incompréhensible, un vrai gâchis », commente aujourd'hui Alain Carignon. Pendant que ces douze-là s'enferment dans leurs rêves, il prend l'initiative d'un autre regroupement de circonstance : un appel de trente-deux autres jeunes en faveur de la liste unique de la droite, menée par Giscard aux européennes. En vue desquelles les Rénovateurs, eux, n'allaient pas réussir à constituer leurs listes. Ils se disperseraient bientôt.

Pendant ce temps, le réaliste Sarkozy chevauche deux grands équidés politiques attelés ensemble : Chirac et Balladur. « Dans ma tête, c'était simple : Chirac avait besoin de Balladur pour gagner la présidentielle, et Balladur avait besoin de Chirac pour aller à Matignon. Je travaillais pour les deux, il n'y avait aucun conflit d'intérêts. »

Chirac et Balladur. Il est fidèle au premier parce qu'il pense à 1995, au second parce qu'il espère être ministre dès 1993. Il partage donc son temps entre le boulevard Saint-Germain et la mairie de Paris.

Un délicat exercice d'équilibre.

« Nicolas, voudriez-vous venir déjeuner demain à Deauville ? » demande Balladur.

« Nicolas, tu viens demain à 18 heures », exige le maire de Paris.

Et Nicolas dit oui. Toujours oui. Et aux deux. Comment fait-il ? Beaucoup s'interrogent encore, qui admirent un tel savoir-faire.

Depuis le grand gala de Madonna au parc de Sceaux, il est devenu l'ami, le complice de Claude Chirac.

« Elle a toujours voulu que je travaille avec son père. Elle était mignonne, intelligente, nous avons beaucoup ri ensemble », dit-il aujourd'hui. Ajoutant pourtant : « Mais elle n'est pour rien dans ma carrière. »

« C'est Nicolas qui m'a appris à travailler », répond sobrement en écho l'intéressée.

Amis, complices, et même plus ? Selon une rumeur persistante, une chose est sûre, ils semblaient inséparables. Ils travaillaient ensemble, ils partageaient tout : le travail et même les loisirs. Nicolas amènera Claude voir jouer Henri Leconte à Wimbledon. Son cabinet d'avocats gérant des contrats de grands sportifs.

« Claude, je l'ai dans la manche », disait-il alors.

Claude Goasguen, aujourd'hui député de Paris, évoque, lui, un voyage à l'étranger en compagnie de Jacques Chirac et de sa fille au long duquel Claude était toujours au téléphone. Avec qui ? Un jour, elle tend le téléphone à son père en lui disant : « Je te passe Nicolas. »

« Je me souviens d'un week-end avec Nicolas et Cécilia, pendant lequel Claude ne cessait d'appeler, ce qui semblait beaucoup agacer Cécilia », témoigne un proche.

Agacée, Claude l'était tout autant par Cécilia, dont elle déplorait l'emprise croissante sur Nicolas.

Reste qu'entre 1989 et 1993 Nicolas fut un intime de la trinité Chirac. Le père, la mère et la fille. Les deux premiers vantant son efficacité. « Voici le meilleur de nos militants. » C'est ainsi que le maire de Paris l'avait présenté à son épouse. Et Bernadette appréciait sa disponibilité et sa gentillesse, son efficacité, son dynamisme. Il lui rappelait son mari !

« Tiens, voilà Nicolas. » C'est ainsi que Jacques Chirac l'accueillait toujours avec un large sourire.

Charles Pasqua énonce que le jeune Nicolas était le gendre dont ils auraient rêvé.

« Ça, je n'y ai jamais pensé », tranche Madame Chirac. Elle connaissait bien la situation personnelle du jeune homme.

Jacques Chirac l'a-t-il regardé comme un fils dans lequel il se retrouvait ? Le dynamisme et le culot de Nicolas devaient sûrement lui rappeler ses débuts.

Bernadette, ayant lu dans la presse que Juppé était le fils préféré de son mari, s'agaçait : « Mais comment cela se pourrait-il pour l'état civil, nous avons douze et treize ans de plus que lui, Nicolas Sarkozy, oui, à la rigueur. » Rien de plus. « Nous parlions de lui tout le temps », reconnaît Bernadette. Car Nicolas est toujours là. Il est devenu indispensable. Quand Claude rêvait de partir en Amérique loin de ses parents, il a beaucoup fait pour la convaincre de rester à Paris et de travailler avec son père. Une vive satisfaction pour celui-ci qui souffre déjà de la quasi-absence de sa fille aînée, Laurence, malade depuis des années.

Preuve de sa proximité : Nicolas assiste aux réunions de l'équipe chiraquienne le lundi matin à la mairie de Paris. Et il est bientôt convié aux séances de relecture des discours de Jacques Chirac, en fin de journée ou le dimanche après-midi. Un rituel réservé aux hommes de confiance et qui se prolonge des heures durant. D'interminables réunions pendant lesquelles, armé de ciseaux, d'une agrafeuse, d'un rouleau de Scotch et de crayons de couleurs, le maire de Paris relit et corrige les textes de discours qu'on lui a préparés. Claude est là, bien sûr, et donne son avis : « Ce mot-là, j'achète… Celui-là je n'en veux pas », coupe-t-elle. Et quand on bute sur une phrase, une idée, un paragraphe, Jacques Chirac se lève : « Je vais téléphoner à Edouard. » Mais, de plus en plus souvent, pourtant, au grand déplaisir d'Alain Juppé, il demande l'avis de Nicolas en soulignant : « Il est de bon conseil. »

Plus tard, dans son livre *Libre*, l'intéressé commentera : « Je suis incapable de bien dire ce que je n'ai pas écrit moi-même… Ecrire, non pour lire, mais pour organiser ma pensée, hiérarchiser mes arguments, préciser les convictions que j'ai l'ambition de faire partager… Jacques Chirac appartient à une autre école, il n'écrit que rarement ses interventions, mais il passe tant de temps à les relire, à les corriger, qu'il finit par s'approprier les phrases d'autres auteurs. Je me suis souvent demandé comment il arrivait à ne pas se lasser de ces interminables séances, alors qu'il pourrait aisément consacrer moins de temps à une écriture plus autonome et donc plus authentique. »

S'il fallait encore une preuve du crédit de Nicolas Sarkozy chez Jacques Chirac à l'époque, en voici une : en 1989, lorsque l'accord avec Giscard est scellé pour une liste unique aux européennes, Jacques Chirac se rend au domicile de l'ancien Président pour lui dire : « Je vous donne ce que j'ai de mieux : Alain Juppé comme numéro deux sur la liste et Nicolas Sarkozy comme directeur de campagne. »

Une campagne dans laquelle celui-ci fait équipe, côté UDF avec Alain Madelin… Avec Valéry Giscard d'Estaing, le courant passe, très vite. Voici encore un maître dont Sarkozy retient la finesse dans l'analyse, la connaissance des dossiers, l'aisance de la parole, la vitesse dans l'écriture et le sens du détail. Il donne pour exemple le désir de Giscard d'aller tenir une réunion à Ouessant.

Pourquoi ? Il n'y a pas d'électeurs dans cette pointe de Bretagne. Etrange, non ? Réponse de l'ancien Président : « Parce que c'est le point le plus occidental de l'Europe. » La valeur des symboles en politique !

Aujourd'hui encore, Nicolas Sarkozy dit aller rendre visite à Giscard, tous les mois : « Avec lui on apprend toujours. Il a contribué à m'ouvrir l'esprit aux idées libérales, à l'Europe. Après quoi, ayant entendu les uns et les autres, je me fais mon mélange à moi. »

La campagne des européennes s'est terminée par un vrai succès. La liste de Giscard a obtenu 28,8 % des voix. Alors que celle de la centriste Simone Veil, pourtant ex-présidente du Parlement de Strasbourg, totalise péniblement 8 %.

De ce succès, Nicolas Sarkozy attendait un bénéfice personnel : durant la campagne, Alain Juppé, impressionné par son zèle, lui avait en effet promis le poste de secrétaire adjoint du mouvement si la liste dépassait 26 %. (Jusque-là, il n'était que secrétaire national à la Jeunesse et à l'Education, et à la dixième place dans l'équipe, la dernière, comme lors de ses débuts à Neuilly.)

Mais Juppé n'a pas tenu sa promesse. Quand Nicolas la lui rappellera, il s'entendra répondre : « Tu soulèves trop d'animosité. »

Car on le jalouse, bien sûr, pour son art de se placer et son influence.

On le jalouse, mais qu'est-ce qu'il rame. Il peut reprendre son antienne : « On ne m'a jamais rien donné. »

De ce succès aux européennes, la droite tire aussi une autre morale : l'union fait la force. L'idée de lancer un parti unique de l'opposition fait son chemin. Valéry

Giscard lui a même déjà trouvé un nom : le RUR (Rassemblement pour l'Union dans la République).

Edouard Balladur, lui, évoque plutôt une confédération de la droite. Ni l'une ni l'autre n'allait voir le jour, mais l'idée de l'union a subsisté pour aboutir à la naissance de l'UPF (Union pour la France). Un rassemblement du RPR et de l'UDF pour les législatives de 1993 qui préfigure l'UMP.

Encore faut-il élaborer une plate-forme commune. Et qui encore est à la manœuvre côté RPR ? Nicolas Sarkozy.

« Au début, personne n'y croyait, tout le monde était contre, raconte Madelin. Il n'y avait que Sarko et moi. Nous n'avions pas d'hommes, pas de moyens et pourtant, nous avons imposé une méthode. L'organisation de débats sur tous les grands sujets du moment. Il existait des commissions de préparation auxquelles participaient des représentants de la société civile. Ensuite, des réunions plénières, Valéry Giscard d'Estaing et Jacques Chirac venaient s'y exprimer. L'un le matin, l'autre l'après-midi. Nous avons beaucoup bossé. Un travail sérieux dont on s'inspire encore à l'UMP. *Le Quotidien de Paris* relayait nos travaux en éditant des numéros spéciaux. Tout cela, dit-il, a joué, j'en suis sûr, un grand rôle dans la victoire de la droite en 1993. » Et d'ajouter : « A l'époque, avec Nicolas nous avions de grandes discussions qui duraient des heures. Il me disait : “Je suis de droite, avant d'être libéral.” Et je lui rétorquais : “Moi, je suis libéral avant d'être de droite.” »

En 1992, Nicolas, décidément présent sur tous les fronts, avait créé, avec la bénédiction de Jacques Chirac et la participation de Claude, une structure légère destinée déjà à préparer la présidentielle de 1995. Cette cellule fut installée au-dessus du Café de Flore, au 172, boulevard Saint-Germain. Nicolas disposait là d'un bureau où il recevait, recrutait des collaborateurs pour Jacques Chirac. Ainsi Jean-Pierre Denis, futur secrétaire général adjoint de l'Elysée. Il organisait le travail, donnait son avis sur tout. Un lieu choisi à dessein à moins de dix minutes à pied du bureau d'Edouard Balladur sur le même boulevard Saint-Germain.

Ainsi Nicolas s'est-il partagé entre les deux maisons. A cette nuance près : avec Jacques Chirac, homme très secret, nul ne sait jamais quelle est son exacte influence. Lorsqu'il lançait des idées, Nicolas n'obtenait pas toujours de réponse. Il se sentait parfois frustré. C'est que, dans le staff chiraquien (le cabinet du maire de Paris était truffé d'énarques), il n'était en définitive qu'un parmi d'autres, peut-être le plus politique, le plus joyeux, sûrement, le plus jeune aussi, c'est tout. « C'est une faiblesse de Jacques Chirac de vouloir ranger ceux qui l'entourent dans une case où, s'ils n'y prennent garde, ils finiront par rester la vie durant », note, lucide, Sarkozy.

Avec Edouard Balladur, c'était différent. D'abord parce que celui-ci ne disposait pas déjà d'une équipe autour de lui. Donc, ce que Nicolas lui suggérait recevait une réponse ou une application immédiate, c'était très gratifiant : « J'avais le sentiment de pouvoir enfin utiliser une nouvelle palette de la force que je sentais en moi », note l'intéressé.

« Il a eu l'impression d'entrer dans le logiciel d'un personnage très brillant et de bénéficier de son exclusivité », témoigne une de ses proches.

Entre ses deux patrons, le rôle de Nicolas va pourtant peu à peu évoluer. Comme les relations de ceux-ci : chacun sa route, chacun son chemin. L'un vise l'Elysée, l'autre l'Hôtel Matignon. Entre les deux voies, Nicolas Sarkozy joue la transversale. Il est le messager, l'informateur. Son rôle d'organisateur du parti le passionne moins, à ce qu'il dit. Pourtant il y creuse toujours son sillon. Au lendemain des européennes triomphales de 1989, Alain Juppé ne l'avait pas nommé au sommet de l'équipe dirigeante, contrairement à ses promesses ; l'année suivante, c'est fait. Voilà Sarko secrétaire général adjoint, chargé… des relations avec l'opposition. En 1992, nouvelle promotion ; il obtient la responsabilité des fédérations avec une mission : que le RPR devance l'UDF aux législatives de l'année suivante. Un poste difficile mais stratégiquement capital. Il permet de nommer les cadres du mouvement, de les mettre à l'écart aussi. Bref, de faire et défaire les carrières. De se tisser un réseau. Nicolas a fait installer un petit réfrigérateur dans son bureau pour offrir des rafraîchissements : « Quand on a de mauvaises nouvelles à annoncer, il faut y mettre les formes », explique-t-il. Il recrute ainsi Jean-François Copé, énarque de dix ans son cadet, auquel il donne ce premier conseil : « En politique, il ne faut pas demander, il faut prendre. » Dans le même temps, il devient l'un des porte-parole du mouvement. Il le sait : ce qui insupporte par-dessus tout les électeurs et la plupart des journalistes, c'est la langue de bois. Donc, il parle clair. Politicien parfois, filandreux jamais. Il mêle avec astuce bonhomie et fraîcheur, simplicité et rouerie. Il est pédagogue et ne cache guère ses ambitions. Il a « les crocs », donc il le clame. « Moi, j'aime la politique », répète-t-il en hochant la tête. Résultat : les médias le sollicitent de plus en plus. D'autant qu'il est toujours disponible. « Je réponds toujours aux questions que l'on me pose », assure-t-il.

L'exercice est plus original qu'il n'y paraît. Valéry Giscard d'Estaing, par exemple, met un point d'honneur à répondre d'abord aux questions qu'il se pose lui-même.

La presse se tourne aussi vers lui pour une autre raison. Evidente. Il est considéré comme un confident d'Edouard Balladur, un relais du candidat à Matignon. Or, les législatives de 1993 approchent.

Une telle situation titille quelque peu Jacques Chirac. Mais il ne le montre pas trop. « Comment va tonton Edouard ? » demande-t-il à Nicolas, le sourire ironique. Mais il n'exprime jamais ni méfiance ni reproches.

D'ailleurs, les Balladur et les Chirac semblent toujours au mieux. Le couple Balladur invite les Chirac dans sa maison de Deauville. Le couple Chirac invite les Balladur à l'Hôtel de Ville. Les anniversaires sont toujours souhaités. On se fait des cadeaux. Des pulls en cachemire, des pantoufles de velours brodées très Rothschild pour Jacques, des cigares de Cuba, les meilleurs, pour Edouard.

Bien sûr, l'échéance approchant, les piques s'aiguisent de chaque côté. Mais le climat reste fraternel et chaleureux, bien que, de plus en plus, dans cette fratrie Edouard ait tendance à se prendre pour un aîné dominateur, qu'il est d'ailleurs.

« Jacques, demande-t-il, vous ne voudriez pas aller fermer la fenêtre ? » Ou plus sérieux : « Mais Jacques, vous n'allez pas continuer à me mentir tout le temps ! »

Et Jacques soupire parfois : « Ah ! Ce qu'il est difficile, Edouard ! »

Leur confiance réciproque est fondée en partie sur la conscience qu'a chacun des faiblesses de l'autre.

« Jacques ne sera jamais un homme d'Etat », se dit Edouard. « Edouard ne sera jamais un homme politique, il ne sera jamais populaire », se dit Jacques.

Il n'empêche : de semaine en semaine, les rapports deviennent plus complexes. Et la situation de Nicolas aussi.

Un jour où Jacques assure devant Edouard que Nicolas est son homme à lui, « à cent pour cent », l'autre rétorque illico : « L'essentiel c'est que vous le croyiez. » C'est de l'humour, peut-être, mais le style est quelque peu grinçant.

Pour Nicolas, quoi qu'il en soit, ces cinq années ont filé comme dans un rêve. Il s'est démultiplié. Il a franchi bien des échelons, il n'a pas eu le temps de souffler. Et il va monter encore. Il sera bientôt ministre, il en est sûr.

Il est proche des deux hommes qui comptent le plus dans son camp. Le futur Premier ministre et le futur Président de la République. Il a enrichi sa réflexion, sur l'Europe, sur l'économie. Il a beaucoup travaillé.

Dans le privé, il s'est associé avec deux avocats de sa génération et leur cabinet marche bien. Enfin et surtout, il est amoureux de Cécilia. La vie est belle. Vraiment belle.

CHAPITRE XI

Enfin ministre

La loi des séries existe en politique. La gauche le constate à ses dépens en 1992. En janvier, le juge Van Ruymbeke a perquisitionné le siège du PS, dans le cadre d'une affaire de fausses factures [1]. Le 1er avril, pour une autre affaire [2]. Le chef de cabinet du ministre de la Coopération est condamné à cinq ans de prison ; le lendemain Edith Cresson, Premier ministre, dont la popularité descend sans un accroc vers le zéro absolu, démissionne. Elle est remplacée par Pierre Bérégovoy. Le mois suivant, Bernard Tapie, nouveau ministre de la Ville, et ami du nouveau Premier ministre, est contraint d'en faire autant car il est mis en examen pour abus de biens sociaux. Ainsi passent les jours et les mois jusqu'au renvoi devant la Haute Cour de justice en décembre, pour l'affaire du sang contaminé, des ministres Laurent Fabius, Georgina Dufoix et Edmond Hervé. Même si le PS et le RPR cohabitent

1. Urba, dont le président Gérard Monate est condamné le même mois.

2. Affaire dite « Carrefour du Développement ».

dans d'autres affaires [1], la droite sent bien que pour les prochaines législatives, en mars de l'année suivante, la victoire est à sa portée. Elle trouve le temps long, trépigne. D'autant qu'au tout début de ce mois éclate un autre scandale : le cabinet noir de l'Elysée pratique sur une large échelle les écoutes téléphoniques de personnalités et de journalistes.

Et ce qui devait arriver arrive. Au premier tour, le 21 mars, le PS totalise moins de 18 % des voix (et Lionel Jospin annonce pour la première fois qu'il prend ses distances avec l'action politique…). La droite, avec 44,12 % des voix, peut célébrer le printemps. En son sein, le RPR devance d'un cheveu l'UDF (20,35 % contre 19,22 %). Alleluiah ! C'est encore le carême, mais déjà résonnent les chants d'allégresse. Et voilà que Jacques Chirac s'empresse d'envoyer un Exocet dans les jardins de l'Elysée : « Il serait de l'intérêt de la France que Mitterrand démissionne et que nous ayons de nouvelles élections présidentielles. »

Chacun comprend évidemment que cet éternel impatient juge le moment opportun pour se présenter et l'emporter. Le problème est qu'il n'a mis aucun de ses alliés dans la confidence. Valéry Giscard d'Estaing, qui rêve d'être appelé par François Mitterrand (l'UDF devançant le RPR en nombre de sièges à l'Assemblée nationale) pour former le gouvernement, s'offusque. « Si la droite avait voulu rejeter la cohabitation, elle aurait dû le faire avant les élections. » Edouard Balladur, qui se prépare depuis quatre ans pour Matignon avec la bénédiction du même Jacques Chirac, n'est pas

1. Pierre Botton, gendre de Michel Noir, le maire de Lyon est compromis dans une affaire de détournement de fonds, tout comme Jean-Michel Boucheron, maire socialiste d'Angoulême.

plus heureux. « Décidément, dit-il à ses intimes, Jacques ne changera jamais. » Ajoutant, accablé : « Mais vous le connaissez ! »

Bien entendu, le second tour des législatives confirme le premier, au-delà de toutes les espérances de la droite. Elle domine l'Assemblée : 480 députés sur 577. 242 RPR et 207 UDF. Près de 80 % de l'Hémicycle. Les socialistes et leurs alliés passent de 282 sièges à 67. La Bérésina. Dans le genre alternance, on n'a jamais fait mieux.

Le vainqueur, ce soir-là, s'appelle Jacques Chirac. Contrat rempli : il a mené une campagne à la hussarde en sillonnant l'Hexagone, infatigable. Edouard Balladur n'entend pas lui ravir la vedette. On ne le voit sur aucun écran de télévision. Il attend benoîtement son heure. C'est qu'entre les deux tours il a reçu des assurances. Hubert Védrine, le secrétaire général de l'Elysée, a rencontré son fidèle Nicolas Bazire chez la belle-mère de Patrick Devedjian. Et pas seulement pour y boire le thé. Le premier était porteur d'un message de François Mitterrand : celui-ci n'entendait ni finasser ni tarder, il nommerait au plus vite Edouard Balladur à Matignon. Jacques Chirac n'en est pas informé. Petit secret entre amis. Dans l'entourage de Balladur, quelqu'un piaffe d'impatience : Nicolas Sarkozy, bien sûr. Quelques jours plus tôt, le futur Premier ministre l'a convié à déjeuner en tête à tête chez Laurent – un grand restaurant parisien, pas loin de l'Elysée. Une manière de récompense. Car le maire de Neuilly s'est démené pour lui depuis des mois. Il a organisé, comme on le sait, des réunions de travail, rameuté des députés, joué les sergents recruteurs en repérant les possibles futurs ministres (qui pourront ensuite lui en rendre grâces : ainsi le jeune maire centriste de Lourdes, Philippe Douste-Blazy, ou encore son ami Alain Carignon qu'il avait à plusieurs reprises emmené à Deauville chez le futur chef du gouvernement).

Au menu du tête-à-tête très intime entre Edouard et Nicolas, rien que des mets exquis. Avec surtout une gourmandise exceptionnelle : la composition du futur gouvernement. Les deux hommes égrènent des noms. A commencer par les titulaires des grands ministères régaliens : Juppé au Quai d'Orsay, Pasqua à l'Intérieur, Léotard aux Armées, Méhaignerie à la Justice, Simone Veil à la Santé.

Et moi ? Parlez-moi de moi, quel émoi ! Edouard Balladur, qui connaît son Nicolas, prend un malin plaisir à musarder. Il commente de sa voix flûtée les mérites de tel ou tel. Le maire de Neuilly, qui se croit soudain oublié, ne peut plus rien avaler. Vers le dessert, enfin, Balladur se décide.

— Nicolas, je vous propose l'Equipement.

Quelle drôle d'idée, l'intéressé n'y avait jamais songé.

— Je n'en veux pas, répond-il.

— Alors les Relations avec le Parlement ?

— Ça ne m'intéresse pas.

— Le ministère de la Culture ?

— C'est encore non.

— Mais que voulez-vous donc ? s'emporte presque Balladur.

— Réponse : le Budget, comme ministre de plein exercice et non délégué. Je veux aussi être le porte-parole du gouvernement.

Edouard en a le souffle coupé. Il vient de recevoir avant Pâques une lettre au Père Noël. Nicolas ne fait que mettre en œuvre sa stratégie habituelle : ne compter que sur soi, saisir la chance quand elle passe, demander toujours plus pour recevoir beaucoup.

Sur la manière dont il envisage sa carrière pour la suite, il est encore plus direct : « Je les boufferai tous », annonçait-il à ses proches.

Le déjeuner se termine. Les cigares sont délicieux. Le Premier ministre est d'une humeur de rose. Il n'a pas encore acquiescé à la demande du jeune ambitieux, mais il n'a pas dit non.

L'attente sera de courte durée. Le lendemain, le maire de Neuilly est prié de venir boulevard Saint-Germain où Edouard Balladur lui annonce : « Je vous nomme ministre du Budget. » Le voilà comblé. Il se confond en remerciements, rêve déjà tout haut à ce qu'il va entreprendre et il prend vite congé, pressé d'avertir Cécilia et la famille. « Allô, maman, je suis ministre. »

Au moment de sortir, l'autre Nicolas (Bazire) qui sera directeur de cabinet du Premier ministre (le plus jeune de toute l'histoire des Républiques, bientôt qualifié par *Le Nouvel Observateur* de « gamin le plus puissant de France ») le rattrape par la manche. « Ah ! au fait, Monsieur Balladur a oublié de te dire que tu étais aussi le porte-parole du gouvernement. »

Une fois de plus, le nouveau ministre peut vérifier que l'audace est toujours payante. Il a 38 ans, il sera le benjamin de l'équipe ministérielle. « Mais j'étais en politique depuis 19 ans », explique-t-il alors. Comprenez : « Ça n'était pas trop tôt. »

Voilà dans sa carrière un saut qualitatif et générationnel appréciable. Car, il le sait, Jacques Chirac à Matignon lui aurait seulement proposé la Jeunesse et les Sports en expliquant, souriant : « Tu as le temps, Nicolas. » Il connaît bien la chanson chiraquienne.

Comme par hasard, et comme c'est bizarre, justement, le maire de Paris l'appelle à ce moment. Il veut le voir d'urgence. Pour lui annoncer qu'il envisage de le nommer secrétaire général du RPR.

Veut-il s'assurer que Nicolas est bien un homme à lui ? C'est la première fois en effet qu'il lui propose un poste, et aussi élevé. Quelques mois plus tôt, cette promotion dans le mouvement aurait comblé le jeune député. Mais c'est trop tard. Il veut être ministre. Il repousse la proposition : « J'ai expliqué à Jacques Chirac que je voulais avoir une nouvelle expérience, ne plus m'occuper uniquement du parti, des campagnes, des dîners-débats, des voyages. » A l'en croire, son interlocuteur l'aurait compris.

Celui-ci pressentait-il, enfin, que la situation allait lui échapper ? Ses proches, au premier rang desquels Charles Pasqua et Alain Juppé, n'avaient cessé de le mettre en garde, de répéter : « Si vous laissez Balladur à Matignon, il voudra être Président de la République. » Quelques jours avant le premier tour, il l'avait subodoré. « Il est possible, avait-il lancé à Edouard, que vous deveniez très populaire. Vous allez apparaître comme un homme neuf, et peut-être changer d'image. On songera à vous pour la présidentielle. »

A quoi l'autre avait aussitôt répliqué : « Je vous en prie, Jacques, ne soyez pas blessant, retirez cette phrase. » Telle est, du moins, la version de Jacques Chirac.

Edouard Balladur, lui, rapporte ce dialogue autrement. « Chirac m'a demandé s'il pouvait compter sur mon soutien pour la présidentielle. Je lui ai répondu : il sera proportionnel à celui que vous m'apporterez si je deviens Premier ministre. »

Mais, on le voit, avant même l'élection les rapports étaient pour le moins déjà distendus et la confiance pour le moins proportionnelle aussi.

Il ne va pas falloir très longtemps à Jacques Chirac pour s'apercevoir que 1993 n'est pas 1986. A l'époque, il avait tout partagé avec Edouard. Ensemble, avant les législatives, ils s'étaient préparés à la première cohabitation dont Balladur s'était fait le théoricien. Ensemble aussi, ils avaient composé le futur gouvernement. C'est lui, Jacques Chirac, devenu Premier ministre, qui avait tenu à offrir à Edouard le grand ministère de l'Economie, des Finances et de la Privatisation, auquel, à la demande de celui-ci, il avait rajouté le titre de ministre d'Etat. Il en avait fait une sorte de vice-Premier ministre, le chargeant d'arbitrer les différends au sein de l'équipe gouvernementale. Un rôle dont, c'est vrai, il a toujours eu horreur.

« Un ministre heureux n'a pas d'histoire », c'est ainsi qu'il renvoyait sur les roses les importuns qui venaient lui faire part de leurs problèmes en leur conseillant de s'adresser au ministre d'Etat.

« Jacques Chirac n'est pas un chef d'équipe, il n'aime que les relations bilatérales », constate aujourd'hui Jean-Pierre Raffarin.

En 1986, il avait voulu tout partager parce que c'était sa conception des choses. L'ennui, c'est qu'elle n'a jamais été celle d'Edouard. Il avait évidemment accepté de bon cœur le pouvoir et les honneurs que Jacques Chirac lui apportait sur un plateau d'argent. Mais en 1993, il ne se croit pas tenu de lui rendre la pareille. Pour une bonne et simple raison : cette fois, ils ne gouverneront pas ensemble. D'ailleurs, il n'avait jamais procédé ainsi. Alors que Jacques Chirac par exemple lui soumettait toujours ses textes de discours, il ne se sentait jamais contraint à une quelconque réciprocité.

L'homme qui entre à Matignon n'entend pas se dépouiller de la moindre de ses prérogatives. Pompidou, son maître, le répétait : « Le pouvoir ne se partage pas. » On oublie d'autant moins une telle leçon qu'elle vous est favorable.

Ce gouvernement sera donc le sien. Il accepte bien quelques suggestions du maire de Paris, prend ainsi avec lui Jacques Toubon et Lucette Michaux-Chevry. Mais il ne veut pas de Guy Drut à la Jeunesse et aux Sports. Point final.

François Léotard se souvient de la scène : « Le téléphone sonne dans le bureau du Premier ministre tout juste nommé, il décroche, écoute et répond d'un ton sec : "Jacques, je n'en veux pas." Et de raccrocher. Nouveau coup de fil : "Jacques, je vous l'ai dit, je n'en veux pas." Et de raccrocher à nouveau en levant les yeux au ciel. Ensuite, il ne décroche même plus. »

Il ne faut pas plusieurs heures pour comprendre qu'Edouard s'éloigne. Jacques Chirac demande à être branché sur le téléphone interministériel de façon à pouvoir joindre à tout moment Matignon et les membres du gouvernement. Ce qui lui est accordé. Edouard n'ira pas plus loin. Son équipe est constituée en deux temps, trois mouvements. En le recevant, François Mitterrand lui avait dit : « Vous avez trois jours pour faire votre gouvernement. » Réponse : « Vous l'aurez dès ce soir. » Le président avait bien ri.

Le soir même, la liste est bouclée (car préparée d'avance) et portée à l'Elysée.

Cette fois, en outre, pas question de laisser dire que ce gouvernement, comme celui de 1986, représente l'Etat-

RPR. Majoritaire à l'Assemblée nationale, celui-ci est même minoritaire au gouvernement, lequel compte 16 UDF et 13 RPR. Si les gaullistes ont reçu l'Intérieur (Pasqua), les Affaires étrangères (Juppé) et le Budget (Sarkozy), les UDF héritent des Finances (Alphandéry), de la Défense (Léotard), de la Justice (Méhaignerie), de la Santé (Simone Veil). Voilà un symbole d'ouverture on ne peut plus clair. Autre signe : trois des quatre ministres d'Etat appartiennent à l'UDF (Valéry Giscard d'Estaing comprend sur-le-champ qu'Edouard veut s'emparer de cette fédération créée par lui pour lui-même !). Autre signe d'indépendance. Si Edouard a fait entrer les chefs de parti – Juppé (RPR), Méhaignerie (CDS), Longuet (PR) – c'est à une condition expresse : qu'ils ne parlent pas de l'élection présidentielle prévue, pour le printemps 1995, avant le début de cette année-là. Pas question de réitérer les erreurs de la première cohabitation.

Soucieux de se montrer correct, mais sans plus, le nouveau Premier ministre, quittant Matignon pour porter sa liste à l'Elysée, a confié à Jacques Friedman, l'ami de toujours de Jacques Chirac, la mission d'en adresser une copie à celui-ci. Façon de le mettre devant le fait accompli. Jacques Chirac s'en montre – c'est peu dire – très vexé et va jusqu'à parler de « muflerie ». D'autant qu'Edouard le dépouille de ses plus proches amis ou collaborateurs. Alain Juppé, Jacques Toubon, celui-ci il est vrai à sa demande, Michel Roussin, son directeur de cabinet, et Nicolas Sarkozy, tous devenus ministres. « Il lui piquait tous ses copains », constatera Jacques Friedman. La lettre qui accompagne la liste n'arrange rien. Bien au contraire. Après quelques lignes expliquant pourquoi il a tenu à être seul maître à bord pour former son gouvernement, Edouard conclut : « Merci de tout cœur de votre soutien. Sans lui, rien n'aurait été possible. Ni hier, ni aujourd'hui. Rien ne le serait demain, je le sais mieux que quiconque. Veuillez croire, cher Jacques, à ma très fidèle amitié. » Signé Edouard Balladur. 30 mars 1993.

Il aurait pu ajouter en guise de post-scriptum : « Au revoir et merci, t'as l'bonjour d'Edouard ! » « Que nous avons été naïfs, nous n'avons pas vu venir le loup », soupire Bernadette.

Jacques Chirac relit la lettre. Il est atterré, vexé. A tel point que, pris d'un mouvement d'humeur compréhensible, il décommande le dîner prévu le soir même à l'Hôtel de Ville avec les Balladur. Première brouille ? Oui. Non. Enfin, pas tout à fait.

« J'ai appelé Claude (Chirac), raconte Nicolas Sarkozy et je lui ai dit qu'il fallait absolument qu'elle arrange les choses, qu'il n'était pas possible que ce dîner n'ait pas lieu. » L'affaire sera donc arrangée. Les Balladur viendront dîner avec les Chirac. Mais ils arrivent avec leur chien. Et sans l'avoir annoncé. Jamais, jusque-là, ils ne se seraient permis une telle familiarité. Pour éviter les bagarres canines, il faut enfermer d'urgence Mascous, le labrador de Claude. Née Chodron de Courcel, Madame Chirac n'y voit que très mauvaises manières venant de la part d'un homme « qui avait son rond de serviette à la Mairie de Paris ». Pendant des années, elle en gardera de l'amertume, appellera Balladur « le coucou », comme l'oiseau qui s'installe dans le nid des autres. Ce soir-là, pourtant, autour de la nappe immaculée, on fait comme si. Le miel recouvre le fiel. On se congratule à propos des résultats, du présent et on rêve à des lendemains radieux, à la présidentielle bien sûr, qui n'est plus que dans deux ans.

Jacques Chirac ne pense qu'à cela : « A peine avez-vous posé le baluchon de la dernière campagne, je vous convie à le reprendre pour approfondir nos racines et nous préparer à remporter ensemble la victoire majeure », s'écrie-t-il trois semaines plus tard à l'hôtel Nikko où se tient le premier Conseil national du RPR depuis la victoire. Un appel qui rencontre très peu d'écho chez ceux qui l'entourent à la tribune. Les nouveaux ministres, à commencer par le premier d'entre eux, ont, c'est visible, la tête ailleurs.

Seuls les chiraquiens pur jus ont entendu leur maître. Ainsi Philippe Séguin, nouveau président de l'Assemblée nationale, revenu dans les rangs après l'échec de l'OPA menée avec Pasqua, qui déclare : « Ce gouvernement est un gouvernement de transition. »

Ainsi Jean-Louis Debré, invité sur radio O'FM, deux jours plus tard, qui évoque pour cette élection-là un ticket Chirac-Balladur. Un propos aussitôt repris et souligné par *Le Monde*.

« Le lendemain, raconte Debré, je croise Balladur à l'Assemblée, il me prend à part pour me dire : "Si vous parlez de la présidentielle, je préférerais que vous ne me mettiez pas en cause. Ne m'y associez pas." »

Oubliant la consigne, quelques jours plus tard sur Radio J, le même Jean-Louis Debré persiste et signe. Il évoque « la complémentarité de Jacques Chirac et d'Edouard Balladur ».

Nouvelle admonestation du Premier ministre qui, cette fois, le tance, le regard noir. « Je vous ai demandé de ne pas parler de moi. »

Jean-Louis Debré commence alors à se demander

si Edouard ne roule pas déjà pour lui seul. D'autant, ajoute-t-il, que « de ce jour, il ne m'a plus regardé, plus parlé. Je n'existais plus ».

Le ver s'est vite logé dans le fruit.

Nicolas Sarkozy lui, l'avait pressenti. Dès le lendemain de la formation du gouvernement, il avait confié à Brice Hortefeux qu'il voyait s'annoncer quelque tangage, très sérieux peut-être, entre les deux hommes. Mais que, pour son compte, il choisirait le plus tard possible. Seulement voilà, il ne sera pas maître du calendrier.

Dans les premiers temps, ce n'est pas le sujet qui le préoccupe. Le nouveau ministre en effet a fort à faire. Il avait voulu le Budget, il l'a. Une tâche immense pour qui n'a jamais siégé à la Commission des finances. Sans compter qu'Edouard Balladur ne cesse de l'appeler. Il est débordé. Il a laissé à Brice Hortefeux, nommé chef du cabinet, le soin d'en choisir le directeur. Ce sera Pierre Mariani. Un inspecteur des Finances, directeur à la direction du Budget. Sarkozy ne le connaît pas. Mariani a 37 ans (un an de moins que lui). Il a plu à Brice. Alors banco ! Il le joint par téléphone : « On m'a dit que vous étiez ambitieux, cela m'a plu. »

Lorsque enfin il le reçoit à la mairie de Neuilly, Nicolas Sarkozy lui déclare : « Pendant ces deux ans, j'aurai besoin de vous jour et nuit. Je dis bien : jour et nuit. » Le contrat est accepté. « J'arrive demain avec huit personnes », lui répond Mariani.

Pour le fonctionnement de cette entreprise, les consignes sont claires et précises : tout doit passer désormais par le directeur de cabinet et Brice Hortefeux, devenu en dix-sept ans le double politique du jeune ministre.

De Neuilly, Nicolas Sarkozy a aussi amené Thierry Gaubert entré dans sa galaxie en 1978. Celui-ci, époux de la princesse Hélène de Yougoslavie, est riche en relations diverses. Il a organisé des dîners-débats pour le maire. Il est le monsieur société civile du cabinet.

Cécilia, qui a accompagné son Nicolas dans les meetings de la campagne, fait aussi son entrée à Bercy. Pour elle, c'est un vrai changement de statut. D'irrégulière elle devient officielle. L'installation du couple est très commentée, d'autant qu'elle dispose d'un bureau aux côtés de celui qui n'est pas encore son mari. Elle assiste à tous les comptes rendus des Conseils des ministres. Les journalistes remarquent qu'il semble toujours quêter son assentiment. On peut la joindre à Bercy. Il suffit de demander Cécilia Sarkozy, car c'est ainsi qu'elle se fait appeler désormais. « Comment faut-il appeler Madame Martin ? avaient interrogé les secrétaires. – Non, elle est Madame ou bien Cécilia Sarkozy. » A l'école Sainte-Marie-de-Neuilly où sont inscrites ses filles, elle libelle pour les professeurs, sa nouvelle adresse : Cécilia Sarkozy, avec son numéro de téléphone à Bercy. Nicolas n'est pourtant pas encore divorcé. Informée de ces faits, Marie, son épouse, aurait voulu intenter un procès à Cécilia pour substitution d'identité. Ses amis l'en ont dissuadée.

Nicolas, lui, a prévenu les journalistes amis et Matignon : « Avec l'emploi du temps que j'ai, si je veux voir Cécilia et ma famille, il faut qu'elles soient auprès de moi. J'en ai besoin pour mon équilibre. »

Il entend aussi démontrer, explique-t-il, que la vie politique n'est pas à l'écart de la vie réelle et ne doit pas l'absorber tout entier. Cécilia organise des dîners où elle mêle chefs d'entreprise, élus, artistes, écrivains, journalistes. Des « must » où il faut être invité. Elle est son coach, veille à son alimentation – il a tendance à grignoter, donc à grossir –, organise son emploi du temps à la minute près, veille à ce qu'il ait son contingent d'heures de sommeil – il doit se coucher tôt –, choisit ses costumes et ses cravates. Cécilia a adoré ce premier passage à Bercy. Pour elle, un souvenir heureux.

A Valérie Domain, sa biographe autorisée avant d'être récusée, elle a confié que c'est l'exemple de Claude Chirac – qui continue de téléphoner au nouveau ministre – qui l'a inspirée, amenée à vouloir travailler avec Nicolas. « Après tout, Claude n'a pas plus de légitimité à travailler avec son père que moi avec toi », lui disait-elle.

Etre légitime… Cécilia, qui souffre de la lenteur du divorce, veut être connue et surtout reconnue. Quand *Le Point* publie un article sur le ministre et son cabinet, illustré d'une photo où elle ne figure pas, elle le prend très mal, et Nicolas l'appuie. Mais il entend aussi la mettre à l'abri de toute critique. « Cécilia et Brice, lance-t-il à qui veut l'entendre, ça n'est pas négociable. » Autrement dit : on n'y touche pas. Un avertissement qui vaut autant pour le cabinet que pour les deux intéressés (lesquels ne se prisaient guère). Mais le nouveau ministre ne veut pas d'histoires. Il souhaite – c'est toujours la même formule – qu'on lui amène des solutions, pas des problèmes. Il a d'autres chats à fouetter. Il lui faut d'abord s'initier à la langue parlée de Bercy, laquelle est pour lui, comme pour le commun des mortels, une langue étrangère. « Je veux apprendre tout ce dont j'aurai besoin, m'approprier la matière financière. » Il raconte : « Je commandais entre 20 et 30 notes par jour, parce que tout me posait question. J'avais soif de savoir, de m'imprégner et surtout la volonté de ne rien décider sans comprendre. Que l'on me croie incompétent me stimulait. Je peux dire que dans les deux premières semaines nous avons travaillé jour et nuit. Un boulot monstrueux. »

C'est que la France traverse une crise budgétaire majeure. L'économie est en récession. La première depuis la guerre. Pierre Bérégovoy avait bâti un budget sur une croissance de 2,8, elle est en réalité négative : moins 1,3, le chômage augmente. Il faut d'urgence refaire un budget, arbitrer des coupes sombres entre les ministères [1].

Un boulot monstrueux peut-être. Mais abattu avec bonheur. « Au début, reconnaît Sarkozy, il m'arrivait de m'emmêler un peu les pédales, et puis peu à peu je me suis moins noyé. »

« Tout le monde à Bercy l'attendait au tournant, raconte Pierre Mariani, ils étaient goguenards. Idem dans les deux Commissions des finances de l'Assemblée et du Sénat où l'on savait qu'il était un bleu. Nous qui étions les technos, il nous obligeait à rendre les choses intelligibles. Et il n'était jamais content. "Je ne comprends pas votre jargon, disait-il, expliquez-moi autrement." C'était très dur, mais aussi très joyeux comme ambiance. » Et d'ajouter : « Il se comporte comme un sportif de haut niveau, qu'il faut sans cesse encourager, il a toujours besoin de la réaction de l'autre. Il est très prenant affectivement. »

Et comme un sportif aussi, son cabinet en garde le souvenir, Nicolas Sarkozy se lançait des défis. Par exemple, pour son premier discours sur le budget à l'Assemblée, il se paie le luxe de parler presque sans notes. Comme jadis Giscard. Pari réussi. Avec en prime le res-

---

1. Edouard Balladur renoncera à son projet d'audit sur les finances de la France, par respect pour Pierre Bérégovoy qui venait de se donner la mort le 1er mai 1993.

pect immédiat du Parlement. Bref, c'est un bon début. D'autant qu'à ce moment l'épisode du preneur d'otages de Neuilly (voir chapitre VII) a renforcé son autorité sur le ministère. D'ailleurs, il prend ses marques : il n'accepte pas d'être considéré comme le subordonné d'Edmond Alphandéry, le ministre des Finances pourtant agrégé d'économie, lui.

Son autre fonction, porte-parole du gouvernement, n'est pas moins périlleuse, il s'agit de commenter publiquement de grands sujets dont il ne connaît pas toujours le détail. Mais il le souligne : « En deux ans pas une fois mes propos n'ont été rectifiés, ni même précisés par Matignon. » Il n'en est pas peu fier.

Enfin ministre. Son rêve réalisé, il atteint un état proche de l'extase : « C'était une période magique, Edouard Balladur m'avait donné sa confiance, et je faisais ce que je voulais. »

Il est autonome et reconnu. En juillet 1994, il hérite en outre d'un troisième portefeuille – au départ, il veut croire qu'il s'agit d'un simple intérim et c'est pour cela qu'il accepte –, celui de la communication, laissé vacant suite à la démission de son ami Alain Carignon, mis en examen pour recel et complicité d'abus de biens sociaux, dans les affaires du *Dauphiné News* [1]. Les premiers temps, Nicolas espérait que son ami reprendrait très vite son poste ministériel. La magistrature en ayant décidé autrement, il a toujours été très solidaire de lui. Et il s'est élevé contre ses conditions de détention. « Son sort m'empêchait de dormir », dit-il. Et il

1. Un ensemble de petits journaux proches du maire de Grenoble, dont le déficit avait été épongé par une filiale de la Lyonnaise des Eaux qui s'en était portée acquéreur. Après quoi, la Lyonnaise était devenue concessionnaire de la distribution d'eau à Grenoble…

invitera son épouse à passer avec Cécilia et les enfants les fêtes de Noël et du Premier de l'an comme il le faisait auparavant. Bien plus tard, devenu président de l'UMP, il encouragera le retour sur la scène politique d'un homme qui, dit-il, « ne s'est pas enrichi personnellement ». « En amitié il donne des preuves, mais ce n'est pas un expansif », dit de lui Carignon.

Mais il court, il court le ministre… A pied, tous les jours sur les quais de Bercy. En compagnie d'un garde du corps et de son labrador Indy. Pour le reste, il dispose d'un bureau aux Finances, d'un autre à Matignon et encore d'un autre rue de Varenne. Tel Cadet Roussel. Il participe à tous les comités interministériels. Edouard Balladur l'interroge, le consulte à tout propos. En raison de cette proximité, ses collègues, pour lesquels il manifeste bien peu de considération – faute de temps, assure-t-il – s'exaspèrent de l'entendre ainsi trancher de tout ; « il était vraiment insupportable », commente l'un d'eux.

En revanche, la presse écrite, la radio, la télévision le courtisent, les journalistes le sollicitent de plus en plus. Il sait les soigner, il n'en évite aucun, en tutoie la plupart, et s'ingénie à trousser un compliment à chacun, qui peut dès lors se croire son ami. Toujours il rappelle. Et vite. Son premier mot est invariablement le même : « Je ne te dérange pas ? »

Est-il invité à une émission, il s'empresse dès le lendemain de dire sa gratitude à l'interviewer et de le remercier. Une attitude d'autant plus flatteuse qu'elle est rare. Bref, il sait « soigner sa com », constatent les professionnels. Pas dupes, mais admiratifs. Tout de même, quel tourbillon !

Chapitre XII

Première rupture avec Jacques Chirac

En ce printemps 1993, le nouveau gouvernement jouit d'un état de grâce exceptionnel, d'un vent de faveur contagieux. Qui l'eût cru ? *Le Monde*, quotidien de gauche de référence, s'est balladurisé. Par antichiraquisme ? Sûrement. Mais il donne le ton. La presse régionale apprécie, elle aussi. Alain Minc, homme d'influence qui écrit beaucoup et se répand dans les milieux parisiens, se montre presque ébloui et enveloppe ses critiques d'un halo de considération flatteuse. Le directeur de la SOFRES, Jérôme Jaffré, qui sait lire dans les entrailles de l'opinion ne craint pas d'annoncer qu'il croit à l'avenir présidentiel radieux du Premier ministre. Et toute la France répète qu'elle y croit. Edouard Balladur, qui recueille 75 % d'opinions favorables, ne touche plus terre. C'est l'époque où il aime plaisanter devant ses visiteurs : « Les deux Nicolas sont tellement ambitieux que je vais être obligé de me présenter. »

Côté RPR, bien entendu, un son de cloche tout différent se fait vite entendre. C'est encore Philippe Séguin qui sonne la charge et ouvre une brèche. Début juin, le président de l'Assemblée nationale est invité par Jacques Baumel, un fidèle d'Edouard Balladur, à participer à un colloque dans les Hauts-de-Seine. Il en profite pour prendre de façon spectaculaire ses distances avec la politique économique du gouvernement – c'est en tout cas l'interprétation que le Premier ministre, et pas seulement lui, fera de ses propos. Il qualifie, en effet, de « Munich social » les mesures prises par les gouvernements passés… et… présent. Or, depuis 1938, Munich, on le sait, rime avec lâche soulagement, refus de se battre. Bien plus, Séguin n'hésite pas à mettre en cause le dogme balladurien : le libre-échange, les privatisations, la politique du franc fort, le respect des grands équilibres financiers. Il qualifie le tout de « prêt-à-penser triste et morne », et répète ce qu'il avait dit dès les premiers jours, que ce gouvernement n'est à la manœuvre que pour une période de transition.

Un discours évidemment très commenté dans la presse, laquelle traduit : « Séguin concocte pour le candidat Chirac un projet qui n'a rien à voir avec l'orientation actuelle du gouvernement. » Et reprendra volontiers ce refrain.

A Matignon, le courroux est grand. Edouard Balladur attend que Jacques Chirac désavoue ce discours, voire sanctionne Séguin. Les jours passent. L'attente est vaine.

« Jacques Chirac fragilise mon action », déplore le Premier ministre. Mais il en est peut-être secrètement ravi : ce manquement le libère de ses devoirs à l'égard du maire de Paris.

Il n'empêche, imperturbable, Jean-Louis Debré continue d'évoquer partout où il passe le pacte qui unit les deux hommes.

Au plus fort de l'été, cependant, rien ne va plus entre Edouard et Jacques. Le franc, victime d'une fièvre spéculative, subit de vives attaques sur le marché des changes. Les caisses de la Banque de France se vident. Des rumeurs évoquent une éventuelle sortie du franc du Système monétaire européen (SME). Le franc atteint son cours plancher par rapport au deutsche mark. D'autres monnaies européennes sont attaquées. Une solution inédite est imaginée le 1er août par les ministres des Finances des Douze. Afin de sauvegarder le SME, il décide d'élargir les marges de fluctuation des devises qui participent au « serpent monétaire ». Voilà le SME sauvé. Le franc échappe à la dévaluation qu'Edouard Balladur s'était engagé à éviter lors de son arrivée au pouvoir. Si François Mitterrand lui apporte son soutien, le Premier ministre juge que Jacques Chirac s'est en revanche montré bien peu solidaire dans l'épreuve. Le chef du RPR n'a produit que des déclarations alambiquées et tardives. Un soutien si mince « qu'il a contribué à l'affaiblissement du franc », croit pouvoir plaider le Premier ministre. Et on l'entend dire : « Chirac et moi, nous sommes quittes. »

« J'étais en contact avec Bazire, nous avons rédigé le communiqué en commun. On a voulu me pousser à une faute que je n'ai pas commise », se plaint le maire de Paris. A l'en croire, la rupture lui a été notifiée par le directeur de cabinet du Premier ministre, Nicolas Bazire, lequel lui a téléphoné sur un ton sec pour constater : « Le contrat est rompu. »

A la mi-août, les Français en vacances voient un Edouard Balladur interviewé par France 2 devant son chalet de Chamonix. On l'interroge : « Comment sont vos relations avec Jacques Chirac ? » Il répond, paisible : « Elles sont bonnes. » Ce qui est court, bien sûr. Trop court.

Jacques et Bernadette Chirac ont regardé ensemble l'interview. « Alors, Jacques, vous ne téléphonez pas à Edouard ? » (Comme il le faisait toujours après un passage à la télévision.) Elle s'entend répondre un « non » sec. Sans plus de commentaire. D'évidence, le Premier ministre et le maire de Paris ne vivent plus la même histoire. Mais c'est toujours Edouard qui a la faveur de l'opinion. Un sondage publié en septembre par l'hebdomadaire *Globe Hebdo* montre que 67 % des Français verraient bien Edouard Balladur comme Président. Jacques Chirac ? 20 % seulement. L'augmentation de la CSG, la crise du franc, la persistance du chômage, la réforme courageuse des retraites du privé, rien n'entame le crédit du Premier ministre. Il décide alors de ne pas se rendre aux Universités d'été du RPR qui se tiennent à Strasbourg. Il ne veut bien entendu pas être mêlé à ce rassemblement militant où l'on va scander à satiété « Chirac Président ! », alors que lui s'avance, plébiscité par le peuple, vers l'autel élyséen.

Incroyable mais vrai, celui que Jacques Chirac jugeait trop distant, arrogant, précieux, méprisant pour être populaire, est fêté par l'opinion. Comment ne se sentirait-il pas porté vers d'autres sommets ?

Un homme voit son existence compliquée par la rivalité si vive, si rapide entre ces deux-là. Nicolas Sarkozy évidemment.

Comment pourrait-il continuer de travailler pour le candidat Chirac alors qu'il est débordé par ses fonctions ministérielles et qu'il doit respecter la règle fixée par le Premier ministre : ne pas s'occuper de la présidentielle avant le début de l'année 1995 ? Car Jacques Chirac continue à faire appel à lui, lui téléphone régulièrement, demande des services, des conseils, des renseignements et le traite toujours comme un intime et un collaborateur. Et Claude fait de même.

Après la formation du gouvernement, il a participé deux fois aux réunions de l'Hôtel de Ville. Puis, bridé par un emploi du temps de plus en plus serré, il ne s'y est plus montré : Claude Chirac et Jean-Pierre Denis se déplacent à Bercy.

Dès la fin de juin 1993, trois mois seulement après la formation du gouvernement, Nicolas Sarkozy cesse, en fait, de fréquenter la cellule présidentielle de Jacques Chirac en invoquant des difficultés d'emploi du temps. L'entourage du maire de Paris, d'abord incrédule, avant d'être dépité, le regarde prendre de la distance.

Lorsque cet été-là *Le Figaro* et *L'Express* consacrent un article à la « cellule présidentielle » du maire de Paris, les articles sont évidemment illustrés. En légende d'une photo, Nicolas Sarkozy est désigné comme le directeur de cette structure. Ce qu'Edouard n'apprécie pas du tout. Pas question que le porte-parole du gouvernement soit mêlé à la campagne du candidat Chirac ! Le Premier ministre lui rappelle la consigne. Et sans fioritures ! Le ministre se voit confirmer que garder deux fers au feu peut être habile mais parfois impossible. Il comprend surtout qu'Edouard Balladur est beaucoup plus déterminé qu'il ne le pensait dans sa marche vers l'Elysée.

Aux Universités d'été de Strasbourg, en septembre, auxquelles Edouard Balladur a décidé de ne pas se rendre, Nicolas Sarkozy ne passe qu'une seule journée. Et il refuse de monter sur la tribune où trônent Alain

Juppé et Jacques Toubon. Bien des yeux se tournent vers lui. Tous ceux qui l'observent partagent le même sentiment : il paraît, chose rare chez lui, gêné aux entournures. Il semble nerveux, agressif même. Et pour la première fois, il se montre inamical avec Claude.

Au lendemain de ces journées, Jacques Chirac, lui, continue au contraire de faire comme si. Au « Club de la presse » d'Europe 1, il affirme très fort qu'Edouard Balladur et lui ne sauraient être concurrents. Ils sont « des amis de 30 ans ».

D'ailleurs, trois semaines plus tard, les deux hommes se retrouvent aux Journées parlementaires de La Rochelle. Devant les députés ils miment une amitié éternelle en marchant sur le Vieux Port. Mais c'est Chirac qui a imposé ce scénario à Edouard, qui fait ce jour-là sa mauvaise tête. Personne n'est dupe et surtout pas les nouveaux élus, déjà anxieux, qui voient se profiler une guerre des chefs. Dans cette guerre, Nicolas Sarkozy a choisi son camp. Il va quitter le giron chiraquien.

Pouvait-il faire autrement ? Le jeune ministre aime son travail, se trouve en adéquation avec Edouard Balladur qui l'a promu, qui lui a tant offert et qui lui manifeste toujours sa confiance et son affection. En outre, raison supérieure à toutes : les sondages lui promettent l'Elysée.

Sarkozy n'a donc aucune raison de se faire hara-kiri en rejoignant l'homme qui n'a plus la faveur des Français, et auquel, en plus, il estime ne rien devoir !

Le 24 octobre, alors qu'il est l'invité du « Grand Jury RTL/*Le Monde* », les journalistes enfoncent le fer dans la plaie : « Pourquoi n'allez-vous plus aux réunions des conseillers de Jacques Chirac qui se tiennent le mardi à l'Hôtel de Ville ? » Il répond simplement : « Parce que le

Premier ministre a demandé aux ministres de s'occuper de leur département ministériel et non de l'élection présidentielle. C'est ce que je fais. » Imparable.

Reste le plus pénible. Officialiser la rupture. Jacques Chirac va lui en donner l'occasion. En novembre, lors d'une réunion du bureau politique du RPR au siège de la Rue de Lille, il fait signe à Sarkozy de le suivre. Ils s'enferment dans la salle de presse, le climat est tendu. « Chaleureux aussi et physique, dit le jeune ministre, comme toujours quand Jacques Chirac souhaite obtenir quelque chose. »

Chaleureux peut-être, mais rugueux. Jacques Chirac n'y va pas par quatre chemins : « Tu es très intelligent, tu es aussi très cynique, fais attention. En soutenant Balladur comme tu le fais, tu prends le risque de mettre tous tes œufs dans le même panier. Réfléchis. On en reparlera. »

C'est le mot « cynique » qui fait bondir Nicolas et le braque : « Si être cynique c'est de n'avoir jamais un mot contre vous, alors oui, je suis cynique. Mais je suis le porte-parole d'Edouard Balladur. Il me demande de ne pas avoir d'autre engagement politique. Je veux rester son porte-parole. »

Cynique, lui ? Il n'en revient pas. Il se voit au contraire brutal, sans doute, mais franc, pas hypocrite. Le dialogue n'ira pas plus loin (Jacques Chirac n'a jamais raconté sa version de ce tête-à-tête). Les deux hommes ne se reparleront plus avant quatre ans.

Chapitre XIII

« Deux amis de trente ans »

« Quand Sarkozy lui a annoncé, droit dans les yeux qu'il se consacrerait désormais à sa seule tâche de ministre, cela ne lui a fait ni chaud ni froid, tant sa confiance en son avenir présidentiel était inébranlable. » Voilà ce qu'affirme l'entourage de Jacques Chirac. Les sondages avaient beau dire le contraire et hisser Balladur sur le pavois, le maire de Paris persiste à croire – du moins à dire – que celui-ci ne sera « jamais candidat ». Les handicaps médiatiques accumulés par Edouard lors de son passage au gouvernement durant la première cohabitation sont trop lourds, « catastrophiques », juge-t-il pour être si vite effacés. Il pense toujours, en outre, que l'homme est trop distant, trop méprisant, trop arrogant, trop sucré, trop fragile pour gagner la faveur des électeurs. « Tout mon problème c'est qu'Edouard tienne le coup, jusqu'à la présidentielle », avouait-il à Bernadette.

« Il ne supportait pas qu'on lui dise : “Balladur vous trahit”, parce qu'il ne voulait pas le croire », note Christine Albanel, jeune et subtile agrégée de lettres qui rédigeait ses discours à la Mairie de Paris. Des mois durant, il a donc fait taire ceux qui, autour de lui, critiquaient l'hôte de Matignon et son ministre du Budget. Il continuait à les appeler par leur prénom. C'était toujours Edouard et Nicolas. « Il était persuadé, note François Baroin, que Sarko lui reviendrait au moment décisif, celui de la campagne. »

Claude, elle aussi, a longtemps espéré que Nicolas reviendrait. Une ou deux fois, elle s'était déplacée pour le rencontrer. Pourtant un épisode l'avait beaucoup troublée : un journaliste lui avait raconté que, lors d'un déjeuner de presse au début du mois de décembre à Bercy, le ministre du Budget avait tenu des propos très virulents contre son père, déclarant qu'une élection de Jacques Chirac représenterait « un danger terrible pour la France ». Elle ne voulait pas le croire. Elle avait interrogé le correspondant de l'AFP à l'Elysée, Philippe Goulliaud, l'un des convives de ce déjeuner. Il lui avait confirmé le propos. Elle en avait été très meurtrie.

« Et puis, un jour, j'ai appelé Nicolas, il ne m'a plus rappelée », dit-elle sur le ton de la sobriété. Exit Nicolas. On sent que chez elle la blessure n'est, aujourd'hui encore, pas refermée. Nicolas n'était pas n'importe qui. Il avait été auprès d'elle comme un frère, un ami comme elle n'en avait jamais eu jusque-là, quelqu'un qui avait saisi son mal-être, compris qu'à l'instar de son père cette jolie fille ne s'aimait pas, n'avait pas confiance en elle, ne faisait rien pour se mettre en valeur. « Je ne suis pas douée pour la séduction », lâche-t-elle tout à trac. Elle ne manque pas une occasion d'affirmer que « l'intelligente de la famille, c'est ma sœur Laurence et pas moi ». Avec Nicolas, ils avaient ri, partagé des secrets, ils raffolaient tous les deux des paillettes, des vedettes. Mais surtout, il avait été son Pygmalion. Il lui avait appris le travail, la rigueur, à aimer le métier au service de son père. Quand elle l'attendait à la Mairie de Paris, elle prévenait sa mère : « Surtout sois aimable avec Nicolas. » Elle était en confiance. Son choix s'était porté sur lui comme une évidence pour qu'il soit son témoin lorsqu'elle a épousé en septembre 1992 le politologue Philippe Habert. Lequel devait décéder quelques mois plus tard, en avril 1993. Dans ces moments douloureux, Nicolas était sans doute la seule personne auprès de laquelle elle aurait eu envie de s'épancher. Mais il était déjà aux abonnés absents. Bientôt, il ne serait plus là.

Et la grisaille s'est installée sur la Chiraquie. « Sarko pour moi était comme un grand frère, raconte Frédéric de Saint-Sernin (jeune député de Dordogne qui faisait partie de l'équipe dite des “bébés Chirac”) ; lui parti, c'est tout le dispositif chiraquien qui perdait sa tour de contrôle, c'est lui qui nous distribuait le travail, nous poussait à nous engager, il était disponible, agréable, ne mettait aucune barrière entre lui et nous. On avait besoin de lui, il nous a manqué affectivement et intellectuellement. »

Jacques Chirac, lui, reste impavide. Il veut demeurer confiant. Il est bien le seul à refuser d'admettre le changement. Certains signes, pourtant, éclaireraient les plus myopes. Pour la première fois depuis treize ans, le 29 novembre 1993, Edouard ne lui a même pas souhaité son anniversaire. Et, chaque jour, éclate un nouvel incident. Au déjeuner qui réunit chaque mardi les dirigeants de la majorité, plusieurs remarquent qu'Edouard et Jacques ne se regardent plus en face. Jean-Louis Debré, secrétaire général du RPR, qui tient fidèlement la boutique, a prévenu ce dernier : « Faites attention, monsieur, sur les photos, c'est toujours vous qui regardez Balladur, alors que lui ne vous regarde jamais. » A la fin de cette année-là, le maire de Paris constate, l'air sombre : « Il ne me reste que quatre ministres fidèles, Juppé, Toubon, Alliot-Marie et Romani. »

Le 20 décembre, deux ministres d'Etat, Simone Veil et François Léotard, rompant avec la consigne de silence sur la présidentielle édictée par Balladur en arrivant à Matignon, se déclarent favorables à sa candidature. « Il serait un formidable Président de la République », dit la ministre d'Etat de la Santé. « J'attends avec impatience qu'il se déclare », lance en écho le ministre d'Etat de la Défense. Deux jours plus tard, le Premier ministre les appellera – mais très mollement – à plus de réserve.

Cette fois Jacques Chirac consent enfin à ouvrir les yeux. « Edouard vient de faire lancer sa campagne présidentielle. » A Noël les dernières illusions – s'il en restait encore – s'envolent : Jacques Chirac, comme il le faisait toujours, téléphone à Chamonix pour souhaiter une bonne année à « son ami de trente ans ». Il est 10 heures du matin. Madame Balladur lui répond qu'« Edouard est à la messe, il vous rappellera ».

Il n'a jamais rappelé.

« De ce jour, note François Baroin, pour Jacques Chirac Edouard n'était plus Edouard, mais “Balladur” et Nicolas n'était plus que “Sarkozy”. »

Le jeune ministre du Budget, toujours le nez dans le guidon, a trop à faire pour se soucier des états d'âme de la Mairie de Paris. Edouard Balladur le consulte sur tout, et il est perçu par ses collègues comme un vice-Premier ministre. Un mouvement étudiant, un de plus, l'affaire du CIP, va lui permettre de se hisser au rang d'homme indispensable. Le paradoxe est qu'il va jouer le rôle de pompier pyromane.

En août 1993, le ministre du Travail Michel Giraud a fait adopter, en conseil interministériel à Matignon, une ambitieuse loi quinquennale sur l'emploi qui comprend, entre autres, une disposition pour permettre aux jeunes de faire une première entrée dans l'entreprise : le contrat d'insertion professionnelle. C'est toujours le même problème : 750 000 jeunes sont sans emploi, un chiffre quatre fois supérieur à celui de l'Allemagne. Le CIP est destiné à faciliter l'entrée des jeunes sur le marché du travail, ce serait la première marche d'entrée dans l'entreprise. « J'aurais voulu deux CIP, l'un pour les jeunes qui n'ont pas de formation et qui seraient payés à 80 % du SMIC, mais qui seraient formés, un autre pour des diplômés et qui recevraient un premier salaire, d'un niveau supérieur, raconte Michel Giraud. J'avais gagné sur toute la loi, sauf sur le CIP, les finances, donc le budget, s'y opposaient fermement parce que trop compliqué, et surtout trop onéreux. Balladur a suivi Nicolas Sarkozy, j'ai été battu dans l'arbitrage, j'ai été discipliné. » Or, c'est cette idée d'un sous-SMIC – contre laquelle les chiraquiens s'élevaient – qui va jeter à la fin du mois de février des milliers d'étudiants dans la rue. La loi a été adoptée en décembre pourtant. Sans problème. Mais, le 13 février, les décrets d'application sont publiés. La réaction est brutale. Initiée par l'UNEF-ID qui n'accepte pas que les diplômés soient traités comme des jeunes sans qualification. Le scénario est connu depuis l'affaire Devaquet (et il se répétera, exactement de la même manière, en 2006 avec le CPE de Dominique de Villepin), d'autant que les gouvernements, dans chaque cas, ne se montrent pas très doués pour la communication, n'expliquent pas, ou mal. Il n'empêche : les étudiants sont dans la rue, rejoints par les syndicats de salariés, tous réclament l'abrogation des décrets. Le Premier ministre commence par refuser de céder. D'ailleurs sa majorité le pousse à ne rien lâcher aux gauchistes et aux casseurs. Nouvelle manifestation. Cette fois plusieurs centaines de milliers de jeunes défilent à Paris et dans les grandes villes de province. Le 17 mars, grande manifestation syndicale unitaire, la première depuis trente ans. Un événement. A l'issue des manifestations, les casseurs s'activent à Paris, à Lyon, à Nantes. Le souvenir de 1986 hante tous les esprits. Une image revient sans cesse, celle de Malik Oussekine. Sa mort avait annoncé le deuil des espérances présidentielles de Jacques Chirac. Un piège dans lequel le chef du gouvernement ne veut pas tomber.

Les deux Nicolas sont à la manœuvre. Ils dialoguent en catimini avec les jeunes. Sarko reçoit à Bercy leurs représentants. « Il a utilisé les réseaux de Julien Dray, l'inspirateur du mouvement anti-Devaquet », se souvient son directeur de cabinet Pierre Mariani. Nicolas Bazire, qui habite Cité Vaneau à deux pas de l'Hôtel Matignon, reçoit chez lui, en compagnie de Nicolas Sarkozy, le président de l'UNEF-ID, Philippe Campinchi. Ce dernier leur répète : jamais les jeunes n'accepteront un salaire au rabais. Le CIP, c'est la désespérance sociale. Non et non !

Le scénario trop habituel est respecté : au terme de cinq semaines de contestation, Edouard Balladur retire le CIP. Il a fait appel à Michel Bon, énarque distingué, ancien président de Carrefour et alors directeur de l'ANPE pour trouver une solution de rechange. La voici : le CIP sera remplacé par une aide mensuelle de mille francs versée pendant neuf mois aux entreprises qui embaucheront un jeune de moins de 26 ans, pour une durée minimum de dix-huit mois, un dispositif qui pourrait bénéficier à cinq cent mille jeunes.

Le prix à payer est élevé. La dépense est estimée à six milliards de francs. C'est un tournant dans la politique sociale, puisqu'elle risque d'entraver la politique économique initialement prévue en alourdissant le déficit budgétaire. Ce qu'au départ Nicolas Sarkozy cherchait à éviter. Le CIP était une disposition originale. Il ne s'agissait plus, pour faciliter l'embauche, d'alléger les charges sociales, mais de demander aux jeunes de renoncer à une partie du salaire auquel ils pouvaient prétendre.

Est-ce la fin de l'état de grâce ? Les sondages piquent du nez. L'image du Premier ministre se trouve altérée. Jusque-là, il était perçu comme un personnage consensuel, un homme du centre. Voilà qu'il apparaît comme l'un des chefs de la droite classique.

Le porte-parole du gouvernement, un certain Sarkozy, s'était montré inflexible lorsque la grogne commençait à se manifester : « Il faut mettre en œuvre le CIP », disait-il alors. Le 13 mars, il poursuivait sur RTL : « Nous le maintenons. » Le 16 mars il renchérissait dans *Le Monde* : « Je crois en l'utilité du CIP. » Mais, le 22 mars, en visite à Lyon, il commence à faire baisser la pression. « Si la formule ne marche pas, on trouvera autre chose. »

Le 31 mars, c'est donc le retrait. Interrogé par Jean-Pierre Elkabbach sur Europe 1, le porte-parole du gouvernement « regrette le malentendu suscité par une idée destinée à favoriser l'emploi et qui a été perçue comme une exclusion. Pourquoi se battre sur cette formule ? interroge-t-il. Puisque les patrons n'en voulaient pas, puisque les syndicats n'en voulaient pas, puisque les jeunes n'en voulaient pas et que, dans une certaine mesure, la majorité n'en voulait pas ».

Ce n'est pas la première reculade du gouvernement. Suit, en janvier 1994, la réforme de la loi Falloux. Laquelle datait du XIXe siècle et limitait les possibilités de subvention des collectivités locales à l'enseignement privé. La majorité de droite a voulu augmenter celles-ci, provoquant une très vive réaction du camp laïc. Il a fallu renoncer. Suit aussi, à l'automne, celui d'Air France : un projet de plan social, l'entreprise accumulant les déficits, qui devrait se traduire par la suppression de 4 000 emplois. Grèves, occupation très symbolique des pistes de Roissy et d'Orly, menaces d'extension à d'autres secteurs. Nouveau recul, accompagné du renvoi du président de la compagnie, Bernard Attali.

Interrogé – toujours sur Europe 1 – sur cette série de marches arrière, le ministre se fait le héraut du dialogue : « Entre l'entêtement et le recul, qu'est-ce qui compte ? N'est-ce pas de se comporter en personnes de bonne volonté et de bonne foi qui veulent résoudre les problèmes ? » Un langage qui plaît. Nicolas Sarkozy excelle à utiliser toutes les ficelles de l'art oratoire. Et prudent, il use et abuse de la forme interrogative.

Il reste alors persuadé qu'en dépit des heurts et des aléas Edouard l'emportera. Ce que semblent confirmer, quelques semaines plus tard, des sondages à nouveau favorables à Balladur, et toujours désespérants pour Jacques Chirac. Lequel fait néanmoins preuve d'une détermination farouche. A ceux qui prennent une mine apitoyée, il coupe la parole : « Ne me parlez pas du premier tour. Dans ma tête je suis déjà à la veille du deuxième tour et je forme mon gouvernement. »

Pour son candidat, Nicolas Sarkozy se bat sur tous les fronts. Avec la force de son âge, les excès de sa nature, la brutalité et l'avidité de sa conviction victorieuse. Il recrute dans les rangs du RPR et de l'UDF. Il courtise, distribue les subventions, invite, menace, s'appuyant toujours sur les excellents sondages obtenus par son héros. Les députés, qui craignent toujours de ne pas recevoir l'investiture, les conseillers généraux qui redoutent de passer à la trappe des cantonales de 1994, les ministres soucieux surtout de conserver leur portefeuille : tout ce petit et grand monde est l'objet de pressions.

Certains se plaignent, le jugent trop violent, trop cynique. Surtout, la plupart des membres du gouvernement éprouvent un sentiment d'exclusion. Ils n'appartiennent pas au trio d'esprit et de cœur que forment Edouard et ses deux Nicolas. Edmond Alphandéry, le ministre de l'Economie, voit bien qu'on le laisse de côté.

Le ministre du Budget, qui n'est pas son subordonné, étend son autorité sur Bercy tout entier. « Nicolas a toujours besoin de prouver qu'il domine l'autre. Il faut qu'il écrase », constate-t-il, chagrin.

Du côté d'Alain Juppé, c'est pis encore, leur relation prend toujours des allures de préparation d'un duel. Alain Carignon, proche de Nicolas et qui fut, on le sait, quelque temps ministre à cette époque, veut relativiser. A l'en croire, son ami se comportait de la même manière avec tous. « Nicolas ne s'est jamais couché devant personne, pas même devant Balladur. Lors de séances de travail, tôt dans la matinée, quand le Premier ministre lui semblait un peu absent, il lui lançait, moqueur : « Alors, monsieur le Premier ministre, vous avez encore dîné avec vos duchesses ? »

Jusqu'à fin décembre 1994, et même un peu au-delà, personne n'aurait parié un centime sur Chirac. Et lorsque Jacques Delors, pourtant célébré comme le meilleur candidat pour la gauche, annonce à Anne Sinclair sur TF1 qu'il ne sera pas candidat, on pourrait presque entendre de partout le grand « ouf » poussé du côté de Matignon : un dernier obstacle paraît levé. Pour Nicolas, ce refus d'y aller est incompréhensible. « Voilà un homme qui affirme avoir des convictions, qui revendique l'urgence de les mettre en œuvre et qui en tire la conclusion étonnante qu'il n'y a rien de plus urgent pour lui que de rentrer à la maison. » Georges Tron qui appartient au cabinet d'Edouard Balladur, raconte : « Nicolas Bazire m'a dit : la campagne est terminée. Maintenant il va falloir gérer les agendas. » Ils avaient la certitude de gagner.

Le 12 décembre, Charles Pasqua, qui a sous le coude tous les rapports des RG, téléphone à Jacques Chirac. Les sondages sont catastrophiques. « Un conseil d'ami, ne te présente pas. »

Nicolas Sarkozy, qui réunit à la fin de l'année les députés ralliés, leur explique qu'Edouard Balladur « pourrait même passer au premier tour [1] ». Et il en rajoute : « Jacques Chirac devrait se retirer et laisser Edouard Balladur se présenter tout seul, Juppé nous rejoindra. » Jacques Chirac, qui s'est déclaré officiellement candidat le 4 novembre, est alors au plus bas :

1. Rapporté à Madame Chirac, ce propos la choquera profondément.

12 %. Alain Juppé lui-même a confié à quelques intimes que, si les sondages demeuraient aussi mauvais, il serait le seul fin février à pouvoir lui dire de se retirer. Il est tourmenté, Juppé. Il vit dans le doute. Quand Nicolas Bazire lui dit : « Mais enfin, je ne vous comprends pas, idéologiquement vous êtes beaucoup plus proche de nous que de Chirac, vous devriez vous joindre à nous », il entend cette seule réponse : « Je ne peux pas laisser tomber Chirac. »

Et Nicolas, comme d'habitude, en rajoute, piétine toutes les plates-bandes, en fait trop. « Chirac ne peut pas gagner, songez qu'avec tout le RPR derrière lui, il a fait seulement 17 % en 1981 et guère plus, 19 % en 1988. Il n'est pas un rassembleur comme Balladur. »

Il ne le pressent pas, et d'ailleurs peu le pressentent : bientôt tout va basculer.

« Les balladuriens avaient oublié la capacité de mobilisation du RPR », explique, plutôt fier de lui, son secrétaire général d'alors, Jean-Louis Debré. « J'étais sur le terrain tous les jours. Moi aussi j'ai commencé à organiser des déjeuners de députés et Sarko a commencé à rager, comme un fou. A deux reprises, il m'a invité à prendre un petit déjeuner à Bercy pour me dire : "Pense à ton avenir, soutenir Chirac ne te mène à rien." Comme je refusais de changer d'avis, il menaçait. » Et d'ajouter : « Je les énervais tellement que, lorsqu'il a fallu remplacer Michel Roussin au ministère de la Coopération (suite à sa mise en examen par les juges), ils y ont nommé mon frère Bernard, dans le seul but de démontrer qu'il existait un Debré balladurien, donc un bon Debré. »

A ce moment, un nouveau venu fait son apparition dans l'entourage du maire de Paris. C'est un grand et beau jeune homme, svelte, alluré et allumé, écrivain et poète à ses heures, dont Claude Chirac s'est entichée. Il est le directeur de cabinet d'Alain Juppé aux Affaires étrangères : Dominique de Villepin. Tous les jours, il participe aux réunions du QG du candidat Chirac, place d'Iéna à 8 heures du matin. On voit bientôt son importance grandir. Au début, il se bornait à préparer des notes, voilà bientôt qu'il donne son avis sur tous les sujets, privant les autres d'oxygène. Il choisit même ceux qui doivent intervenir à la télévision. Il multiplie les rencontres avec les journalistes. Il les bichonne, les conditionne, les appâte avec ses formules à l'emporte-pièce. Plus les sondages sont favorables à Balladur, plus il leur explique qu'ils annoncent en fait la victoire de Jacques Chirac ! Il se démène avec l'énergie du désespoir. Il ose même cette expression : « Les balladuriens, on va les baiser avec du gravier », ce qui fait rire tout le monde. Or, c'est connu, on met toujours les rieurs de son côté.

Jacques Chirac, lui, sillonne la France, pour dénoncer le mal français : la fracture sociale. Evoque-t-on devant lui Balladur ? Il continue de proclamer sa certitude que celui-ci ne se présentera pas… Jusqu'au 18 janvier 1995. Ce jour-là, depuis son bureau de l'Hôtel Matignon, le Premier ministre fait à son tour acte de candidature. Philippe Séguin, président de l'Assemblée nationale, raconte : « J'avais invité Jacques Chirac, je voulais que nous le regardions ensemble dans mon bureau. »

Et c'est justement le style de cette déclaration sous les ors de Matignon qui a armé Chirac de courage. Balladur, assis sur une chaise trop basse, apparaît tristounet, coincé, engoncé. Et Chirac, tout joyeux, de le comparer illico aux généraux de l'armée chinoise : « Ils supportent des tonnes de décorations sur leur veste, mais ils s'écroulent au premier feu. »

L'épreuve du feu, le Premier ministre l'a pourtant subie avec succès un mois plus tôt. Le jour de Noël, un avion d'Air France a été pris en otage par des islamistes algériens qui menacent de faire sauter l'appareil rempli de passagers. Balladur décide de faire rentrer l'avion d'Alger à Marseille sur l'aéroport de Marignane. Pas question de négocier. C'est lui qui donne l'ordre de donner l'assaut aux gendarmes du GIGN qui sont sous les ordres de Charles Pasqua. Les téléspectateurs peuvent même assister à l'épisode en direct grâce aux caméras infrarouges. Les terroristes sont abattus, aucun passager n'est tué. Balladur a montré son sang-froid. Et les sondages ont bondi. A tel point que, six jours avant sa déclaration de candidature, *Le Monde* a publié à la Une un article de Jérôme Jaffré, le directeur des études politiques de la SOFRES. Intitulé « Pour l'opinion, l'élection présidentielle est déjà jouée ». Si le titre n'est pas du politologue, mais de la rédaction, il traduit tout de même fidèlement son propos. Jaffré écrit : « Un mois après le retrait de Jacques Delors, l'ensemble des sondages publiés par les différents instituts font d'Edouard Balladur le grand favori de l'élection présidentielle. Sa domination s'exerce tout d'abord sur le terrain de l'image, en terme de présidentiabilité, c'est-à-dire de capacité à exercer la fonction. Le Premier ministre obtient 66 % de réponses positives, contre 29 de négatives. C'est un score supérieur à celui de François Mitterrand. Monsieur Chirac, avec 44 % d'opinions positives, accuse un retard de 22 points sur Monsieur Balladur. La position de force de Monsieur Balladur tient à un double alliage entre l'électorat UDF et l'électorat RPR. Il a réussi la préemption sur l'électorat UDF… Conclusion : « Si Monsieur Balladur est élu, on pourra dire que l'élection présidentielle était jouée avant même que d'être écrite. »

Cet article fait évidemment grand bruit et provoque l'ire des chiraquiens. Philippe Séguin le commentera ainsi, lors d'un meeting à Bondy : « Cessez donc de croire qu'il va y avoir une élection présidentielle, arrêtez de croire qu'il va y avoir une campagne, un débat, des explications, toutes choses si vulgaires. Le vainqueur a déjà été désigné, proclamé, fêté, encensé, adulé, il est élu ! Il n'y a pas à le choisir, il y a à le célébrer, ça n'est plus la peine de vous déranger, circulez, y a plus rien à voir. » Et les militants, qui n'ont pas besoin d'un dessin pour comprendre, de huer le vainqueur désigné par les sondages. Dominique de Villepin, lui, peste devant les journalistes contre le même Balladur, assurant qu'il ne sera jamais élu. « Il gère la France comme s'il tenait un morceau de cake entre deux doigts. Or la France, il faut la prendre à bras-le-corps. » Il adore les images, Dominique de Villepin. Comme celle-ci : « Chirac doit rester accroché à sa branche, tôt ou tard, Balladur passera dessous. » Ou encore : « La mécanique Chirac est beaucoup plus huilée, riche en hommes ; en dehors des deux Nicolas, qu'y a-t-il chez Balladur c'est le désert. »

Fin janvier 1994, Nicolas Sarkozy, lui, croit toujours en son candidat. Il est l'invité de la nouvelle émission de France 2 « La France en direct ». Et comme s'il tirait déjà des plans sur la comète, il confirme sa volonté de voir la direction du RPR changer de mains dans l'hypothèse d'une victoire du candidat Balladur. « Ce serait quand même logique. »

Le docteur Bénédict Mallah, grand-père de Nicolas.

La villa Janchougui, à Pontaillac.

Sarkozy père, derrière le mannequin. Bénédict : « Mon gendre mannequin ? mais ça n'est pas un métier ! »

Dadu et Pál, jeunes mariés.

Nicolas et François, avec la poule apprivoisée.

Les vacances à Pontaillac.

Nicolas au ski. Il a six ans. Son fils Louis est son sosie.

Voyage en Hongrie en 1998
pour les 70 ans de Pál.
De gauche à droite :
Dadu, Cécilia, Nicolas,
le maire de Bócsa et Pál.

Pour l'anniversaire de
Dadu, les trois frères,
Nicolas, François et
Guillaume, entourant
leur demi-sœur,
Caroline.
En bas, à droite :
Pál, le père.

Cécilia,
la femme de sa vie.

La gauche va venir à la rescousse des chiraquiens. Les mitterrandistes, plus exactement. La cohabitation Mitterrand/Balladur avait commencé en douceur, comme une rencontre de salon. Mais rien ne va plus depuis l'été 1994. En juillet, François Mitterrand s'est fait opérer à l'hôpital Cochin. Il a été victime d'un malaise lors d'un Conseil des ministres. Et tous les membres du gouvernement ont été frappés par sa faiblesse, sa pâleur. Ils le racontent, et la rumeur se répand en ville, ils en sont convaincus : le Président ne terminera pas son mandat. Il est encore convalescent quand Edouard Balladur publie un article dans le *Figaro* intitulé « Notre politique étrangère ». Mesure-t-il, l'imprudent, qu'il vient de se faire un ennemi en voulant empiéter sur le domaine réservé du Président ? On s'en apercevra le 25 du même mois, lors des traditionnelles cérémonies d'anniversaire de la Libération de Paris sur le parvis de la Mairie. Tout le gratin politique se trouve rassemblé. Autour du Président de la République Edouard Balladur, bien sûr, mais aussi Jacques Chirac auquel l'Elysée a fait savoir quelques jours plus tôt, que le Président aimerait lui parler en tête à tête au cours de la cérémonie. Le scénario a été soigneusement mis au point par l'Elysée. Les télévisions filment donc l'entracte pendant lequel les deux hommes s'éclipsent vers le bureau du maire. L'entretien s'éternisant, les caméras s'attardent sur le visage d'Edouard Balladur, qui cache mal son courroux. L'œil est noir, le regard mauvais. Il ferait presque peur.

Qu'a dit François Mitterrand à Jacques Chirac ? Eux seuls le savent. Selon des proches, le Président aurait déclaré à son ancien rival qu'il avait de bonnes chances d'être en tête au premier tour. Façon oblique de lui apporter son soutien, de lui marquer sa préférence ?

Jacques Chirac, en tout cas, était revenu vers la tribune l'air très guilleret.

Mitterrand n'est pas le seul à jouer contre Balladur. En septembre, *Le Nouvel Observateur* publie une enquête intitulée « Ceux qui trichent ». Pour l'illustrer : une photo de couverture montre un Jacques Chirac sautant par-dessus la barrière à l'entrée d'un quai de métro. Bien entendu, il ne s'agissait nullement de resquille. La photo avait été prise lors d'une inauguration où les guichets étaient malencontreusement restés coincés. Le maire de Paris charge Patrick Devedjian, qui est toujours son avocat malgré un balladurisme affiché, de poursuivre l'hebdomadaire. Après tractations, celui-ci accepte de présenter ses excuses à Jacques Chirac par un encadré entouré de rouge qui, afin d'être mieux remarqué, figurera sur la page du sommaire. L'affaire est close. Mais voici l'important : à l'issue de l'entrevue, l'avocat de l'hebdomadaire, maître Couturon, confie à son confrère qu'il est chargé d'un message de Claude Perdriel (propriétaire et patron du journal) : « Quand il faudra choisir entre Chirac et Balladur, dites au maire de Paris que *Le Nouvel Obs* ne se trompera pas. » Patrick Devedjian confesse : « Ça, je ne l'ai pas dit à Balladur. »

Jusqu'en février 1995, celui-ci fait la course en tête. Et soudain, à la mi-mars, voilà qu'il perd dix points en quinze jours. Du côté de Matignon, on explique ces fluctuations par la violence de la campagne, la sévérité des coups, le recul sur le CIP, la ténébreuse affaire Schuller-Maréchal, les embrouillaminis de Pasqua et... l'affaire dite de la GSI (Générale de Services Informatiques).

La campagne, comme il arrive souvent, vient de

prendre un vilain tour. Que depuis des semaines balladuriens et chiraquiens s'affrontent à coups de petites phrases perfides et de menaces voilées était en somme sinon de bonne guerre, du moins tolérable. Mais voilà que l'on parle de gros sous, multipliant les révélations ou les pseudo-révélations, afin de salir autant qu'il se peut le camp d'en face. Vient en effet le temps où les candidats doivent s'expliquer sur leur situation financière. Le 8 mars, *Le Canard enchaîné* révèle que le revenu net imposable d'Edouard Balladur s'est élevé à 7 millions de francs de 1991 à 1993. Ce revenu est composé notamment de deux millions et demi de plus-values sur des ventes d'actions. Passe encore. Balladur, comme l'avait fait avant lui Georges Pompidou, a liquidé ses valeurs mobilières en entrant à Matignon dans un louable souci d'honnêteté et de transparence, afin de ne pouvoir être accusé par exemple de favoriser des entreprises dont il serait actionnaire. Il n'empêche : des plus-values d'une telle importance ne peuvent être réalisées que par le détenteur d'un gros portefeuille. Les Français découvrent que le favori des sondages a beaucoup de biens. Davantage que Jacques Chirac, selon leur déclaration de patrimoine imposable à l'impôt sur la fortune : plus de 21 millions de francs pour Balladur ; un peu plus de 7 millions pour Jacques Chirac.

Les Français sont ainsi faits – héritage de la méfiance catholique à l'égard de l'argent, conjugué à la dénonciation socialiste et marxiste de la richesse –, ils se méfient des hommes politiques trop fortunés, les soupçonnent volontiers de sombres trafics. Le vieux et très discutable slogan « tous pourris » trouve toujours des oreilles attentives de génération en génération.

S'il n'y avait que cela ! *Le Canard enchaîné*, ce même

8 mars, révèle aussi que le Premier ministre a perçu, alors qu'il était député et conseiller de Paris, un salaire de 100 000 francs par mois comme conseiller du président pour les affaires internationales de la Générale des Services Informatiques (GSI), une entreprise qu'il avait dirigée une quinzaine d'années plus tôt. A quelles prestations, à quel travail réel correspondait un tel salaire ? La presse s'interroge, les rumeurs enflent. Le Premier ministre a beau expliquer qu'il a respecté la loi « avec un scrupule dont personne n'a jamais fait preuve en politique », les historiens contemporains peuvent citer nombre de carrières politiques qui ont été brisées pour moins que cela.

Interrogé sur la chaîne LCI par Guillaume Durand, Edouard Balladur a une mine et un comportement de grand blessé. Être contraint de parler d'argent, du sien, lui paraît être un exercice d'une impudeur effrayante. Il évoque son appartement parisien, la maison de Deauville, le chalet de Chamonix, le portefeuille d'obligations, « une fortune tient-il à préciser, qui vient de ma femme ». Il souligne qu'il a vendu ses titres en entrant à Matignon. Il veut afficher une totale franchise, mais l'on voit bien qu'il ne montrerait pas avec plus de réticence son lit défait aux draps froissés.

« Il ne faut pas confondre transparence et exhibitionnisme », déclare alors Nicolas Sarkozy, le porte-parole de la campagne qui commence à comprendre que les choses tournent mal. Il juge inadmissible l'acharnement contre Edouard Balladur.

Ce n'est pas fini pourtant : *Le Canard enchaîné* révèle huit jours plus tard que l'administration fiscale dépendant de Nicolas Sarkozy se passionne pour les finances chiraquiennes, l'affaire des HLM de Paris et ses ramifications en Corrèze. Le 22 mars, *Le Monde* titre à la Une : « Monsieur et Madame Chirac ont tiré profit d'une vente de terrains au port de Paris. » Le quotidien du soir révèle que le couple Chirac a payé en 1993 des impôts records à la suite de la vente d'un terrain, propriété de la famille de Bernadette : les Chodron de Courcel.

Aussitôt Alain Juppé crie à la manipulation. Il n'existe guère de preuves que les balladuriens, au premier chef, le ministre du Budget, soient les responsables de cette indiscrétion. Mais les chiraquiens en sont convaincus, ou font comme si, tout comme les balladuriens pensent que les chiraquiens sont à l'origine des fuites sur l'affaire de la GSI.

Nicolas Sarkozy a beau démentir, en public, en privé, personne en campagne électorale n'a droit à la présomption d'innocence. Jean-Louis Debré clame à tous vents que la vengeance de Chirac sera « terrible ». Madame Chirac, profondément meurtrie, considère cette calomnie comme une insulte personnelle. Plus tard elle apportera la preuve que les terrains vendus l'ont été au prix du marché et qu'il n'a jamais été question de surévaluation par les services municipaux, comme on le laissait entendre çà et là. « Surtout ne me parlez pas de celui-là », lancera-t-elle d'un ton sec pendant longtemps, quand on prononcera devant elle le nom du maire de Neuilly.

Ces déchirements nuisent-ils davantage à Edouard qu'à Jacques, les politologues en débattent encore ! Mais certains relèvent aussi que les sondages peuvent avoir un effet d'entraînement. Quand un favori se met à décrocher, il arrive que la chute s'accélère, surtout s'il ne mène pas campagne minute après minute, jour après jour et avec détermination. Cela, Jacques Chirac sait le faire. Edouard Balladur, pourtant bien conseillé par Nicolas Sarkozy, manque d'expérience et d'entraînement. L'espoir change donc de camp et le combat d'âme. Rares pourtant sont ceux qui le perçoivent aussitôt. D'autant que dans les derniers jours, quand la publication des sondages est interdite, Edouard Balladur, qui met enfin le paquet comme un sportif dopé, verra sa cote de candidat remonter à nouveau. Mais trop tard. Et l'imprévisible arrive, comme souvent en politique. Au premier tour, Jacques Chirac, avec 20,84 % des voix, devance de peu mais devance Edouard Balladur (18,58 %). Le numéro un est Lionel Jospin, qui totalise 23 % des suffrages. Le second tour sera donc un duel Jospin-Chirac. Adieu, rêves élyséens. Edouard ne peut que s'incliner et appeler ses électeurs à voter pour Jacques.

Nicolas Sarkozy est très déçu. Il juge que le Premier ministre aurait dû le choisir, lui, et non Nicolas Bazire pour diriger sa campagne. Il estime surtout que Balladur a perdu « parce qu'il a arrêté de prendre des risques ». Plus tard, dans son ouvrage *Libre*, il écrira : « Dès que par prudence ou par calcul, ou par crainte, nous avons cessé d'agir ou même de proposer, nous avons emprunté le toboggan. Ce fut d'ailleurs l'un des rares désaccords qui m'opposa à Edouard Balladur pendant la campagne. Je sentais bien que celle-ci tournait à vide, puisque nous ne disions plus rien de peur de heurter tel ou tel. Pour tenter de redresser la situation, j'indiquais au journal *Le Monde* que je pensais à une réforme fiscale portant notamment sur les droits de succession. J'expliquais qu'il était prioritaire de penser aux classes moyennes en leur donnant la possibilité d'acquérir et de transmettre un patrimoine et la proposition fit grand bruit. Edouard Balladur me téléphona pour me reprocher cette déclaration, m'indiquant que je devais m'en tenir à mon rôle, qu'il s'agissait de sa campagne et d'en aucun cas de la mienne. »

De cet épisode malheureux, Nicolas Sarkozy a tiré une conclusion : on ne peut pas vouloir être Président et jouer « petit bras ». Si l'on veut être élu, il faut se battre jusqu'au dernier jour.

Chapitre XIV

N. le Maudit

1995. Nicolas Sarkozy a 40 ans. C'est, en politique, un âge d'adolescent. Mais voilà vingt et un ans qu'il milite, qu'il s'est frayé un chemin à coups d'audace, tel un vieux routier, et qu'il a toujours forcé le destin. Et soudain, l'échec. Catastrophique ! La défaite d'Edouard Balladur est, bien sûr, sa défaite à lui aussi. De première grandeur. Comment avoir perdu alors que l'on avait de telles cartes en main ? Il lui arrivera, rarement, de se dire humilié « par sa propre connerie ».

Va-t-il quitter la politique ? Il s'interroge. Ses frères se souviennent d'un dîner en famille où il s'est franchement posé la question. Il interroge Cécilia qui, le connaissant, lui répond : « Je ne veux pas te conseiller de quitter la politique parce que, ensuite, tu me reprocherais de t'avoir donné ce conseil ! » Il s'interroge : son fidèle ami Martin Bouygues lui offrait une situation enviable. « Dès qu'il le voudrait. » Une offre tentante, certes, et qui lui donne le sentiment gratifiant de sa valeur marchande mais contribue à le faire rebondir. S'il a toujours pensé que rien n'était jamais acquis, il sait également que rien n'est jamais perdu. Il va le démontrer.

Optimiste, il déclare : « Je me donne deux ans pour revenir dans le premier cercle. » Pourtant, il doit entamer une rude traversée du désert qui promet d'être longue, très longue : la durée du mandat présidentiel est encore de sept ans à l'époque et, dans le clan Chirac, on n'est vraiment pas près de lui pardonner.

C'est Claude qui tient, de ce côté, la liste des interdits de séjour et il y figure en tête. Non seulement il l'a jetée, elle, comme un Kleenex, mais il a trahi son père, ce qui est à ses yeux le péché absolu. Mortel. Il le savait : « Elle n'aime que son père, avait-il dit, et lui n'aime qu'elle. » Or, Claude est très rancunière.

Elle n'est pas seule à le rejeter. C'est la trinité chiraquienne qui a décidé pour lui la reconduite à la frontière, hors de sa vue. Il est excommunié. Les articles du *Canard enchaîné* sur la vente des terrains des Courcel, article que Bernadette lui impute, ont d'autant plus blessé celle-ci que l'honnêteté de toute sa famille a été mise en doute. « Cela, je ne le lui pardonnerai jamais », confie Jacques Chirac à Bernard Pons. Devant Jean-Pierre Denis, secrétaire général adjoint, il s'écrie même : « Vous vous rendez compte, suspecter ma belle-famille qui n'a jamais été capable de réaliser une seule bonne affaire ! »

Si le clan chiraquien accuse Sarkozy d'avoir activé des recherches sur le patrimoine de la famille afin de les fournir aux médias, c'est que le ministre du Budget ne se gênait pas pour menacer de contrôles fiscaux les imprudents qui s'opposaient à ses vues, qu'ils soient députés ou ministres. Avec ses collègues du gouvernement, il jouait aussi de la carotte – des subventions pour leurs circonscriptions – et du bâton – intimidations et menaces.

Il en a fait tellement, trop, bien sûr, qu'il est devenu une sorte de Satan pour ses adversaires. Sur Canal+, les Guignols le caricaturent en petit Belzébuth orné de deux cornes sur le front, que bien des caricaturistes reprendront. Son zèle l'a piégé. Il a ainsi donné aux balladuriens l'image de traîtres, aux chiraquiens celle de victimes. Or, les Français aiment les victimes, ils croient spontanément que la morale est de leur côté.

Sarkozy explose aujourd'hui encore quand on évoque devant lui ces histoires de contrôles fiscaux : « Je mets au défi les colporteurs de calomnies de trouver une quelconque trace, écrite ou orale, de telles interventions. » Son directeur de cabinet, Pierre Mariani, tient le même langage. « Jamais le ministre n'a donné de tels ordres. » Il n'empêche. Un homme qui a la tutelle des douanes et des impôts dispose d'armes redoutables et dissuasives.

La femme de César ne doit pas être soupçonnée, dit l'antique adage.

Lui non plus. Or, il l'est.

Bernadette Chirac évoque, méprisante, « ce petit monsieur qui mériterait un coup de pied au derrière ». Claude et son père ne prononcent même plus son nom. Dominique de Villepin clame : « Nous n'avons pas besoin de ce nabot. »

« Je n'imaginais pas un tel degré de haine. J'ai été sidéré par l'ambiance, par les propos des uns ou des autres, surtout ceux de Dominique de Villepin qui menait la traque aux balladuriens avec des formules ordurières ou méprisantes », confie Bertrand Landrieu, directeur de cabinet du nouveau Président de la République, lequel a dû tant ferrailler pour gagner, est passé si près de l'échec qu'il ne peut s'offrir le luxe d'un quelconque sentiment de pitié pour les vaincus. Celui-là surtout. « Il faut lui marcher dessus, ça porte bonheur », aurait-il même lâché. Vrai ou faux, une chose est sûre : Nicolas est devenu le Maudit.

Pour les militants aussi. Avant même l'élection, entre les deux tours, le 29 avril, un grand meeting de fausse réconciliation avait été organisé à Bagatelle. Edouard Balladur, déjà reparti dans ses montagnes, avait accepté de rentrer de Chamonix pour y participer. Mais ce n'est pas lui qui fut conspué par les militants – il n'avait jamais fait partie de la famille – c'est Nicolas. C'est sur lui qu'ont plu les insultes. On l'a sifflé, on l'a hué : « traître », « salaud ». On lui a même craché dessus. Dur… Dur…

Il faut savoir souffrir pour grandir. Nicolas le sait. « Je demeurais longuement interloqué par la violence des réactions », dira-t-il. Mais il se souvient aussi des traitements réservés par la famille gaulliste à Jacques Chirac lorsque celui-ci avait fait élire Giscard en 1974. Le député de la Corrèze était « le traître ». Quelques mois plus tard, il devenait le sauveur. Et il avait pu se permettre de contribuer en 1981 à la victoire de François Mitterrand, en évitant les crachats.

Il faut donc se reprendre, se réarmer, se battre. D'abord pour les municipales qui suivent d'un mois à peine la présidentielle. Ce qui signifie retrouver d'urgence la confiance des électeurs de Neuilly. Or, la situation n'est pas très simple. Edouard Balladur, pour lequel il s'est tant battu, n'a obtenu que 33,19 % des voix dans la ville et Jacques Chirac l'a devancé de huit points. Si bien que, les premiers jours, le maire n'a plus remis les pieds à la mairie. Pour ajouter à la difficulté, une liste chiraquienne va, logiquement, affronter la sienne. Et logiquement aussi, son leader est l'homme qui conduisait le comité de soutien au candidat Chirac pour la présidentielle. Mais ce Gérard Avril est un inconnu pour les Neuilléens, et l'ancien ministre du Budget est trop bien implanté pour être déboulonné. Il perd, certes, 20 % de ses suffrages précédents. Mais il est largement reconduit. Ce qui le conforte dans son idée qu'il faut toujours élargir sa base électorale. Une telle perte l'afflige bien sûr. « Nicolas est passé en deux mois du statut de Premier ministre potentiel à celui de maire moins bien élu », constate Brice Hortefeux.

Premier ministre potentiel ? Edouard Balladur avait-il l'intention de nommer Nicolas Sarkozy à Matignon ? Les amis de Charles Pasqua avancent que celui-ci avait reçu bien plus que des assurances pour prix de son soutien au candidat malheureux.

Interrogé en 2006, Edouard Balladur répond, lui : « J'aurais nommé Alain Juppé. » Quand on lui fait remarquer que le passage de celui-ci à Matignon s'était soldé par d'impressionnants scores d'impopularité, il rétorque : « Bien dirigé, je suis sûr qu'il aurait beaucoup mieux réussi. » Et pan pour Chirac ! Et Balladur justifie ainsi son choix : « J'aurais fait la paix avec un homme qui avait soutenu Jacques Chirac afin de sceller la réconciliation. »

Alors Pasqua ? Juppé ? Pas Sarkozy, en tout cas, pas lui tout de suite.

Après la mairie de Neuilly, il doit retrouver son siège de député abandonné lors de son entrée au gouvernement Balladur. Ce n'est pas que le travail parlementaire le passionne, mais il s'agit de redorer son image.

Et puis, l'Assemblée est un lieu d'expression, de rencontres, de visibilité. Un seul ennui : son suppléant, Charles Ceccaldi-Reynaud, le maire de Puteaux, refuse de démissionner pour lui rendre sa place. Par chance, cette année-là, les élections se multiplient très opportunément. Des sénatoriales ont lieu en septembre. Elles permettent d'offrir au suppléant gourmand un fauteuil garanti pour neuf ans. Grâce à Charles Pasqua, toujours patron du RPR dans les Hauts-de-Seine. Un cadeau de rêve. Nicolas Sarkozy en ajoute un autre : la fille dudit suppléant deviendra sa propre suppléante.

Cinq mois après la présidentielle, il peut déjà mesurer que son infidélité à Jacques Chirac lui a été pardonnée par les électeurs. Le voilà réélu avec un score triomphal de plus de 75 % des voix, face à Marie-Caroline Le Pen et à Gérard Avril, son challenger du mois de juin contraint de se contenter d'un humiliant score de 9 %, qui sonne bien sûr le glas de sa carrière à Neuilly.

« On n'est pas morts », peut-il lancer à François Léotard, qu'il rejoint en août à Biarritz où ils vont passer huit jours en compagnie de leurs épouses.

« Plus c'est difficile, plus c'est stimulant », lui avait répété sa mère. Il a bien retenu d'elle cette leçon-là aussi.

Entre-temps, il s'était offert un petit plaisir dont il faut relater le contenu tout au long, tant il est significatif. Au lendemain de la défaite, Nicolas Beytout, le directeur des *Echos*, lui a en effet offert une tribune : un feuilleton politique signé d'un pseudonyme, convenablement épicé d'allusions, de révélations et de perfidie. Les lecteurs raffolent de cet estival exercice de style. Il s'agit cette année-là, de rédiger une série de lettres adressées par un pseudo-Jacques Chirac à divers personnages politiques ainsi que leur réponse.

Après avoir hésité, Nicolas accepte ce défi, sous le pseudonyme de Mazarin – c'est lui qui a choisi cette référence à un spécialiste des recettes pour avides du pouvoir. « Afin de ne pas être reconnu, Nicolas devait dire du mal de tous les politiques, mais aussi de lui-même raconte Beytout. Et pour protéger le secret, Cécilia enregistrait le texte sur une cassette que ma secrétaire transcrivait. »

Le journal publie donc quelque vingt-cinq lettres pas trop mal tournées, pimentées de vacheries bien senties. Il n'épargne ni les ennemis ni les amis. François Bayrou est « un traître professionnel », Juppé un « triple crétin », Balladur « un de ces médiocres qui puent l'ennui et la suffisance », Jean-Louis Débré « un benêt ». Ces lettres sont adressées au général de Gaulle, à Jean-Louis Debré, à Philippe Séguin, etc. etc. et à… Nicolas Sarkozy.

Cette dernière, publiée le 14 août 1995, a été écrite deux mois plus tôt, à une époque où le maire de Neuilly, encore quelque peu groggy, pouvait penser qu'il devrait patienter longtemps au Purgatoire. Il n'empêche – signe d'un optimisme viscéral – la missive qu'il s'est ainsi adressée à lui-même en la signant « Chirac » est presque affectueuse. Certes, elle commence par « je t'en voulais tellement que j'aurais même pu t'étrangler de mes propres mains ». Mais elle continue sur un tout autre ton : « C'est vrai que d'autres m'ont lâché, mais ça m'était bien égal : Pasqua, je suis habitué à ses trahisons… Que Juppé ait eu des états d'âme, peu m'importe aussi, je n'ai jamais eu pour lui de sentiment d'affection, que Philippe Séguin me fasse crise sur crise, passe encore.

Mais que toi, tu me laisses, là c'est trop. Toi que j'avais promis au plus bel avenir, toi à qui j'avais donné mon affection, toi sur qui je comptais, plus que sur aucun autre… Sais-tu au moins ce que tu aurais obtenu avec moi ? Imagine ce que tu as perdu, tu aurais pu être Premier ministre. Eh oui, voilà mon cher Nicolas, ce que tu as gagné… Avant d'envisager ton retour, il faudra que tu souffres encore, je veux que tu voies ce que cela fait d'être seul, abandonné de tous, comme je l'ai été moi-même… Ah, pourquoi m'as-tu trahi ? J'aimerais que tu redeviennes le Nicolas que j'ai connu et aimé, à qui je pouvais tout dire, car, vois-tu, j'aimais chez toi ce goût du combat et de l'impertinence. » Et ainsi de suite…

Que Chirac eût voulu faire de l'auteur de ce texte son Premier ministre tient évidemment de la pure fiction. Nicolas Sarkozy prend ses désirs pour des réalités. Mais ce texte dévoile le rêve qui n'a cessé de le hanter jusqu'à ces derniers temps : que Jacques Chirac le nomme à Matignon pour marquer sa préférence et l'aveu que le « meilleur d'entre nous » s'appelle Sarkozy.

(En octobre 2006 encore, Claude Guéant, directeur du cabinet du ministre d'Etat, notait : « Jacques Chirac lui demanderait aujourd'hui d'être Premier ministre, je crois qu'il serait capable de dire oui ! »)

La réponse de l'intéressé – le véritable auteur, cette fois, Nicolas – est tout aussi révélatrice.

« Monsieur le Président de la République,

J'ai été heureux que vous rompiez enfin ce silence. Si vous saviez à votre tour combien j'ai souffert d'être devenu le paria de notre famille et combien votre indifférence marquée à mon endroit m'a blessé. Vous savez, je suis beaucoup plus sensible qu'on ne le dit… Si étonnant que cela puisse paraître, je n'ai jamais cessé d'être chiraquien. Je l'ai été en suivant scrupuleusement votre exemple, car enfin, il y a quelque injustice à me reprocher de vous avoir trahi. Vous étiez bien membre de la famille gaulliste quand vous avez trahi Jacques Chaban-Delmas pour Valéry Giscard d'Estaing. Et quand il a fallu trahir Giscard, avez-vous hésité à le faire, alors même qu'il avait fait de vous un Premier ministre ?.... Quant à Balladur, ça n'est tout de même pas moi qui l'ai trouvé. Ensuite, il a fallu choisir quand vous vous êtes séparés. J'ai mal choisi, c'est vrai. Mais j'étais son ministre et je pensais qu'il pouvait gagner. Vais-je payer toute ma vie pour une simple erreur de pronostic ?.... Quant à mon retour, je ne suis pas dupe, l'affection n'y tient qu'une petite place. Vous savez mieux que moi juger les hommes et vous ne pensez pas une seconde continuer avec un tel gouvernement... Peut-être pourrais-je recommencer à vos côtés comme simple conseiller. Au bout de quelques heures, une fois à nouveau mes preuves faites, sans doute seriez-vous heureux d'avoir avec moi un homme de confiance et de fidélité qui puisse fournir une heureuse alternative aux différends médiocres et sempiternels qui opposent Juppé à Séguin.

Votre collaborateur qui n'a jamais cessé d'être dévoué. Nicolas Sarkozy. »

Ainsi, le député-maire de Neuilly ne renvoie-t-il pas seulement la balle à Jacques Chirac sur le thème : « Si j'ai trahi, c'est que j'ai eu de bons professeurs. » Il lui offre aussi ses services. Trop tôt. A ce moment, les chiraquiens ne veulent absolument pas entendre parler de réconciliation avec les balladuriens, lesquels n'attendent pourtant que ce geste. Charles Pasqua qui, lui, a gardé le contact avec Jacques Chirac – il a été reçu à la Mairie de Paris avant que celui-ci ne s'installe officiellement à l'Elysée – raconte qu'il lui avait suggéré de choisir Balladur pour lui succéder dans la capitale : « Le roi de France doit oublier les querelles du duc d'Orléans, une telle mansuétude sera portée à ton crédit. »

Jacques Chirac rejette sa suggestion. L'heure du pardon n'a pas sonné. Pour Pasqua non plus, d'ailleurs, qui gardait pourtant de grands espoirs. « Quand Jean-Louis Debré a été nommé ministre de l'Intérieur, Pasqua a fait une déprime bien plus grande que lorsque Nicolas lui avait piqué la mairie de Neuilly », relève son ami le député Jean-Jacques Guillet. Seul lot de consolation : Jacques Chirac lui remet l'insigne de Grand Officier de la Légion d'honneur lors d'une cérémonie toute familiale à l'Elysée.

Le nouveau Président ne déçoit pas seulement les balladuriens. Philippe Séguin, lui aussi, est très meurtri. Il a mené pour Jacques Chirac une campagne d'enfer, développant ce terme porteur de la « fracture sociale », terme inventé par l'historien et démographe Emmanuel Todd dans une note de la Fondation Saint-Simon. En toute logique, juge-t-il, Matignon aurait dû lui revenir « au moins jusqu'aux législatives » (prévues pour 1998). Au lieu de quoi, une fois de plus, Jacques Chirac lui a préféré son ennemi de toujours, Alain Juppé – ce qui constitue aux yeux de Séguin « le péché originel du septennat ». En guise de compensation, il lui a offert la Mairie de Paris. Joli cadeau. Mais Séguin, vexé, a rejeté la proposition avec rage et dépit. Et c'est ainsi que l'Hôtel de Ville échut à Jean Tiberi.

L'Hôtel Matignon n'est pas tout à fait un cadeau pour Alain Juppé. Ministre des Affaires étrangères d'Edouard Balladur, il a beaucoup voyagé pendant deux ans, il n'a guère eu le loisir de réfléchir à la politique à mettre en œuvre. En outre, Jacques Chirac n'a pas voulu dissoudre l'Assemblée au lendemain de son élection. Il l'avait promis pendant la campagne. Pour une fois il a tenu sa promesse. Mais c'était une faute. La majorité qu'il offre à son Premier ministre est certes pléthorique, mais elle est composée en majorité de balladuriens à l'égard desquels le Président n'a fait aucun geste. Ils ne seront donc pas disposés à multiplier les cadeaux en retour.

Or, la conjoncture, maussade, se prête aux conflits fratricides. D'emblée, tout en se refusant à faire un audit de la gestion Balladur, Alain Juppé, désireux de donner des gages aux chiraquiens, dénonce « la situation calamiteuse des finances publiques ». Au cours de leur premier déjeuner à Matignon, le 3 juillet, Alain Juppé et Nicolas Sarkozy auront sur ce sujet une franche explication. C'est un Exocet dans le jardin d'Edouard Balladur : celui-ci avait, certes, entrepris de redresser les déficits la première année de sa présence à Matignon, mais les avait laissés filer – campagne oblige – avant les élections. Et l'Exocet atteint aussi bien sûr le ministre du Budget. Il faut donc revoir ledit budget. On augmentera les impôts de plus de 30 milliards en six mois. On va couper les crédits des ministères dépensiers. Un remède de cheval. Le contraire de ce qui était annoncé pour réduire la « fracture sociale ».

A cette promesse non tenue va s'ajouter une véritable apostasie. Voilà que le 26 octobre le Président de la République affirme solennellement son ralliement à l'impératif de la monnaie unique et son choix de tout subordonner aux critères fixés par le traité européen dit

« de Maastricht ». L'impératif d'hier, la réduction de la fracture sociale, est devenu secondaire et, pour tout dire, oublié. Impopularité assurée.

A la Commission des finances où il siège, Nicolas Sarkozy ferraille régulièrement contre cette politique assumée par Alain Juppé qui a pourtant courageusement entrepris la réforme des retraites et de la Sécurité sociale. Ce n'est pas, il est vrai, la réforme que le maire de Neuilly dénonce, c'est la méthode. Il juge hasardeux de recourir aux ordonnances pour hâter la réforme de la Sécurité sociale. Lors d'un discours, prononcé en séance de nuit, il met ainsi en garde le gouvernement : « La question centrale est de savoir quel est le niveau de prélèvements obligatoires que l'économie française peut supporter sans risquer de casser la croissance. »

Pourquoi se gênerait-il pour critiquer, s'il pense que Juppé s'y prend mal ? Dès le 7 novembre, en pleine discussion budgétaire, il a fallu, ce qui n'arrive jamais à quelques mois d'une réélection réussie, redresser un gouvernement déjà affaibli. Pour succéder à Alain Juppé, Jacques Chirac n'a trouvé… qu'Alain Juppé. Le seul véritable changement aux yeux de l'opinion a été l'éviction des neuf « juppettes », presque toute la partie féminine de l'équipe ministérielle (neuf sur douze) « remerciées comme des femmes de ménage », dira l'une d'elles, Françoise de Panafieu. Quelques balladuriens ont certes été repêchés : Jean-Claude Gaudin, le maire de Marseille, Dominique Perben. Mais il n'y a toujours pas de place pour Nicolas Sarkozy.

Les ponts ne sont pourtant pas coupés entre lui et Alain Juppé. Il a été (on l'a vu) l'un des premiers à être reçu à déjeuner en tête à tête par le nouveau Premier ministre, lequel l'a souvent appelé ensuite pour échanger des idées, confronter des analyses. « Jacques Chirac s'est toujours opposé à son retour, raconte Juppé. Je le lui ai demandé une première fois pour le premier remaniement, justement celui de novembre 1995 et je me suis heurté à un veto. Je le lui ai redemandé l'année suivante et la réponse a encore été négative. »

« Lorsque Alain Juppé a viré Madelin des Finances, fin août 1995, Chirac l'a laissé faire parce que Madelin était trop copain avec Sarko », croit savoir Jean-Pierre Raffarin, alors ministre des PME.

« Chirac me disait : mais qu'est-ce qu'il a, Juppé, il me parle toujours de Sarkozy, il ne comprend pas que je ne veux plus en entendre parler », se souvient Jean-Louis Debré, ministre de l'Intérieur. Celui-ci avait décidé, histoire de faire quelques économies, de supprimer les gardes du corps de quelques ex-excellences. Ceux des socialistes, Paul Quilès, ex-ministre de la Défense, Michel Charasse, ex-ministre du Budget et aussi… ceux de Nicolas Sarkozy, lequel raffole de cette protection autour de lui. « Nicolas m'a fait un souk terrible, poursuit Debré, il est allé se plaindre à Juppé, il a tellement insisté que Juppé m'a supplié de lui rendre ses gardes du corps. »

C'est que ledit Nicolas, en dépit de ses succès locaux électoraux, ne se sent pas bien. Il n'aime pas les coups. Il déteste qu'on le déteste et surtout être éloigné du pouvoir. Alors, « il se victimise », disent ses proches. Mais c'est peut-être aussi une arme de contre-attaque : « il affiche ses blessures comme une enseigne commerciale », raille un balladurien.

C'est que la vie n'est pas si cruelle, même loin du pouvoir. Nicolas Sarkozy voyage, rencontre ses amis, se distrait. Le producteur Jacques Kirsner veut porter à l'écran la vie de Georges Mandel, dont il avait écrit la biographie et lui propose d'en réaliser le scénario. Ce qu'il fait avec bonheur, aidé de Jean-Michel Gaillard, un historien et ex-conseiller à l'Elysée de François Mitterrand.

Et puis, sa vie privée a enfin pris un cours plus stable. A peine le divorce d'avec Marie a-t-il été prononcé par le juge qu'il a épousé Cécilia le 23 octobre 1996. C'est Louis-Charles Bary, le premier adjoint, qui officie à la mairie de Neuilly. Les deux témoins du marié sont Bernard Arnault et Martin Bouygues. Monsieur et Madame Sarkozy recevront à leur domicile. Tous les amis sont là : Edouard Balladur, Brice Hortefeux, Pierre Charon, Arnaud Claude, l'ami associé à son cabinet d'avocats, Pierre Mariani, ex-directeur de cabinet de Bercy. Dadu bien sûr et Diane, la mère de Cécilia. Jacques et Martine Chancel. Et, bientôt, le couple pourra annoncer la venue prochaine du fruit de leur amour. « Quand Nicolas et Cécilia m'ont annoncé qu'ils attendaient un petit garçon, raconte Philippe Grange, après les avoir félicités j'ai lancé sans réfléchir “alors celui-là vous l'appellerez Jacques”. Je disais cela parce que les deux aînés portent le nom de deux paroisses de Neuilly et que la troisième est l'église Saint-Jacques. A leurs têtes j'ai vu que je venais de faire une belle gaffe. Elle devait songer à Jacques Martin et lui, à Jacques Chirac. »

Le bébé s'appellera Louis. Un beau prénom de dauphin, de roi de France. Le jour de sa naissance, le père annoncera aux chiraquiens : « Mauvaise nouvelle pour vous, il y a un nouveau Sarkozy depuis ce matin [1]. »

1. Jean-François Copé enverra un cadeau au bébé accompagné de ce mot : « Bienvenue dans ce monde de brutes ! »

Tout ne va pas si mal pour Nicolas, qui a repris ses activités d'avocat. Rien ne va plus en revanche pour Alain Juppé. Les conflits sociaux de novembre et décembre 1995 – la France a été paralysée pendant un mois et demi –, l'affaiblissement de la croissance économique et bientôt son effondrement, freinent la rentrée des recettes et aggravent les déficits publics. Le Premier ministre devient le mal-aimé des sondages. Seulement 27 % d'opinions positives. Les 30 points perdus dans les cinq premiers mois de son gouvernement ne se retrouvent pas.

En septembre 1996, Sarkozy passe à l'offensive. Dans les colonnes de *La Tribune Desfossés*, il propose une autre politique économique pour restaurer la confiance : un approfondissement de la réforme fiscale, une approche différente de la protection sociale, un assouplissement de la politique du franc fort pour favoriser le retour de la croissance.

C'est l'époque où il appelle ses troupes à la résistance. « Il y a deux sortes de députés, explique-t-il à une soixantaine de parlementaires balladuriens : ceux qui s'opposent et qui existent, et ceux qui votent tout ; ceux-là, on s'essuie les pieds sur leur tête. »

L'été de cette année-là, quelques fidèles d'Edouard Balladur se sont retrouvés à Chamonix d'où ils peuvent contempler le Mont-Blanc depuis la terrasse de son chalet. Un lieu magnifique. Et Nicolas leur confie en aparté qu'il s'agit de rompre l'isolement de celui-ci. Selon certains, il aurait ajouté : « L'avenir du balladurisme, c'est d'exister après Balladur, c'est l'après-Balladur. » D'où il est aisé de déduire que l'après-Balladur s'appelle Sarkozy.

Les circonstances, la conjoncture politique vont

favoriser ses efforts obsessionnels pour se rapprocher du pouvoir. Alain Juppé en effet, ne veut pas s'engager dans une voie qui mettrait en cause la valeur du franc. Il rejette aussi « l'autre politique », préconisée par Philippe Séguin (freinage de la rigueur budgétaire, création d'emplois dans le secteur non marchand, politique fiscale plus favorable aux ménages). Il se borne à jeter un peu de lest en annonçant la fin prochaine du gel des salaires de la Fonction publique.

Confronté à la grogne du RPR et à la multiplication des critiques issues de sa propre majorité, il engage la responsabilité de son gouvernement dès l'ouverture de la session parlementaire. Jacques Chirac lui apporte bruyamment son soutien. Un constat s'impose aussitôt : on peut bien obtenir la confiance à l'Assemblée nationale, mais cela n'empêche pas la défiance de s'étendre. Partout. Et les balladuriens la récupèrent, l'entretiennent, se plaignent de l'arrogance des chiraquiens.

Alain Juppé sait qu'il doit prendre une initiative politique, mais laquelle ?

Entre Matignon et l'Elysée on gamberge beaucoup. « On », c'est le quatuor Jacques Chirac, Dominique de Villepin, secrétaire général de la Présidence qui prend de plus en plus d'ascendant sur son patron (« Son entourage, c'est moi », dit-il aux journalistes), et aussi Alain Juppé et son directeur de cabinet Maurice Gourdault-Montagne. Ce sont ces quatre-là qui décident de tout. Juppé voudrait s'offrir un nouveau remaniement – un grand cette fois – marqué par le retour au gouvernement des balladuriens, parmi lesquels Nicolas Sarkozy. Des personnages influents, hors du petit milieu politique, militent aussi pour un grand pardon, dans le style « embrassons-nous, Nicolas ». Ainsi François Pinault, le grand chef d'entreprise, ami de Jacques Chirac qui vient plaider la cause de Sarkozy à l'Elysée. Ainsi le publicitaire Jean-Michel Goudard, qui a fait la campagne du Président. Ainsi le nouveau conseiller dont Claude s'est entichée, Jacques Pilhan (que Bernadette déteste), un ancien de chez François Mitterrand. « Il venait me voir pour me dire : "Soyez patient" », raconte Nicolas Sarkozy. Mais Jacques Chirac ne veut rien entendre. Ou plutôt si. Il répond à ceux-là que Sarko a été pardonné. La preuve ? Il a été invité comme tous les parlementaires de la majorité à une réception à l'Elysée. Mais chacun a pu remarquer qu'il avait refusé d'attendre pour serrer la main du Président. Il n'a pas daigné patienter. La presse a beaucoup commenté l'événement et, comme toujours, l'intéressé aussi sur le thème : « Si Chirac veut me voir, il n'a qu'à me téléphoner » ou encore : « Quand Chirac aura besoin de moi, il me le fera savoir. » Quel culot ! L'ennui, c'est que le Président refuse avec raison ce genre d'ultimatum. Surtout, au plus profond de lui, il ne veut plus entendre parler de Balladur ni de Sarko. Claude et Bernadette y veillent d'ailleurs.

A tous ceux qui lui suggèrent un changement d'hommes ou de politique, il répond en soulignant le nécessaire respect des impératifs européens qui permet à la France d'être engagée au premier rang dans les affaires du monde. Il qualifie les opposants « d'incorrigibles conservateurs ». Mais ceux-ci entretiennent rumeurs et rancœurs contre les hommes qu'ils appellent « les techno-juppéistes » ou les « gonocoques » traduisez : Gourdault-Montagne et Villepin.

D'ailleurs, par qui remplacer Juppé ? Bernadette serait pour le choix de Séguin qu'elle aime bien. « Il est si bon orateur, il a de si beaux yeux, il est si intelligent. »

« Mais il est trop imprévisible », lui répond son époux. Non, il ne voit pas. « Il faudra bien qu'on nous supporte tous les deux, dit-il, seul Juppé a ma confiance. » Or l'unité de la majorité ne se réalise que contre celui-ci.

Alors surgit l'idée : la dissolution à laquelle on s'était refusé après l'élection en 1995, on va la faire maintenant. Qui l'a suggéré le premier ? L'hypothèse rôde d'abord à l'Elysée, devient rumeur à l'extérieur. Le 14 Juillet 1996 pourtant, lors de sa traditionnelle intervention télévisée, le Président l'avait exclue totalement. Mais ce type de parole n'engage guère. Les conseillers de Jacques Chirac, Dominique de Villepin au premier rang, poussent à la dissolution et croient dur comme fer en ses vertus. Il s'agit de se débarrasser des balladuriens. Arrivant à un déjeuner avec quelques journalistes (dont l'auteur), Dominique de Villepin annonce, joyeux : « On les encule tous, les socialistes et les balladuriens. »

Ceux qui pensent le contraire dans le clan chiraquien ne sont pas écoutés. Le constitutionnaliste Pierre Mazeaud estime que cette dissolution est contraire aux institutions de la Ve République. Le président a une majorité, il n'est pas en conflit ouvert avec elle, le gouvernement n'a pas été renversé. La grogne de la majorité est une gêne, c'est vrai, elle n'est pas un obstacle.

Philippe Séguin, président de l'Assemblée nationale, se montre hostile lui aussi. Avec des arguments semblables. Il rappelle qu'en janvier 1966 Alain Peyrefitte ayant suggéré au général de Gaulle une dissolution s'était vu répondre : « Comment la justifier devant l'opinion ? Cette Assemblée a soutenu mon gouvernement sans faiblesse et je la renverrais dans ses foyers ? Ce serait absurde. Ce serait immoral. »

Mais le Président tient d'autant plus à resserrer les

rangs de la majorité, à s'assurer de sa fidélité sans faille qu'il craint une nouvelle dépression de l'économie. Une note alarmiste élaborée par la direction du Budget a apporté de l'eau à son moulin. Elle craint une explosion des déficits qui pourraient atteindre 4,5 % du PIB en 1998. Un chiffre très éloigné des critères de convergence prévus par le traité de Maastricht qui imposent aux Etats membres un objectif de 3 %.

Yves Thibault de Silguy, commissaire européen après avoir été son conseiller à Matignon, a beau lui dire que Bruxelles prévoit une période d'accélération de la croissance dans toute l'Union européenne dès la mi-1997, le Président n'en démord pas et sort de sa poche la note de Bercy.

D'ailleurs, les Renseignements généraux lui ont annoncé quelques semaines plus tôt que la majorité sortante ne perdrait, au plus, que 40 sièges, qu'elle serait donc largement reconduite.

Les sondages, pourtant, sont toujours au plus bas, désespérément, pour Alain Juppé. Mais les sondages en 1995 n'annonçaient-ils pas, deux ou trois mois avant l'échéance, une victoire d'Edouard Balladur ? Alors…

Alors on se berce d'illusions. Le Président tranche. Las d'une majorité grognonne et poussé par Villepin, il annonce le 21 avril 1997 – cinq ans avant un autre 21 avril, celui-ci maudit pour la gauche – son intention de dissoudre.

Autour de lui, bien des hiérarques se voient gagner des élections qui vont susciter « un nouvel élan », comme l'a promis le Président. Comment peuvent-ils nourrir une telle espérance ? Comment peuvent-ils penser que les élections vont séparer le bon grain chiraquien de l'ivraie balladurienne, tous réunis sous la même étiquette ? Un balladurien s'en étonne encore : « En somme, Jacques Chirac a expliqué aux Français : vous ne voulez plus d'Alain Juppé, je vous demande donc de nous renouveler votre confiance et ensuite, je le renommerai à Matignon. Vous parlez d'un "Je vous ai compris" ! »

Alain Juppé, d'abord plutôt hostile à la dissolution, a beau mener campagne avec l'énergie du désespoir, le premier tour donne à la droite un très chiche 36 % des voix. Son pire résultat depuis la naissance de la Vᵉ République. Le voilà contraint d'annoncer qu'il se retirera « quelle que soit l'issue du deuxième tour ». Et il est remplacé officiellement pour mener la campagne de ce tour-là par le tandem Madelin-Séguin, celui-là libéral, celui-ci gaulliste de gauche, un attelage mariant les contraires qui sent trop la politique politicienne.

Résultat : la droite, toutes tendances confondues, perd 222 députés. C'est l'inverse de 1993. Lionel Jospin s'installe à Matignon pour cinq ans et, peu reconnaissant envers celui qui lui a ouvert tout grand les portes, qualifiera la dissolution – avec justesse, il est vrai – « d'expérience hasardeuse ». « Tout a changé, enfin nous avons un Premier ministre aimable », grince Madame Chirac (c'est Alain Juppé qui rapporte l'anecdote).

Nicolas Sarkozy, lui, commente l'événement avec quelque fatuité. « Chirac a pris le risque de tout perdre, plutôt que de lever l'excommunication et me voir siéger à la table du gouvernement. Au fond, c'est très flatteur pour moi. »

On l'a déjà vu, en cas de malheur général il existe des heureux : Sarkozy est avec Bernard Pons, élu de Paris, et Alain Marleix du Cantal, l'un des sept députés RPR réélus au premier tour. Mais Jacques Chirac ne leur a pas téléphoné pour les féliciter.

Rien ne va plus du côté de l'Elysée. Nicolas accélère. Au soir du second tour, il est passé dire son bonjour au QG de campagne des chiraquiens tout étonnés de le voir. Histoire de se rappeler à leur bon souvenir. Il est là. Il existe. Il leur tend la main. Son retour aux affaires, parce qu'il le veut, il y croit pour demain.

Chapitre XV

A l'assaut du parti

Quand une armée est défaite, ses chefs s'entre-tuent, se mettent en pièces, c'est la première règle. Et toujours quelques malins ou ambitieux se faufilent, en tirent profit pour tenter d'en gagner le commandement. C'est la seconde règle.

Après la magistrale gifle des législatives, les dirigeants du RPR et ceux qui aspirent à le devenir seront fidèles à ces deux traditions. Objectif commun : la direction du mouvement, instrument irremplaçable des futures revanches espérées.

La bataille va se livrer en trois lieux : l'Elysée, Matignon ainsi que l'Hôtel de Lassay, résidence du président de la défunte Assemblée. Et entre les trois maisons, dans le rôle de l'électron libre, Nicolas Sarkozy.

A l'Hôtel de Lassay, au soir du second tour, quelques conjurés se retrouvent dans le bureau de Philippe Séguin, réapparu au premier plan quatre jours plus tôt, on l'a vu, en compagnie d'Alain Madelin, avec pour mission de sauver, si possible, les restes. Séguin ne se faisait pas d'illusions, les chances étaient bien maigres. Le temps est donc venu, pense-t-il, de forcer le destin.

Dès qu'il est assuré de sa réélection à Epinal, il saute dans un avion en compagnie de son chef de cabinet à la présidence, Roger Karoutchi (par ailleurs grand ami de Nicolas) pour retrouver ses fidèles.

Nul besoin d'être un maître en tactique politique pour comprendre que tout ce qui compte dans le mouvement – y compris les plus fervents des chiraquiens – en veut au Président, au Premier ministre et surtout au secrétaire général Villepin, « le mauvais génie, le fou », de les avoir conduits à la défaite dans une bataille inutile et mal préparée. Au milieu de la nuit, ils sont donc une trentaine à évoquer l'avenir autour de Philippe Séguin. Quelques-uns proposent la création d'une nouvelle formation politique. Suggestion vite abandonnée. Pour une très simple et pratique raison : l'aide de l'Etat aux partis va uniquement à ceux qui ont présenté des candidats aux législatives. Une seule solution : prendre le RPR.

Sombre dimanche soir à l'Elysée. Dans les couloirs, Bernadette maugrée devant qui veut l'entendre : « Je leur avais bien dit de ne pas dissoudre », et elle multiplie les critiques contre Dominique de Villepin, surnommé par elle « Néron », qui avait pesé de tout son poids dans cette bataille. Jacques Pilhan, qu'elle déteste tout autant, et dont Claude suit trop volontiers les conseils, est cependant du même avis qu'elle : il faut se débarrasser de celui-là. Ce que le Président refusera quand son Secrétaire général lui présentera sa démission.

Reste Alain Juppé : pour Matignon, son sort est bien sûr réglé par les urnes. Mais il est aussi président du RPR. Pourra-t-il s'y maintenir ? Jacques Chirac l'y encourage.

Assommé par les résultats, presque titubant, Alain Juppé fait ses bagages. Le lundi matin, à Matignon, en compagnie des fidèles qui lui restent, il compte ses forces. Une évidence : il ne pourrait garder le RPR qu'en faisant ami-ami avec les balladuriens. Il raconte : « Sarko est venu me voir et m'a dit : "Faisons équipe, tu restes président, et moi tu me nommes secrétaire général, comme ça, la famille sera au moins réconciliée." Je lui ai répondu que Chirac en effet voulait me voir garder la présidence et que j'allais lui proposer cette solution. »

Voilà donc Nicolas Sarkozy à l'offensive. Laquelle commence pourtant par un premier échec. Jacques Chirac ne veut pas entendre parler de lui. « Pas de Sarkozy Rue de Lille », dit-il à Alain Juppé. C'est un non catégorique. Juppé reçoit donc une deuxième fois Sarkozy. Informé du veto présidentiel, celui-ci lui lance : « Eh bien, comme ça, tu ne seras plus président du RPR. » Et s'en va. L'entretien a duré trois minutes.

Du côté de l'Hôtel de Lassay, ce lundi on a engrangé les défections dans le camp chiraquien et organisé les ralliements. Philippe Séguin, après un bref passage à Matignon et à l'Elysée en fin d'après-midi, s'entend proposer… la présidence du désormais réduit groupe parlementaire. Il sursaute d'indignation. Pas question ! C'est l'autre présidence, celle du RPR qu'il veut. Le lendemain matin il le laisse publiquement entendre : « Nous saurons nous rassembler pour préparer d'autres lendemains… Nous rénoverons notre mouvement. »

Comme par hasard, cette déclaration est faite à Suresnes, en présence de Charles Pasqua, l'allié de l'OPA ratée de 1990 et du « non » à Maastricht.

Et Sarkozy ? Il n'a pas perdu son temps. Grâce, notamment, à son ami Karoutchi : « Quand j'ai su que Juppé ne pouvait faire tandem avec Nicolas, raconte celui-ci, j'ai dit à Séguin : il faut que tu le voies. » A priori, Séguin est plutôt rétif. Ses proches – dont François Fillon – également. Les idées de l'ex-président de l'Assemblée ne concordent pas vraiment, c'est le moins que l'on puisse dire, avec celles de Sarkozy. Lequel a, de surcroît, une fâcheuse tendance à tirer toute la couverture à lui. Seulement, Philippe Séguin ne pourrait pas prendre le RPR sans l'appui des balladuriens. Alors…

Au cours d'un petit déjeuner à l'Hôtel de Lassay, pour lui le dernier, Séguin évoque avec Nicolas l'avenir du RPR. De longues minutes durant, il n'est question ni de poste ni de titre. Mais au moment de se quitter, poussé par Karoutchi, Séguin lance à Sarkozy : « Je souhaiterais que tu sois secrétaire général. » Voilà l'affaire faite. Pour défier le Président, lui enlever sa machine de guerre, Séguin s'acoquine avec le « petit Satan ». Et le soir même, il scelle cette alliance avec Edouard Balladur. Sarkozy, qui était prêt le lundi à s'allier avec Juppé, rend publique le jeudi son alliance avec Séguin.

Ledit Juppé n'a pas encore désarmé. Il tente de gagner du temps, en fixant pour septembre la réunion des assises du mouvement. Dans l'espoir, juge-t-on dans l'autre camp, d'en profiter pour reprendre le contrôle des fédérations. Et donc se maintenir. Mais l'Elysée, qui entend les clameurs de la base, recule. Jean-Louis Debré, que Juppé avait nommé secrétaire général, accepte que la réunion se tienne en juillet.

Philippe Séguin poursuit sa campagne. Pour commencer, il se présente à la présidence du groupe parlementaire. Candidat unique, il est élu et peut dès lors se poser en rassembleur du mouvement qui, répète-t-il, doit être « rénové, réconcilié, ouvert » autour du chef de l'Etat.

Le chef de l'Etat a perdu. Il ne voulait ni de Séguin, ni de Sarkozy. Il va avoir les deux. « Un double bras d'honneur », constate le dernier nommé. Rome n'est plus dans Rome. « L'atmosphère à l'Elysée est devenue sinistre », se souvient François Baroin…

Alain Juppé finit par renoncer officiellement à demander le renouvellement de son mandat. Edouard Balladur, lui, revendique publiquement le secrétariat général pour Nicolas Sarkozy. Ce qui, apparemment, ne sera pas si simple. Charles Pasqua, rancunier, s'y oppose. Tout comme Pierre Mazeaud, fidèle du Président, qui estime que le poste ne peut aller qu'à une personnalité « dont la fidélité à Jacques Chirac est incontestée ». Tout comme, surtout, les militants.

Il faut les entendre, les militants, lors des assises du 6 juillet au Parc floral de Vincennes, qui crient : « Sarko, petit salaud ! Sarko traître ! » Les plaies de 1995 ne sont pas cicatrisées.

Philippe Séguin, élu président avec 79 % des voix, tente de calmer le jeu en leur expliquant que « ces assises ne doivent être la revanche de personne, comme elles ne doivent être la défaite de personne ». Et quand il donne la composition de son équipe (provisoire, en attendant la réforme du parti, qui, dit-il, doit intervenir dans les six mois), il utilise un subterfuge. Il présente cette liste dans l'ordre alphabétique, ce qui place Sarkozy au dernier rang.

Mais le « petit Satan » obtient deux titres : « coordonnateur » et « porte-parole du mouvement », ce qui signifie en clair qu'il est bien le numéro deux. « Il s'est bagarré comme un fou pour obtenir ces deux casquettes », se souvient François Fillon, alors chargé par Philippe Séguin de régler les modalités de l'alliance avec les balladuriens. Et il ne s'agit pas seulement de casquettes. Car, aussitôt nommé, le coordonnateur s'emploie à reconquérir les militants, à investir les fédérations.

Sarko est de retour. C'est dans un premier temps le vrai cauchemar de l'Elysée. Jacques Chirac ne dit rien parce qu'il n'a plus les moyens politiques de commander aux hommes et aux événements.

« Il n'a rien dit et a laissé faire, estime Alain Juppé, parce qu'il avait peur de Séguin. » (Et puis parce que, Juppé parti, il n'avait pas d'homme de rechange.)

Peur de Séguin ? Mais oui. Peur de ses colères, de son pessimisme, de son imprévisibilité et de sa susceptibilité. Terreur surtout qu'il prenne au nouveau président du RPR l'idée d'être candidat à la présidentielle de 2002.

« Je lui ai toujours dit que je ne serais pas candidat en 2002, assure Philippe Séguin, mais j'avais beau le lui répéter, il ne me croyait pas, il avait été trahi par Balladur, il ne voulait plus croire personne. » De plus, les deux hommes n'ont pas de vision commune : Chirac souhaite un parti unique de la droite ; Séguin, qui se veut gaulliste pur jus, un RPR rénové sur ses valeurs.

Le niveau de méfiance est à son zénith. Durant leur tête-à-tête, les deux présidents ne se confient presque rien. « Quand Séguin va déjeuner à l'Elysée, raille Pasqua, il arrive avec une liste de choses à dire à Chirac et Chirac s'arrange pour qu'il ne les lui dise pas, alors ils parlent de football, de choses et d'autres. » Et au retour Rue de Lille, Philippe Séguin cogne les portes de colère.

Cette situation va paradoxalement faire l'affaire de Nicolas Sarkozy. Parce que son caractère est plus aimable, parce qu'il ne songe pas (encore) à la présidentielle, et parce qu'avec lui Chirac pourra discuter, demander des services, voire plaisanter. Parler, quoi ! En outre, comme la cohabitation va donner des loisirs au Président, il s'intéressera beaucoup au RPR, voudra s'occuper de tout et de rien. S'il entend obtenir une faveur pour un protégé, un renseignement, à qui pourra-t-il s'adresser ? Certainement pas à Séguin, qui ne le prend pas toujours au téléphone, et même le rabroue parfois. Donc à Sarkozy.

Oui, mais… Il faut d'abord renouer les liens. Comment ?

Bertrand Landrieu, qui n'a été mêlé à aucune polémique, un homme neutre donc, directeur de cabinet du Président, est appelé à la rescousse. « Vous connaissez Sarkozy ? » interroge le Président. « Non, pas vraiment. » « Eh bien, je vous charge d'une mission : vous allez l'inviter à déjeuner pour lui dire que, s'il m'appelle, je le prendrai au téléphone. » L'invitation a lieu chez Lucas Carton (au Club du premier étage). Bertrand Landrieu fait passer le message et il tombe sur un Nicolas ouvert, certes, mais qui veut des formes : « Si le Président veut me voir, il n'a qu'à m'appeler lui-même. » Après lui, Jean-Louis Debré joue aussi les messagers, qui conseille à Sarkozy d'appeler le Président. « Si tu le fais, il te prendra au téléphone. » Réponse : « Je n'ai pas envie de baisser la tête et de demander pardon. » Pas question pour lui de confondre l'Elysée avec Canossa. Il y a aussi Claude, oui Claude, qui lui téléphone pour lui adresser un message identique. Le message est bref, certes, mais elle a appelé. Il n'en revient pas. Et s'en réjouit forcément.

C'est en définitive Dominique de Villepin, toujours à l'Elysée malgré Bernadette et Claude – elles souhaitaient son départ – qui va être l'artisan des retrouvailles. A-t-il été mandaté ou s'est-il mandaté lui-même ? Le connaissant, il s'est sans doute donné lui-même ce rôle. Le résultat est là. Fin juillet, quatre semaines après les assises du RPR, il invite Sarkozy à un petit déjeuner. C'est Dominique le maudit (par les élus RPR battus) qui reçoit Nicolas le banni (par les chiraquiens). Ambiance.

Le dialogue est courtois mais glacial.

Villepin : « J'ai beaucoup de respect pour vous. »

Sarkozy : « Si j'en crois ce qu'on me raconte, ce n'est pas le cas. »

Villepin : « Contrairement à tant d'autres, vous au moins, vous vous êtes battu à découvert. »

Sarkozy : « Je ne vous en veux pas d'avoir dit tant de mal de moi, car j'ai dit bien pire de vous. »

Et Villepin de plaider pour une rencontre avec le Président. Mais Sarko demeure sur la même ligne. « Je le verrai quand il le voudra, mais je n'accepterai pas d'entrer par la porte au fond du jardin, et c'est à lui de me demander de venir. »

Et Jacques Chirac va plier, parce qu'il a besoin d'avoir un interlocuteur à la direction du RPR. Nécessité fait loi ! Le proscrit, qu'il n'avait plus rencontré depuis novembre 1993, passe par la grande porte. Il raconte : « Quand je suis arrivé, le Président n'est pas venu vers moi. Il est resté assis derrière son bureau et m'a lancé : "On me dit que tu veux me voir ?" Je lui ai répondu : "Non. C'est vous qui m'avez fait appeler." Ensuite, il m'a engueulé pendant dix minutes. »

Que lui a dit le Président ? Des choses peu aimables sûrement, sur lesquelles l'intéressé se fait discret. Il raconte seulement : « Au bout de ces dix minutes, je l'ai interrompu pour lui dire : Donc tout ce que l'on m'a expliqué était vrai. — Quoi donc ? a demandé le Président. — Qu'on ne pouvait plus se parler. »

A ce moment, Jacques Chirac a appelé l'huissier : « Raccompagnez le ministre. »

« Le ton était si sec que j'ai cru qu'on ne se verrait plus », raconte Nicolas Sarkozy. Et puis non. « Un mois plus tard, Villepin m'a appelé pour me dire : "Il veut vous voir ce soir." » Moi, ce jour-là, je souffrais d'un lumbago, je m'étais fait piquer le matin et je ne savais pas encore si je pourrais me déplacer. Mais j'y suis allé et là, changement d'attitude. Il était aux petits soins. "Nicolas, tu veux t'allonger sur le canapé ?" Sur la table basse étaient disposés des rafraîchissements et même du saucisson, alors que Chirac a horreur que l'on mange dans son bureau. Bref, il avait sorti le grand jeu. »

La glace est rompue : « Nous n'avons plus jamais parlé du passé », affirme Nicolas.

Mais est-ce vraiment un retour en grâce ?

Jacques Chirac a trouvé à qui parler. Sans plus.

C'est à peu près à ce moment que Villepin invite à dîner chez lui les Sarkozy, Nicolas et Cécilia. Ce qui provoque l'ahurissement de son fils Arthur : « Pourquoi l'invites-tu alors que tu n'arrêtes pas d'en dire du mal ? »

Pourquoi ? C'est la politique, mon garçon…

Heureusement, l'improbable attelage Séguin-Sarkozy, les deux mal-aimés de Chirac, fonctionne bien. Tandis que le premier peaufine la doctrine et ses discours, s'enferme dans son bureau pour lire *L'Equipe*, les pieds sur la table en engloutissant des pizzas, l'autre sillonne le pays, souvent en compagnie de Cécilia. Il va rencontrer les élus, les militants, les notables, la presse locale. Et lors des assises du RPR, en janvier 1998, il devient officiellement secrétaire général.

Tous deux ont pu mesurer ce jour-là combien les militants restaient attachés à Jacques Chirac. Philippe Séguin aurait voulu changer le nom du RPR, l'appeler le RPF en souvenir du général de Gaulle. Les militants ont refusé. S'adressant aux jeunes gaullistes, il les a entendus scander et applaudir debout le nom du Président – Chi-rac, Chi-rac ! Treize minutes durant. Une éternité quand on occupe la tribune. Et quand il a voulu donner lecture d'un message de Jacques Chirac, les 3 500 délégués se sont levés pour applaudir encore et encore.

Il n'empêche, le duo tient le mouvement. Et le plus heureux des deux est Sarko. Il est redevenu indispensable.

« Si je dois résumer aujourd'hui d'un mot ce que je pense de lui, dit Séguin, ce mot est “loyal”. Sarko est un adversaire loyal. »

Il va pouvoir le mesurer alors que s'approchent les élections régionales. La gauche en effet suspecte la droite de vouloir s'allier avec le Front national pour se maintenir à la tête des régions. Du moins, elle le dit, le prédit et le répète. Ce qui met Séguin en grand courroux. « Non, martèle-t-il, le mouvement refusera systématiquement les voix du FN. »

Il raconte aujourd'hui : « J'ai vécu cette période très douloureusement. Je voyais que des hommes du RPR avaient envie de se faire la malle avec le Front national. Dans six ou sept régions, par exemple : la Franche-Comté, la Picardie, l'Aquitaine, la Bretagne. Et je m'en rendais compte parce que je ne pouvais plus joindre les candidats au téléphone. »

Au cœur de ses préoccupations, l'Ile-de-France. Pour marquer la réconciliation avec les fidèles d'Edouard Balladur, Séguin avait demandé à celui-ci d'y conduire la liste RPR. Un combat difficile, il est vrai, la gauche étant majoritaire dans une bonne partie de la région, Paris excepté. La tentation d'accueillir les voix du FN est donc forte. « J'ai dû retenir Balladur par les cheveux pour qu'il ne cède pas, poursuit l'ancien président du RPR, il me disait : "Cher ami, je ne peux quand même pas les empêcher de voter pour moi." Finalement, il s'est retiré. Eh bien, pendant toute cette période capitale, Sarkozy s'est montré d'une fidélité exemplaire. »

Et comme d'habitude, il s'est démené comme un fou. Il arrivait le matin à 7 h 30, avec son labrador, Indy. « Je lui préparais son café, ses tartines, son omelette », raconte Marie-Chantal Schwartz, sa secrétaire, et il a sillonné la France et, tous les jours, il appelait les candidats pour les encourager, leur donner du cœur au ventre.

Ces élections, trop proches des précédentes peut-être, n'ont pas passionné les Français : 41 % d'abstentions.

La droite, comme on pouvait le prévoir après la déroute de 1997, y a perdu des plumes. Le RPR, qui comptait 318 conseillers régionaux, n'en garde que 285. L'UDF est passée de 305 à 262. L'échec le plus symbolique a été bien sûr l'Ile-de-France. Dominique Strauss-Kahn, qui menait la liste de gauche, peut parler de victoire historique.

Une défaite de plus pour la droite. Et ce n'était pas la dernière. Nicolas Sarkozy va en faire lui-même la rude expérience.

CHAPITRE XVI

« Je suis désormais un homme libre »

Jacques Chirac, qui ne se décourage jamais, gardait l'espoir que les européennes de juin 1999 donneraient à l'opposition l'occasion de se refaire une santé. A une condition évidente : qu'elle retrouve son unité.

Il devra très vite déchanter. En décembre 1998, Charles Pasqua, sans démissionner du RPR, abandonne ses fonctions et décide de faire campagne à part. C'est la poursuite d'un vieux rêve, encouragé par ses proches : fédérer les opposants de droite et de gauche à Maastricht.

Que va faire François Bayrou dans ces élections ? Le Conseil national de l'UDF s'est prononcé pour une liste unique menée par Philippe Séguin. Mais lui ? Pour en avoir le cœur net, Jacques Chirac organise un déjeuner à l'Elysée. Autour de la table, Philippe Séguin, Alain Madelin, Nicolas Sarkozy et… François Bayrou. Une réunion mémorable dont les convives n'ont oublié ni l'excellence des mets, ni la lourdeur du climat. Philippe Séguin, qui a sa tête des mauvais jours, gloutonne le nez dans son assiette. Pas un mot, seulement quelques borborygmes.

On parle liste unique bien sûr. François Bayrou, c'est clair, n'en veut guère. Et alors qu'il lance à Philippe Séguin : « J'ai beaucoup d'amitié pour toi », celui-ci, qui n'avait rien pipé jusque-là, lève la tête, lui coupe la parole et lance : « Ton amitié : tu peux te la carrer où je pense », avant de revenir vers son assiette emplie de mousse au chocolat. Un ange passe. Non, c'est une compagnie d'anges qui défile, les ailes surgelées !

Quinze jours plus tard, François Bayrou annonce donc officiellement qu'il mènera la liste UDF. Et Jacques Chirac lâche ce commentaire : « Il n'y a rien à faire avec ce type. »

L'unité s'étant vite révélée introuvable, on convient à droite que Philippe Séguin conduira la liste RPR avec, en numéro deux, Alain Madelin, le leader de Démocratie libérale. Ainsi se reforme deux ans plus tard le tandem reconstitué à la hâte entre les deux tours des législatives.

C'est peu de dire que le président du RPR manque d'enthousiasme. Il n'est pas aisé de mener une campagne pro-européenne quand on a bâti sa renommée en luttant contre l'Europe de Maastricht. D'autant que les deux compères, deux fortes têtes aussi imprévisibles l'une que l'autre, ne sont pas sur la même longueur d'ondes. Lors de leur premier déplacement à Marseille, le 5 mars, les journalistes constatent que déjà ils ne se parlent plus.

Ce n'est qu'un début. Quelques jours plus tard, au retour d'une tournée électorale à la Réunion, Philippe Séguin pique une de ses célèbres colères. Les murs tremblent Rue de Lille, au siège du RPR. Il vient en effet de découvrir, dans l'hebdomadaire *Valeurs actuelles*, une interview de Bernard Pons, président de l'Association des amis de Jacques Chirac, selon lequel, au soir du scrutin, le 13 juin, il conviendra « d'additionner les voix obtenues par toutes les listes appartenant à la majorité présidentielle ». Ce qui veut dire qu'il met dans le même sac sa liste, celles de Pasqua et Bayrou. Cette déclaration, émanant d'un proche de Jacques Chirac, convainc Philippe Séguin que celui-ci joue contre lui. Le Président n'a-t-il pas reçu d'ailleurs François Bayrou, qui fait cavalier seul ? C'en est trop. Le lendemain, 15 avril à 10 h 20, Philippe Séguin téléphone lui-même à l'Agence France-Presse le texte d'une dépêche qui va faire l'effet d'une bombe dans le Landerneau politique : il annonce à la fois qu'il ne conduira pas la liste RPR et qu'il quitte la présidence du mouvement. Il n'a prévenu personne, pas même son secrétaire général, pas même Madame Chirac qu'il devait rejoindre le lendemain soir à Brive, en Corrèze, pour tenir un meeting avec elle. Jean-Louis Debré sera dépêché d'urgence pour le remplacer. Quel malotru ! Mais il préconise dans son texte que Sarkozy le remplace à la présidence.

Grosse déprime ? Grosse fatigue ? Ses proches racontent sous le manteau qu'un événement de sa vie privée a contribué à sa décision, l'aurait même déclenchée. La dame qui était à l'époque celle de ses pensées venait de lui annoncer qu'elle partait rejoindre son époux, travaillant à l'étranger. Bref, qu'elle le quittait. Il aurait répliqué : « Je vais vous montrer que je pourrais tout plaquer pour vous. »

Se non è vero…

Sarkozy, bien sûr, est abasourdi. « Il n'y avait pas eu un seul désaccord entre nous depuis deux ans, souligne-t-il. Beaucoup autour de nous me plaignaient d'avoir à travailler avec un homme montrant un tel caractère.

En vérité, je n'ai nullement eu à en souffrir. Il est vrai qu'une certaine absence de rationalité, quelques idées fixes et un moral alternatif m'ont parfois étonné, voire désarçonné. Mais ça n'était finalement que peu de chose par rapport à la véritable sensibilité, l'humour, l'humanité que Philippe Séguin peut montrer quand il n'est pas dans une situation de conflit [1]. »

Les deux hommes, dont l'alliance avait surpris, se complétaient en effet. Le premier couvrait le flanc du gaullisme traditionnel et du scepticisme sur l'Europe, le second celui d'un certain libéralisme économique et de la foi en l'Europe. Il incarnait une droite décomplexée.

Sur le moment, Sarkozy veut croire qu'il s'agit seulement d'une saute d'humeur, une de plus. Mais non. Il comprendra plus tard à ses dépens que la désertion de Philippe Séguin ne s'expliquait pas seulement par des raisons de susceptibilité froissée ou de trou d'air personnel : il a abandonné le combat, parce qu'il savait la mission périlleuse, voire impossible. Laurence Parisot, la patronne de l'IFOP qui venait souvent le voir au RPR, l'avait en effet abreuvé de sondages qu'il n'avait pas transmis à son secrétaire général. Ils étaient tous plus mauvais les uns que les autres. Charles Pasqua marchant au canon, les électeurs du RPR allaient se diviser. Et c'est ainsi que Philippe Séguin a tiré sa révérence.

Dès qu'il a connaissance de la dépêche, Jacques Chirac téléphone à Nicolas Sarkozy pour l'encourager – enfin – à prendre la présidence du RPR – mais par intérim seu-

1. *Libre*, Robert Laffont, 2001. En août 2004, Philippe Séguin sera nommé premier président de la Cour des comptes, grâce à l'appui de Nicolas Sarkozy. Il fera signer le décret de sa nomination par Jacques Chirac. Jean-Pierre Raffarin s'y opposait.

lement – et aussi la tête de liste, d'autant que personne ne veut s'y risquer. Lors d'un tour de table organisé Rue de Lille, Michel Barnier et Alain Juppé se sont récusés. Il n'y a pas de volontaire. Certains espèrent que la levée de l'hypothèque Séguin pourrait favoriser la constitution d'une liste unique de l'opposition. A l'issue d'une réunion du bureau politique, Sarkozy lance même un appel en ce sens. Mais François Bayrou refuse « une union bidon ». Et Charles Pasqua, malicieux et revanchard, s'offre le luxe de constater : « Avec le départ de Séguin, la garantie gaulliste n'existe plus. »

« Mais la garantie gaulliste, c'est Chirac », réplique, au « Club de la presse » d'Europe 1, un Sarkozy se proclamant désormais chiraquien. Il n'a pas le choix, l'Elysée non plus, qui désormais le soutient. On se trouve à six semaines des élections. Les autres, Pasqua et Bayrou, sont en campagne depuis longtemps. Pas de temps à perdre. Les circonstances et les structures étant ce qu'elles sont, Sarkozy est le seul à pouvoir sur-le-champ prendre la place de Séguin en tête de la liste. Et à penser et à dire aussi – toujours sûr de lui, fier et naïf à la fois – qu'il est le seul capable de sauver les meubles.

Il y croit ! Toujours bavard, il échafaude devant les journalistes des plans d'avenir. S'il fait un vrai score, il s'emparera définitivement du RPR pour en faire le grand parti d'une droite décomplexée dont il rêve.

D'ailleurs, les occasions de jubiler ne manquent pas. Non seulement il occupe la première place et Madelin n'est que son numéro deux. Quelle revanche ! Mais dans les meetings qu'il multiplie, sillonnant la France, se donnant comme toujours un mal de chien, les militants, les mêmes qui le huaient deux ans plus tôt, scandent son prénom : « Nicolas, Nicolas ». Quelle formidable fanfare ! Quel retournement ! De quoi se répéter « J'aime la politique ». Des moments de bonheur.

Ne pas tirer de conclusions trop hâtives des meetings très bien organisés, qui rassemblent des foules conquises par avance. C'est une règle que doivent toujours garder à l'esprit ceux qui mènent campagne. Les sympathisants ne représentent pas tous les électeurs, les militants encore moins. Leurs vivats sont trompeurs.

Sarkozy se montre toujours optimiste, mais les sondages ne devraient pas l'y inciter : ils prédisent des lendemains qui déchantent. Jacques Chirac, lui, ne s'y trompe pas. Sans doute pour ne pas endosser le piètre score prévisible, il fait le service minimum. Certes, il a apporté son soutien – c'était bien le moins – à la liste de Nicolas, mais il ne l'a fait publiquement qu'une fois, pas deux. Et, dans un communiqué, l'Elysée a même osé faire savoir – tu parles ! – « que le Président n'a pas vocation à intervenir dans des campagnes électorales ». Alors Edouard Balladur s'en plaint : « Nicolas est bien peu entouré, bien peu soutenu. Il faut l'aider. » L'Elysée va donc faire un geste. Le Président soutiendra Sarkozy. Mais sans le dire. Pour monter des mises en scène on est, dans son entourage, jamais à court d'idées. Donc le Président invite Nicolas Sarkozy à l'accompagner le 29 mai à la finale du championnat de France de rugby qui oppose le Stade toulousain à Montferrand. Les téléspectateurs, qui les voient côte à côte, sont invités à comprendre. Peine perdue. Les sondages restent à la baisse. Et cette fois, ils ne se trompent pas.

Le verdict attendu tombe le 13 juin. Une date que Nicolas Sarkozy « n'est pas près d'oublier », selon ses propres mots. Adieu, veau, vache, cochon, couvée, le score est sans appel. Avec 12,82 % des suffrages, il arrive en troisième position derrière François Hollande, numéro un (21,95 %) mais aussi, mais surtout derrière le tandem Pasqua-Villiers (13,05 %).

Sur les plateaux de télévision, Charles Pasqua pavoise. Il tient sa revanche sur « le petit saligaud » qui l'avait empêché de prendre la mairie de Neuilly. Il décide sur-le-champ de rompre avec le RPR pour créer un nouveau parti au sigle ancien et hyper-gaulliste : le RPF (que les militants chiraquiens avaient refusé pour leur mouvement) avec son nouvel ami Philippe de Villiers. François Bayrou, lui, exulte comme un enfant qui a réussi à enlever le pompon du manège. Avec 9,28 % de suffrages, sa stratégie, croit-il, est validée. C'est, assure-t-il, un socle pour la campagne présidentielle de 2002. Un matelas qu'il croit *king size*.

Sarko, bien sûr, a reçu un énorme coup sur la tête. Il est KO debout. Estourbi. En fin d'après-midi, ce dimanche-là, il est arrivé au siège du RPR, main dans la main avec Cécilia. « Sa présence m'était plus que jamais indispensable », dira-t-il. Son fils aîné Pierre est aussi à ses côtés. Il n'y a pas grand monde dans les couloirs. Sur un coin de bureau, il rédige une déclaration pour la presse dans laquelle il assume la responsabilité de l'échec. Que peut-il dire d'autre ? Il n'a pas le cœur à la fête, mais une seule envie : rentrer chez lui au plus vite. Or, voilà que dans l'escalier son portable sonne. C'est Jacques Chirac : « Tu dois aller sur les plateaux de télévision, ordonne-t-il, tu ne dois pas donner le sentiment que tu te dérobes, tu dois assumer jusqu'au bout. » Nicolas Sarkozy se rend donc à TF1. « A l'accueil, tout le monde s'écartait de lui, comme s'il était un pestiféré », se souvient Franck Louvrier, directeur de la communication du RPR qui l'accompagnait. Triste soirée. Nicolas et Cécilia dîneront ensuite avec Jean-François Copé et son épouse venus les réconforter.

Le lendemain matin, il est reçu à l'Elysée. Cette fois, son arrivée se fait par la porte dérobée du fond du parc. Il est encore groggy. C'est un Jacques Chirac affectueux et réconfortant qui le reçoit. « Cette élection aura montré ton courage et ta capacité à animer une campagne. »

« Sur le terrain de l'humanité appliquée, Jacques Chirac est inégalable », reconnaît Sarkozy.

Le Président lui conseille ensuite de garder le secrétariat général du mouvement, de partir en vacances et de démissionner de la présidence par intérim. « Nous convînmes que j'annoncerais qu'une nouvelle élection à la présidence du RPR aurait lieu à la fin de l'année. Jacques Chirac me recommandant, sans que, sur le moment, j'y attache une particulière importance, de préciser que je ne m'y présenterais pas. "Ainsi, disait-il, tu échapperas aux critiques et aux attaques de ceux qui voudront profiter des européennes pour t'en faire payer la facture." »

Usant ainsi de câlinothérapie, Jacques Chirac pense évidemment lui faire quitter la tête du RPR. Philippe Séguin parti, il veut reprendre en main son mouvement. Ouf ! Bon débarras ! Quelle sera l'étape suivante ? Une rumeur court déjà sur laquelle *Le Monde* titre : « Jacques Chirac tente de profiter du trouble général pour faire revenir Alain Juppé. »

Faire revenir son cher Alain. Bien sûr que le Président ne songe qu'à cela ! Seulement, cette annonce provoque une telle levée de boucliers chez les députés RPR que ce projet ne verra pas le jour. Non, ils ne veulent plus entendre parler de Juppé. D'ailleurs rien ne va plus pour lui. A ce moment même, la chambre criminelle de la Cour de cassation rejette le pourvoi qu'il avait formé dans le cadre de l'instruction sur les emplois fictifs du RPR (il avait été mis en examen en août 1998).

Fatigué, Nicolas Sarkozy veut reprendre son souffle. Voyager avec Cécilia, faire du vélo, transpirer pour se régénérer. Se ressourcer. Lire des livres, oublier un peu. Mais avant qu'il ne s'envole pour l'Italie, Edouard Balladur le prévient : « Vous n'avez aucune chance de vous maintenir à la tête du RPR, les cicatrices de la présidentielle ne sont pas refermées. »

Une autre partie commence. En plusieurs actes.

De retour, Nicolas Sarkozy réunit les cadres du mouvement, quelques jours plus tard, il leur annonce le plan de bataille : des assises se tiendront à l'automne pour définir un nouveau projet politique, les élections à la présidence auront lieu par la suite. Georges Tron, député de l'Essonne : « Nicolas était reparti pour être président du RPR. Brice m'a demandé de me prononcer pour lui, j'ai dit non. Après quoi Brice me poursuivait de sa vindicte : "Voilà le traître !" Quand j'ai déclaré en octobre 1999 au *Nouvel Observateur* : "On est son esclave ou son ennemi", il ne m'a plus adressé la parole pendant quatre ans. »

Fin juillet, Nicolas Sarkozy est avec Cécilia et leur jeune fils Louis à Disneyland. Une visite de deux jours, prévue de longue date, qu'il doit interrompre pour un rendez-vous avec Jacques Chirac. Celui-ci, déjà vêtu d'une saharienne, est d'humeur estivale ; il se prépare à partir pour l'île Maurice : « Je lui ai présenté le calendrier : université d'été à Lyon en septembre, assises pour le projet à l'automne, élection du président en hiver, etc., etc. » Mais le Président lui coupe la parole : « Nicolas, rien ne presse, il faut donner du temps au temps. » Il ne veut pas répondre à ses propositions. C'est que le RPR, depuis l'arrivée de Séguin et le retour de Sarkozy, est une source d'ennuis pour l'homme qui l'avait bâti pour son usage personnel. Il lâche : « Séguin a commis une grave erreur en voulant déchiraquiser le RPR. » Mais comme il ne sait pas encore comment le rechiraquiser, c'est lui qui a besoin de temps.

Les vacances à La Baule sont presque gâchées pour Nicolas Sarkozy. Il n'est pas seulement blessé par son échec. Il souffre d'une sciatique qui l'empêche de faire du vélo ; « la rupture d'activité était trop forte pour moi », dira-t-il. « Il était vidé, il ne se rasait même plus, il s'interrogeait beaucoup », se souvient Franck Louvrier, venu passer quelques jours avec lui. En tout cas, il se consacre à Cécilia, aux enfants. Cet été-là, justement et pour la première fois, Cécilia lui dit qu'elle en a assez de la politique. Elle considère que tant d'efforts déployés pour un résultat si décevant, sont un sacrifice trop lourd. Pourquoi ne pas décrocher, aller dans le privé où on lui propose des ponts d'or ? Pourquoi ne pas mener une vie plus légère ? Pour avoir enfin des week-ends libres, on les passerait dans une maison de campagne avec les enfants, les amis, on ferait de grandes balades dans les bois avec des chiens, le soir on allumerait des feux dans la cheminée. Elle rêve, Cécilia. Seulement voilà, Nicolas n'est pas un rat des champs. Ses rêveries le portent ailleurs, d'autant que, tout au long de l'été, les candidatures à la présidence du RPR fleurissent. Hervé Gaymard, Dominique Perben, Renaud Muselier. Début septembre, c'est François Fillon. Quel traître, celui-là ! Nicolas éructe de colère. Il venait de lui proposer de faire tandem avec lui. Quelques jours plus tard, voilà que Jean-Paul Delevoye s'avance. Jean-Paul qui ? Bonjour, Jean-Paul. Il est sénateur-maire de Bapaume dans le Pas-de-Calais, président de l'Association des maires de France. C'est un géant débonnaire qui prêche le retour aux valeurs gaullistes. Au physique comme au caractère, il est l'exact contraire de Sarko, auquel il reproche de tenir un discours trop libéral. Il est bientôt présenté comme le candidat de l'Elysée, où il a été reçu le 1er juillet. La presse en emplit ses colonnes.

Or, cette compétition ouverte a réarmé chez Sarkozy le désir d'en découdre. « J'ai la concurrence dans les veines », aime-t-il à dire. Officiellement, il a renoncé à concourir, mais il ne veut pas rester sur un échec. Et puis, pendant l'été, il a réfléchi. Et s'est convaincu qu'il n'avait pas démérité. Mieux, que c'était presque une prouesse de réaliser un tel score. La cause de ce mauvais résultat – qui pourrait dire le contraire ? – ce n'est pas lui, mais la division de la droite. Tous comptes faits, il juge que le serviteur zélé qu'il fut mériterait au contraire une récompense.

Jacques Chirac l'avait pourtant prévenu : « N'y va pas, sinon, tu subiras des attaques et ça ne sera pas joli, joli. » Ou encore : « Tu n'as aucun intérêt à être candidat. » Le Président avait aussi utilisé un autre registre, glissant mezza voce que, s'il était réélu en 2002, jamais il ne prendrait comme chef de gouvernement un chef de parti. Afin de se faire mieux comprendre encore, il se lamentait sur la pauvreté affligeante de la droite en ressources humaines. (Un raisonnement qui ne tombait pas dans l'oreille d'un sourd.) Ensuite, après la carotte, le bâton, la menace : « Finalement, tu feras bien ce que tu voudras, mais ce serait une immense erreur. C'est ton choix et le cas échéant je travaillerai avec toi. » En cet instant, « son visage était dur, ses paroles cinglantes traduisaient un agacement profond », écrira plus tard, dans son livre *Libre*, Nicolas Sarkozy qui répondit ce jour-là : « Je vais réfléchir, car ma nature me fait avoir en horreur l'idée de refuser le combat. »

Au long de l'été, il a donc, on l'a vu, réfléchi. Et écouté. D'une part ceux qui le poussent à la bataille. Ainsi Edouard Balladur : « Il souhaitait me voir en découdre afin qu'il soit bien clair une fois pour toutes que Chirac n'avait rien oublié, rien compris, rien pardonné. » Et à l'opposé ceux ou celle – Cécilia en l'occurrence – qui l'incitent à lever le pied.

Tandis qu'il hésite encore, il note qu'aucun des candidats ne peut se targuer d'un fort soutien parmi les cadres ou les militants. Aucun d'eux ne suscite non plus l'engouement médiatique. Il se convainc donc qu'il pourrait l'emporter. Mais quelque chose lui déplaît. Au nom de l'égalité, les candidats lui demandent d'abandonner son poste de secrétaire général s'il veut concourir, afin qu'il ne puisse pas être le seul à bénéficier du fichier et des moyens du RPR pour faire campagne. Donc, il va changer de pied. Et admirez son raisonnement : « C'est parce que j'avais des chances d'être élu que je retrouvais la liberté de ne pas être candidat. Dans le cas inverse, c'eût été une capitulation. » Résultat : il n'ira pas au combat. Il a pris cette décision non pour plaire à Jacques Chirac, mais parce qu'il a saisi que c'est son intérêt. « A quoi donc m'aurait servi de m'opposer au souhait de Jacques Chirac alors qu'il était déjà décidé à être candidat à la présidentielle, et que, de tous les postulants de droite, il était à l'évidence celui qui disposait des meilleures chances d'être élu ? »

Ses fidèles insistent encore pour qu'il se présente. Ses amis Patrick Devedjian, Pierre Bédier, Christian Estrosi en tête. Il n'écoute pas davantage Cécilia, qui a fini par changer d'avis parce qu'elle craint qu'il ne vive mal ce renoncement. Elle le sait en effet mieux qu'une autre : les décisions de rupture ont toujours été difficiles à prendre pour son mari.

Mais cette décision-là est prise. Ce sera donc non.

Nicolas Sarkozy donne d'abord le 13 septembre une interview au *Monde* (qui ne doit être publiée que le lendemain). Il y justifie ce choix en expliquant que le chef de l'Etat ne souhaite pas sa candidature. Il accompagne l'exposé de ses raisons d'une phrase qui résonne comme un défi : « J'ai choisi de lui faire confiance. » Message adressé évidemment à Jacques Chirac. Et qui signifie : « J'obtempère, mais vous me devez réparation. » Le lendemain matin (avant la sortie du *Monde*) un communiqué est envoyé à l'AFP, tandis que Nicolas Sarkozy appelle le Président pour l'informer de son retrait de la compétition. Au bout du fil, d'abord, le silence. « Allô ? » L'effet de surprise est si énorme que la réponse tarde à venir. Elle vient enfin : « Tu as bien fait. Tu n'en seras que plus fort pour l'avenir. »

La presse n'étant pas dupe, et l'interview au *Monde* étant assez claire, les éditorialistes s'apprêtant à gloser sur la rancune chiraquienne à l'égard des balladuriens, qui a amené à se débarrasser de Sarkozy. L'Elysée comprend donc qu'il faut réagir. Dominique de Villepin est chargé de l'appeler. « Jacques Chirac veut vous voir ce soir. » Nouvelle mise en scène élyséenne : ce sera un rendez-vous public. « Toutes les télés, toutes les radios seront là. » Et Sarko de railler : « Vous inviteriez Nelson Mandela que vous n'en feriez pas plus. »

Et il faut, bien sûr, un témoin : il est tout trouvé. Dominique de Villepin participe à la réception quatre étoiles digne du meilleur protocole chiraquien. Sur le bureau ont été disposés des rafraîchissements et des coupelles remplies de saucisson et de pistaches. Le Président est d'une humeur de rose. Il est effusif et complimenteur : « Tu m'as épaté, Nicolas. Jamais je n'aurais cru que tu aies la force de résister à la tentation. C'est même la première fois, du moins à ma connaissance, que ton raisonnement l'emporte à ce point sur ton tempérament. Mais je te le dis, à partir d'aujourd'hui, tu es un homme libre qui n'aura plus à être le collaborateur de personne. Je dis bien de personne. En m'incluant naturellement dans le lot. Tu viens de construire pour l'avenir quelque chose d'important. »

Cette liberté, officiellement accordée par le chef de l'Etat à un homme qui en jouissait déjà, vaut reconnaissance de puissance. Et Sarkozy, qui le comprend bien, de rétorquer illico : « C'est maintenant à vous, Monsieur le Président, de faire des gestes ou de prendre des initiatives qui montreront que j'ai eu raison ou non. »

Toujours le même raisonnement : vous êtes maintenant mon débiteur. Jacques Chirac est si heureux d'avoir eu gain de cause qu'il promettrait la lune : « J'en ai parfaitement conscience et tu verras rapidement la nature de mes intentions. »

A sa sortie de l'Elysée, Sarkozy doit faire une déclaration. Elle sera brève. Il va l'écrire dans le bureau de Dominique de Villepin et reprendre les termes présidentiels. « Je suis désormais un homme libre qui va profiter de cette liberté pour tenter de donner un contenu moderne et précis aux valeurs qui doivent être celles de la droite. » Ce « libre » sonne tout de même comme un défi.

Preuve que l'on est très satisfait du côté de l'Elysée : deux jours plus tard, le Président le fait appeler à nouveau. Il veut le voir sans délai. Pourquoi si vite ? On est en septembre 1999. Le Président souhaite parler d'avenir. Veut-il lui démontrer qu'il peut lui faire confiance ? Il lui prodigue ses conseils : « Il faut te tenir éloigné des querelles politiciennes. Mais tu dois aussi te servir de l'Assemblée comme d'une tribune. Je demanderai à Jean-Louis Debré (président du groupe parlementaire) de te réserver toutes les grandes occasions. Tu devras te préoccuper aussi du programme de l'opposition. Mais, prends garde à ne pas te laisser enfermer dans un ultra-libéralisme dont les Français ne voudront jamais. » Et d'ajouter : « Je serai candidat en 2002, j'ai besoin de ton aide. Si tu veux exercer des responsabilités gouvernementales de premier plan, tu sais parfaitement que ça n'est pas Jospin qui te les donnera. »

Un discours qui, cette fois encore, ne tombe pas dans l'oreille d'un sourd. Nicolas a reçu ces propos comme une promesse. Il va donc bâtir un programme pour la droite comme le lui demande le Président, et se préparer à aller à Matignon. Car il a réfléchi : puisque Alain Juppé a des ennuis judiciaires qui le privent d'avenir politique pour quelque temps, qui d'autre que lui aurait la capacité de la fonction ? Non, il ne le voit pas. Donc c'est à lui de jouer.

Tandis qu'il échafaude de nouveaux projets, les militants RPR, tout à la joie d'élire leur président (c'est la première fois), ont éliminé le candidat officiel. Exit Jean-Paul Delevoye. Leur choix s'est porté sur Michèle

Alliot-Marie qui, depuis des années, a sillonné les fédérations. Et ne leur a jamais mégoté sa présence. Elle est élue avec 62,71 % des voix. Un beau score. Sur les pauvres 29 % du battu, la presse ironise : « Une fois de plus, Jacques Chirac a misé sur le mauvais cheval. »

Chapitre XVII

Opération Matignon

« Les promesses s'en vont où va le vent des plaines »... Nicolas Sarkozy n'a peut-être jamais lu ce vers de Victor Hugo, mais il en connaît d'expérience la vérité profonde. Surtout quand ces promesses émanent de Jacques Chirac. Lequel, tout en profitant de l'échec du maire de Neuilly aux européennes, sa première campagne nationale, pour le pousser hors du RPR, lui a fait miroiter d'alléchantes perspectives. Sarkozy feint d'y croire : « J'ai choisi de lui faire confiance. » Une formule à double sens. Elle signifie que « faire confiance » au Président ne va pas de soi. Ce n'est ni naturel, ni spontané, mais c'est aussi une sorte de pacte : si je t'accorde ma foi, tu devras me payer en retour.

En privé, il affiche une lucidité distante à l'égard du Président : « On le croit bête, il est très intelligent ; on le dit simple, il est très compliqué ; on s'imagine qu'il est gentil, il est méchant. » Très souvent, Nicolas m'a dit : « Chirac est très méchant », raconte Jacques Attali.

Pour l'heure, il entend souffler un peu, à sa manière qui n'est jamais paresseuse. Sa mairie l'occupe beaucoup. « Il avait un rendez-vous toutes les demi-heures », témoigne Franck Louvrier. Il a repris ses activités d'avocat-conseil. Il rencontre des professionnels de tous horizons. Se rend en province chez des députés amis, visite des usines, arpente les régions, voyage à l'étranger avec Cécilia – ils sont invités en Syrie. Il s'amuse en écrivant avec Jean-Michel Gaillard un scénario pour la télé sur le maréchal Leclerc. Mais voilà l'essentiel : il se prépare pour Matignon en 2002, avec la méthode qui avait si bien réussi à Edouard Balladur. « Tout ce qui est pensé avant peut être fait après », dit-il à son entourage.

Impossible d'évoquer, cette fois, une quelconque traversée du désert. Rien à voir avec la situation de 1995, quand, après l'échec de Balladur, Sarkozy subissait la « fatwa chiraquienne » et avait dû se battre bec et ongles pour survivre politiquement : « J'étais devenu malgré moi, dira-t-il, le symbole de la profonde division qui existait alors. » Ce n'est plus le cas. S'il prend du recul, c'est son choix. Il entend aussi mesurer sa capacité à patienter, à ne pas se lancer à la première occasion dans tous les combats, à ne pas se sentir tenu de relever tous les défis, à ne pas, à ne pas…

D'abord, il s'oblige à une cure de silence, à s'éloigner des médias, à ne pas se précipiter, dès la première sollicitation, au journal télévisé de 20 heures. Il se désintoxique en somme. Ce qui commence toujours par un sentiment de vide, d'isolement assez anxiogène, mais se métamorphose peu à peu en sensation de paix bienfaisante. Il lui semble que les rapports avec les autres sont plus faciles, plus aimables, que leurs regards sont moins aigus : « la distance est la meilleure des protections », constate-t-il. Et d'ajouter : « La démocratie exige, plus qu'on ne le croit, une certaine fraîcheur. »

Voilà une bonne occasion de se livrer à une sorte d'introspection lucide : « Au début de ma vie politique, j'étais prêt assez stupidement à sacrifier beaucoup pour le seul plaisir que mon nom soit cité. Je conservais les articles qui disaient ma propre gloire, plus d'une fois il m'est arrivé non seulement de les lire, mais de les relire, afin de m'en imprégner. Quand ils étaient bons, je souhaitais que chacun les ait lus et je m'imaginais beaucoup plus fort que je ne l'étais vraiment. Quand ils étaient mauvais, j'espérais contre toute évidence que personne ne les regarderait et j'étais miné parce que je me jugeais victime d'une injustice. Je ressentais ces articles comme autant d'humiliations personnelles, sans me livrer – sauf exception – à une quelconque autocritique. J'entourais alors les journalistes qui m'approuvaient et je boudais les autres [1]. »

Un bel effort de clairvoyance qui ne modifiera pourtant pas son comportement ultérieur.

S'il a décidé de s'écarter du monde médiatique en cette dernière année du XXe siècle, c'est bien sûr pour mieux resurgir à l'aube du suivant. Voilà longtemps qu'il a fait sienne la devise : « Quand on n'a pas d'objectif, on est sûr de ne pas l'atteindre. » Le sien est désormais d'une aveuglante simplicité : devenir Premier ministre.

Pour se convaincre ou s'encourager, il confie à qui veut l'entendre : « Chirac aura besoin de moi, je suis incontournable. » Donc, dans un demi-silence (demi seulement, il ne faut pas trop lui en demander), il se prépare. Première urgence : redonner une identité idéologique au RPR. Il s'agit de faire revivre les grandes valeurs de la droite : l'autorité, la sécurité, le travail,

1. *Libre*, *op. cit.*

la liberté d'entreprendre. Nicolas Sarkozy ne supporte plus le discours de ses amis répété à satiété dans tous les congrès sur la nécessité de revenir aux « sources du gaullisme ». Des invocations jamais accompagnées de précisions sur la nature desdites sources. Et encore moins sur les moyens d'y revenir. Il faut, croit-il, avancer, moderniser, rénover.

Deuxième urgence : aller à la rencontre du pays réel, provoquer des occasions, en saisir d'autres.

Première occasion : alors qu'il débat avec François Hollande en 1998 sur France 2, un chauffeur de bus de la RATP les avait interpellés. Connaissent-ils la vie quotidienne dans les transports en commun ? Evidemment pas. Il les avait invités à l'accompagner un moment, sur son lieu de travail. Hollande ira, de jour. Nicolas Sarkozy choisit la nuit. Une expérience qu'il n'oubliera pas. D'abord, arrivant devant la gare de Saint-Ouen, lieu du rendez-vous, il aperçoit quatre agents de sécurité, au gabarit impressionnant, que lui a affectés la direction de la RATP. « On ne pouvait mieux illustrer combien cette direction ne croyait guère en la sécurité de la ligne. » L'autobus est presque comble. Un « détail » le frappe : pas un seul voyageur ne tend son billet au conducteur en entrant. Il l'interroge donc. La réponse est claire : la dernière fois où celui-ci a demandé à un client de composter son billet, l'homme, accompagné d'un pitbull, l'a dangereusement menacé. Soucieux d'échapper aux coups, le conducteur ne demande plus rien. Vers 23 heures, les accompagnateurs de Nicolas Sarkozy lui demandent de quitter l'avant du véhicule : ils allaient passer sous un pont près de Garges-lès-Gonesse, un lieu d'où les bus se faisaient régulièrement caillasser. Un peu plus tard, à l'arrêt de la Cité des 4 000 à La Courneuve, il demande à descendre pour aller s'y promener, regarder, comprendre. « On » l'en dissuade : « Impossible, la nuit c'est trop dangereux. »

Cette soirée-là le marquera. Il mesure alors le fossé qui sépare ceux qui parlent de la violence et ceux qui la vivent. Il va réfléchir à des mesures plus efficaces, à une meilleure répartition des responsabilités, donner aux maires plus de pouvoir. Il pense à une série de mesures sans savoir encore qu'il les mettra en œuvre deux ans plus tard en arrivant au ministère de l'Intérieur.

Dans l'immédiat, ses expériences et ses réflexions donnent matière à un livre. Bernard Fixot, patron des Editions XO, le lui avait demandé au lendemain des européennes. Dans un premier temps, il avait refusé. Mais il a changé d'avis, c'est oui. Un livre permet de s'exprimer en liberté et en longueur, d'expliquer son parcours, son idée de la France et ses projets.

Un livre qu'il écrit à la main, de son écriture ronde, feuillet par feuillet, sur lesquels il ne laisse aucune marge, aucun blanc. Il remplit l'espace, sans ratures et même sans chapitres, d'un jet ! L'éditeur n'avait jamais vu cela, qui publiera le texte tel quel.

Chaque sujet abordé est tiré de son expérience, d'une situation vécue. Ainsi l'immigration : il a rendu visite à Gerhard Schröder au moment où le chancelier allemand venait d'autoriser l'entrée de 20 000 informaticiens indiens pour faire face à la pénurie dans son pays. Ce qui conforte son analyse. L'immigration zéro est une chimère. L'immigration choisie doit être la règle.

Ainsi également, la délinquance des mineurs. Yves Jégo, le maire de Montereau, l'a invité à passer une journée dans la cité des 10 000 habitants, où seul reste ouvert le supermarché. (Les autres locaux commerciaux, trop souvent la cible des voleurs, ont fermé.) Alors qu'il discute avec le directeur de l'établissement, un mineur d'à peine 14 ans se fait attraper par les vigiles pour un vol à l'étalage qui est loin d'être le premier. Il apprend que ce jeune garçon ne fréquente plus le collège depuis dix mois et que l'assistante sociale s'efforce en vain de lui en faire reprendre le chemin. D'où son idée de créer des centres fermés et encore de suspendre le versement des allocations familiales (qui représentent 20 % de la collecte de l'impôt sur le revenu) aux familles qui n'assument pas leurs devoirs.

« Nous nous sommes promenés dans la cité, raconte Yves Jégo, nous avons dialogué avec des jeunes, c'était sympathique, quand l'un d'eux l'a apostrophé : "Eh Sarkozy !" Il lui a répondu : "Il faut dire Monsieur Sarkozy" et il leur a expliqué pendant dix minutes ce qu'était le respect. »

« J'ai rarement connu une période aussi riche en échanges désintéressés et instructifs pour moi », commente l'auteur, qui raconte aussi sa visite à l'Ecole nationale de la magistrature de Bordeaux. Les élèves l'ont invité à débattre. Une occasion de rencontrer le juge Van Ruymbeke, qu'il ne connaissait pas. Ils ont déjeuné ensemble, se racontent leur vie, tout se passe au mieux. Mais, devant les étudiants, une réplique du juge le surprend : « L'abus de biens sociaux est à l'homme politique ce que la petite culotte est au violeur. » « Outre le goût douteux de la remarque, je lui fis remarquer, raconte Sarkozy, qu'il était insultant et la comparaison profondément blessante. J'en tirai la conclusion que le fossé entre certains magistrats et les politiques n'était pas près de se résorber. » En effet !

Si ce livre multiplie anecdotes et récits, c'est aussi en

fait un programme de gouvernement. Tout y passe : la fiscalité, la décentralisation, l'école, la culture, la Corse, la sécurité bien sûr, et même un plan cancer que Jacques Chirac reprendra à son compte après 2002. Il entend démontrer qu'il est prêt. Prêt à servir. « Moi, je ne m'use que si l'on ne se sert pas de moi », plaisante-t-il souvent.

Ce livre, faut-il le souligner, n'est pas seulement un programme. Le sujet principal, c'est lui. « Je suis moi-même la matière de mon livre », disait jadis Montaigne. Nicolas Sarkozy évoque son propre parcours, ses déconvenues, ses relations avec Jacques Chirac qu'il n'a, dit-il « jamais considéré comme un ami au sens familier du terme ». Et réciproquement !

Il prend quelques risques en pimentant son texte de portraits un peu vifs. Ainsi note-t-il à propos de Philippe Douste-Blazy : « Aussi sympathique que l'image qu'il donne de lui, c'est à la fois sa force et sa faiblesse, car une personnalité consensuelle pose toujours la question de son épaisseur et de son aptitude à l'épreuve. »

Ainsi évoque-t-il « l'ego surdimensionné » de François Bayrou. Bien entendu, la sortie du livre, le 13 janvier 2001, est savamment orchestrée. Bernard Fixot sait y faire. Nicolas Sarkozy aussi, qui pose avec Cécilia pour les magazines. Il est également invité à l'émission « Vivement dimanche » de Michel Drucker sur France 2. L'ensemble donne à son retour un grand retentissement.

En vérité, il n'est que temps pour lui de réapparaître sous les projecteurs, de faire écrire par la presse : « Nicolas est de retour », parce que le monde politico-médiatique vous oublie vite. Tous les papiers sont bons, les critiques élogieuses. « Si la presse a réagi ainsi, c'est qu'elle reconnaît que j'ai une vision », lâche-t-il, fiérot, devant ses collaborateurs.

C'est aussi parce qu'il se passe des choses à droite. Sarkozy avait souligné sa volonté de participer à un « ambitieux chantier » : la construction d'une formation unique de la droite. Une idée qui rôdait depuis des lustres dans bien des esprits, de Balladur à Giscard, notamment, mais sans jamais se concrétiser. Peut-être parce qu'elle gênait des ambitions. Or voilà que cette construction est enfin ébauchée. Mais sans lui. L'affaire a commencé au lendemain de la dissolution et de l'échec des législatives. Quelques jeunes députés, meurtris mais rescapés et avides de revanche, ont appelé à la constitution d'un grand parti de droite. « Très vite, raconte Renaud Dutreil, l'un de ces "refondateurs", les chiraquiens de l'Elysée se sont emparés de l'idée, car ils voulaient qu'en 2002 Jacques Chirac puisse enfin dépasser au premier tour ses sempiternels 20 % de suffrages. » En compagnie de deux autres jeunes loups de l'opposition, Dominique Bussereau et Hervé Gaymard, et avec la bénédiction attentive de Jérôme Monod, ami et conseiller spécial de Jacques Chirac, Dutreil a donc déposé les statuts d'un nouveau mouvement : l'UEM, l'Union en mouvement. Et ces trois-là ont bientôt été rejoints par Alain Juppé, qui a créé de son côté une association baptisée « France moderne », puis par le quatuor Jean-Pierre Raffarin, Jacques Barrot, Dominique Perben et Michel Barnier qui rencontrent chaque mois le Président. Vive l'Union !

Les résultats mitigés des municipales de mars 2001 poussent à la renforcer. Certes, la droite avec 49,7 % des voix devance la gauche qui n'en rassemble que 45,9 %. Elle remporte quelques beaux succès en province. Elle enlève de haute lutte Strasbourg, Rouen, Blois, Nîmes, Aix-en-Provence et une dizaine d'autres villes d'importance, notamment – un symbole – Evreux où Jean-Louis Debré, battant un communiste, obtient plus de 53 % des suffrages. Mais, symbole encore plus fort, elle a perdu Paris et Lyon, où ses élus et ses candidats se sont chamaillés. Il importe de s'unir au plus vite. C'est ce que l'on pense, c'est ce que l'on répète, c'est ce à quoi on pousse à l'Elysée. Dans les états-majors on est moins pressés. Surtout, la présidente du RPR, Michèle Alliot-Marie, refuse la perspective « d'un montage artificiel et éphémère » : elle craint aussi de ne pas présider la nouvelle formation. Après tout, c'est elle qui reçoit le financement du RPR, elle qui détient la clé des investitures, des prérogatives qu'elle ne veut pas abandonner. Patrick Devedjian, porte-parole du RPR, et toujours proche de Nicolas Sarkozy, n'est pas plus enthousiaste.

Le 23 avril 2001, les chiraquiens des trois partis – RPR, UDF et Démocratie libérale d'Alain Madelin – posent pourtant les fondements d'une sorte de préfiguration de la droite unie en présence de 1 500 élus locaux réunis à la Mutualité. Une initiative perçue seulement alors comme la formation d'un comité de soutien à Jacques Chirac. L'UDF s'en gausse par la voix de Jean-Louis Borloo, Alain Madelin en fait autant.

Et Nicolas Sarkozy ? On ne le voit pas plus qu'on ne l'entend. Au trio Dutreil-Gaymard-Bussereau, il a même annoncé : « Ça ne marchera pas. » Ils ont conclu qu'il regrettait de n'avoir pas été à l'origine de la manœuvre. En vérité, il redoute surtout que l'UEM devienne un instrument au service d'Alain Juppé. Il a vite fait le calcul : si Chirac était battu, celui-ci deviendrait le chef de l'opposition, s'il est élu il sera le dauphin.

Il n'est pas le seul à se montrer sceptique : Jean-Louis Debré, fidèle entre les fidèles de Jacques Chirac, ne manifeste guère plus d'enthousiasme, car ce projet sonne la fin du parti gaulliste. Il s'y refuse.

L'UEM finira pourtant par fonctionner et Nicolas Sarkozy par s'y rallier, bon gré, mal gré, n'imaginant guère que, trois ans plus tard, il en deviendrait le patron. Mais sa préoccupation première est pour l'instant ailleurs.

A la rentrée de septembre 2001, il s'est auto-désigné Premier ministre. Il en a fait la confidence à tous les journalistes, car il entend qu'elle soit reprise par eux pour se faire admettre en haut lieu. Cette analyse est d'une rude simplicité. Il ne voit pas qui, en dehors de lui, pourrait tenir ce rôle. Alain Juppé risquant d'être encore entravé par la justice en 2002. Les noms de Philippe Douste-Blazy et de Jean-Pierre Raffarin sont chuchotés çà et là mais ne provoquent chez lui que quolibets. Jean-Pierre qui ? ironise-t-il. Non, il n'y a décidément que lui. Or, au début du mois, Philippe Douste-Blazy est envoyé en Israël par Jacques Chirac, porteur d'un message pour le Premier ministre Ariel Sharon. Alerte ! Inquiétude ! Méfiance ! Par chance, Nicolas Sarkozy est invité à Alger fin septembre par le président de l'Assemblée populaire nationale. Une attention des Algériens qui est plutôt rare. Il va donc en profiter. Il insiste lourdement à l'Elysée pour être lui aussi chargé d'une adresse de Jacques Chirac au Président algérien Bouteflika. Il finit par l'obtenir, mais il s'agit d'un simple message de sympathie. Pourtant le résultat dépasse toutes ses espérances. Il sera, bien sûr, reçu par le numéro un algérien et même invité à déjeuner. Surtout, il passera avec lui plus de six heures, rencontrera les représentants de tous les courants politiques et religieux. On lui a réservé une réception de chef d'Etat : déplacement dans un cortège de voitures avec motards et sirènes hurlantes. Preuve pour lui que les Algériens croient en la réélection de Jacques Chirac, preuve aussi qu'ils le traitent comme un futur Premier ministre. Il le fait remarquer, joyeux, aux journalistes qui l'accompagnent. Il soulignera bientôt qu'on n'en a pas fait autant pour Hubert Védrine, ministre des Affaires étrangères, de passage à Alger quelques jours plus tard.

En vérité – c'est un petit secret entre diplomates – le Président Bouteflika a l'habitude de garder si longuement ses interlocuteurs que nombre de ses visiteurs étrangers cherchent la recette pour raccourcir l'entrevue. Hubert Védrine, soucieux au lendemain du 11 septembre de traiter sur le même pied les trois pays du Maghreb, avait décidé de rencontrer leurs chefs d'Etat au cours d'un bref périple : deux jours en tout. Un bon moyen d'échapper à l'interminable déjeuner de Bouteflika.

De retour à Paris, Nicolas Sarkozy est pourtant contraint de constater que les jours passent et qu'il n'a toujours reçu aucun signe du côté de l'Elysée. Il importe d'autant plus, juge-t-il, que les militants croient en son avenir à Matignon. Ainsi saute-t-il sur l'occasion d'une réunion de pré-campagne organisée le 22 septembre par Xavier Darcos à Périgueux. Au menu : les vertus de l'union, celle de l'UEM. Une réunion « interactive », comme la mode s'en répand : pas de discours mais un échange de questions-réponses. Alain Juppé, qui anime la réunion, debout sur la tribune, ne souhaitait pas la présence de Sarkozy. Or, celui-ci est présent, arrivé de Paris en voiture. Et il est là et bien là ! Et l'on va s'en apercevoir. « Pendant la réunion, raconte un participant, soudain un pupitre a été dressé sur la tribune, amené on ne sait par qui, ni sur quelle initiative (c'est Nicolas qui l'avait amené dans le coffre de la voiture, et c'est Franck Louvrier qui l'a installé). Sarko s'est levé, s'est installé derrière le pupitre et il a parlé pendant plus de trente minutes, contrairement à la règle qui accordait seulement quelques minutes aux orateurs. Il s'est exprimé comme un futur Premier ministre. » « Il a été très bon, souligne Xavier Darcos, et très applaudi, mais à peine avait-il terminé son discours qu'il a quitté la salle. »

Il est reparti pour Paris, il ne souhaitait pas être sur la photo de groupe, perdu au milieu des autres.

Après quoi, Jean-Pierre Raffarin s'est exprimé, lui aussi et longuement… Alain Juppé, qui l'a félicité, n'a pas cru bon d'en rajouter. Nouvelle illustration du « On n'est jamais mieux servi que par soi-même ».

Il s'impatiente. Les mois passent et toujours le même silence du côté de l'Elysée. Or, le 9 novembre 2001, Bernard Pons, président des Amis de Jacques Chirac, hostile à la toute neuve UEM, réunit 4 000 personnes à Nice et le choisit comme invité d'honneur. Il semble ainsi l'introniser chef de file de la campagne. Est-ce le signe attendu ? Non. Bernard Pons raconte en effet : « Après la réunion, j'ai reçu une engueulade terrible de Jacques Chirac parce que j'avais invité Sarko et parce que j'étais contre l'UEM. » Si bien que lorsque les Amis de Jacques Chirac tiendront une nouvelle réunion à Troyes, la ville de François Baroin, la situation se présente tout à fait autrement. Nicolas Sarkozy est certes invité, mais il n'est pas le seul, loin de là. Et les premiers orateurs, dont Alain Juppé, s'arrangent pour qu'il ne passe qu'en septième position, quand l'assistance fatiguée rêve d'en terminer. Bref, il piétine, cherche de nouvelles ouvertures.

Pour les vingt-cinq ans du RPR que l'on célèbre le 16 décembre, porte de Versailles, Alain Juppé prône la stratégie d'union de l'opposition « choisie par Jacques Chirac ». Nicolas Sarkozy souligne, lui, que le RPR n'a pas fini d'être utile à la France. Les militants l'ont vite compris : l'enjeu de cette nouvelle UEM, c'est une bagarre entre Juppé et Sarkozy pour le contrôle du parti. Sarkozy fait aussi le calcul : si Chirac perd, que restera-t-il d'autre que le RPR ?

Dans cette bagarre, justement, il lui faut davantage d'alliés. Pas seulement pour la prise du parti, qui n'est pas alors son objectif, mais pour le poste de Premier ministre, surtout. Et d'évidence, c'est à l'Elysée qu'il faut bon gré, mal gré, les chercher.

Or, de ce côté, il y en a une, de premier rang, Bernadette Chirac elle-même.

« A partir de 1998, j'ai tout fait pour les rapprocher, raconte Christine Albanel, la "plume" de Jacques Chirac. Dominique de Villepin tenait Madame Chirac pour quantité négligeable, elle en souffrait, et le détestait. Moi, je lui disais : "Nicolas Sarkozy est le seul qui ait conscience de ce que vous représentez politiquement." Un discours que l'épouse du chef de l'Etat reçoit avec plaisir. "Il est efficace, il a des idées, dit de lui Bernadette à ses proches. Si on veut gagner, il faut aller le chercher." » Réaliste, elle ajoute : « Et puis il faut tourner la page ! »

En avril 2002, dans le cadre de sa fondation justement, elle visite des hôpitaux à Toulouse, rencontre des victimes de l'explosion de l'usine AZF en compagnie de Philippe Douste-Blazy considéré, par certains journalistes, comme un possible Premier ministre. Or, le même jour, il est prévu dans la ville un grand meeting animé par Nicolas Sarkozy. Quelques jours plus tôt, celui-ci a téléphoné à Bernard Niquet, grand ordonnateur des déplacements de Madame Chirac pour qu'il demande à cette dernière si elle accepterait de participer à cette réunion. Elle acquiesce, d'accord pour se montrer avec l'ex-lieutenant de Balladur ! Ils se rencontrent donc avant le meeting. Des retrouvailles émouvantes. Les premières depuis des années. Et à huis clos. En public ensuite, où Nicolas Sarkozy est ovationné, Madame Chirac également. Ils rentreront à Paris, dans le petit avion affrété par le RPR avec la seule compagnie de Bernard Niquet. Et pendant le voyage Nicolas Sarkozy, intarissable, entretient l'épouse du Président des actions à mener dès le lendemain de la victoire électorale espérée. Il a établi un calendrier très précis. Un vrai programme de Premier ministre. Deux jours plus tôt, dans *Centre-Presse*, Jacques Chirac avait déclaré : « Jean-Pierre Raffarin fait partie de ceux qui sont appelés à jouer un rôle important. » Méfiance, méfiance !

Puisque ces temps sont proches, il pousse son offensive. A l'abordage ! Aux journalistes, il répète – on retrouve la phrase dans tous les quotidiens – « ce sera Matignon ou Neuilly ». Tout ou rien ! Un culot de joueur de poker. Comme d'habitude, il en fait trop. C'est que le jeu devient difficile.

Il n'est pas associé, en effet, aux préparatifs de la déclaration de candidature de Jacques Chirac. Il est encore moins mis dans le secret. Car le Président se méfie de lui, juge qu'il parle trop aux journalistes et qu'il ne saura pas tenir sa langue. Et puis, Claude veille, qui n'a toujours pas pardonné.

Faute d'être mis dans la confidence, Nicolas piaffe. D'autant que Jacques Chirac, juge-t-il, tarde trop à se décider à entrer en campagne. Et puisque c'est l'hiver, il utilise un langage de skieur : « Ce sera rude, pour gagner, nous devrons emprunter la piste noire. »

Le 4 février 2002, il avait été le premier à préconiser, dans un entretien au *Figaro*, une campagne offensive. Que « Jacques Chirac prenne le plus tôt possible l'initiative d'aller à la rencontre des Français ». Il est le premier à plaider pour une déclaration précoce, alors que beaucoup, dans son entourage, lui conseillaient de se déclarer le plus tard possible, à l'instar de François Mitterrand en 1988.

La semaine qui suit, Nicolas Sarkozy est à demi exaucé. Lors d'un déplacement, savamment orchestré à Avignon, Chirac répond positivement à une question sur sa candidature posée par Marie-Josée Roig, maire de la ville (elle a battu Elisabeth Guigou l'année précédente). C'est oui. Il est candidat.

Lionel Jospin se déclare neuf jours plus tard.

La bataille est enfin clairement engagée. Sarkozy s'y lance avec l'ardeur qu'on lui connaît. Marathonien de la Chiraquie, il tient quarante-six meetings, fait au moins trois fois le tour de la France, s'adresse aux journalistes comme le futur hôte de Matignon, et rédige pour le candidat des notes, à l'en croire, « les meilleures ».

Antoine Rufenacht, maire du Havre et ami de longue date de Jacques Chirac, nommé directeur de la campagne, tente de le calmer. Par deux fois, il l'invite à prendre un petit déjeuner dans de grands hôtels parisiens. Toujours pour le mettre en garde. « Tu as tort de t'autoproclamer Premier ministre, tu mets Chirac en position de ne pas te nommer : on ne force pas la main du Président. » A quoi Sarkozy répond, mêlant comme à l'habitude candeur et brutalité – en reprenant son antienne favorite – : « Avec lui, il n'y a que le rapport de forces qui marche. » Et se référant à son expérience neuilléenne : « Si je ne m'étais pas autoproclamé, je n'aurais pas été élu maire. »

Nicolas Sarkozy pense toujours qu'il peut plier les événements à son profit et qu'il sera plus fort ! Il croit donc toujours en sa chance. Et du côté de l'Elysée, quelques-uns le laissent s'empêtrer dans ses illusions. Quelques jours avant le premier tour, Dominique de Villepin lui demande, sous le sceau du secret, une lettre-programme de gouvernement. Il se met au travail, avec Brice Hortefeux et Pierre Mariani, son ancien directeur de cabinet à Bercy, entré depuis à BNP-Paribas. A ce moment, Sarkozy est tellement confiant qu'il demande à Michel Pébereau, le patron de la banque, s'il accepterait de mettre en disponibilité son collaborateur. La réponse est positive, bien sûr.

Aller à Matignon ? Il a raconté aux journalistes avoir conclu en mars 2002 un pacte avec Alain Juppé, lors d'un déjeuner : à moi Matignon pour réformer le pays, à toi la présidence du grand parti de droite dont la France a besoin. Or voilà qu'Alain Juppé conteste dans la presse avoir conclu un tel accord, provoquant la réaction courroucée de celui qu'il vient de démentir : « C'est lui qui a suggéré que nous déjeunions ensemble, lui qui a réservé, qui a réglé l'addition, il me reproche d'avoir déjà ma liste de ministres, mais il est venu avec la sienne pour exiger la présence de quatre de ses amis au gouvernement. Avec moi, il n'y a pas d'accord privé, tout doit être public. »

Aller à Matignon ? Il confie à son ami Patrick Balkany : « J'y resterai trois ans, et ensuite j'en partirai pour me préparer à la présidentielle. » C'est toujours lui qui décide. « La question n'est pas de savoir si l'on nomme à Matignon quelqu'un que l'on aime ou bien celui qui fera des choses », plaide-t-il encore.

Aller à Matignon ? Il y croit encore lors du dernier meeting organisé à Evreux par Jean-Louis Debré. Ce familier de Jacques Chirac s'exclame en effet, à la tribune : « Nicolas, tu seras bientôt au premier rang de la France, tu peux compter sur notre soutien. » Or ce qui apparaît à l'intéressé comme une promesse n'était « qu'une amabilité », corrigera l'orateur le lendemain.

Jean-Pierre Raffarin, pourtant, interprétera ces propos de la même manière que Sarkozy.

Ils se trompent tous les deux. C'est, au contraire, on le sait, Raffarin qui entrera à Matignon.

Bernadette s'est, en définitive, entichée de ce Poitevin aux rondeurs rassurantes. Au retour d'une visite politico-hospitalière dans le Poitou, elle avait dit au Président : « J'ai trouvé votre homme. » La proximité de Raffarin avec le terrain l'a séduite. Il plaît aussi beaucoup à Claude, qui apprécie ses talents de communicant.

Sa nomination, Jean-Pierre Raffarin l'apprendra de la bouche du Président au lendemain du second tour, remporté, comme on le sait, contre Jean-Marie Le Pen, dans d'incroyables conditions. Le Poitevin, qui ne s'était pas du tout préparé, est appelé à l'Elysée à 11 heures du matin. Jacques Chirac l'a choisi parce qu'il est sûr de sa loyauté, de son allégeance sans faille. Nicolas a attendu en vain près de son téléphone.

Jacques Chirac a-t-il jamais songé à en faire son Premier ministre ? Interrogé la veille du second tour par Antoine Ruffenacht, il avait répliqué par un non sans appel : « En aucun cas. » Accepter ce scénario pré-écrit aurait été un aveu de faiblesse. Peu suspect de complaisance, Alain Juppé reconnaît que « Sarkozy était le plus préparé, le plus structuré aussi ».

Certains, à l'Elysée, tenteront de donner d'autres justifications, comme celle-ci : réélu contre Le Pen, avec 82,21 % des voix, dont celles de la gauche, il aurait été difficile au nouveau Président, de nommer un RPR (l'UMP allait naître seulement quelques mois plus tard), alors que ce parti détenait déjà les présidences de l'Assemblée nationale, du Sénat et du Conseil constitutionnel. Il importait, ajouteront ces bons apôtres, de donner un signe d'ouverture.

Très dépité, Nicolas Sarkozy expliquera quelques jours plus tard : « Avoir voulu être le numéro un n'était pas une faute tactique, bien au contraire. Si je n'avais pas agi ainsi, je ne serais pas aujourd'hui le numéro deux du gouvernement. » Nicolas ne retient toujours que l'interprétation qui lui est la plus favorable. Nicolas Sarkozy n'avait pas rétabli une relation de confiance avec le nouvel élu, là est la raison principale. Il y en a une seconde. Jean-Louis Debré rapporte à propos du Président : « Si je nomme Sarko à Matignon, trois mois plus tard on se demandera qui est le grand type sur la photo derrière lui. »

Chapitre XVIII

Le premier des ministres

Partir en queue de peloton et se retrouver en pole position, Nicolas Sarkozy avait déjà réussi l'exploit à Neuilly.

Ministre du Budget, de la Communication et porte-parole du gouvernement Balladur, il n'occupait dans l'ordre protocolaire qu'un médiocre treizième rang, mais très vite il s'était imposé dans le rôle d'incontournable second.

Neuf ans plus tard, le voilà d'emblée numéro deux dans le gouvernement Raffarin. Doté d'un grand ministère : l'Intérieur, la Sécurité, les Libertés locales qu'il a lui-même inventé et dont il a soufflé l'idée à Jacques Chirac lors de la campagne présidentielle. Il n'en est bien sûr qu'à demi satisfait.

Quand Jacques Chirac, oubliant des promesses, très vagues, il est vrai, lui propose de choisir entre l'Intérieur et Bercy, il lui rétorque : « Si vous n'avez pas confiance en moi pour la première place, pourquoi auriez-vous confiance pour la deuxième ? » A quoi le Président, pas démonté, répond qu'il « est le seul à qui un tel choix a été offert ». Ce qui est exact. Le nouveau Premier ministre se fera consolant : « Tu sais, Matignon n'est pas un poste de conquête. » Autrement dit : si tu veux monter plus haut, ne passe pas par cette case-là. Jacques Chaban-Delmas, Edouard Balladur, Lionel Jospin entre autres, peuvent en témoigner.

Edouard Balladur, justement, lui conseille de prendre l'Intérieur et la Sécurité sur laquelle les socialistes, de l'aveu même de Lionel Jospin, se sont cassé les dents. Lui, Sarkozy, en avait fait, on l'a vu, son thème préféré dans les meetings électoraux. Et contrairement à son prédécesseur, Daniel Vaillant, contrairement aussi à Charles Pasqua, qui en 1993 régnant Place Beauvau pour la deuxième fois, avait préféré se dire « en charge de l'Aménagement du territoire », lui reprend une formule à la Clemenceau : il veut être « le premier flic de France ».

Pas facile. Bien sûr, il bénéficie chez les policiers d'un certain capital de sympathie. Ils n'ont pas oublié son comportement lors de la prise d'otages par Human Bomb, dans l'école maternelle de Neuilly et, dans la campagne, où il s'est donné une image de courage et de fermeté.

Il va, d'emblée, la renforcer, en ajouter une autre. Lors de la passation des pouvoirs avec son prédécesseur. Tôt dans la matinée, les caméras filment l'arrivée du nouveau ministre. Mais il n'est pas le premier à apparaître. Cécilia, son épouse, le précède. Et elle ne passe pas inaperçue, ayant revêtu ce jour-là un tailleur-pantalon rouge vif. C'est l'image d'un toréador, lui, entrant dans l'arène précédé d'une porteuse de muleta, elle. Le message est clair : la femme du ministre ne sera pas une ombre. Et Sarkozy, aussitôt, se lance dans une guerre éclair. En trois temps.

Premier temps : reconnaissance du terrain. Le soir même – Jacques Chirac le lui avait pourtant déconseillé –, en compagnie de Jean-Paul Proust, préfet de police de Paris, il part à la rencontre des brigades anticriminalité (BAC) et pas n'importe où : la cité de l'Abreuvoir à Bobigny. Un test plein d'enseignements. Une voiture banalisée qui l'accompagnait reçoit une pierre lancée par un adolescent. Il veut s'arrêter près d'un véhicule incendié, mais son escorte lui fait comprendre qu'il ne faut pas s'éterniser. Le commissariat de Saint-Ouen, où il s'arrête, a presque des allures de taudis : ses voitures sont hors d'âge, et les équipements des policiers ne rehaussent pas ce triste tableau : « Des chandails pour sports d'hiver », se lamente-t-il au retour.

Le préfet qui l'accompagne est surtout frappé par la qualité de ses contacts. Aux respects qu'on lui présente, il répond : « Non, c'est moi qui vous présente mes respects pour le métier que vous faites. » Et il remercie ses interlocuteurs pour le travail accompli dans de telles conditions. Il s'intéresse aussi à la vie quotidienne des jeunes agents, leur pose des questions. Le premier contact est bon.

Deuxième temps : après la reconnaissance du terrain, le regroupement des forces. Il a choisi pour directeur de cabinet un homme qu'il a connu lorsqu'il était secrétaire général à la préfecture des Hauts-de-Seine, Claude Guéant, ex-directeur de la Police nationale, ex-préfet de la région Bretagne. Un homme dont le calme apparent tranche avec la rapidité de son ministre, qui paraît vivre toujours dans l'urgence. Ce duo va sprinter dès le départ. Deux jours seulement après son arrivée à Beauvau, un décret regroupe sous un même commandement la police et la gendarmerie. Les patrons de la police applaudissent à grands cris. Les gendarmes un peu moins, même s'ils gardent leurs statuts et appartiennent toujours à l'armée. La semaine suivante, c'est la création des Groupements d'intervention régionaux (les GIR) ; il s'agit cette fois de conjuguer les compétences de la police, de la justice, des douanes, de la gendarmerie et du fisc. Afin de lutter, notamment, contre les caïds, maîtres de l'économie souterraine dans les cités.

Troisième temps : renforcer les frontières. En moins d'un mois, Sarkozy rencontre ses homologues belge et britannique. Le premier afin de créer un commissariat commun à Tournai : le « Grand Lille », comme on aime à le dire dans la métropole du Nord, s'étend en effet jusque-là. Les trafiquants de drogue et les voyous traversent dans les deux sens une frontière qui n'existe pratiquement plus. Avec le ministère de l'Intérieur anglais, le problème est plus délicat : il s'agit du trop malheureusement célèbre centre des réfugiés de Sangatte qui sera fermé à la fin de l'année. Une décision applaudie dans un premier temps par Jack Lang, député du Pas-de-Calais. Mais les difficultés, les mois passant, ne seront pas toutes aplanies pour autant.

Ainsi se forge une image : « Si l'on m'a mis ici derrière le bureau (vrai ou faux, il existe un doute) de Cambacérès, c'est parce que c'est difficile », dit-il, sous-entendant que Chirac rêve de le voir échouer et feignant d'oublier qu'il a choisi lui-même ce terrain miné parce que l'insécurité est l'un des soucis majeurs des Français. Car c'est à ceux-ci, bien sûr, que l'image est destinée. Quand on s'appelle Nicolas Sarkozy, on sait qu'il ne s'agit pas seulement de faire, mais de faire savoir. Chaque jour, à 18 h 30, il réunit lui-même, à la différence de ses prédécesseurs qui laissaient cette charge à leur directeur de cabinet, les patrons de la police nationale, de la gendarmerie avec le préfet de police de Paris. Et il réclame « une opération par jour pour sécuriser les gens ». Résultats : alors qu'il est arrivé au ministère le 8 mai, il gagne dès la fin du mois vingt points dans le baromètre IPSOS/*Le Point* et quatorze dans celui de BVA/*Paris Match*. « Moi, dit-il, on m'aime pour ce que je fais, pas pour ce que je suis, alors que Kouchner par exemple, on l'aime pour lui-même. » Ainsi annonce-t-il donc une mesure par jour, envoie « une carte postale quotidienne », moque un ministre.

Il n'abandonne pour autant aucun de ses autres chantiers. En application de la règle anticumuls, par exemple, il a dû laisser sa mairie de Neuilly à son premier adjoint Louis-Charles Bary. Mais il n'a pas renoncé à prendre en 2004, la succession de Charles Pasqua à la tête du Conseil général des Hauts-de-Seine. Il invite à déjeuner Place Beauvau 21 des 36 maires du département : rien n'est subalterne, rien ne doit être laissé au hasard. Quand on ironise sur ses visites très médiatisées sur le terrain, il réplique : « Je vais encore les doubler. Et je préviens ceux qui guettent avec gourmandise ma première erreur, la première bavure, que j'apporte un soutien sans condition aux forces de l'ordre, mais que j'exige d'elles un respect scrupuleux des règles républicaines et ne tolérerai aucune incartade. » En attendant, il les cajole. La loi sur la sécurité, qu'il présente à l'Assemblée en juillet, prévoit un budget de six milliards d'euros en cinq ans pour l'Intérieur et la Justice. Il sait qu'un ministre est toujours apprécié de son administration à proportion des moyens qu'il obtient pour elle. Et ça marche, du moins dans les premiers temps.

Lorsqu'il réunit le 28 juin, dans la grande salle du Carrousel du Louvre, 2 000 hiérarques de la police, ceux-ci lui font une ovation debout. Il vient de leur dire : « Il n'y a pas un métier de policier exposé et un métier de ministre protégé. Nous serons côte à côte. » Il leur a annoncé aussi qu'avant la fin de l'année tous les personnels seraient équipés d'un gilet pare-balles, que le parc automobile serait rénové, les locaux réhabilités et que la création de 13 500 nouveaux emplois avant la fin 2007 serait programmée. Il a proposé aux personnels le rachat des 35 heures. Ce qui a permis d'obtenir des heures travaillées en plus. Ses policiers y trouvent financièrement leur compte.

Il veut des résultats. Et il met la pression. Les policiers seront notés, récompensés (de façon sonnante et trébuchante) au mérite. Emulation : chaque mois, le ministre reçoit les préfets des dix départements ayant enregistré les moins bons résultats sur les chiffres de la délinquance et des dix plus performants.

Son activisme lui vaut le surnom de « Speedy Sarko », mais il aime ça. « Je n'ai jamais été aussi heureux, proclame-t-il, je fais le job. » Et encore : « La différence entre les ministres ne tient pas au talent – à ce niveau nous en avons tous – mais à la charge de travail que l'on assume. » Parfois, en connaisseur, Jacques Chirac, lors de leur tête-à-tête du lundi, lui demande : « Comment tu fais ? » Il est épaté par sa « pêche » incroyable.

Toujours aussi, il assure le spectacle. Lors des séances de l'Assemblée consacrées aux questions d'actualité, il suffit qu'on l'interpelle pour qu'aussitôt le silence s'établisse. Habitué de longue date aux débats en tous genres, il se dresse droit comme un « I », pointe le doigt sur l'opposition, donne des chiffres, explique, tance et renvoie l'adversaire dans les cordes. Une virtuosité qui contraste avec les performances laborieuses de beaucoup de ses collègues. Il en jouit ! C'est visible.

En quelques semaines, il devient la coqueluche des députés de l'UMP. Il répète la performance chaque semaine, à la télévision, donnant le sentiment d'occuper l'écran tous les soirs. François Hollande le surnomme « l'abonné du 20 heures ».

A l'automne, il présente à l'Assemblée une deuxième version modifiée après avis du Conseil d'Etat de sa loi sur la sécurité qui crée de nouveaux délits, étend les compétences de la police judiciaire et ses moyens. Lorsqu'il vient devant le Sénat, et plaide que ce projet est d'abord « celui de la France des oubliés, des pauvres, des plus modestes, de tous ceux dont la vie quotidienne est devenue un enfer », il est applaudi longuement, plus d'une minute, par les sénateurs de la majorité qui, pour l'occasion, daignent se lever de leur confortable fauteuil.

Jacques Chirac, avec qui la rupture affective semble à jamais consommée, se montre comme toujours à la fois très admiratif (« C'est vrai, tu réveilles les préfets à 6 heures du matin ? ») et agacé : « Tu sais qu'aucun ministre de l'Intérieur n'a jamais eu autant de liberté que toi ? » Il n'avait pas voulu de lui comme Premier ministre. Et le voilà devenu sans conteste le premier des ministres, le plus entreprenant, le plus populaire, et de loin, le plus présent sur la scène médiatique. Quand on interroge les Français : quoi de neuf depuis six mois ? Ils ne répondent ni Chirac, ni Raffarin, mais Sarkozy. C'est lui qui incarne le changement et personnifie l'alternance. Tandis que ses collègues abordent les réformes « avec la prudence de qui traverse un champ truffé de mines », il inaugure cette technique ébouriffante : lancer de front avec la même témérité et le même enthousiasme toutes les réformes possibles relevant de son imposant ministère, même si elles débordent ses compétences. C'est une bénédiction pour Jean-Pierre Raffarin, une calamité pour ses collègues. Il attire sur lui tous les projecteurs ou presque. De quoi les mortifier, les frustrer. Il pompe leur oxygène.

Le 9 décembre 2002, il participe à l'émission « 100 minutes pour convaincre » sur France 2. En préambule, un sondage IPSOS indique que 65 % des Français lui font confiance pour lutter contre l'insécurité. Olivier Mazerolle, le directeur de l'information de la chaîne, le présente comme un Premier ministre *bis*. Jouant les modestes, ce qui ne trompe personne, il veut apparaître seulement comme un homme d'Etat, qui fait la part des choses. Qui manie avec habileté la carotte et le bâton. Il balaie tous les sujets : l'insécurité, l'immigration : « Il y a deux catégories d'immigrés, ceux qui ont vocation à rester en France, auxquels il faut donner le droit de travailler et ceux qui n'ont pas vocation à rester et qui seront reconduits chez eux. » La veille, il avait annoncé la signature d'un accord entre les trois grandes tendances de l'islam pour aboutir à la création d'un organisme du culte musulman.

Enfin, comble des combles, il ose assurer aussi ce jour-là, sans être cru, bien sûr, qu'il ne nourrit qu'une ambition : mener à bien le travail qu'il fait.

Quoi qu'il en soit, le succès est total. Dès le générique de fin, Jean-Pierre Raffarin lui téléphone pour le féliciter. Le lendemain, il croule sous les applaudissements. Il a réalisé un record d'audience : 5,8 millions de téléspectateurs. Plus que Jean-Pierre Raffarin en juillet. Il va gagner sept points d'opinions positives dans le baromètre BVA/*Paris Match* et atteindre 50 %. De son perchoir, Jean-Louis Debré lui fait parvenir un mot : « Chapeau l'artiste ! »

Petit désappointement : Jacques Chirac, lui, ne l'appelle pas. « Vous voyez bien qu'il n'est pas gentil », souligne-t-il.

Qu'importe, réussir là où ses prédécesseurs ont échoué est son ambition. Deux dossiers sont sur la table : l'islam de France et la Corse. Deux sujets sur lesquels il reconnaît avoir « plus de chances d'échouer que de réussir, le chemin est étroit, mais, dit-il, il faut l'emprunter ».

L'islam de France

Dans les couloirs du ministère de l'Intérieur, qui est aussi celui des Cultes, on appelle, en effet, « le Vietnam des ministres » le dossier de la représentation officielle de l'islam dans la République. Joxe, Pasqua, Chevènement, Vaillant y ont échoué. Jean-Louis Debré a évacué ce casse-tête en estimant que l'islam n'ayant pas de clergé, ce n'était pas au ministre des Cultes de l'organiser.

En arrivant à Beauvau, Sarkozy est préoccupé de l'existence dans le pays de deux islam : l'officiel sous l'égide de la Grande Mosquée de Paris, qui rassure mais peine à être représentative de la réalité musulmane des banlieues ; l'officieux qui inquiète, mais avec lequel on ne discute pas réellement, représenté par l'UOIF [1]. De plus en plus souvent, des mosquées se créent dans des caves ou des garages, terreau porteur pour un extrémisme musulman. Sarkozy veut donner à chacun les moyens de vivre sa religion dignement et souhaite que tout le monde, sous l'égide de l'Etat, discute à la même table. Donc, il veut créer un organisme représentant l'islam de France dans toutes ses composantes. Il y faudra de longs mois, il y passera des centaines d'heures. Plus, à la fin de décembre 2002, un séminaire à huis clos, deux jours durant au château de Nainville-les-Roches (Essonne), qui appartient au ministère de l'Intérieur. Tous les frères ennemis de l'islam de France sont là. Une salle de prière est installée. « C'est bien la première fois et la seule fois depuis 1905 que l'on a pu prier "officiellement" au sein du ministère de l'Intérieur », écrira-t-il dans son livre *La République, les Religions, l'Espérance* [2].

Au terme de ces deux jours, le ministre leur arrache l'engagement de travailler ensemble à la mise en place d'un Conseil français du culte musulman (CFCM). Le mufti de Marseille évoquera la « main napoléonienne » du ministre de l'Intérieur par référence à l'organisation du culte israélite en 1806. Une chose est certaine : jamais depuis la séparation des Eglises et de l'Etat, un

1. L'Union des organisations islamiques de France créée en 1983 est la plus puissante fédération de la communauté musulmane de France. Son président est Monsieur Lhaj-Thami Breze et son secrétaire général Monsieur Fouad Alaoui. Tous deux d'origine marocaine. Ce n'est pas l'organisation qui fédère le plus de mosquées, mais elle développe un important réseau d'associations. Et elle organise chaque année au Bourget un rassemblement qui est la plus importante manifestation musulmane annuelle en France.

2. Cerf, 2004 – Entretiens avec Thibaud Collin et le Père Philippe Verdin.

ministre ne s'était engagé à ce point dans la gestion interne des cultes.

Des élections ont suivi et l'UOIF, accusée d'intégrisme, a participé à la consultation. Le CFCM a connu bien des tensions dans les mois qui ont suivi, mais aujourd'hui, il existe, marche cahin-caha – mieux en province qu'à Paris – mais il est là. C'est une réalité. Et si l'on reproche à Nicolas Sarkozy d'avoir fait entrer le loup UOIF dans la bergerie, il répond qu'il serait encore plus dangereux de rejeter, voire d'ignorer un mouvement aussi important et dynamique.

La Corse

La Corse, c'est une autre histoire. Mais pas plus simple.

Dans son livre *Libre*, Nicolas Sarkozy avait consacré un chapitre à la question corse « complexe, sensible et décisive ». En arrivant Place Beauvau, ce combattant jamais satisfait, veut une fois encore réussir là où tous ses prédécesseurs ont échoué. Quand le gouvernement Jospin avait jeté les bases d'un accord politique connu sous le nom d'« accords Matignon », il n'avait personnellement pas condamné la méthode, contrairement à ses amis du RPR. Pour la simple raison que c'est avec les ennemis, en fin de compte, qu'il faut faire la paix. « Je veux dire ma conviction qu'un dialogue public et transparent avec les autonomistes me paraît être un choix raisonnable… Nous avons en notre temps payé cher les initiatives de tel ou tel ministre de l'Intérieur qui, fort de prétendus réseaux, croyait pouvoir dîner avec le diable, sous la protection de la clandestinité et d'engagements plus ou moins avouables », avait-il même raillé à l'époque, faisant allusion aux tentatives de Charles Pasqua et Jean-Louis Debré.

Lionel Jospin battu à la présidentielle, la page du processus Matignon avait été tournée. Dès le mois de juillet, cependant, Sarkozy reprend le dossier. Il se rend en Corse pour une visite de trois jours. Il s'agit officiellement de présenter les objectifs du gouvernement en matière de décentralisation. Le deuxième jour le ministre est donc rejoint par Jean-Pierre Raffarin. Tous deux veulent expliquer que la loi s'appliquera dans l'île comme ailleurs. « Ni plus ni moins », avait dit Jacques Chirac. Ce qui avait déçu les nationalistes. La gauche, en effet, avait prévu une évolution institutionnelle spécifique et c'est justement ce que tente de reprendre à son compte le ministre de l'Intérieur.

Sarko aime la Corse et les Corses ! Certains RPR lui reprochent même de manifester à leur égard une étrange tolérance. Sa première femme, Marie, est une insulaire. Il a passé de nombreuses vacances dans l'île. Ses fils y retournent chaque été. Pierre, l'aîné, vient même d'effectuer un stage dans une bergerie chez un cousin de Marie. A Vico-Sagone, berceau de leur famille maternelle, les deux garçons sont comme les enfants du village. Ils vendent des glaces, tiennent la caisse, font de la musique chez un glacier renommé... qui n'est autre que le beau-frère d'Ivan Colonna, le meurtrier présumé du préfet Claude Erignac, que leur père s'est justement juré de retrouver. Il l'a promis à sa veuve. Il la reçoit tous les 15 jours pour l'informer des progrès de l'enquête. Un rendez-vous « qui l'oblige ». Retrouver Colonna est pour lui une « priorité nationale ». Il estime que ses prédécesseurs n'ont pas mis en œuvre tous les moyens nécessaires pour aboutir. Réussir à le mettre sous les verrous serait pour lui une consécration.

En matière institutionnelle, il rêve que la Corse soit une élève modèle de la décentralisation. Il veut mettre à contribution l'ensemble des administrations dans un grand plan de développement : la Corse deviendrait une collectivité territoriale unique récupérant les compétences des deux conseils généraux transformés eux-mêmes en conseils territoriaux, ce qui suppose une révision de la Constitution. « Cela se fera », promet le ministre qui distribue mille petites flatteries et caresse les insulaires dans tous ses discours, le tout assorti comme il se doit de bains de foule chaleureux. Il se rend même à Bruxelles pour appuyer les revendications corses et promet de venir sur l'île « chaque fois qu'il sera nécessaire ». Entre mai 2002 et juillet 2003, Nicolas Sarkozy s'y rendra huit fois. Jean-Pierre Raffarin y reviendra avec lui en juin 2003 à Bastia, mais une manifestation syndicale hostile à la réforme des retraites les empêchera d'y tenir la réunion prévue. Il restera de l'épisode une photo peu gratifiante, les montrant debout sur des chaises de plastique pour s'adresser aux manifestants. De quoi susciter, bien sûr, les quolibets de l'opposition. Elle ne s'en privera pas.

Les Corses doivent se prononcer sur la réforme par référendum le 6 juillet. L'affaire se présente bien au départ. Le camp du « oui », très majoritaire, dispose du soutien de l'UMP locale, des nationalistes, et aussi des socialistes contraints de soutenir un projet dont ils avaient eu l'initiative. Mais seul Jack Lang se rend en Corse pour le défendre. Malgré l'abstention du chevènementiste Emile Zuccarelli, maire de Bastia, et de quelques dissidents de la majorité, le « oui » devrait obtenir près des deux tiers des voix.

Or, Jacques Chirac complique les choses. Le 26 juin, dans une interview au quotidien *Corse Matin*, il déclare « que ce référendum est une occasion pour les Corses de marquer leur attachement à la République ». Une interview qui met les nationalistes vent debout : Nicolas Sarkozy en effet avait seulement présenté son projet comme une réforme permettant une meilleure efficacité du service public. La question de l'indépendance ne semblait pas devoir être posée à ce stade. « J'aimerais convaincre les Corses qu'ils ont un avenir brillant », s'était-il exclamé. Les jours passant, les Corses s'interrogent davantage : pourquoi la suppression des départements améliorerait-elle leur situation ? Ils ont fait leurs comptes. Une collectivité unique ce sera forcément moins de fonctionnaires, or le secteur public est le premier employeur en Corse. Nombre de représentants de l'UMP, en outre, rechignent à défendre une réforme très proche du projet Jospin, qu'ils avaient combattu deux ans plus tôt. Enfin, le procès des assassins présumés de Claude Erignac débute le 2 juin devant une cour spéciale et risque de durer un mois : le verdict pourrait être rendu le 3 ou 4 juillet, soit deux jours avant le scrutin. Une bonne raison de s'interroger : la date du 6 juillet est-elle judicieuse ? Nicolas Sarkozy s'accroche à son calendrier. Il voudrait que la question soit réglée avant l'été. Alors au faîte de sa popularité, il est convaincu qu'une réforme portant son label fera passer le « oui ».

Un autre événement va embrouiller les esprits : l'avant-veille du scrutin, le vendredi 4 juillet, les policiers du RAID arrêtent, près de Propriano, Ivan Colonna en fuite depuis trois ans. A ce moment, Sarkozy tient meeting à Carpentras. Aussitôt averti, il téléphone à Madame Erignac, à Jean-Pierre Raffarin, à Jacques Chirac qui se serait exclamé : « C'est génial ! » Et aussi à son fils Pierre pour le prier de rentrer dare-dare de Corse où il se trouve. Il apprendra qu'il arborait ce jour-là – à l'instar de tous les jeunes dans l'île – un tee-shirt à la gloire du meurtrier présumé qui vient d'être arrêté.

Mais, sur l'estrade, il peut annoncer aux militants « une grande nouvelle pour la France ». Il reçoit une longue ovation. Ça c'est la culture du résultat ! Seulement les circonstances de cette arrestation, la date surtout, laissent penser aux Corses qu'il s'agit d'une manipulation politique. On ne se prive pas de rappeler qu'entre les deux tours de l'élection présidentielle de 1988, Jacques Chirac avait de la même manière annoncé la libération et le retour des otages français du Liban.

Le dimanche 6, les électeurs se rendent en grand nombre aux urnes : 60,5 % de participation. C'est énorme. Le ministre toujours optimiste y voit un heureux présage et se prépare à partir le soir même pour Ajaccio. Mais il passe bientôt de la gloire espérée à l'échec confirmé : le « non » l'emporte. Avec 50,98 % des voix, soit 2 190 bulletins de plus que le « oui ». C'est trop rageant. Les Corses ont choisi le statu quo. Voilà Nicolas Sarkozy très dépité. D'autant, il le sait, que beaucoup dans la majorité se réjouissent sous cape du coup qui le frappe. Le dimanche soir, arborant une mine sombre, il annonce que « le volet institutionnel n'est plus à l'ordre du jour et que la priorité est au rétablissement de l'ordre ». Il en rajoute même, promettant des actions fortes pour marquer le rétablissement de l'Etat de droit. Il s'agit de s'attaquer aux dérives mafieuses. Les enquêteurs financiers sont bientôt dépêchés de Paris.

Ils voyagent par avion militaire pour ne pas attirer l'attention, dorment à la gendarmerie de Solenzara, avant d'effectuer leurs perquisitions. Les gendarmes et les policiers locaux qui les assistent dans leurs démarches, seront tous plastiqués : ces attentats sont revendiqués par le FLNC. Au terme de soixante voyages, Charles Piéri et ses sbires seront traqués, confondus et arrêtés. Cette fois, le ministre a le soutien total de la droite et de la gauche, excepté celui des nationalistes. Une question sans réponse : le ministre de l'Intérieur aurait-il mis autant d'acharnement à traquer les mafieux si sa réforme avait abouti ?

Il est déçu, mais il caracole toujours en tête des sondages. Les Français du continent ne lui tiennent pas rigueur de cet échec. Ils ont déjà conclu qu'« il n'y a rien à faire avec les Corses ».

Cet été-là, ses deux fils Pierre et Jean ne retourneront pas à Sagone.

Il a échoué en Corse, et à l'UMP beaucoup doutent de la pérennité du CFCM. Mais il demeure si populaire que Jean-Pierre Raffarin l'appelle au secours. Comme toujours, la réforme des retraites enflamme le service public. Et, comme souvent, les enseignants sont au centre de la contestation. D'autant qu'ils protestent, comme toujours aussi, contre les réductions d'effectifs et surtout le transfert de la gestion du personnel non enseignant (médecins, conseillers psychologues, assistantes sociales, ouvriers et techniciens) aux collectivités territoriales. Les examens de fin d'année sont proches. Le gouvernement craint de ne pas pouvoir organiser le baccalauréat, cet inébranlable monument, si les enseignants ne désarment pas. Leur contestation vise surtout

Luc Ferry, leur ministre, victime d'une campagne de presse très rude du journal *Libération* qui lui reproche ses opinions antisoixante-huitardes et même sa vie privée : la présence au ministère, jugée excessive, de son épouse Marie-Caroline. Le livre qu'il envoie aux enseignants pour leur expliquer la réforme n'a rien arrangé. Des professeurs l'ont même brûlé. Comme au temps de l'Inquisition et du fascisme. Or, la décentralisation figure parmi les compétences du ministre de l'Intérieur. Jean-Pierre Raffarin, misant sur son audience et sur sa méthode, l'appelle donc à la rescousse. A lui d'expliquer le projet aux enseignants. Ce qui ne convainc pas tout le monde : « Faire du premier flic de France l'interlocuteur des professeurs est pour le moins un symbole surprenant », s'insurge la CGT.

Il en faudrait davantage pour démonter Sarkozy. « Je veux bien y aller : mais à une double condition, répond-il à Raffarin : que je conduise la négociation et que tu me donnes des biscuits pour négocier. » Courageux, mais pas téméraire, il ne va pas se lancer dans l'aventure sans « biscuits ». D'abord il veut mieux connaître les syndicalistes du milieu enseignant. Et il se renseigne… Auprès de Jack Lang, par exemple. Il demande aussi aux responsables de l'UNSA-Police des informations sur son collègue de l'UNSA-Education et ainsi de suite. Avant de rencontrer ses interlocuteurs autour d'une table ronde, il appelle chacun, en reçoit aussi quelques-uns. Et il met soigneusement en scène son arrivée au ministère de l'Education, allant jusqu'à s'informer auprès des huissiers des conditions d'installation des journalistes.

Surtout il ne manque pas de munitions. Alors que Raffarin voulait afficher la fermeté, il a finalement admis que certains personnels pourraient ne plus être concernés par la décentralisation. Des concessions qui avaient été refusées à Luc Ferry. Résultat : Nicolas Sarkozy n'a pas seulement élargi son champ d'action avec la bénédiction du Premier ministre. Il n'incarne plus seulement la sécurité mais, dans une certaine mesure, le dialogue social aussi. Ce qui fait maugréer quelques chiraquiens. « Raffarin, disent-ils, a manqué de courage, pourquoi ouvrir un tel boulevard à Sarkozy ? » Le voilà vraiment promu Premier ministre *bis*.

« Je ne mets pas de bornes à mes désirs », pourrait-il dire à l'instar de Madame de Maintenon. Il est partout, se montre partout, agit partout. Au risque de marcher sur les pieds de ses collègues. Ainsi en octobre 2002, Jean-Jacques Aillagon, ministre de la Culture, devra reconnaître s'être fait avoir comme un bleu. Hostile par principe à toute censure d'une œuvre littéraire, il l'avait averti du danger qu'il courrait pour son image s'il interdisait la publication d'un livre intitulé *Rose Bonbon*, un ouvrage médiocre dont le héros est un pédophile assassin. « Cela ternirait ton image, tu deviendrais "Sarko le censeur". » Or c'était bien le premier réflexe de Nicolas Sarkozy. Son entourage à l'Intérieur l'y encourageait aussi. Et puis, un soir, changement d'attitude, le ministre de l'Intérieur lui annonce qu'il vient de renoncer à interdire ce roman après avoir demandé à Antoine Gallimard, l'éditeur, de vendre l'ouvrage fermé par un cache-sexe de Cellophane, mais il lui demande de ne pas rendre publique sa décision : « Nous le ferons demain ensemble. » Aillagon, auquel les journalistes ne cessaient de téléphoner, ne dit donc rien. Et le lendemain, il constate que la presse ne parle que d'une chose : l'appel à la responsabilité des libraires… lancé par Nicolas Sarkozy ! Lequel explique : « Si j'interdis *Rose Bonbon*, je serai saisi tous les mois d'une demande, j'y perdrai mon énergie et j'y gagnerai une mauvaise image. Je lâche du lest sur l'accessoire pour me concentrer sur l'essentiel. » Le ministre a échappé à la potence médiatique.

De même, en février 2003, il s'invite à une conférence de presse sur la violence routière tenue par ses collègues Dominique Perben, ministre de la Justice et Gilles de Robien alors en charge des Transports, lesquels, offusqués, se plaignent à Matignon de la boulimie de la Place Beauvau. Histoire de calmer les esprits, Jean-Pierre Raffarin décide d'y participer lui aussi. C'est que Nicolas Sarkozy veut améliorer son image auprès des automobilistes qui le tiennent pour responsable de chaque PV reçu.

La sécurité routière est l'aspect positif de la lutte contre les excès de vitesse. Il importe aussi pour Sarkozy de ne pas apparaître seulement en uniforme de gendarme. En protecteur au contraire, soucieux de préserver votre vie et de faciliter vos déplacements.

Rien chez lui n'est jamais improvisé. Toute initiative répond à un objectif. D'ailleurs, s'il bouscule les frontières des ministères, c'est aussi par goût de la vie et de l'action. Il l'avait dit en riant au soir de la table ronde avec les syndicats d'enseignants : « Le monde de l'Education m'intéresse, d'ailleurs, je me demande ce qui ne m'intéresse pas. »

Résumons : sécurité, immigration (il fera voter deux lois), discrimination positive, laïcité, révision de la loi de 1905, autant de sujets de controverses passionnées. Nicolas Sarkozy est le principal producteur d'idées dans le débat politique. Qui pourrait le nier ?

Chapitre XIX

« Homme de l'année »

Tous les hommes le savent, ceux du moins qui chaque matin prennent le soin de se raser. C'est un petit moment où s'observant dans le miroir ils se questionnent sur la fuite des ans et songent du même coup à leur devenir. Il n'est donc pas surprenant que, ce 20 novembre 2003, interrogeant Nicolas Sarkozy lors de l'émission « 100 minutes pour convaincre », Alain Duhamel lui demande : « Pensez-vous à la présidentielle, le matin en vous rasant ? » Un mois plus tôt, lors de la même émission, Laurent Fabius avait répondu justement qu'il lui arrivait de songer à cette élection « le matin, parfois », à ce moment précis.

Ce qui n'avait pas ému grand monde.

La réponse de Nicolas Sarkozy, elle, va faire du bruit et aura de longs échos. Que dit-il ? Qu'il y songe « et pas seulement en me rasant ». Une déclaration d'entrée en campagne qui fait oublier qu'au cours de la même émission il avait affronté avec succès Jean-Marie Le Pen et Tariq Ramadan, théologien musulman à la réputation sulfureuse.

Les chiraquiens s'étranglent de rage une fois encore.

Voici un nouveau crime de lèse-Président ! D'autant plus intempestif que l'échéance est bien lointaine. La presse, elle, est sûre que cette quasi-déclaration de guerre empêchera le ministre de l'Intérieur de succéder à Jean-Pierre Raffarin dont les jours à Matignon sont déjà comptés, à en croire la rumeur.

Bizarrement, le principal intéressé, Jacques Chirac, ne prend pas ombrage de cet acte de candidature ou a décidé de ne pas le manifester. Il s'est même offert le petit plaisir, dès le soir de l'émission, de téléphoner au prétendant pour le féliciter chaudement, précisant qu'il avait regardé l'émission « jusqu'au bout ».

Le prétendant, lui, est aux anges. Mais pour une tout autre raison : l'émission a rassemblé six millions six cent mille téléspectateurs, huit cent mille de plus que la précédente onze mois plus tôt. Et quand *Le Journal du Dimanche* lui demandera à la fin de décembre quelle a été sa plus grande joie de l'année, il répondra : « Six millions six cent mille téléspectateurs » à ce débat télévisé.

Entre-temps, il a remis ça. Quatre jours après l'émission, participant pour *Le Monde* à un débat avec François Hollande, il s'est déclaré favorable à la limitation des mandats : pas plus de deux pour une ville (chiffre qu'il a déjà dépassé à Neuilly…), une région ou… un pays. Et il a expliqué : « Quand on a le sentiment que le temps est compté, on agit plus et plus vite. Quand le mandat est illimité, on n'a comme volonté – c'est humain – que celle de durer. » « Ce n'est pas convenable », lâchera Chirac sur un ton pincé. Les exégètes de la pensée chiraquienne savent que le « pas convenable » signifie que son irritation est à son comble.

C'est ce qui s'appelle enfoncer le clou. Et d'ajouter :

« Je dis seulement ce que je pense, le quinquennat a accéléré le temps présidentiel. »

Les chiraquiens réagissent tous. Chef de ce chœur, Jean-Louis Debré souhaite déjà dans *Le Figaro* que « Jacques Chirac se représente en 2007 ». François Fillon, alors ministre des Affaires sociales : « Extrêmement choqué de voir le débat sur la succession lancé si tôt. »

Sarkozy a décidé de ne rien laisser passer et il poursuit de sa vindicte ses collègues qui ont eu l'audace de le critiquer.

C'est Brice Hortefeux qui est chargé de river son clou à ce Fillon-là. Déplorant sur RTL des propos « inutiles et agressifs », il lui conseille aussi de s'occuper de son ministère et de « rendre lisible son action ». Et vlan ! Fillon raillera : « Mais qui est donc ce Monsieur Hortefeux ? » Atmosphère…

C'est Renaud Dutreil, jeune ministre en charge des PME, coupable d'avoir déclaré : « On ne peut pas courir deux lièvres à la fois, un ministre, c'est fait pour atteindre des objectifs et notamment ceux qui ont été fixés par le Président de la République » qui se fait rembarrer : « C'est une question de capacités. » Le ministre de l'Intérieur, qui ne veut pas en rester là, demande à Jean-Pierre Raffarin auquel il se plaint de ces agressions de tancer ses ministres insolents. Ce que sera chargé de faire Michel Boyon, son directeur de cabinet. Dutreil raconte : « Sarko était furieux contre moi. Mais il m'a appelé pour m'expliquer : "Voilà pourquoi tu te trompes." » Et d'ajouter : « Au moins, lui, il essaie de convaincre celui qui l'a affronté. » Le Premier ministre qui adore jouer les pacificateurs, s'empressera de déclarer : « Sarkozy et Fillon sont deux très bons ministres. » Et de corriger : « Les ministres n'ont pas à se critiquer entre eux. »

Le pacificateur ne va pas manquer de travail. Les bisbilles, en effet, se multiplient. D'autant que le prétendant se sent porté par les sondages, toujours plus favorables. A tel point que *Le Monde*, au début de 2004, évoquera « L'autre cohabitation », celle du Président avec son ministre de l'Intérieur ! Ils viennent de s'accrocher à propos de la nomination d'un préfet musulman souhaité par celui-ci au nom du principe de « discrimination positive », ce que Jacques Chirac traduit par « discrimination ethnique ». L'affaire a été chaude. Lors de sa visite à Tunis le 8 décembre 2003, à un jeune étudiant qui le questionne, Jacques Chirac répond : « On ne nomme plus les gens en fonction de leur origine. Ce n'est pas convenable. » « Je préfère parler d'égalité de traitement plutôt que de discrimination positive », tranche Alain Juppé. A sa suite, Dominique Perben, François Fillon seront invités par l'Elysée à monter au créneau pour dire tout le mal qu'ils pensent de la discrimination positive de Sarko !

Peu importe à Nicolas Sarkozy. *Le Point* vient de le sacrer « Homme de l'année ». *L'Express*, lui, inaugure sa nouvelle formule avec une interview-fleuve du ministre de l'Intérieur intitulée « Ce que je veux pour la France ». Puisque l'opinion veut du Sarkozy, elle en a à pleines pages, à pleines images, sur tous les murs des grandes villes et sur toutes les ondes.

L'Elysée aimerait trouver un autre homme à lui opposer dans les médias, mais qui ? Alain Juppé, toujours président de l'UMP, porte encore le poids de la défaite de 1997 et a encore des ennuis avec la justice dans l'affaire dite « des emplois fictifs du RPR ». Il a même fait savoir qu'il quitterait la vie politique s'il était déclaré inéligible... Alors, le Premier ministre ? Jean-Pierre Raffarin fait ce qu'il peut, mais, bon, les sondages ne lui sont pas plus favorables que le temps. (La canicule de l'été 2003 a fait 15 000 victimes, imputées par l'opinion à une certaine inertie ministérielle.)

Nicolas Sarkozy occupe donc le terrain. Bien sûr, Jacques Chirac est toujours là, il se montre, et parle beaucoup pendant la période des vœux. Mais le ministre de l'Intérieur entend se hisser à un autre sommet. Et, à la manière gaullienne, il tient une conférence de presse. Un exercice qui répugne au Président. Il réunit près de quatre cents journalistes, plus que Jean-Pierre Raffarin pour la cérémonie des vœux de Matignon, il dresse un bilan – positif bien sûr – de son action (les actes de délinquance ont baissé d'un peu plus de 3 % en 2003) et se félicite du nombre de ses auditeurs, signe, à ses yeux, que sa politique répond aux « préoccupations des Français ».

Bien entendu, on parle succession. C'est une journaliste irlandaise qui s'y met. « Monsieur Sarkozy, en quoi feriez-vous un meilleur Président de la République que l'actuel chef de l'Etat ? » Le sourire carnassier, le ministre rétorque qu'il apprécie « la fraîcheur de la question » et ajoute : « A bientôt 49 ans (une façon de souligner que le Président en compte 71), il faut que je fasse attention à mes réponses. Personne ne sait qui sera candidat, moi le premier. J'essaierai cette année de rester le même, de conserver ma liberté de parole et d'action, d'agir et de penser. »

Nouveau coup de sang dans le camp d'en face. François Fillon, encore lui, dénonce la gesticulation médiatique (« L'Elysée me poussait sans cesse à taper sur

Nicolas, ce que j'ai fait jusqu'au début de l'année 2004 et là j'en ai eu marre de ce TSS (Tout sauf Sarko), je l'ai invité à déjeuner et nous avons fait la paix », révèle-t-il aujourd'hui). Michèle Alliot-Marie souligne que « c'est la gendarmerie qui obtient les meilleurs résultats en matière de sécurité ». Sous-entendu : elle travaille mieux que les policiers de Sarkozy. Mais justement, les gendarmes ont été placés, la ministre paraît l'oublier, sous l'autorité de celui-ci.

De multiples escarmouches, parfois presque puériles, qui n'améliorent pas l'image du monde politique. Elles seront bientôt éclipsées par l'affaire dite « des sumos ». C'est que le ministre de l'Intérieur, désireux de se forger comme tout prétendant une image internationale, s'est rendu en voyage officiel en Chine. Le prétexte de ce déplacement est plutôt mince : il s'agit pour Nicolas Sarkozy de signer avec son homologue chinois un accord de coopération policière pour lutter contre l'immigration clandestine. Mais il s'est arrangé pour obtenir, grosse cerise sur le gâteau, un entretien avec le Président Hu Jintao. Quelques jours, comme par hasard, avant la venue de celui-ci à Paris où Jacques Chirac l'a invité.

Un voyage où le ministre a été reçu « comme un chef d'Etat », c'est ce qu'il dit à tous vents – pourtant les chaînes de télévision chinoises n'ont pas passé une seule image et pas dit un mot de sa visite. Soucieuses de ne pas froisser l'Elysée, les autorités du pays avaient demandé à Sarkozy d'éviter la présence des médias français. Il n'est pire sourd que celui qui ne veut pas entendre. Il est arrivé avec « une armée de journalistes », comme l'aurait constaté, perplexe, son homologue de Pékin.

Il narre à ses compagnons de voyage, la « mine

gourmande », ce que souligne une dépêche de l'AFP, son entretien avec le Président chinois. Lequel a longtemps été numéro deux du parti. Or, que lui a-t-il demandé ? Ceci : « Quel effet cela faisait-il de devenir numéro un après avoir été numéro deux ? » On suffoque à Paris. « Ça c'est le bouquet », s'exclame Jacques Chirac. Ça n'est pourtant rien encore. Au retour, la scène se déroule à Hong Kong, dans le restaurant « Le China Club ». Nicolas Sarkozy, décidément en forme et en verve, se laisse un peu plus aller devant les journalistes, il compare la Chine et le Japon pour dire qu'il préférerait vivre en Chine. Et voilà qu'il évoque le sumo, sport japonais préféré de Jacques Chirac ; celui-ci ne manque en effet aucune des rencontres diffusées par la chaîne thématique Eurosports, connaît les noms des champions, leurs performances, leurs tactiques. Un spécialiste ! Et Sarkozy de s'interroger : « Comment peut-on être fasciné par ces combats entre des types obèses, au chignon gominé ? Je ne comprends pas ce qu'il y a de beau. Ce n'est pas un sport d'intellectuel, le sumo. » Et de conclure : « Mitterrand, lui, au moins, il avait du goût. »

Marquer sa différence avec Jacques Chirac devient l'un des piliers de sa communication.

Voilà que *Paris Match* raconte toute l'histoire le 15 janvier 2004. Bien entendu, Sarkozy dément contre toute évidence avoir tenu de tels propos. Peut-être même que ses remarques très désobligeantes à l'égard du Président de la République n'étaient pas destinées à être publiées. Que c'était du « off ». Mais voilà ce qui arrive aux bavards. Dans l'autre camp, on est passé de la suffocation à la colère : « Dire que les sumos ne sont pas un sport intellectuel équivaut à déclarer que Jacques

Chirac est un con », constate le chef de chœur, Jean-Louis Debré, jouant les interprètes pour l'occasion. Et Jean-Pierre Raffarin, dans une déclaration à *Sud-Ouest*, laisse tomber : « Il n'y a pas de place contre le Président dans le camp du Président. »

Ce n'est encore, pourtant, qu'un début. Poursuivant sa tournée internationale et obsédé par la volonté de ne pas apparaître comme l'héritier de Jacques Chirac, Sarkozy s'envole pour l'Espagne le 21 janvier afin de rencontrer un adversaire déclaré de celui-ci, le Premier ministre José Maria Aznar qui s'est plusieurs fois opposé au Président français, notamment sur les relations Europe-Etats-Unis. L'Espagnol le décore de la Grand-Croix de l'ordre de Carlos III et évoque leur accord profond. Nouvelle occasion de colère en deçà des Pyrénées.

Sarkozy insiste, il ne parle pas encore de rupture, mais c'est tout comme. Il explique aux journalistes : « Entre Chirac et moi, il existe un vrai désaccord de fond. Lui pense que la France est éternelle, qu'elle en a vu d'autres, qu'elle a horreur du changement et qu'il ne faut surtout pas la bousculer. Et moi, je pense au contraire que les civilisations sont mortelles, que le pays décline, que la France doit être reprise en main. Je suis sûr que les Français sont d'accord pour que l'on fasse les réformes nécessaires. »

Survient une nouvelle pomme de discorde entre l'Elysée et Beauvau. Sur un sujet que les initiés savent capital : la nomination d'un nouveau patron des Renseignements généraux, police politique dont la maîtrise est un atout majeur. Le Président a son candidat, le ministre le sien. Il faudra en fin de compte s'accorder sur un troisième : le préfet Pascal Mailhos qui a servi chez Pasqua et en Bretagne – il sera remplacé après le retour de Nicolas Sarkozy à l'Intérieur en 2005. Mais l'affaire laisse des traces, exaspère les rancœurs.

C'est à ce moment que Dominique de Villepin, en charge des Affaires étrangères et toujours familier de l'Elysée, reçoit le 9 janvier le général Rondot, grand spécialiste du renseignement, conseiller au ministère de la Défense qu'il connaît depuis de longues années. Ensemble, ils évoquent une liste de comptes en banque à l'étranger, comptes alimentés, paraît-il, par des rétro-commissions [1] issues de l'affaire dite des « Frégates de Taiwan ».

Depuis la fin de l'été, un familier de Dominique de Villepin, Jean-Louis Gergorin, brillant esprit mais très « professeur Nimbus », habitué des allées de tous les pouvoirs, et convaincu que la direction des affaires publiques s'accompagne fatalement d'infractions à la morale, se promène dans Paris avec une liste plutôt baroque où figurent plusieurs hommes politiques de droite ou de gauche. Et quand il l'a confiée à Villepin, celui-ci y aurait découvert (?), le patronyme de Nagy Bocsa.

Apparemment, c'est celui-là seul, ou presque, qui l'intéresse. Le 9 janvier en effet, recevant le général Rondot, un homme qui note tout sur un petit carnet, Dominique de Villepin lui indique qu'il a reçu le « feu vert du chef de l'Etat » pour enquêter sur cette liste. Et le général écrit dans son compte rendu : « Enjeu politique : Nicolas Sarkozy. Fixation : Nicolas Sarkozy. Référence – conflit Chirac-Sarkozy. » Le ministre des Affaires

1. Pour vendre six frégates à Taiwan, la France a versé des commissions importantes à un intermédiaire chinois qui a rétrocédé une partie d'entre elles à des personnalités françaises.

étrangères, en outre, furieux du voyage en Chine de son collègue et néanmoins ennemi, en rajoute. Il ouvre une autre piste qui n'a pas de rapport évident avec l'affaire des frégates. Le général Rondot note dans son compte rendu que ce voyage à Pékin aurait peut-être – point d'interrogation à l'appui – un « intérêt financier ».

La ténébreuse affaire Clearstream (du nom de la banque luxembourgeoise supposée détenir ces comptes) allait commencer.

Décidément ce mois de janvier 2004 ouvre une année terrible pour les amis de Jacques Chirac. Le 30 de ce mois-là, le tribunal correctionnel de Nanterre condamne Alain Juppé pour « prise illégale d'intérêts » : quand il était adjoint aux Finances à Paris, et responsable du RPR, une demi-douzaine de collaborateurs de ce mouvement étaient salariés par l'Hôtel de Ville. Il a trop tardé à se mettre en conformité avec la loi.

Les juges n'y sont pas allés de main morte. Ils ont appliqué à la lettre une disposition votée sous le gouvernement Balladur auquel Juppé appartenait : dix-huit mois de prison avec sursis (alors que le Parquet en avait requis huit) et surtout inscription de cette condamnation au casier judiciaire (contrairement là encore à une demande explicite du Parquet), ce qui a pour fâcheuse conséquence de rendre le condamné inéligible pour dix ans.

Par sa violence, le jugement excède même la stricte application de la loi : des appréciations morales figurent parmi les attendus. Notamment : « Monsieur Juppé a trompé la confiance du peuple souverain. » Une phrase qui décide celui-ci à faire appel. Le jugement fait aussi allusion au rôle de Jacques Chirac, président du mouvement au moment des faits incriminés. Mais il bénéficie de l'immunité du chef de l'Etat devant toutes les juridictions pénales.

« Je suis le patron, je paye », commente Juppé, toujours sobre mais amer. L'opinion, elle, pense plutôt que, bon soldat, il se sacrifie pour son chef. Pour l'heure, cette condamnation fait l'effet d'un tsunami à l'UMP. Juppé se mure dans le silence et disparaît. (On retrouvera sa trace à Honfleur où il est parti passer le week-end avec son épouse.) Mais ses amis se mobilisent.

Tout le monde sur le pont. A commencer par le capitaine. Le 1er février à Marseille, Jacques Chirac s'écrie que Juppé est « un homme d'une qualité exceptionnelle de compétence, d'humanisme, d'honnêteté et que la France a besoin de dirigeants comme lui ». Un propos tenu devant le maire de la ville Jean-Claude Gaudin, numéro deux de l'UMP, qui venait de se dire prêt à assumer l'intérim… Mais le Président n'en a cure, il va jusqu'à souhaiter la création dans tout le pays de comités de soutien. Jean-Pierre Raffarin entonne le même couplet : « Au-delà de ceux qui ont pour lui respect et affection, une large majorité de Français savent qu'Alain Juppé est un homme d'Etat, un homme d'honneur. Ce jugement n'est que provisoire. La France a besoin d'Alain Juppé. »

Tout le monde sur le pont, donc. Sauf… Nicolas Sarkozy. Pour une fois, on ne le lit, ni ne l'entend dans les médias. Il ne téléphone même pas à l'intéressé : « Tout ce que je pourrais dire, se justifie-t-il, serait forcément retenu contre moi, on me traiterait de faux cul. » Ce qui paraît probable. Surtout quand Sarkozy y voit l'occasion de ramasser un parti créé par et pour Chirac et Juppé. La bataille pour la présidence de l'UMP est engagée.

Le camp chiraquien l'a compris aussitôt et commence par s'offrir un petit suspense et un certain délai. Suspense : Juppé conservera-t-il ses mandats pendant la durée de l'appel ? Trois jours après l'énoncé du jugement, il dîne avec le Président. Et annonce le lendemain sur TF1 sa décision, « prise en conscience et seul ». Oui il reste ! (Ce qui provoque un dégât collatéral à France 2 qui, soucieuse de griller sa concurrente, a annoncé qu'il partait ; du coup, le directeur de la rédaction, Olivier Mazerolle, est remercié.)

Quand même, c'est la panique du côté de l'Elysée. Où une seule question hante toujours les esprits : comment empêcher Sarkozy de se propulser à la tête du parti ? Certes, Jean-Pierre Raffarin aurait la légitimité de cumuler les fonctions de Premier ministre avec cette présidence, comme Chirac en 1985 et Juppé en 1995. Mais c'est peu de dire que sa popularité n'est pas au zénith, y compris chez les militants. Et il doit franchir un cap difficile : les élections régionales du printemps, pour lesquelles il prendra la tête de la campagne.

Bref : on ne sait plus à quel saint se vouer. Michèle Alliot-Marie, du coup, propose, faute de mieux, une mesure conservatoire : que le futur président de l'UMP s'engage à ne pas être candidat en 2007. Sarkozy, qui connaît son histoire, soupire : « C'est le même coup qu'en 1969 au moment du vote du référendum, quand Malraux avait voulu faire signer à Pompidou l'engagement de ne pas se présenter pour succéder à de Gaulle si celui-ci était battu. »

En attendant, l'urgence, ce sont les régionales. Au

départ, Jean-Pierre Raffarin leur avait dénié tout enjeu politique. Dix-neuf membres du gouvernement étaient pourtant candidats. Et vous avez dit : « Pas politique ? » Dès l'automne 2003, Jacques Chirac s'était employé à convaincre Nicolas Sarkozy qu'il ne serait pas dans son intérêt de briguer la présidence de la région Ile-de-France (parce qu'en cas de succès la logique voulait qu'il brigue ensuite la présidence de l'UMP).

Le Premier ministre, qui s'est intronisé chef d'orchestre de la campagne, est confiant. D'abord, quant au résultat en Poitou-Charentes qu'il présidait avant d'entrer à Matignon et où la gauche a pourtant remporté quelques succès depuis qu'une certaine Ségolène Royal, aux allures très parisiennes, s'est mise en tête de conquérir patiemment les électeurs ruraux de sa circonscription. Reste que la campagne n'est pas facile. Il s'agit pour Raffarin de manifester son entier soutien à Jacques Chirac tout en profitant de la popularité de son ministre de l'Intérieur. Surtout les Français sont plutôt moroses.

Dans les régions, les candidats ont vite compris : s'ils veulent amener du monde dans les meetings, ils doivent se faire flanquer de Sarkozy. Même les chiraquiens les plus hostiles sont contraints de faire appel au soliste. Et quand il accompagne Bernadette Chirac à Tulle – ville dont François Hollande est le maire – le 22 mars, elle lui glisse à l'oreille : « Heureusement, on vous a, et je vous le dis sincèrement. »

La popularité de Sarkozy, celle de Dominique de Villepin aussi, encore auréolé de ses prises de position contre la guerre d'Irak, ne suffiront pas à contrebalancer l'impopularité de Jean-Pierre Raffarin. La gauche devance la droite au premier tour et la met en déroute au second. La carte de France vire du bleu au rose. La droite ne conserve qu'une seule région : l'Alsace et récupérera la Corse en raison de la division des élus de gauche. « C'est un 21 avril à l'envers », constate François Fillon, battu à sa grande surprise dans les Pays de Loire, et à qui l'Elysée reprochera vertement cette amère formule. L'UMP ne peut même pas se consoler avec les résultats des cantonales : le PS et ses alliés lui arrachent une dizaine de départements.

« Ah, il est beau l'effet Sarko ! » maugréent quelques chiraquiens pour se consoler. Ledit Sarko, personnellement, ne s'en est pas mal tiré. Il avait songé à se présenter – malgré les mises en garde présidentielles –, et même envisagé de quitter le gouvernement ; il a eu du nez et renoncé à conquérir l'Ile-de-France, laissant à Jean-François Copé, son collègue ministre, le soin risqué de conduire la liste. Mais il a remporté haut la main, dès le premier tour, la cantonale à Neuilly. Et Charles Pasqua, comme il s'y était engagé, lui a laissé son siège de président au Conseil général. Le voici à la tête du département le plus riche de France, en moyens humains et matériels.

Les chiraquiens n'apprécient guère. Mais tel Diogène, ils cherchent un homme… Et ne le trouvent pas. Villepin est encore trop frais et doit faire ses preuves dans un autre ministère. « Il n'a pas assez d'humus sous ses semelles », dit de lui Jacques Chirac qui confirme donc Raffarin dans ses fonctions, l'annonce à la télévision dans une intervention vite interprétée pourtant comme un désaveu de la politique qu'avait menée celui-ci. Allez y comprendre quelque chose. Quelques ministres gagnent du galon comme Jean-Louis Borloo ou sont congédiés comme Luc Ferry, remplacé à l'Education par François Fillon.

Les changements les plus importants concernent Nicolas Sarkozy et Dominique de Villepin qui franchit la Seine pour lui succéder Place Beauvau. Dès le lundi matin, le Président a téléphoné au premier : « Tu vas aller aux Finances et tu deviens ministre d'Etat. » Point. Pas de discussion. Cette fois, il ne lui laisse pas le choix : « Je voulais rester à l'Intérieur, il a souhaité que j'aille à Bercy, il ne veut que de bonnes choses pour moi », raille l'intéressé devant les journalistes. Il sait que le Président ne peut se séparer de lui. Trop populaire. Mais on explique en douce à l'Elysée que la charge des Finances donnera à Sarkozy beaucoup moins d'occasions de se montrer au 20 heures de TF1 et de séduire l'opinion et les militants pour conquérir l'UMP. « Tous ceux qui ont du talent et de l'ambition sont en piste », commente Jean-Pierre Raffarin.

Nicolas Sarkozy quitte donc la Place Beauvau, très ému quand même : il sait que Dominique de Villepin a été promu pour être une possible alternative. Encore un bleu en politique, c'est un tempérament. Et Cécilia plus encore, qui refuse d'assister au rite de la passation des pouvoirs à Dominique de Villepin. Mais le lendemain, les larmes sont déjà sèches. Il avait gardé un bon souvenir de Bercy. Seul et mince embarras : cet encombrant compliment du baron Seillière, président du MEDEF : « Voilà notre Zidane aux Finances. »

Comme il l'avait fait en arrivant à l'Intérieur, Sarkozy entend mener une guerre éclair pour soutenir et parfaire son image. Donc réussir là où ses prédécesseurs ont échoué. Premier objectif : réduire les dépenses. Comme par hasard, un gros effort est demandé à la Défense, en complète opposition avec la volonté affichée par Jacques Chirac de sanctuariser ce budget-là. « On finance tous les équipements, sans faire de choix, alors qu'on n'en a pas les moyens », tonne Sarkozy.

Deuxième objectif : poursuivre sa tournée internationale. Ce sera, pour commencer, Washington. En compagnie de Cécilia, bien sûr, qu'il fait accréditer partout où il passe. Il est chaleureusement reçu par les grosses têtes de l'administration Bush : Colin Powell et Condoleezza Rice. Devant le Congrès juif il déclare, dans son anglais toujours approximatif, être appelé en France « Sarko l'Américain » en raison de sa promptitude dans l'action. Et, un peu partout, il plaide pour une réconciliation franco-américaine. Comme si Jacques Chirac avait semé la discorde.

A New York il avouera devant des étudiants un peu interloqués : « Je me suis toujours senti étranger dans mon pays. » Explication : étranger parce qu'en France on ne reconnaît pas le mérite et le travail.

Quand l'opposition l'interpelle à l'Assemblée nationale sur les raisons de son voyage aux Etats-Unis, il invoque benoîtement la nécessité de « restaurer l'image de la France ». Tête de Villepin. Nouveau grognement à l'Elysée.

Ce jour-là cependant, emporté par son élan, il déclenche un tollé : « J'ai expliqué aux dirigeants américains que la France n'était pas un pays antisémite. Du temps de Lionel Jospin, la France passait pour un pays antisémite. » Cette réponse provoque un grave incident de séance. Les socialistes quittent l'Hémicycle, exigent des excuses et dénoncent le caractère imprévisible du ministre qui serait dangereux, ajoutent-ils, s'il accédait à l'Elysée. Où l'on pense, une fois de plus, la même chose. Presque aussitôt, le 29 avril, Jacques Chirac déclare que l'antisémitisme est un sujet trop grave pour entretenir la polémique politicienne.

Troisième objectif de Sarkozy : relancer la croissance. Un mois après son arrivée à Bercy, il tient sa première grande conférence de presse. Il se fait toujours le chantre de la rigueur budgétaire dont se plaignent ses collègues (Villepin ira jusqu'à lui reprocher d'empêcher, en rognant les crédits, la réalisation de sa propre promesse d'une nouvelle prime pour les pompiers). Sarkozy ce jour-là annonce surtout plusieurs mesures destinées à relancer la consommation : plusieurs dispositions fiscales destinées à réduire l'épargne, dont les donations partages entre grands-parents et petits-enfants, parents et enfants qui seront un vrai coup de fouet pour la consommation. Il en fait tant et il en annonce tant qu'il est interrogé ainsi par Christine Clerc : « N'est-ce pas l'exemple de Jacques Chirac jeune qui vous inspire ? » Réponse du ministre : « Votre comparaison me flatte, ma journée en est illuminée. »

Il est permis de sourire.

Justement, comme Jacques Chirac jeune était parti à la conquête du mouvement gaulliste, Sarkozy veut, on le sait, s'emparer de l'UMP, et la condamnation d'Alain Juppé lui laisse désormais le champ libre. C'est le deuxième front de son combat.

Seulement voilà : l'Elysée ne veut toujours pas de lui. Et il ne doit pas être le seul candidat.

Avant le désastre des régionales, Jean-Pierre Raffarin a cru que son heure était arrivée. Le 3 février, il s'est déclaré prêt à assumer à la fois les fonctions de Premier ministre et la présidence de l'UMP. Un cumul qui lui semble naturel : ne répète-t-il pas volontiers avoir été nommé à Matignon parce qu'il était « juppéo-compatible » ? Il pense aussi pouvoir s'entendre avec Nicolas Sarkozy. N'a-t-il pas déclaré lors d'une réunion de l'UMP en février qu'il préférait le slogan « TSD (Tout sauf la division) » à leur « TSS (Tout sauf Sarkozy) » ? Et il est passé à l'action.

Le 8 février, en compagnie de Dominique Ambiel, son conseiller en communication, le Premier ministre a invité Nicolas Sarkozy et Brice Hortefeux à Matignon, un déjeuner au cours duquel ils ont conclu un accord. Il serait président de l'UMP et Sarkozy vice-président, en attendant de franchir la marche suivante. Là-dessus, les voilà partis, presque bras dessus, bras dessous, mais évidemment en voiture pour la séance des questions au gouvernement à l'Assemblée. Où leur arrivée est très remarquée.

Dès le milieu de l'après-midi, cependant, Brice Hortefeux téléphone à Ambiel qu'un journaliste a été informé (par qui ?) de cet accord. Une dépêche de l'AFP suit. Alain Juppé ne cache pas sa rage. Et bientôt Raffarin se fait taper sur les doigts au micro d'Europe 1 par le jeune François Baroin, que Chirac considère presque comme un membre de sa famille. « Si un ticket devait diriger l'UMP, dit Baroin en substance, il devrait être à trois coupons : un président, un vice-président, un secrétaire général, et à trois familles : gaulliste, centriste et libérale. » Comprenne qui pourra. Jean-Pierre Raffarin, lui, a compris. D'où un rétro-pédalage le 5 mars : il déclare à *La Nouvelle République* que « la présidence de l'UMP n'est pas un objectif pour lui ».

Pas un objectif ? En tout cas un sujet de conversation chez les parlementaires de l'UMP, dont la plupart souhaitent l'accession de Sarkozy à la présidence, et de préoccupations incessantes à l'Elysée et au gouvernement. Les uns et les autres multiplient les déclarations contradictoires. A commencer par Raffarin, qui se dit à nouveau prêt le 26 mai à poser sa candidature, afin de « préserver l'unité ».

Pas de chance : comme prévu, les élections des députés européens le 13 juin sont un nouveau désastre pour l'UMP, elle obtient en moyenne 16,4 % des suffrages, deux fois moins que le PS. Le meilleur résultat est obtenu en Auvergne : 20,4 % pour Brice Hortefeux, que son ami Sarkozy est venu soutenir.

Jean-Pierre Raffarin va-t-il quitter Matignon ? Mais non. Il en a été vaguement question, l'espace de quelques jours. Il annonce alors : « Je ne reviendrai pas au Sénat, j'ai d'autres projets. » Le samedi matin en effet l'affaire semblait faite, il partait à Bruxelles présider la Commission européenne pour succéder à Romano Prodi. Mais l'après-midi, c'est le Portugais José Manuel Barroso qui était choisi, pour être officiellement désigné à la fin du mois de juin.

En ce joli mois, Dominique de Villepin est à la pointe du combat contre Sarkozy. Lors d'un conseil national élargi de l'UMP, à huis clos dans l'Essonne, il s'avance sur le terrain miné de la bataille interne au parti : « Est-ce que la division et le nombrilisme sont de mise aujourd'hui ? Ce n'est pas l'heure des petits combats, des petites chapelles et des petits clans. » Et, voyant arriver Nicolas Sarkozy en compagnie de Jean-Pierre Raffarin, Dominique de Villepin prend ses cliques et ses claques et quitte la réunion, rageur.

Un mois plus tôt, le juge Van Ruymbeke a donc reçu, on l'a vu, un listing sur lequel figure le patronyme de Nagy Bocsa. La rumeur, peu à peu, se répand : Sarkozy aurait un compte en Italie. C'est l'époque où Dominique de Villepin laisse entendre çà et là : « Sarkozy ne sera jamais président de l'UMP. »

Fin juin, Jean-Pierre Raffarin reçoit Nicolas Sarkozy à Matignon : « Villepin sort de mon bureau, lui lance-t-il, il m'a dit : "Ne fais surtout aucun accord avec Sarkozy, il ne pourra jamais être candidat à la présidence de l'UMP, son nom figure sur une liste. Il a un compte à l'étranger dans la banque Clearstream." » Sarko, interloqué : « Je n'ai jamais entendu parler de cette banque, je n'ai pas de compte en Italie. » Et d'ajouter : « Nagy Bocsa, il s'agit peut-être de mon père… Décidément, celui-là, il m'aura tout fait ! »

Trois jours plus tard, *Le Point* publiait à la Une : « Un scandale d'Etat ». Première révélation sur l'affaire Clearstream. L'hebdomadaire ayant reçu cette information venant de plusieurs sources. Aucun nom n'est révélé. Le lecteur n'y comprend pas grand-chose.

Alain Juppé ayant annoncé qu'il se retirerait de l'UMP à la mi-juillet, l'irritante et obsédante question – comment éviter Sarkozy à la tête du parti ? – demande une réponse urgente.

Jacques Chirac, tel Archimède, croit soudain avoir trouvé : un ministre, décrète-t-il, ne peut cumuler sa fonction gouvernementale avec la présidence d'un parti. A-t-il la mémoire courte, oubliant qu'il a cumulé Matignon, la Mairie de Paris, le Conseil général de Corrèze et la présidence du RPR ? Réponse officielle : ce n'est pas la même situation ; un ministre président d'un parti serait en concurrence avec le premier des ministres, chef de la majorité. Et le chœur chiraquien d'entonner aussitôt le refrain : « Nous irions droit à la crise de régime. » Ou encore, comme le proclame Renaud Dutreil : « On ne peut imaginer un ministère avec un

met les points sur les « i ». « L'élection à l'UMP est subordonnée au respect de la règle du non-cumul des mandats de président de parti avec la participation au gouvernement. »

Nicolas Sarkozy n'a digéré ni la forme ni le fond. Jacques Chirac pourra le constater presque aussitôt, au début du mois de juillet lors d'un conseil de défense. La question du budget figure à l'ordre du jour. Sarkozy n'a pas désarmé. Il veut toujours réduire les crédits. Il reprend même la parole après le Président, ce qui ne se fait pas. Autour de la table, les participants piquent du nez. Atmosphère encore.

A cette époque de l'année, tout le monde attend l'interview du Président, de tradition après le défilé du 14 Juillet. Et voilà que Nicolas Sarkozy commet un nouveau crime de lèse-majesté. Brisant la règle non écrite du silence des ministres avant le discours présidentiel, il donne deux jours plus tôt une interview au *Monde* pour parler de la réforme des 35 heures et s'interroger sur sa présence au gouvernement ou à l'UMP : « Où serai-je le plus utile aux idées que je veux défendre ? » Une provocation ? Il s'en défend. « Montrez-moi où il est écrit dans la Constitution que l'on ne doit pas parler avant le Président », s'emporte-t-il devant les journalistes. Il a pourtant prévenu ses collègues : « Vous n'allez pas être déçus. » « J'ai eu l'impression qu'il recherchait le clash, qu'il voulait partir », note alors son collègue Dominique Bussereau.

Début juillet, le couple Sarkozy fait la Une de *L'Express* puis de *Paris Match*. Les Sarkozy sont partout.

Les chiraquiens exhortent leur champion à réagir. Dominique de Villepin conseille de mettre au pas cet impertinent. Jean-Louis Debré raconte : « Quelques jours avant le 14 Juillet, le Président m'a fait venir. Je lui ai dit : "Si vous n'arrêtez pas Sarko, vous entrez dans une nouvelle cohabitation." Le 13 il m'a rappelé pour me dire : "J'ai entendu ton propos." »

En effet, le 14 Juillet, le Président très remonté n'y va pas de main morte. Interrogé sur son différend avec le ministre de l'Economie à propos du budget de la Défense, il répond, cinglant : « Il n'y a pas de différend entre le ministre d'Etat et moi pour une simple raison : c'est que, notamment, sur les questions de la défense, je décide, il exécute. » Et d'ajouter (avis à l'ensemble du gouvernement) « Personne n'est obligé d'être ministre, j'attends que chaque ministre applique sa feuille de route. » A nouveau à destination directe du ministre de l'Intérieur : « Je ne vois pas pourquoi on laisserait s'installer une polémique qui me paraît plus guidée par les principes de la politique avec un petit "p", plutôt que par l'intérêt général. » Et encore : « Si tel ou tel ministre veut se lancer dans la campagne et s'il est élu président de l'UMP il démissionnera immédiatement ou je mettrai fin à ses fonctions. »

« Ce jour-là, Sarko a pris une grande claque devant les téléspectateurs », note Jean-Pierre Raffarin. Jacques Chirac, lui, est très content. Dans les salons de l'Elysée, où son interview était retransmise, l'auditoire applaudit. La droite aime l'autorité. « Je crois que ça a bien marché », lâchera le Président devant ses proches.

« Alors que j'allais partir, raconte Jean-Louis Debré, je le vois sur le perron, il m'embrasse, je lui dis : "Monsieur vous avez eu raison, moi si j'étais Sarkozy, je démissionnerais." »

Chirac : « Qu'il démissionne, je m'en fous. »

Il vient de démontrer au ministre de l'Intérieur qui est le chef.

Nicolas Sarkozy, lui, n'a pas regardé la télévision. A cette heure-là, il déjeunait à Bercy avec l'éminent professeur Beaulieu de l'Académie des sciences et leurs épouses. Interrogé dans l'après-midi, il répond qu'il a regardé le Tour de France, c'est tout. Ses collaborateurs, bien entendu, lui en ont fait un compte rendu. Ils ont traduit le « Je décide, il exécute » présidentiel comme un « Je décide et je t'exécute ». Doit-il partir ? Il y songe. Un moment. Un très bref moment. Il voit déjà le bénéfice politique qu'il peut tirer de la situation, d'agresseur ambitieux il peut adopter la position de l'agressé. Trois jours plus tard, à la sortie du Conseil des ministres, on l'apostrophe sur la mise en garde présidentielle, il répond sur le ton de l'offensé : « Les Français savent bien ce que je fais pour eux depuis deux ans et demi, pour leur sécurité, pour leur pouvoir d'achat, pour l'emploi, la polémique ne m'intéresse pas. » Le soir, il est à La Baule devant les militants de l'UMP. Même registre, il est toujours le bon élève, injustement puni. Lui, il déclare « refuser l'affrontement ». Et dans *Paris Match* il confie avoir ressenti un sentiment d'injustice. Pour ajouter : « Cela ne ressemble pas au Jacques Chirac que je connais. »

Il raconte à qui veut l'entendre que le lendemain du 14 Juillet, Madame Chirac l'a appelé. Elle voulait le voir. Il a hésité. Mais elle insistait, il y est allé. « Et elle m'a réconforté et m'a assuré : « Nicolas, les Français veulent que vous travailliez avec mon mari. »

Ça bouge beaucoup dans le Landerneau politique. Il y a ceux qui apportent leur soutien à Sarkozy, tel Valéry Giscard d'Estaing qui lui téléphone pour lui annoncer qu'il l'aidera. Et il y a ceux qui félicitent le Président et des députés de la majorité aussi qui disent à Jean-Louis Debré leur satisfaction et soulignent qu'il fallait en finir avec cette chicaya, il fallait mettre Sarko au pas, enfin.

Tout l'été, Nicolas Sarkozy affiche son incompréhension devant cette règle édictée pour lui, sa tristesse d'être contraint de démissionner du gouvernement. Omniprésent, il occupe la scène médiatique. Il ne parle pas de sa candidature, mais il s'en occupe tout de même.

Il ne désarme pas. Il va tenter de donner vie sous une forme à peine différente au compromis déjà envisagé avec Jean-Pierre Raffarin et auquel s'était opposée l'Elysée. Accompagné de Cécilia, il se rend en août à Combloux où le Premier ministre prend ses vacances. Les deux couples déjeunent en tête à tête. « Tu prends la présidence de l'UMP, propose-t-il à Raffarin, moi je serai président délégué, et Brice Hortefeux secrétaire général. » Encore une ficelle de belle dimension. Si Raffarin cumulait les deux fonctions, le président délégué pourrait rester au gouvernement, tandis que son ami Brice occuperait un poste stratégique essentiel. Selon Jean-Pierre Raffarin, c'est Jean-Louis Debré qui a convaincu le Président de ne pas accepter.

Bien entendu, l'Elysée, où l'on n'est pas si sot, rejette la proposition avec hauteur. « Raffarin, tu en ferais une bouchée en trois mois », lance le Président à son ministre qui rétorque en riant : « Pourquoi trois mois ? »

De tous ses combats d'arrière-garde, Nicolas Sarkozy ne tire qu'un bénéfice : il obtient de rester à son poste jusqu'au vote du budget.

Bercy

Et si Jacques Chirac avait nommé Sarkozy à Bercy dans le but de compromettre le « libéral », un qualificatif, on le sait, repoussoir dans le paysage électoral français ? Adepte de la guerre de mouvement, Nicolas Sarkozy n'a pas changé de méthode en arrivant aux Finances. Le volontarisme et la culture du résultat demeurent ses deux mamelles. Dès le premier jour, il entend prendre le pouvoir sur son administration. Il réunit les directeurs de Bercy qui tiennent d'autant plus aisément leurs ministres qu'ils en ont vu défiler neuf en dix ans ! Ce jour-là, ils vont comprendre qui est le patron : « Je veux que ça bouge, ceux qui ne seront pas d'accord avec ma politique ne seront pas obligés de rester. » Le directeur général des impôts arrive à la réunion avec quelques minutes de retard. Le ministre d'Etat se tourne vers Claude Guéant, son directeur de cabinet qui l'a suivi depuis l'Intérieur (c'est la première fois qu'un préfet tient ce rôle), et l'interroge, goguenard : « Claude, tu as commencé la réunion en avance ? » Il n'y aura plus de retard aux réunions. Le ministère est remobilisé.

Son prédécesseur Francis Mer, par horreur du décorum, avait demandé aux huissiers d'enlever leurs chaînes. Nicolas Sarkozy leur a donné l'ordre de les remettre. Et il n'a pas apprécié en arrivant à Bercy que ceux-ci continuent à téléphoner sur leur portable tandis qu'il passait devant eux. Un peu de tenue, Messieurs ! A Beauvau le ministre est le patron ; à Bercy le ministre est un touriste pour les fonctionnaires !

En arrivant, il a trouvé trois dossiers en souffrance : l'OPA sur Aventis, lancée par Sanofi en janvier, le sauvetage d'Alstom (l'entreprise est virtuellement en faillite depuis le printemps 2003) et le changement de statut d'EDF-GDF. Sur ces trois dossiers, il veut aboutir avant l'été.

Le changement de statut d'EDF, sur lequel Jacques Chirac et Lionel Jospin s'étaient engagés, prévu par les accords européens sur l'ouverture des marchés électriques et gaziers, faisait peur à tous les dirigeants et prenait des allures de réforme impossible. « Je ne veux pas que la France soit bloquée par les petites voitures bleues », disait Jacques Chirac qui freinait des quatre fers. Jean-Pierre Raffarin lui aussi traînait les pieds. Et la gauche montait sur ses grands chevaux. Pourtant, il paraissait indispensable de faire d'EDF une entreprise de droit commun, afin qu'elle puisse emprunter et ainsi financer son expansion internationale. Francis Mer n'était pas un politique. Il n'avait pas le poids suffisant ni le savoir-faire auprès de Matignon pour pousser un dossier. Avec Nicolas Sarkozy, le rapport de forces s'est inversé, il ne venait plus chercher des instructions même à l'Elysée. Il y venait pour informer de ses décisions. « Laissez-moi faire, je ne veux pas que vous vous mêliez du dossier », disait-il au Président.

Enquête faite et précautions prises, Nicolas Sarkozy prend directement contact avec l'homme qui fait peur : Frédéric Imbrecht, le leader de la CGT-Énergie. Ils finiront par se tutoyer et échanger leurs numéros de portable. Ce qui n'évite pas au ministre de subir dix minutes durant les huées de mille ouvriers, lorsqu'il se rend à la centrale de Chinon. Mais il réussira à leur parler pendant une heure. Et donc à se faire entendre. « Parler devant 1 000 personnes hostiles, c'est une épreuve physique », note François Pérol qui suivait les dossiers industriels au cabinet du ministre. Ce qui n'empêche pas non plus diverses grèves ou coupures sauvages (le compteur du domicile poitevin de Jean-Pierre Raffarin, celui d'Ernest-Antoine Seillière à Arcachon sont même arrachés par des commandos cagoulés). Mais l'affaire avance. Au prix de lourdes concessions, sur le statut des agents, les retraites et la forteresse que constitue le comité d'entreprise maison. Ce qui fait dire à Alain Juppé : « Sarko est un démagogue qui lâche. » Il lui reproche d'avoir arbitré en faveur d'intérêts corporatistes au détriment de l'intérêt général. « On ne privatise pas cinquante-huit centrales nucléaires », rétorque Sarkozy. Il n'empêche, le changement de statut est adopté avant l'été. Qui d'autre que lui aurait pu le faire ? Il fallait le faire, c'était inéluctable ; au passage la soulte payée par EDF contribuera à ramener le déficit budgétaire à 2,9 % en 2005 contre 4 % en 2004.

D'une nature différente, la guerre Sanofi-Aventis n'est pas moins complexe. Au départ une OPA, pas vraiment amicale, lancée par Jean-François Dehecq, président du laboratoire pharmaceutique français Sanofi-Synthélabo sur le groupe franco-allemand Aventis, bien plus gros. Pour l'anecdote on citera cette phrase de Sarkozy à Igor Landau, alors président du directoire d'Aventis qui envisage, lui, une alliance avec le suisse Novartis : « Le gouvernement ne peut pas vous aider, mais il peut vous emmerder. » Le ministre oblige les patrons des deux groupes à se rencontrer. Vous avez dit Sarko-libéral ?

En fin de compte, le 26 avril 2004, Sanofi l'emporte. On n'a pas laissé à Aventis d'autre choix. Lorsqu'il apprend la nouvelle à New York, le ministre explique : « Les Etats-Unis, champions du libéralisme, n'hésitent pas à prendre des mesures protectionnistes pour protéger leurs entreprises nationales. Et nous, que l'on soupçonne de protectionnisme, nous ne serions pas capables de retenir nos industriels sur le sol de France ? »

Ainsi se crée en France le troisième laboratoire pharmaceutique mondial. Voilà qui sent son patriotisme économique à la Colbert, et dans le plus pur style gaullien !

Même attitude dans l'affaire Alstom. Un groupe alors malade qui compte cent dix mille salariés, dont vingt-sept mille dans l'Hexagone. Il construit, entre autres, locomotives, TGV, chaudières et navires immenses. Il y a un savoir-faire Alstom. L'allemand Siemens est en embuscade. Il s'emparerait volontiers de quelques beaux morceaux de cet empire. Romano Prodi, le président de la Commission européenne s'est déclaré très favorable au rapprochement de ces deux entreprises. « D'accord pour un partenariat de Siemens avec Alstom requinqué, mais pas question de dépecer un groupe malade », s'emporte Sarkozy. Il veut obtenir le feu vert de Bruxelles pour sauver Alstom en le recapitalisant, quitte à en céder quelques parts, trois ans plus tard, à des entreprises privées. C'est la solution qu'il vient proposer à Mario Monti et les débats seront longs et vifs. Par trois fois il se rend à Bruxelles. Il doit vaincre les réticences. « Vous voulez du sang sur les murs, c'est ça ? » lui lance le ministre. « J'ai un avion, je dois partir », répond Monti, façon de couper court à la discussion. « Moi je reste, je continue à travailler avec vos équipes ! » lui répond le Français. Et Monti de retarder son départ. Sarkozy s'est rendu sur les sites Alstom à La Rochelle et à Belfort où il a promis aux ouvriers qu'il sauverait leur outil de travail. Et il veut tenir sa promesse.

« Son coup de génie, raconte François Pérol, qui s'occupait des affaires industrielles à son cabinet à Bercy, c'est d'avoir proposé à Monti quand l'accord n'était pas encore finalisé : "Mario, ce serait bien que nous allions voir la presse tous les deux." Monti l'a suivi, les journalistes étaient nombreux. Nicolas Sarkozy leur a expliqué où en était la discussion et c'est ainsi qu'il a emporté l'accord. Après quoi il n'y avait plus que des détails à régler. »

« Ce n'est pas un droit pour l'Etat d'aider ces grandes industries, c'est un devoir », s'est écrié le ministre en bravant la colère du gouvernement allemand et de Bruxelles. Son homologue allemand Wolfgang Clement le taxera de « nationaliste ». Très souvent, Gerhard Schröder se plaindra de lui auprès de son ami Jacques Chirac. « Il nous faudrait un Sarkozy en Allemagne », titre le quotidien *Frankfurter Allgemeine Zeitung.*

Nicolas Sarkozy a voulu démontrer que l'Etat peut faire quelque chose, qu'il est utile, que le volontarisme et la démocratie marchent en couple. En voulant faire baisser les prix sur les gondoles dans les grandes surfaces, il voulait prouver une fois encore qu'en tous lieux, en toutes circonstances, on peut agir.

La gauche colle souvent à Sarkozy l'étiquette d'ultralibéral. Son comportement à Bercy ne va pas dans ce sens.

CHAPITRE XX

Trente ans pour un sacre

Ciel d'automne gris et froid. Mais il ne pleut pas dans le cœur de Nicolas Sarkozy comme il pleut d'abondance sur la ville et sur le Parc des Expositions du Bourget où quarante mille militants sont venus célébrer son sacre. Ce 28 novembre 2004, il devient président de l'UMP. Et il a du soleil plein la tête.

Trente ans. Il a fallu trente ans au gamin venu offrir ses services à la permanence RPR de Neuilly, un samedi de mars 1974, pour se hisser au sommet du grand parti de la droite et du centre qui revendique l'héritage du gaullisme. Trente ans, et dire qu'on le jugeait trop pressé, trop ambitieux, trop vorace. Bien sûr qu'il l'a été. Mais il est plus un coureur de fond, doté d'une belle pointe de vitesse, qu'un sprinter. Quelle patience dans l'impatience et quelle opiniâtreté, quelle aptitude à déceler les bons couloirs, les champions qu'il fallait suivre, et pressentir le moment où il pourrait les dépasser ! Mais il a connu des échecs aussi. Trente ans qu'il dure et endure !

Dans le monde politique, il représente un cas unique. Nicolas Sarkozy est hors normes.

Parti du plus bas, il a gravi tous les échelons du parcours du militant pour arriver au sommet : secrétaire de section, trésorier, secrétaire de circonscription, délégué pour les jeunes. Il a accepté les tâches les moins valorisantes – colleur d'affiches, distributeur de tracts ou chauffeur de salles – et les a accomplies avec, comme il disait, « la boule au ventre ». Il désignait par là sa volonté tenace de monter toujours plus haut. « Je rappelle, dit-il, à ceux qui parlent sans savoir de ma carrière exceptionnelle, fulgurante, facile, où tout m'a souri, je le rappelle à ceux qui ont parlé du Mozart de la politique, que je suis en fait l'ébéniste qui a dû raboter de longues années avant de gagner sa place parmi les meilleurs ouvriers de France. [1] »

Il est vrai qu'à la différence des concurrents qui aspirent comme lui au plus haut niveau, il n'a pas fait l'ENA, ni commencé comme eux dans un cabinet ministériel, introduit grâce à de bienveillantes relations pour être ensuite couvé par le regard affectueux d'un patron qui a fait leur carrière.

Quand il le souligne, il cite Alain Juppé et… Jacques Chirac, entré au cabinet de Georges Pompidou presque aussitôt après l'ENA, à trente ans (après avoir fait la guerre d'Algérie). Cinq ans plus tard, au terme de rudes combats, mais avec de solides appuis, il devenait député de Corrèze. Mais à peine était-il assis dans l'Hémicycle qu'il était nommé secrétaire d'Etat. Et, depuis bientôt quarante ans, il n'a jamais quitté les palais nationaux.

Nicolas Sarkozy a toujours admiré ce parcours, aussi Chirac le fait-il bien rire quand il lui dit : « Tu as le temps, Nicolas, tu es jeune », car il était, lui, Premier

1. *Au bout de la passion, l'équilibre*, entretiens avec Michel Denisot, Albin Michel, 1995.

ministre à quarante-deux ans, après avoir, il est vrai, fait battre le candidat de son parti à la présidentielle. Six mois plus tard, il devenait le patron de l'UDR dont il n'avait pas la carte, et la veille encore, les militants l'appelaient « le traître ». Tout cela grâce au patient travail de Charles Pasqua. Tandis que lui, Sarko, tout seul, est devenu maire de Neuilly après neuf années de militantisme acharné. Il lui a fallu quatorze ans avant d'entrer au Palais-Bourbon, dix-neuf pour être ministre, trente ans, enfin, pour devenir le patron d'un parti, dont il aura participé à toutes les campagnes, à tous les niveaux.

De quoi se dire, ce 28 novembre, qu'il a payé cher et pendant longtemps. Mais le gâteau est de taille. Et déjà orné d'une jolie cerise : en trois mois, depuis l'annonce officielle de sa candidature, le parti a gagné trente mille adhérents. En outre, l'UMP, c'est beaucoup plus que le RPR, puisque s'y ajoutent les libéraux et une grosse frange de l'UDF. C'est le grand parti de la droite.

Pour ce sacre, l'immense salle du Bourget est pleine à craquer. Dans le carré des VIP, tout le gouvernement Raffarin est rassemblé. Dominique de Villepin, étranger à ce genre de manifestation, promène sa nonchalance distinguée dans les couloirs. Cette fête n'est pas la sienne, et ce n'est pas lui que les militants veulent approcher en priorité et toucher dans la cohue indescriptible. C'est Nicolas.

On aperçoit au premier rang Jérôme Monod, conseiller de Jacques Chirac, qui n'est pas pour rien dans la construction de l'UMP mais qui n'affiche aucun penchant pour Sarkozy. Micheline Chaban-Delmas, la veuve de l'ancien Premier ministre, Jean-Pierre Raffarin, accompagné de son épouse, Alain Juppé aussi, et surtout Bernadette, à laquelle Nicolas Sarkozy lancera depuis la tribune un « Madame, j'ai besoin de vous ! » Dans cet aréopage, un seul fait ouvertement la tête : Jean-Louis Debré, qui n'a pas souhaité prendre la parole et qui glisse à l'oreille de Bernadette : « La seule chose qui m'intéresse, c'est de faire réélire Jacques Chirac en 2007. » Ce qui lui vaut cette réponse : « Eh bien, vous n'avez qu'à le dire ! » Il n'est pas le seul. Huit jours plus tard, Jean-Claude Gaudin émettra publiquement le même souhait. Comme par hasard, il avait la veille reçu Madame Chirac à Marseille…

Ce beau rassemblement où l'on discourt et où l'on chuchote est orchestré par Publicis Events, c'est-à-dire par son président Richard Attias, que l'on reverra bien sûr. On peut apercevoir, glissant dans les allées ou près de la tribune, une Cécilia épanouie, virevoltante, superbe, supervisant l'événement dans les moindres détails.

Nicolas et Cécilia : la ballade des gens heureux. Tout semble aller pour le mieux dans le meilleur des couples. Autre bonheur : le matin, il a reçu un coup de fil de l'Elysée. Il faut que les journalistes le sachent : « J'ai eu Jacques Chirac au téléphone, raconte-t-il tout sourire, il m'a dit : “Tout ça me rappelle 1976.” Je lui ai répondu : “Monsieur le Président, j'ai tout fait pour.” » Et pour cause. Le 5 décembre 1976, Jacques Chirac créait le RPR. C'était le début de sa marche vers l'Elysée.

Que la fête commence !

A 13 heures, il revient à François Baroin, secrétaire général délégué du RPR depuis le départ d'Alain Juppé, d'ouvrir la séance : « Nous allons connaître les résultats des votes des militants, nous sommes au comble du suspense… » lance-t-il avec humour. Les deux challengers de Sarkozy, Christine Boutin et Nicolas Dupont-Aignan, sont appelés sur scène pour faire de la figuration : la première a recueilli 5,8 % des suffrages ; Nicolas Dupont-Aignan, 9,1 %. Nicolas Sarkozy, 85,1 %. L'apothéose.

Les milliers de militants se lèvent d'un seul mouvement pour applaudir et se lancer dans une ola enthousiaste. Un tableau impressionnant. Suit, sur grand écran, un défilé de célébrités qui ont accepté de dire quelques mots au nouveau président. « Good luck Nico », lance Alain Delon. Apparaissent aussi Michel Leeb, Michel Sardou, Pierre Palmade, Christian Clavier, Jean Reno, les copains du show-biz. Des sportifs aussi, comme Fabrice Santoro, Bernard Laporte, Richard Virenque. Et même une caution de gauche, le cinéaste Bertrand Tavernier, qui remercie Sarkozy d'avoir supprimé la double peine. Une réforme que celui-ci n'oublie jamais de souligner, comme si elle était à elle seule un sésame pour accéder au peuple de gauche. Et encore, le romancier Marek Halter, qui lance cette drôle de phrase : « Il est préférable de perdre avec un homme intelligent plutôt que de gagner avec un idiot. » Les militants apprécient modérément. Mais ils s'attendrissent devant le jeune Louis, sept ans, voix cristalline et jolie frimousse, qui lance : « Bonne chance, mon papa. » Trop mignon.

D'aucuns jugent cette dernière participation un peu déplacée. Comme l'est l'utilisation de Jade dans les spectacles de Johnny Hallyday. Et ce Sarko Show un peu trop.... Show. « Too much » en somme...

Voilà enfin Nicolas qui apparaît au fond de la salle, entouré de sa protection rapprochée. Il se dirige vers la tribune. Arrivé au premier rang, il dépose un baiser sur les lèvres de Cécilia. « Napoléon et Joséphine », moque un participant, ignorant que l'image, bientôt, sera reprise. Dans un même mouvement, Nicolas Sarkozy embrasse Bernadette Chirac, lui prend la main et la soulève en signe de victoire. Puis il prend par les épaules Jean-Pierre Raffarin, le Premier ministre. Qu'il soit bien clair que ce sacre se fait sous le signe de l'affection et de l'unité de la famille.

Vous avez dit affection et unité ? Il est vrai que le nouveau promu appelle les militants à travailler « ensemble pour faire du quinquennat de Jacques Chirac un succès ». Mais il affirme aussi : « J'avais hâte que l'histoire commence. » Tiens ! Il ajoute : « Je veux rester un homme libre, libre de penser, de proposer, de débattre. » Et il va lire, sur un ton des plus platouillards, le message de Jacques Chirac au congrès : « Le référendum sur l'Europe sera notre grand combat. Avec sa Constitution, l'Europe entrera dans un nouveau temps de son histoire et vous allez être en première ligne. » Il souligne : « Ça, c'est Jacques Chirac qui parle. »

Ceux qui veulent ou peuvent comprendre se disent que Jacques Chirac a voulu faire entendre qu'il était l'homme du grand dessein européen, celui qui donnera un sens historique à son quinquennat (à l'époque, les sondages annoncent encore un grand succès du « oui » au référendum), tandis que Nicolas sera réduit aux basses besognes et s'enfermera dans les joutes partisanes.

Une belle journée. Le soir à l'heure de l'apéritif, le couple Sarkozy est reçu à l'Elysée par Bernadette et le Président. Une rencontre fort cordiale, nous dira-t-on.

La soirée est en tout cas plus chaleureuse quand l'équipe rapprochée du nouveau président se retrouve pour dîner au « Café de la Jatte » à Neuilly. Ils sont une vingtaine à se congratuler, parmi lesquels deux dirigeants de Publicis : Christophe Lambert et Richard Attias.

Le lundi matin, le ministre des Finances démissionne comme prévu, obéissant à la règle chiraquienne de l'incompatibilité des fonctions. Il est remplacé par Hervé Gaymard, qui connaîtra bientôt des difficultés moins prévues.

Nicolas Sarkozy prend aussitôt les choses en main à l'UMP. Il va dans les semaines suivantes licencier trente-cinq permanents du siège (sur cent vingt), qu'il juge peu efficaces. La plupart seront recasés ici ou là par Dominique de Villepin ou par Matignon.

Bien décidé à donner un élan nouveau à cette formation, il lance une très offensive campagne d'adhésion afin d'en faire un grand mouvement, à l'exemple du Parti populaire de son ami José Maria Aznar (lequel compte six cent mille adhérents dans une Espagne de quarante millions d'habitants). Et, en deux ans, l'UMP passera de cent vingt mille inscrits à trois cent trente mille militants. Grande innovation, il décide de faire élire le candidat à la présidentielle par tous les adhérents – dès l'origine, les statuts de l'UMP l'envisagent. Bien entendu, les gaullistes traditionnels, ou prétendus tels, montent aussitôt sur leurs grands chevaux. Jacques Chirac juge cette initiative « pas convenable », Michèle Alliot-Marie, Jean-Louis Debré et Dominique de Villepin entonnent le refrain gaulliste : le parti n'est qu'un instrument au service de la rencontre entre un homme et un peuple. Mais le parti, c'est lui qui le tient désormais. Donc, il passe outre.

Et ce parti, il va le gouverner sans faiblesse. Il s'agit d'abord de le doter d'un programme pour les législatives de 2007. Ce sera chose faite en novembre 2006, grâce à l'organisation de conventions thématiques qui auront réuni élus et experts pour des travaux sur toutes les questions : politique sociale, immigration, famille, environnement, éducation, rythme des réformes, services publics, culture. Travaux où il s'est lui-même beaucoup impliqué. Une commission, présidée par François Fillon, fera la synthèse. Reste la question des investitures. Rien de plus délicat. Les ambitions se déclarent, les déchirures et les rivalités se font jour, et les querelles de personnes sont toujours nuisibles à la veille d'une élection. Il importe donc de tout régler longtemps à l'avance. Ce qui sera fait avant novembre 2006. Jean-Claude Gaudin et Alain Marleix auront reçu les candidats. Tout sera bouclé sans avoir suscité de heurts avec l'Elysée et Matignon. Les situations complexes ne sont pourtant pas rares. A commencer par celle de Paris. Depuis que Jacques Chirac a quitté la mairie, aucun leader, de Jean Tiberi à Philippe Séguin, n'a pu imposer son autorité dans la capitale. Et, pour l'avenir, les rivalités sont plus que vives, cruelles, entre Jean Tiberi encore, Pierre Lellouche, Claude Goasguen, Françoise de Panafieu. Au nom de la transparence, et parce qu'il faut rétablir la paix, des primaires sont organisées. Les militants choisissent. Auparavant, pendant plusieurs mois, deux mercredis après-midi par mois, Sarkozy aura rencontré tous les élus de la capitale et tous les chefs de file du parti. Il a chargé Philippe Goujon, sénateur balladurien de Paris, d'harmoniser ces rencontres. Résultat : un programme pour la capitale est mis au point deux ans avant la date prévue pour les municipales, et Françoise de Panafieu est désignée comme chef de file.

« Je n'ai jamais vu un parti travailler comme ça.

Nicolas Sarkozy a mis du carburant partout. En un an, il m'a donné plus de satisfactions professionnelles qu'aucun de ses prédécesseurs. Lui, il discute, il est courageux, il tranche. Mais, sur les notes qu'on lui adresse, il faut toujours lui proposer des solutions », dit Jérôme Peyrat, directeur général de l'UMP qui avait auparavant travaillé avec Alain Juppé et Jacques Chirac. Le revers de la médaille, c'est qu'il est fatigant, Sarko, exténuant. La pression qu'il se met à lui-même, il la met aussi aux autres. Sans plus d'égards pour eux que pour lui. Il peut être méchant, intraitable. Ses collaborateurs vous glissent parfois à l'oreille des confidences accablées. Mais pour rien au monde ils ne donneraient leur place. « Quand on a travaillé pour lui, disent-ils, on ne peut pas travailler avec un autre. »

Les tensions avec l'Elysée cependant ne s'apaisent guère. Au contraire. Lors de sa première conférence de presse, Sarkozy annonce haut et fort que les cadres du mouvement devront se prononcer sur la question controversée de l'entrée de la Turquie dans l'Union européenne. Or, Jacques Chirac s'y est déclaré favorable. Mais le président de l'UMP pense que cette affaire risque de compliquer, voire empoisonner la campagne du référendum. Il n'a pas tort. Mais alors pourquoi remettre sur la table cette pomme de discorde ? D'autant que les militants ont déjà voté au temps d'Alain Juppé (contre, à 71 %). Face aux récriminations de l'Elysée, le président de l'UMP sera contraint de battre en retraite. Fin de l'épisode.

Il en restera toutefois quelques cicatrices de plus.

Ce qui n'empêchera pas une petite cérémonie familiale au début de février. Nicolas Sarkozy, entouré de tous les siens, reçoit la Légion d'honneur des mains du Président. Il est sur un petit nuage. D'autant que, lors d'une tournée en province à la manière chiraquienne, il triomphe partout. En outre, il a retrouvé son siège de député de Neuilly, le 13 mars 2005, en recueillant plus de 70 % des suffrages. Les succès s'enchaînent : le 31 mars, il est l'invité – pour la troisième fois en deux ans – du magazine de France 2 « 100 minutes pour convaincre ». Un abonné. Son score est inférieur à ses précédentes prestations (trois millions huit cent mille téléspectateurs), mais – consolation qui n'est pas mince – supérieur de un million et demi à celui de Dominique de Villepin en janvier précédent.

Cette émission est pour lui l'occasion de rappeler qu'il est candidat à la présidentielle. Un rappel lourd de sens. Car la question est ainsi posée : « Est-il concevable qu'en 2007 un candidat se présente contre le Président sortant, si celui-ci décidait de se représenter ?

— Vous voulez une réponse franche ? Oui ! »

Bien entendu, celui qui vient de parler ainsi noie aussitôt le chef de l'Etat sous un flot de compliments du type : « J'ai de l'attachement pour la personne de Jacques Chirac et de l'admiration, sa vie politique est extraordinaire. » Mais il ajoute : « A la fin de son mandat, le Président redevient un citoyen ordinaire, comme les autres. » Et il termine ainsi : « Je veux le meilleur pour la France. » Faut-il comprendre « le meilleur, c'est moi » ?

Le lendemain, invité à la remise de la Légion d'honneur d'Alain Duhamel, le président de l'UMP lancera, en aparté, à quelques journalistes : « Nous sommes en 1969 ! »

Comme d'habitude, c'est Jean-Louis Debré qui grimpe le premier aux rideaux. « Je suis énervé d'entendre le président de l'UMP répéter qu'il est libre…

Comme s'il était enchaîné ! Nous sommes tous libres... L'attitude de Nicolas Sarkozy pose un vrai problème politique. »

Brice Hortefeux, porte-parole des sarkozystes, se réjouit au contraire de la franchise de leur champion, et rétorque qu'il ne réagit plus depuis longtemps aux propos de Jean-Louis Debré : « Sinon, on ne ferait plus que ça. » Ambiance...

Au cours de la même émission, Nicolas Sarkozy avait proposé de limiter à deux les mandats présidentiels et à quinze les membres du gouvernement ; mais aussi de faire ratifier par des commissions la nomination des responsables des entreprises publiques, pour éviter « le copinage ».

Deux ans avant la présidentielle, Nicolas Sarkozy se disait donc presque officiellement candidat. Ce qui suscitait cette réaction de Dominique de Villepin, interrogé sur Europe 1 par Jean-Pierre Elkabbach : « C'est un peu comme pour les 24 Heures du Mans : il ne s'agit pas de se mettre trop tôt en position de départ, car le moteur risque de griller. »

Mais, en confidence, un ministre peu suspect d'amitié pour Sarkozy reconnaissait au contraire que l'animal jouait bien : « Il a compris que, pour gagner, il faut plutôt être le petit qui devient grand. Car les Français n'aiment pas les héritiers. Sarko est peut-être un fils, mais il n'est pas l'héritier. »

Une stratégie que l'intéressé, pour sa part, avait ainsi résumée : « Si je veux m'en sortir, il ne faut surtout pas que je sois lié à ceux-là. »

« Ceux-là » ? Les chiraquiens, bien sûr.

CHAPITRE XXI

L'épreuve

Ça n'est d'abord qu'un murmure, juste une confidence partagée entre initiés. Sous le sceau du secret, bien sûr : « Promis, ça reste entre nous. » Que tous, bien sûr, s'empresseront de briser.

Le dimanche 22 mai 2005, à huit jours du référendum si mal engagé sur la Constitution européenne, le microcosme médiatico-politique est moins passionné par la probable victoire du « non » que par cette rumeur, proprement stupéfiante, incroyable, qui ne va cesser d'enfler : Cécilia a fait sa valise. On l'aurait aperçue à Pétra, ville jordanienne célèbre pour ses tombeaux et ses temples sculptés dans la falaise, en compagnie de Richard Attias.

— Mais non ?

— Mais si !

Un signe ne trompe pas : invité de Claire Chazal le dimanche soir, le président de l'UMP s'est décommandé la veille. Ce qui ne lui ressemble guère. Manquer le journal télévisé de TF1, qui draine entre huit et neuf millions de téléspectateurs, une semaine avant une telle échéance électorale, voilà qui paraît pour le moins bizarre…

Durant toute la journée de ce dimanche, les journalistes harcèlent donc Franck Louvrier, le directeur de la communication de Nicolas Sarkozy, lequel explique, avec le ton dégagé qui convient, sans convaincre : « Rien de grave, un simple coup de fatigue. Je ne peux vous en dire plus. »

Tous ses interlocuteurs le comprennent : la vérité est ailleurs. Cette vérité, c'est que Nicolas Sarkozy vit une épreuve dramatique. Sa fatigue, très réelle, n'est évidemment pas due à la campagne qu'il mène avec l'acharnement et la passion qu'on lui connaît. C'est, bien sûr, le départ de Cécilia qui l'a assommé, abattu. Sans elle, il est comme amputé de la moitié de lui-même. Ses visiteurs – les plus proches seulement sont admis, et c'est à son domicile – ne le reconnaissent pas. En peignoir, livide, amaigri (il perdra plusieurs kilos en quelques jours), il tente, en vain, de sauver la face. Il est en réalité bouleversé par un séisme de force 9 sur l'échelle de l'ego. Et de l'émotion.

Il est trop sensible pour ne pas avoir perçu depuis le début de l'année des changements de tous ordres dans le comportement de Cécilia. Elle avait renoncé à le suivre dans ses multiples déplacements en province. Elle ne s'intéressait plus vraiment à son travail de chef de cabinet à l'UMP, qui ne lui plaisait guère, et où, pour la première fois, elle était rémunérée. Son autorité, en effet, s'y était mal établie. Elle se heurtait au machisme ambiant. Les apparatchiks, à l'en croire, tentaient de la court-circuiter, ne suivaient pas ses directives, moquaient la façon dont elle rédigeait les notes internes. Il est vrai qu'elle les irritait aussi, modifiant et défaisant les emplois du temps du patron qu'ils avaient élaborés au prix de mille contorsions et conciliabules.

Elle bousculait trop leur travail et leurs habitudes. De plus, elle n'aimait pas cet immeuble sinistre, où elle s'enfermait dans son bureau. Seule l'intéressait l'organisation des meetings, leur côté spectaculaire, ludique, chaleureux, brillant. Un vrai métier. Ainsi le sacre de Nicolas au Bourget le 28 novembre 2004, qui avait été un triomphe. Pour le préparer, elle avait tout supervisé aux côtés d'un spécialiste de l'organisation d'événements, comme on dit désormais, Richard Attias, justement, le président de Publicis Events, filiale de Publicis Conseil. Chaque année, il organise le sommet de Davos (Suisse) où se réunissent les chantres et les grands prêtres de l'économie mondiale, et en 2005, le Forum de la Paix à Pétra, où se côtoient Bill Clinton, Elie Wiesel, Richard Gere, le roi Abdallah… Cet homme vit entre Paris, New York, la Jordanie, l'Europe entière, loin de notre microcosme étriqué.

Impressionnée par son savoir-faire, Cécilia souhaite bientôt que Publicis Events devienne le prestataire de toutes les manifestations, grandes et petites, de l'UMP, et réussit à l'imposer. Elle-même s'est découvert un vrai goût pour « l'événementiel ». Des étoiles s'allument dans ses yeux lorsqu'elle en parle, disent des témoins. Mais, en réalité, c'est le maître d'œuvre, l'homme, qui l'a séduite et la passionne. Elle est emportée par cette force obscure, violente, irraisonnée que l'on appelle le coup de foudre. Que les femmes qui ne l'ont jamais connu lui jettent la première pierre. Reste qu'une telle attirance est rarement à sens unique. La passion s'exalte d'autant mieux qu'elle est partagée. Or, Richard Attias – dont la réputation de séducteur patenté est établie – ne domine pas davantage ses élans.

Comme toutes les femmes qui vivent de telles situations, Cécilia est contrainte de se cacher. Mais, comme la plupart aussi, elle souhaite que son nouveau bonheur étincelle, soit connu. Elle sème donc derrière elle de petits cailloux blancs qui attirent le regard et conduisent à la révélation. Les proches de Nicolas finiront par les remarquer. Ils commencent par constater la nervosité grandissante du président de l'UMP et les absences fréquentes de l'épouse qui fait son miel de tous les prétextes. Ainsi part-elle trois jours à Londres, pour installer sa fille aînée, alors même que l'UMP tient au Parc floral de Vincennes les états généraux de la fédération de Paris, destinés à préparer les « primaires ». Elle s'était pourtant beaucoup impliquée dans l'organisation de ce meeting, exigeant bien sûr, contre la volonté des dirigeants de cette fédération, la participation de Publicis. Dans le même temps, elle les avait prévenus, les laissant pour le moins songeurs, qu'elle n'y assisterait pas : « La politique n'est plus ma priorité. »

A Pâques, le couple Sarkozy s'est envolé pour Marrakech en compagnie de la fille cadette de Cécilia, et de leur fils Louis. Le président de l'UMP est reçu par le roi. Mais tandis que son mari rentre à Paris dès la fin du week-end, elle s'attarde plusieurs jours.

Au début de mai, nouveau voyage, cette fois pour New York. Toujours avec les enfants. Un séjour d'une semaine. Jean-Michel Goudard, grand publicitaire lui aussi, qui s'occupe de la communication de son époux, lui a prêté son appartement. Pendant ce temps, ledit mari est en tournée pour trois jours en Provence-Côte d'Azur. Et, comme toujours, il se donne à fond, meetings, bains de foule, rencontres sur le terrain. La routine, quoi. Mais aussi la qualité de l'effort, le succès du public. A tel point que Jacques Chirac l'appelle pour le féliciter. Un plaisir rare, qu'il veut faire partager autour de lui. Les sondages ne sont pas fameux. Le « non » s'annonce. « Tout le monde sait que Jacques Chirac ne démissionnera pas », dit-il aussi. Sous-entendu, il n'est pas de Gaulle !

Mais ce sont les appels de Cécilia qui le rendent vraiment heureux. Il en fait confidence aux journalistes qui l'accompagnent : « C'est Cécilia, elle est à New York avec les enfants. » Il comprend, explique-t-il, qu'elle rêve d'horizons nouveaux. Ils ont quitté les palais nationaux et leur service cinq étoiles, regagné leurs pénates dans l'île de la Jatte à Neuilly. Leur train de vie est plus modeste, forcément, mais leur liberté plus grande. De retour à Paris, alors qu'elle est toujours à New York, il dîne avec ses proches. Une nouvelle occasion pour lui de chanter le même air : l'hymne de son amour pour Cécilia, laquelle déclare alors à l'hebdomadaire *Télé Star* qu'elle « ne se voit pas en *first lady* traditionnelle ». Veut-elle dire qu'elle innoverait à l'Elysée ou bien que cette position ne l'intéresse pas ? Mystère.

Le 12 du même mois, elle est là pour le grand meeting que l'UMP organise au Palais des sports de la porte de Versailles, sur le thème « Oui à l'Europe ». Une soirée très branchée, transmise en direct sur le site internet de l'UMP. Pour « chauffer » la salle, la sono diffuse *On Broadway* de George Benson. Cécilia veille au moindre détail : casque avec micro incorporé sur les oreilles, elle glisse dans les allées, donne des ordres, se démène, salue les journalistes, elle est partout. Toujours à quelques mètres d'elle, Richard Attias porte le même casque. On dirait des jumeaux.

Lorsque tout est en place, lorsque les VIP sont installés – et ils sont nombreux : tous les ministres sont là sauf Dominique de Villepin –, Cécilia refuse de se joindre à eux. Un siège lui est réservé aux côtés d'Anne-Marie Raffarin. Elle préfère, explique-t-elle, surveiller en coulisses le bon déroulement de la réunion. Tout va bien. Nicolas fait un tabac. La soirée, très réussie, s'achève avec la chorale des Hauts-de-Seine – le succès du film *Les Choristes* en a lancé la mode – qui entonne une belle et fraîche *Marseillaise*.

Or, ce même soir, la chaîne câblée « Paris Première » diffuse, à une heure plus tardive, l'émission d'Ariane Massenet « Petites confidences entre amis », dont l'invitée est précisément Cécilia Sarkozy. Les initiés, ou les curieux, trouveront là un nouveau petit caillou blanc. Suivant le principe de l'émission, l'invitée reçoit, dans une suite de l'hôtel Crillon, des amis ou des personnalités qui conversent avec elle, l'interrogent. Bien entendu, c'est elle qui a établi une première liste, ensuite les producteurs ont fait leur choix. Sur sa liste figurait le nom de Richard Attias. Mais ils ne l'ont pas retenu. On verra, entre autres, Jacques Chancel, connu de la France entière pour son émission « Le Grand Echiquier » et mari de Martine, la meilleure amie de Cécilia. Ce soir-là, elle apparaît tendue, nerveuse ; elle fait écouter ses airs préférés – comme par hasard le célèbre *New York, New York*, que chante Sinatra. Encore un petit caillou blanc. On la voit ébaucher un pas de danse sur une chanson de Robbie Williams. Au détour d'une phrase, Cécilia confie qu'elle se verrait bien dix ans plus tard faisant du jogging à Central Park… Ou encore : « Moi, quand ça ne va pas, je prends mes gamins sous le bras et je m'en vais. » Soudain son mari apparaît sur l'écran de télévision de la chambre d'hôtel. « Pourquoi es-tu si inquiète, Cécilia ? Tu n'es pas seule, tu n'es pas seule. »

Toujours ce même soir, aux alentours de minuit, l'équipe de l'UMP se retrouve pour dîner à l'Etoile, un club des Champs-Elysées. Nicolas Sarkozy semble heureux, encore grisé par les applaudissements. Il prend la parole – pas pour parler de lui, mais pour rendre un hommage appuyé à Cécilia. Le succès de la réunion est le sien, assure-t-il, et il demande qu'on lui fasse une ovation. Prétextant la fatigue, elle avait – sans succès – tenté d'échapper à ces agapes. Elle est là, mais son esprit est ailleurs. Tout au long de la soirée, on la verra, portable à la main, échanger des SMS. Nouveau caillou ?

Les proches de Sarkozy s'inquiètent. A l'évidence, quelque chose cloche dans le couple. Il traverse une zone de turbulence. Les plus pessimistes le jugent proche du trou d'air.

Et il frôle la catastrophe, une semaine plus tard, le jeudi 19 mai. Un jour qui restera l'un des pires souvenirs personnels de Nicolas Sarkozy. Dans la matinée, Cécilia part pour Roissy au volant de sa voiture. Elle a annoncé la nouvelle de but en blanc à son mari et s'est enfuie aussitôt. Rien n'a pu la retenir. Le président de l'UMP court à ses trousses, toutes sirènes hurlantes jusqu'à l'aéroport, pour tenter de la dissuader, elle ne veut rien entendre, elle part pour Pétra, elle y est attendue.

Lui aussi est attendu quelques heures plus tard, mais par huit cents jeunes réunis dans un amphi de Sciences-Po. Pour parler de l'Europe, bien sûr. Il ne veut pas se dérober. Comme toujours, il veut donner le meilleur de lui-même, mais l'assistance le juge nerveux, mécanique. A la sortie, il raille : « Il paraît que je suis déprimé. »

Il a remarqué, perchée en haut de l'amphithéâtre, une journaliste du *Figaro* qu'il connaît bien : « Anne, bonjour, comment ça va ? Venez prendre le thé à l'UMP. »

Retour chez lui. C'est là qu'il réalise. Le choc. Terrible. Le trou noir. Cécilia n'est pas là. Lui, le battant qui avait jusque-là tout maîtrisé, doit reconnaître qu'il ne contrôle plus l'essentiel. Dans toutes ses interviews, dans ses livres, il n'avait cessé de clamer son attachement à sa famille, à Cécilia. Là résidait son îlot affectif. Dans son livre d'entretiens avec Michel Denisot [1], il déclarait à propos de Cécilia : « C'est un rôle d'équilibre absolument indispensable à mes côtés, elle m'apaise. Mieux que moi, elle sait relativiser. Son regard est plus lucide. J'ai un défaut : une tendance marquée à l'excès. J'aime ou j'aime pas. Elle, elle arrondit les angles, me soutient. Et puis, au moment des rendez-vous importants, elle m'aide à me dépasser. »

Il ajoutait, ce qui ferait sourire par la suite : « Je n'aime pas étaler ce qui appartient à ma vie privée. Je sais par ailleurs que, quand on en joue, on risque d'y trouver sa punition. Tout ce qui est artifice pour façonner son image : pousser la chansonnette à la télévision, les photos avec femme et enfants, poser en semi-décontracté, vouloir se faire aimer, non, je ne veux pas y tomber [2]. »

Dans son livre *Libre*, il reprochera ainsi à Bertrand Delanoë d'avoir déclaré son homosexualité, tout comme il jugera déplacé que Michel Rocard annonce son divorce dans l'hebdomadaire *Le Point*.

Il arrive aux plus lucides de tomber dans les travers qu'ils dénoncent. Nicolas Sarkozy a beaucoup utilisé l'image du couple qu'il formait avec Cécilia. Ils ont fait les « Une » des magazines, épaule contre épaule,

1. *Au bout de la passion, l'équilibre*, *op. cit*.
2. A l'époque, lui n'étant pas encore divorcé, avec Cécilia ils se faisaient plus discrets.

souriants, bronzés, à la plage ou au ministère avec le petit Louis sous le bureau de son père (un remake de la photo de John-John entre les pieds de J.F. Kennedy, prise à la Maison-Blanche).

Mais une raison non calculée explique qu'il se soit ainsi beaucoup affiché avec elle : elle est la femme de sa vie, elle est sa fierté, c'est avec elle qu'il veut aller à l'Elysée. Il ne peut se passer d'elle. Si elle hésite à l'accompagner à un meeting, il insiste pour qu'elle cède : « C'est trop sinistre, explique-t-il, de se retrouver seul après les vivats et la cohue. » Elle l'accompagnait donc, sans trop d'enthousiasme parfois : « Quand je ne suis pas à ses côtés, Nicolas me demande pourquoi. Donc, pour éviter ses questions, je viens. »

Cette omniprésence agaçait souvent l'entourage. Qu'importe, ils formaient un couple fusionnel. Quand il se trouvait près d'elle, il lui prenait la main. Sinon, il téléphonait dix fois par jour. Lors d'une course à vélo, à chaque pause il l'appelait pour lui dire et redire des « Je t'aime » en veux-tu en voilà. Dans bien des couples, ce sont les femmes qui quêtent avec avidité ce genre de déclarations. Souvent en vain. Cécilia, elle, n'a jamais dû les attendre. Son mari a toujours été un amoureux prodigue et prolixe, ce qui ne l'empêchait pas d'oublier de souhaiter les fêtes et les anniversaires. Trop occupé. Mais tout de même toujours soucieux, anxieux même, comme dans la vie publique – et plus encore là – de tenir son rôle. Ce qui fait de lui un mari possessif. A ceux qui lui en feront le reproche quand Cécilia se sera éloignée, il rétorquera qu'elle était « jalouse de tout », qu'elle se méfiait dès qu'une femme l'approchait, qu'elle voulait savoir à chaque minute ce qu'il faisait.

Ainsi vivait, ainsi apparaissait ce couple jusque dans

les premiers jours de ce triste mois de mai. Pour les proches, pour la famille, la séparation, le départ de Cécilia étaient donc plus qu'imprévisibles : impossibles ! Et tragiques pour lui.

Ecoutons-les pêle-mêle : « Elle est sa quille affective », disait Brice Hortefeux. « Cécilia l'a décomplexé, lui a donné confiance », dit Arnaud Claude, son associé. « Cécilia, c'est la passion », renchérit Roger Karoutchi. Jacques Attali va plus loin : « Cécilia est la faille dans sa cuirasse ; il en a toujours eu conscience. »

Nicolas Sarkozy est en effet un homme très dépendant de ses sentiments.

Bien sûr, chacun cherche des explications à ce départ, explore le passé du couple, les confidences de cette femme bousculée par une autre passion, et trouve des raisons. Celle-ci par exemple : après tant d'années vécues dans l'ombre de Nicolas, elle aurait voulu jouer un rôle plus personnel, montrer de quoi elle était capable, devenir par exemple une élue locale, comme Bernadette Chirac. Pourquoi pas… Il en avait été beaucoup question en 2004. Elle devait figurer sur la liste de Jean-François Copé, lors des élections régionales en Île-de-France. Mais, craignant qu'elle ne devienne une cible, Nicolas l'en avait dissuadée. Et c'est lui qui l'avait annoncé au *Figaro* : « Elle ne sera pas candidate, parce qu'elle veut protéger sa vie de famille. » Une autre fois, interrogé sur la possibilité pour Cécilia de mener sa propre carrière politique, il avait répondu : « Quand notre fils aura grandi, pourquoi pas. » Ce qui l'avait beaucoup déçue. Elle avait aussi songé à la mairie de Neuilly, et même à figurer en bonne place sur la liste UMP aux élections européennes. Nicolas l'écoutait mais ne l'entendait pas. Lors d'une réunion de famille, elle avait lâché : « Moi, on ne m'a pas aidée. » Un soupir qu'il n'avait pas relevé.

En 2002, on l'avait connue épanouie à Beauvau. Elle s'y était taillé de vrais rôles, à commencer par celui de maîtresse de maison. « Lui, il est ministre de l'Intérieur ; elle, elle s'occupe de l'intérieur du ministère », disait joliment leur ami Didier Barbelivien. Elle organisait les déjeuners, les dîners, faisait patienter les invités quand le ministre tardait, elle régnait sur son agenda, écartait les importuns, assistait à toutes les réunions du cabinet. Elle était la seule à pouvoir entrer dans son bureau sans frapper. Elle n'hésitait pas à lui signifier ses désaccords (le jugeant trop répressif, par exemple, dans la lutte contre la prostitution, qui n'aurait pas dû être traitée dans le projet de loi sur la sécurité intérieure. « Elle avait tort, expliquera le ministre. On n'a jamais arrêté autant de proxénètes. C'est grâce à la loi. »). Elle prenait en charge des œuvres de bienfaisance, était la marraine d'Orphéopolis, l'orphelinat mutualiste de la police. Intimidante comme toutes les timides, on la respectait. Mais on la craignait plus qu'on ne l'aimait car on la suspectait de faire ou de défaire les carrières. Parfois, le ministre l'appelait « la patronne ». Elle ne figurait pas dans l'organigramme du ministère, n'occupait pas de fonction officielle et salariée. A cette époque, on l'entendait répéter, grisée : « J'adore ce que je fais. »

Une affirmation qu'elle n'a pas reprise, bien au contraire, quand le couple revint à Bercy à la fin d'avril 2004, neuf ans plus tard. L'ambiance était tout autre. Elle ne s'y était pas retrouvée. Et elle a souffert de l'arrogance de certains énarques distingués, qui feignaient de ne pas la voir quand ils la croisaient dans les couloirs. A cette époque aussi, quelques articles dans la presse, notamment *Le Canard enchaîné*, la présentaient comme une femme capricieuse et dispendieuse parce qu'elle aurait fait acheter des téléviseurs géants à écran plat pour les appartements privés. Une campagne qui l'avait beaucoup affectée.

Le couple, il est vrai, ne fit là qu'un bref passage. Nicolas Sarkozy ayant été ministre des Finances seulement huit mois. En en concevant, c'est vrai, quelque ressentiment, une aigreur même, de ne pouvoir exercer plus longtemps cette fonction.

Malgré l'élection triomphale à l'UMP, le retour à la maison fut monotone. Souvent, le soir, Nicolas s'enfermait dans son bureau pour travailler. Il était maussade. Elle eut alors l'impression d'être moins associée, moins admirée. De moins compter pour lui. Et l'automne pour elle fut gris, comme le début de l'hiver. Un climat dépressif. Auquel s'ajoutait un sentiment d'usure : après dix-huit ans de vie commune, un couple n'est plus dans une dynamique de départ. « Cécilia était à bout », constate l'une de ses amies. Leur vie avait toujours été une course. Elle était fatiguée.

Alors, à la toute fin de l'année, voilà que survient l'imprévu, l'accident, appelé coup de foudre. Le *Petit Littré* en donne une définition pessimiste : « Evénement désastreux qui atterre, qui déconcerte et qui cause une peine extrême. » Mais les débuts sont tellement délicieux, enivrants, exaltants.

Et, cinq mois plus tard, elle allait tout envoyer balader. Non pour se venger des incartades de son mari, comme le laissaient entendre des rumeurs chimériques ou malveillantes : elle aurait reçu des Renseignements généraux une liste des maîtresses de Nicolas, accompagnée de photos. Ou cette autre, répandue en très haut lieu : elle l'aurait surpris dans son bureau à l'UMP en flagrant délit d'adultère. Et d'autres, encore plus fantaisistes. Mais « plus la calomnie est difficile à croire, plus pour la retenir les sots ont de la mémoire », écrivait voilà deux siècles Casimir Delavigne, poète et auteur dramatique..

« Toutes ces rumeurs sont fausses ; je n'ai jamais reçu de notes des RG, s'indigne aujourd'hui Cécilia. En revanche, j'ai reçu bien des appels de personnes qui me félicitaient, m'expliquant que je n'avais pas à me gêner et que c'était rendre à Nicolas la monnaie de sa pièce. »

Reste que ce départ provoque un véritable casse-tête dans les médias. Comment traiter un tel sujet ? Doit-on masquer la vérité quand il s'agit d'un couple qui a tant mêlé vie privée et vie publique ? D'autant que, dans les allées du pouvoir, on évoque leur possible séparation. Nicolas Sarkozy ne peut plus se taire. Il doit s'expliquer. Invité le 26 mai – à trois jours du référendum – au journal de France 3, le « 19/20 », il répond aux questions de Jean-Michel Blier. Il paraît tendu, les épaules rentrées, la mâchoire crispée, amaigri. Visiblement très ému, il lui faut – ce n'est guère facile, bien sûr – trouver les mots justes : « Vous voulez parler de la rumeur, dit-il… Est-ce que vous ne trouvez pas que parfois ça va un peu loin, et que ma famille mérite d'être respectée ? Que ma femme, qui est quelqu'un d'éminemment respectable, mérite aussi d'être respectée, qu'elle n'a pas à être suivie en permanence avec des photographes pour savoir avec qui elle déjeune, que mes enfants doivent être respectés ? La vérité est très simple : comme des milliers de familles, la mienne a connu des difficultés. Ces difficultés, nous sommes en train de les surmonter.

Est-ce que je dois en dire plus, je ne le pense pas. Je demande simplement à être respecté et je vous ai dit ce qu'il y avait à dire. Je reste serein, je reste calme ; quand on touche à ceux que j'aime le plus, je dois les protéger et c'est la seule chose qui compte. »

Fin de l'épreuve.

Interrogé le lendemain, Brice Hortefeux réplique, lui, en citant une maxime de Chamfort, auteur auvergnat : « La calomnie est une guêpe contre laquelle il ne faut faire aucun mouvement, à moins qu'on ne soit sûr de la tuer, sans quoi elle revient à la charge plus furieuse que jamais. »

(Jacques Chirac, lui, préfère la métaphore de la tache sur la cravate : « N'y touchez jamais, plus vous frottez pour l'effacer, plus elle s'étend. »)

Mais voilà la rumeur apparemment démentie : le 28 mai, veille du référendum, une dépêche de l'Agence France-Presse annonce que Nicolas et Cécilia (décidément elle circule beaucoup) ont dîné le vendredi dans un restaurant de Madrid, avec le roi Juan Carlos. Le samedi, ils ont assisté à une corrida, comme le montrent des photos publiées dans les journaux. Tout semble rentré dans l'ordre.

Le lendemain dimanche, le couple réuni vote à Neuilly, les photographes se pressent à la porte et dans la salle du bureau de vote, clic-clac, ils ne voudraient pas manquer le cliché.

— Respectez ma famille, leur lance le président de l'UMP, au fond ravi de leur présence.

Cécilia est-elle vraiment revenue ?

En réalité, le feuilleton ne fait que commencer.

Chapitre XXII

« Annus horribilis »

« Le mois de mai est fou », écrivit un jour François Mitterrand, dans l'une de ses chroniques.

Dans la vie de Nicolas Sarkozy, ce mois de mai 2005 l'est en effet. La France entière se passionne pour le cas Cécilia. Aucun couple n'est à l'abri d'un accident de parcours, mais c'est bien la première fois, dans l'histoire contemporaine, que la femme du candidat le mieux placé pour faire gagner son camp à la présidentielle s'échappe, à deux ans de l'échéance.

Cécilia devient le sujet incontournable au menu des conversations de tous les dîners en ville. On se chamaille. Tout le monde a un avis. Les femmes, le plus souvent, prennent son parti, vantent son geste : on la disait avide de pouvoir et voilà qu'elle montre au contraire qu'elle n'y tient pas, qu'elle préfère sa liberté, une autre vie. Chapeau ! Les hommes sont plus sévères : en épousant Nicolas Sarkozy, elle n'ignorait rien de son ambition. En se comportant ainsi, elle risque de le déstabiliser, de compromettre son destin.

Illustration inattendue du clivage droite-gauche, ce sont en général les gens de gauche qui la jugent formidable et courageuse. Il est vrai qu'en politique tout ce qui affaiblit un candidat est pain bénit pour ses adversaires. Mais le joli mois de mai est également fou pour d'autres raisons. Les Français n'ont pas encore voté pour le référendum sur l'Europe que déjà la question est partout posée : qui donc Jacques Chirac va-t-il installer à Matignon ? Ce sont, assure-t-on, les dernières heures de Jean-Pierre Raffarin. Toutes les options sont ouvertes.

« Nicolas Sarkozy ne se dérobera pas », déclare son ami Patrick Devedjian. A condition bien sûr que Jacques Chirac le laisse gouverner, le président de l'UMP croit pouvoir réussir en vingt-deux mois là où son prédécesseur a échoué. Comme d'ordinaire et en dépit des accidents de la vie, il est animé d'un farouche goût de la compétition. Il rêve même de faire mentir la tradition de la Vᵉ République, appelée « malédiction de Matignon » : jamais un Premier ministre sortant n'a réussi à entrer à l'Elysée.

Arrive le jour du référendum. Comme prévu, il est clair, dès 22 heures, que le « non » l'emporte. Avec près de 55 % des suffrages, ce qui était moins prévu… Une claque. Un drapeau de crêpe noir flotte sur l'Elysée. Le Président est le grand vaincu du jour. Il risque de figurer dans l'histoire comme fossoyeur de la Constitution européenne. Et son autorité dans le pays, sa crédibilité face à son camp se trouvent une fois de plus remises en cause.

Entré en lice le 14 avril précédent, il avait inauguré une nouvelle formule d'émission politique, en rencontrant devant les caméras de TF1 un échantillon de quatre-vingt-trois « jeunes adultes ». Or ceux-ci lui avaient posé des questions qui avaient souvent bien peu de rapport avec la Constitution. Ainsi s'était manifesté le fossé d'incompréhension qui séparait ces garçons et ces filles du monde politique. Alors qu'ils affichaient craintes et inquiétudes, le Président avait lâché, tel un aveu d'impuissance, un « Je ne vous comprends pas » significatif et qui pèserait lourd. L'autre grand vaincu se nomme, bien sûr, Jean-Pierre Raffarin. L'importance du « non » produit sur lui un effet guillotine. Il doit s'en aller. Il faut un bouc émissaire : il est tout désigné. Un sondage publié par *Libération* indique que 45 % des Français souhaitent son retrait.

En revanche, et bien qu'il ait fait campagne pour le « oui », le « non » à l'Europe équivaut à un « oui » à Sarko. C'est, nous l'avons vu, une constante de sa vie politique : les échecs de Jacques Chirac (1988, 1997), l'ont toujours fait avancer. Une évidence s'impose à l'Elysée : la majorité est trop mal en point pour se passer de sa popularité, il doit revenir au gouvernement.

Ce soir-là, au siège de l'UMP, il adopte un ton grave, presque solennel : « C'est un événement majeur, constate-t-il, il faut entendre ce que les Français ont exprimé en disant “non”. Ils nous appellent à des mises en cause profondes, rapides, vigoureuses. Il nous faut rompre avec la pensée unique et les recettes du passé qui n'offrent plus ni solutions ni perspectives. »

Une volonté et un diagnostic qui dépassent de loin le texte de la Constitution européenne. D'ailleurs, il l'avait répété dans tous ses meetings : « Le modèle social français est à bout de souffle, il produit trois millions de chômeurs, il est impossible de continuer ainsi. »

Dominique de Villepin avait brodé pendant la campagne sur le même thème. Déclarant par exemple, au surlendemain de la prestation ratée de Jacques Chirac sur TF1, qu'il souhaitait, lui, une inflexion forte de la politique nationale, plus volontaire, plus audacieuse, plus solidaire, et demandant une meilleure prise en compte des « frustrations qui s'exprimaient ». Il avait été longuement reçu le jour même par le chef de l'Etat. Un signe.

Si Sarkozy et Villepin chantaient à peu près la même chanson, leurs couplets étaient bien dissonants. Une cacophonie en stéréo dans les oreilles du Président, qui n'allait pas tarder à choisir sa mélodie préférée. Nicolas en eut la confirmation dès le soir du référendum : ce serait Villepin.

« J'ai dit au Président que j'étais disponible, en 2002, en 2004 et encore la semaine dernière, que voulez-vous que je fasse de plus », s'exclame-t-il, dépité. Mais pas désespéré non plus. Car il revient au gouvernement (le nouveau Premier ministre préférant l'avoir à l'intérieur qu'à l'extérieur). Et c'est un retour glorieux.

L'Elysée annonce que le Président s'adressera aux Français le mardi soir à la télévision. Ce matin-là, lors de la réunion du groupe UMP à l'Assemblée, Sarkozy le confie aux trois cent soixante députés : on lui a demandé de revenir au gouvernement. Bruits divers dans la salle. Beaucoup, dont Edouard Balladur, François Fillon, Pierre Méhaignerie et bien d'autres, le lui déconseillent vivement. Il doit se préparer pour la présidentielle, il risque de s'abîmer, de nuire à son parcours. Il leur dit qu'il a réservé sa réponse jusqu'au soir : « J'attends de voir ce que dira le Président. »

Edouard Balladur tentera de le joindre toute la journée. En vain. Il y verra la preuve que Nicolas Sarkozy a déjà pris sa décision.

Le soir, comme prévu, Jacques Chirac commente les

résultats. Dans la foulée, il annonce : « Dans un esprit de rassemblement, j'ai demandé à Nicolas Sarkozy, qui l'a accepté, de rejoindre le gouvernement comme ministre d'Etat. » Ce qui sous-entend que celui-ci aurait bien pu ne pas l'accepter. Donc le Président l'a prié de revenir. Bien plus : ce que l'on ne sait pas, c'est qu'il a pratiquement dicté au téléphone à Jacques Chirac la teneur de son propos. Il voulait que son entrée au gouvernement soit annoncée avec éclat, que l'on déroule pour lui le tapis rouge. Le Président a obtempéré, faisant de lui un Premier ministre *bis*.

Le lendemain, lors d'un petit déjeuner réunissant les balladuriens, Nicolas Sarkozy souligne avec fierté que l'exception dont il bénéficie est tout à fait unique dans les annales de la Ve République. Plus encore : le ministre d'Etat, ministre de l'Intérieur, conserve aussi la présidence du Conseil général des Hauts-de-Seine.

Il a gagné sur toute la ligne, puisqu'il reste, en outre, à la présidence de l'UMP. Quelques mois plus tôt, on le sait, Jacques Chirac déclarait : « Si un ministre devait être élu à la présidence de l'UMP, il démissionnera ou je mettrai fin à ses fonctions. » Le Président de la République a donc été contraint de revenir sur sa parole.

Plusieurs fois, Jacques Chirac lui demandera de démissionner des Hauts-de-Seine. Il se verra opposer un refus qui ne manque pas de saveur : « Je suis chiraquien, je fais comme vous, je cumule. » A quoi le Président répliquera, navré et nostalgique : « Mais moi, c'était une autre époque. »

Reste que Nicolas Sarkozy est contraint de faire attelage avec le flamboyant Villepin. Deux âmes qui ne vibrent pas à l'unisson et ne s'en cachent pas. L'objectif de Jacques Chirac est évidemment de les mettre en concurrence, ce qui lui permettra de jouer les arbitres, d'être un recours au-dessus de la mêlée.

Mais il a dû, comme on dit familièrement, « manger son chapeau ».

Un an ne s'est même pas écoulé depuis qu'il lançait, le 14 Juillet 2004, content de lui et de sa formule, le fameux « Je décide et il exécute ». Cette fois, Sarkozy peut lui retourner le propos : « Je décide d'entrer au gouvernement et il s'exécute. »

S'il retourne Place Beauvau contre l'avis de son équipe, c'est aussi pour retrouver un lieu où il avait été si heureux avec Cécilia. Il n'a pas perdu l'espoir de l'y voir reprendre son rôle auprès de lui, de la dissuader de commettre l'irrémédiable.

Ce ministère lui permet en outre, bien sûr, de contrôler la police, les Renseignements généraux, la DST qui pourraient, craint-il, lancer des rumeurs gênantes pour lui ou les siens. Il le dit sans ambages : « Je vais redevenir le patron de ceux qui font des enquêtes sur moi. Il y en a qui doivent mal dormir, depuis qu'ils savent que je reviens. »

Sarko Parano ? Il connaît depuis l'automne précédent les arcanes de l'affaire Clearstream et le rôle attribué à Dominique de Villepin. Il soupçonne aussi l'entourage de celui-ci d'avoir participé aux rumeurs sur ses rapports avec Cécilia, rumeurs qui sont allées jusqu'à l'annonce de leur divorce par le quotidien suisse *Le Matin*.

A tous ceux qui ont participé à cette campagne, il va faire la chasse. Ainsi, quatre jours après sa nomination, il fait limoger le préfet Gérard Dubois, inamovible conseiller chargé de la communication auprès des préfets de police de Paris. Il l'accuse d'avoir colporté des ragots sur son couple jusqu'à l'Elysée. Ce dont l'intéressé se défend, mais il est proche de Philippe Massoni, ex-préfet de police devenu conseiller du Président. Méfiance, méfiance.

Dans l'adversité conjugale, le ministre de l'Intérieur se conduit comme sur un ring. Il rend coup pour coup et ne laisse rien passer. Si bien que, lors de la séance traditionnelle des questions d'actualité à l'Assemblée, le socialiste Arnaud Montebourg lui demandera s'il est revenu « pour travailler aux problèmes de la France ou plutôt régler ses problèmes personnels ».

Les responsabilités ministérielles, il les assume sans délai. Il a repris les chantiers ouverts entre 2002 et 2004 : lutte contre les violences urbaines, immigration clandestine.

Mais Cécilia n'est pas là. A la fin du mois de juin, elle est encore aux Etats-Unis… On la voit à Disneyland en Floride, en compagnie du jeune Louis et de sa fille cadette, qui vient de passer le bac. Ce qui ne surprend pas ses proches, qui la savent fascinée depuis toujours par le monde de Disney.

La coupure, passagère ou non, est alors évidente pour tous. Cécilia a abandonné sa responsabilité de chef de cabinet à l'UMP et, si un bureau contigu à celui du ministre lui est toujours attribué, elle ne veut plus occuper de poste au ministère. Elle entend « faire une pause ». Elle ne vit pas Place Beauvau, mais ses vêtements sont dans les placards. On apprend qu'elle aurait consulté un avocat. Et pas n'importe lequel, maître Kiejman. Dans l'entourage du ministre, cependant, on refuse toujours d'accréditer la thèse de la séparation du couple. C'est une crise qui se dénouera vite, dit-on.

La presse, bien sûr, s'emballe. « Cécilia face à un choix douloureux », titre *Le Parisien*.

Paris Match, qui a mis une photo des Sarkozy en couverture, écrit le 30 juin : « Il se donne cent jours pour reconquérir Cécilia et sauver leur couple. » Tout comme Villepin, à ce moment, se donne cent jours pour redresser la France. Le couple occupe également les « Une » du *Figaro* et du *Point*, et de bien d'autres journaux encore. C'est un sujet très vendeur.

Sarkozy fait front. Soucieux de démontrer la vanité des ragots, et qu'il n'est pas abattu, il en rajoute, s'empresse de raconter aux journalistes qu'il a dîné avec Monica Bellucci – il en fera part au Premier ministre José Luis Zapatero qu'il rencontre le lendemain en Espagne –, s'amuse des liaisons qu'on lui prête avec Laetitia Casta, avec une avocate corse, voire l'épouse de son ami Estrosi : « C'est n'importe quoi… Je passe mon temps à m'excuser auprès de maris dont je ne connais pas les femmes… En plus, où trouverais-je le temps ? » plaisante-t-il. Il laisse même entendre que la rumeur pourrait lui valoir quelques profits politiques : « Avec tout ce qu'on écrit, les gens pensent que je finirai par craquer, mais ça crée de l'affect entre eux et moi. Avant on soulignait mon ambition personnelle, maintenant c'est de mon humanité que l'on parle. » Et s'il désapprouve les articles consacrés à la vie de son couple, il récuse la distinction entre sphère publique et sphère privée. « Il n'y a pas deux vies, comme si la part de soi la plus intime et la plus intéressante, il fallait l'abandonner, l'oublier jusqu'au week-end. La vie privée n'a pas de sens, il n'y a qu'une vie. »

Et puis, il n'en démord pas. A ses proches il confie : « Je sais que Cécilia m'aime. »

Quoi qu'il en soit, malheureux ou pas, Nicolas songe toujours à 2007. D'autant que les sondages l'encouragent, qui le donnent alors largement vainqueur, dans tous les cas de figure.

Ce n'est pas une raison pour lâcher la pression. En visite dans le Cantal, le 30 juin, pour lancer la carte « Idéal » des services publics en milieu rural – il a hérité de l'Aménagement du territoire –, il lâche aux journalistes qui l'accompagnent que « Chirac n'est plus un adversaire ». Et d'ajouter, un peu trop tôt : « Qui parle encore de sa candidature ? »

Pour calmer son anxiété, peut-être, pour ouvrir d'autres champs à sa nervosité, sûrement, il se démultiplie. Il est partout. Il parle trop, trop vite.

Le jour de la Fête des pères, un petit garçon de 11 ans, élève de CM2, Sidi Ahmed Hammache, se trouve au pied de son immeuble dans la Cité des 4 000 à La Courneuve. Il fait beau. L'enfant lave la voiture de son papa. Soudain, on l'entend crier, il s'écroule, atteint de deux balles de 9 mm. Il mourra quelques heures après son arrivée à l'hôpital de Bobigny. Il s'est trouvé malheureusement sous les feux croisés de deux bandes rivales. Cette Cité des 4 000 est depuis longtemps une zone de non-droit. La police n'y va plus et la situation n'a fait qu'empirer malgré les déclarations de tous les ministres de l'Intérieur, sans exception.

Le lendemain, encadré par des policiers, et accompagné du préfet, Nicolas Sarkozy se rend sur les lieux du drame, vient présenter ses condoléances aux parents de la victime. Ils habitent au sixième étage de l'immeuble.

Voici la version de cette scène relatée par les proches du ministre : l'ascenseur est cassé. Il doit emprunter l'escalier et constate la décrépitude des murs et des lieux. Toute la famille est réunie, père, mère, cousins, frères et sœurs. L'un d'eux lui lance : « Monsieur le ministre, il faut nettoyer la cité au Kärcher. » Emu par la souffrance palpable de ceux qui l'entourent, il leur répond : « Vous avez raison, il faut nettoyer la cité au Kärcher. »

En principe, la presse devait rester à l'extérieur. Mais une journaliste du *Monde*, Marion Van Renterghem a réussi à suivre le ministre jusqu'à l'appartement et a entendu la formule.

A la sortie de l'immeuble, le ministre est interpellé par un groupe d'habitants, dont une mère de famille d'origine maghrébine qui lui dit : « On veut sortir d'ici, on est français. On veut que nos enfants vivent comme des Français. » Il lui répond : « Les voyous vont disparaître, je mettrai les effectifs qu'il faut, mais on nettoiera la Cité des 4 000. » Employé au sens propre, le mot ne devrait pas choquer : les immeubles vétustes et crasseux ont besoin d'un nettoyage ; mais fait par des policiers, le « nettoyage » prend une tout autre signification. L'expression est lourde de souvenirs historiques terribles. « Nettoyer, c'est fasciste, c'est le langage de l'insulte », clament les socialistes. Deux jours plus tard, *Le Monde* rend publique la formule utilisée en privé, en réponse à la question d'un membre de la famille. Et voilà le mot « Kärcher » désormais associé au nettoyage. Aussitôt, la Ligue des droits de l'homme et le MRAP (Mouvement contre le racisme et l'antisémitisme et pour la paix) entrent en campagne contre ce ministre qui vient humilier les banlieues. François Hollande prend la suite : « On attend d'un ministre de l'Intérieur d'éviter des formules choc et plutôt de traiter les problèmes. » Puis, c'est l'Union syndicale des magistrats qui s'indigne, relevant surtout le mot « nettoyage ».

Reprendre à la volée une expression qu'il vient d'entendre est une habitude de Nicolas Sarkozy. Ainsi parle-t-il souvent de la « France qui se lève tôt » depuis sa rencontre à Boulogne, dans le Pas-de-Calais, avec de jeunes ouvriers d'une usine de traitement de poissons, qui lui avaient lancé : « Nous, on a des salaires de misère et pourtant on se lève tôt. » Mais utiliser les mots de l'autre, même pour manifester un accord, n'est pas toujours opportun. Il est des spontanéités dangereuses pour un homme politique, car trop facilement exploitables par les adversaires. Les mots « nettoyer » et « Kärcher » collent désormais à Nicolas Sarkozy, repris non seulement par les opposants, mais aussi par les jeunes, les humoristes et les imitateurs.

La version de Marion Van Renterghem, la jeune journaliste du *Monde*, est toute différente. Elle n'a pas « réussi à suivre » le ministre dans l'appartement de la famille en deuil, pour la bonne et simple raison qu'elle s'y trouvait *avant* lui, l'ayant précédé d'une heure au moins. L'expression « nettoyer la cité au Kärcher » n'a pas été suggérée par un membre de la famille, le ministre n'a pas attendu d'être questionné pour s'exprimer et il est donc le seul auteur de cette formule devenue fameuse. La journaliste insiste sur le fait que dans cette famille terrassée par la douleur et où les parents s'exprimaient plus facilement en berbère qu'en français, il est impensable que quiconque ait pu employer – ni même, probablement, connaître – le mot « Kärcher ».

En tout état de cause, le ministre récidive dans la maladresse (ou l'habileté ?) provocatrice quelques mois plus tard. Le 25 octobre 2005, deux heures avant le début des émeutes en banlieue (provoquées par la mort de deux jeunes électrocutés dans un transformateur EDF où ils s'étaient réfugiés, à Clichy-sous-Bois), il se rend à Argenteuil, dans le Val-d'Oise[1], pour assister à une présentation des nouveaux services de police qu'il a mis en place contre la violence urbaine. Il est 22 heures. Il doit traverser à pied une esplanade baptisée « La dalle d'Argenteuil ». Son comité d'accueil : 150 jeunes en survêtement et capuche le guettent sur la passerelle surplombant la dalle, des cris, des jets de pierres et de bouteilles, quand soudain une femme, d'origine maghrébine, l'interpelle depuis sa fenêtre : « Il faut débarrasser le quartier de cette racaille. » Il lui répond : « Nous allons vous débarrasser de cette racaille. » Scandale. Aussitôt, tous les jeunes de banlieue prennent pour eux le mot « racaille », se sentant visés. Ce qui lui vaut une admonestation de son collègue, le sociologue Azouz Bégag, entré dans le gouvernement Villepin pour prendre en charge les problèmes d'intégration. Dans *Libération*, il dénonce « la sémantique guerrière et imprécise du ministre qui ne peut aider au retour du calme dans des territoires en surchauffe ». Il en rajoute sur France 2 : « Il ne faut pas dire aux jeunes qu'ils sont des racailles. » Azouz Bégag, quel Tartuffe, oublie qu'il avait lui-même, dans une tribune du *Monde* datée du 8 mai 2002, exigé des sanctions contre ceux justement qu'il qualifiait de « racailles » ou « cailleras » en verlan. « Ces groupes de jeunes, écrivait-il, dont tout le monde a peur, qui conduisent des scooters sans casque, roulent sur les trottoirs au mépris des piétons, ignorent royalement les feux de signalisation comme ils récusent tout autre code de conduite sociale. » Or, c'est bien ceux-là que,

1. Argenteuil où 130 voitures ont brûlé depuis le début de l'année.

de bonne foi, Nicolas Sarkozy visait en parlant de racaille, et non les jeunes en général.

A-t-on oublié aussi ce que disait le président de SOS Racisme, Malek Boutih, dont les propos avaient été repris dans une tribune du *Monde*, le 13 juin 2002 ? Il demandait que « l'on remette la police au boulot. Pour qu'elle donne un grand coup de balai parmi les gangs de la cité. Le plus grand nombre de bavures n'est plus de son fait, c'est la racaille qui tue le plus dans les cités ». L'ennemi, à ses yeux, n'était pas « le flic à sept mille cinq cents balles par mois, mais les petits Le Pen de banlieue, les petits dictateurs de quartier, qui vendraient leurs frères pour quelques billets ».

Comme quoi tout dépend non pas des mots mais de celui qui les prononce. La gauche y trouve de quoi accabler le ministre de l'Intérieur, dénonce sa brutalité, son inhumanité. Des artistes, des sportifs de renom, comme Lilian Thuram, clament leur indignation. Le mal est fait.

A droite, où Sarkozy, bien sûr, n'a pas que des amis, les réactions ne sont guère plus favorables. Celle de Dominique de Villepin est ambiguë. « Chacun aborde ces questions avec sa sensibilité », dit-il. Comprenez : la mienne est moins brutale, plus délicate.

Certains élus proches du ministre reconnaissent l'imprudence. Mais ils expliquent que, fragilisé lui-même, pour d'autres raisons bien sûr, il n'en est que plus attentif à la réelle douleur des autres. Au moins, lui peut se dire que, s'il est critiqué par l'élite, il est compris par le peuple puisqu'il parle comme lui. Nicolas Sarkozy, aujourd'hui encore, continue d'aider la famille de la victime de La Courneuve.

Les assassins présumés seront arrêtés quatre jours

plus tard, grâce à des investigations de proximité minutieuses, loin des démonstrations de force. On reprochera aussi à Sarkozy d'avoir déployé, deux jours plus tôt, deux cents policiers du RAID encagoulés et accompagnés de chiens qui ont investi la barre Balzac de la Cité des 4 000. La manière musclée, sous l'œil des caméras et le regard irrité des habitants, s'est révélée inefficace : les hommes en noir n'ont rien trouvé. Ils ont arrêté deux hommes seulement. Tout ça pour ça !

Bientôt, c'est le monde judiciaire qui s'émeut. Recevant le 22 juin des officiers de gendarmerie, le ministre met en cause un magistrat qui a permis la libération conditionnelle d'un certain Patrick Gateau. Celui-ci, condamné à perpétuité pour meurtre en 1990, vient de récidiver avec son complice Serge Mathey : ils ont avoué le meurtre de Nelly Crémel, une mère de famille de 39 ans, tuée le 2 juin, près de chez elle, alors qu'elle faisait son jogging. Pour Nicolas Sarkozy, le juge est responsable. « La justice est humaine, donc faillible, je le sais, dit-il. Mais ça n'est pas parce que c'est humain qu'on ne doit pas payer quand on a fait une faute. »

Le Syndicat de la magistrature dénonce aussitôt des propos qui, « par leur excès, sont de nature à porter atteinte à la justice et à son indépendance ». En revanche, l'opinion publique, dans une large majorité, partage l'avis de Nicolas Sarkozy. Du côté de l'opposition, on proteste vigoureusement et le socialiste Julien Dray semble lier l'attitude du ministre à ses problèmes personnels : « Nicolas Sarkozy est à cran, et c'est inquiétant. »

Le 24 juin, Jacques Chirac tente de calmer le jeu : « Rien ne saurait remettre en cause le principe constitutionnel de la séparation des pouvoirs et le respect de l'indépendance de la justice », écrit-il au Syndicat de la magistrature. Mais dans le même temps, preuve que le problème posé est réel et aigu, Dominique de Villepin demande au Garde des sceaux, Pascal Clément, de présenter en urgence un projet de loi sur la libération conditionnelle, l'application des peines en cas de récidive et un meilleur suivi des sorties de prison.

Malgré tout, Nicolas Sarkozy peut être satisfait : l'affaire a tourné à son avantage. Mais, à compter de ce jour, la gauche parle de lui comme d'un homme dangereux.

Côté vie privée, les choses ne s'améliorent pas. Cécilia n'est pas rentrée. Nicolas a retiré son alliance. Les journalistes l'ont remarqué le 11 juin, lors de la réunion du conseil national de l'UMP, où Dominique de Villepin et lui ont fait assaut – très provisoire – d'amabilités.

Le ministre au cœur blessé s'est replié sur son équipe de fidèles. Au premier rang, Place Beauvau, Claude Guéant, directeur de cabinet devenu son confident, et bien sûr Brice Hortefeux, sa garde de fer, entré au gouvernement comme ministre délégué aux Collectivités locales auprès du ministre de l'Intérieur (mais ce n'est pas à lui qu'il doit sa promotion). Pierre Mongin, ex-chef de cabinet du Premier ministre Edouard Balladur, ex-préfet de la région Auvergne (dont Brice Hortefeux est un élu), devenu directeur de cabinet de Dominique de Villepin a suggéré à celui-ci qu'il serait le meilleur des « go between » entre l'Hôtel Matignon et la Place Beauvau. Ce que confirme Nicolas Sarkozy : « Brice ne m'a jamais rien demandé depuis qu'il est avec moi, ça a toujours été “si tu veux, je veux”, rien de plus. C'est quelqu'un de formidable. » Commentaire de l'intéressé : « Si je n'avais pas toujours été à ses côtés, jamais je ne serais devenu ministre, c'est à Nicolas que je le dois. » A ses proches parmi les proches, il faut ajouter Frédéric Lefèbvre, son attaché parlementaire, ennemi juré de Jean-Louis Debré, qui n'a pas son pareil pour déjouer les pièges, déceler les états d'âme des députés, les signaler au chef et les ramener pour lui ; Franck Louvrier, repéré au service de presse du RPR en 1997 et qui ne l'a plus quitté. Le seul qui réponde ou rappelle dans l'heure les journalistes. Laurent Solly, jeune et beau préfet, chef de cabinet, chargé des déplacements. Rachida Dati, une magistrate dont le parcours est le symbole d'une intégration réussie, toujours active sur le terrain aux côtés du ministre. Pierre Charon, un ami de vingt ans, présent dans les bons et les mauvais jours, toujours en quête de distractions pour Nicolas, et qui fait le lien avec des artistes. Voilà pour les collaborateurs, pour ne citer qu'eux.

Ses fils Pierre et Jean l'entourent de leur présence quasi quotidienne. Il y a aussi les amis fidèles, Jacques et Martine Chancel, Martin Bouygues, Didier Barbelivien, les nombreux copains du show-biz. Avec tous ceux-là et bien d'autres, il déjeune ou dîne presque tous les jours et la soirée se prolonge souvent tard. Entouré de cette « famille » hétéroclite qui ne lui ménage ni son temps ni son affection, il mène une vie de célibataire. Cécilia n'est plus là pour le surveiller.

Juillet est arrivé, il fait beau et chaud. Le samedi après son jogging, Sarkozy travaille torse nu dans le jardin du ministère. L'humeur s'en ressent, il retrouve des couleurs et s'épanche volontiers auprès de quelques femmes journalistes. Il redécouvre le marivaudage, sa capacité de séduction. Cette liberté recouvrée paraît presque le guérir.

La qualité du service, la fraternité des policiers qui

le servent et l'entourent lui mettent aussi du baume au cœur. « Quoi qu'on décide avec Cécilia, dit-il alors, je dois me conduire en gentleman. » Rageur, il lui arrive aussi de dénoncer « des manières de coiffeur et de coiffeuse ». Mais il prend sa part de responsabilité dans ses malheurs, avouant : « Je suis égotiste, arrogant, prétentieux, c'est vrai, mais j'aime les gens et puis j'ai beaucoup changé, je crois que je deviens plus fréquentable.

— Depuis quand ?

— Depuis un mois [1]. »

Il ajoute : « Si avec Cécilia on surmonte cette crise, si l'amour est plus fort, ce sera magnifique et l'on repartira peut-être tous les deux mieux qu'avant. »

Il se donne jusqu'à la fin des vacances pour y voir plus clair.

Une rumeur a pourtant pris corps parmi les journalistes : une consœur du *Figaro* serait désormais très proche de lui.

Mais il va bientôt donner à la presse d'autres grains à moudre. On approche du 14 Juillet – un jeudi, cette année 2005 –, jour du défilé des troupes et de la rituelle interview présidentielle. Un anniversaire, donc : celui du « Je décide, il exécute ». Nicolas Sarkozy, qui ne l'a toujours pas digéré, va le célébrer à sa manière et le faire payer à Jacques Chirac. Le mardi matin précédent, lors du petit déjeuner des chefs de la majorité, il cueille tout le monde à froid en jugeant dépassé le rite de l'interview élyséenne : « Pourquoi perpétuer une tradition, alors qu'il n'y a pas d'actualité ? C'est sans intérêt ! » Jean-Louis Debré, président de l'Assemblée nationale, et Michèle Alliot-Marie, ministre de la Défense, hoquet-

1. Conversation avec l'auteur le 8 juillet 2005.

tent d'indignation. Ils expriment au contraire leur attachement à cette coutume et ne voient dans les propos de Nicolas Sarkozy que les mauvaises manières d'un homme qui veut s'opposer systématiquement au Président.

Le meilleur – ou le pire, c'est selon – est à venir.

Tous les 14 Juillet, une discrète réception est organisée Place Beauvau : le ministre de l'Intérieur remercie policiers et gendarmes. Il s'agit aussi d'honorer les familles des victimes. Après une visite éclair à la garden-party élyséenne, où il a signé beaucoup d'autographes et s'est fait photographier sous tous les angles par des fans, le ministre ouvre donc grand ses portes à la presse. Et tandis que Jacques Chirac se prépare à répondre aux questions des journalistes, lui, debout derrière un pupitre, l'esprit exalté et le corps en nage, il s'écrie : « Je suis un responsable public qui a pour charge de traiter les problèmes de son pays. Si vous me permettez en ce 14 Juillet un parallèle historique, je dirais que je n'ai pas vocation à démonter tranquillement des serrures à Versailles pendant que la France gronde. Car depuis vingt ans, à force d'immobilisme, à force d'user de la langue de bois, à force d'éluder la réalité des faits et d'esquiver les défis, on ne voit pas que la France gronde. » Fin de citation. C'est un Scud envoyé sur l'Elysée.

En termes freudiens, comparer Jacques Chirac à Louis XVI a une connotation œdipienne évidente. C'est souhaiter la mort du roi, donc du père, condition essentielle pour devenir roi soi-même.

Au Conseil des ministres du lendemain, l'ambiance est glaciale. Jacques Chirac ne lui adresse pas un regard. Dominique de Villepin le convoque à Matignon et lui demande s'il appartient toujours au gouvernement.

Et le lendemain sur Europe 1, Jean-Louis Debré s'interroge, faussement ingénu : « Je n'arrive pas très bien à comprendre ce que veut le ministre de l'Intérieur : veut-il sortir du gouvernement et apparaître comme une victime ? Peut-être. Veut-il montrer son indignation de ne pas avoir été désigné comme Premier ministre ? Peut-être. Veut-il empêcher la réussite du gouvernement pour mieux préparer sa carrière ? Peut-être. Mais à force de dénigrer le Président de la République, ce sont les institutions que l'on met en cause. » Sa conclusion : ce ministre n'est « pas assez mûr, il est trop nerveux, il manque de recul ».

C'est ce qui s'appelle une volée de bois vert. Elle est méritée. Nicolas en a trop fait, cette provocation était inutile. Son entourage en est embarrassé. Il avait sans doute besoin d'exprimer une rage dont l'Elysée n'était pas la cause. Le 9 septembre, Michel Field interroge Jean-Louis Debré sur LCI : « Trouvez-vous une qualité à Nicolas Sarkozy ? » Réponse : « Je n'ai pas encore trouvé. » La Chiraquie n'a pas décoléré de tout l'été. A Bernadette Chirac, le Président lâchera : « Vous voyez bien, il ne pense qu'à me tuer. »

Prenant enfin conscience d'avoir ouvert une polémique pour lui dommageable, le ministre de l'Intérieur assure dans une interview à *Libération* « avoir toujours respecté la personne comme la fonction du chef de l'Etat ». Il revendique néanmoins sa liberté de parole et affirme que sa volonté de « rupture » pour 2007 ne saurait être bridée par le Premier ministre.

En attendant, 2005, l'année de ses 50 ans, continue d'être éprouvante. Voici venir août et la réapparition de Cécilia dans la maison du Pyla où le couple avait passé l'année précédente des vacances heureuses. Mais ce ne sera qu'un aller et retour de quatre jours. Elle repart au volant de sa voiture en laissant la garde de Louis à son père. La vie s'organise sans elle. Pierre Charon joue les nounous, organise les festivités. Les Chancel viennent passer quelques jours. Les paparazzi, qui ne le lâchent plus, suivent ses traces à Venise, puis sur le yacht loué par ses amis Bouygues au large de la Sardaigne. Nicolas Sarkozy n'est pas venu seul. Petit moment de paix ? Il ne va pas durer longtemps.

Le 24 août, en effet, un nouveau coup dur. Il s'est rendu aux obsèques de deux pilotes d'avion Canadair tombés en Ardèche. Le troisième crash meurtrier de l'été provoqué par des incendiaires. Mais c'est d'une autre brûlure qu'il souffre, lui. Dans l'avion du retour, ses collaborateurs le préviennent : *Paris Match* va sortir à la « Une » la photo de Cécilia à New York avec Richard Attias (dont Nicolas n'a jamais voulu prononcer le nom).

Durant tout le trajet, il ne dit mot. Le visage décomposé, livide. Dès l'arrivée à Villacoublay, une enveloppe fermée lui est remise. Elle contient un exemplaire du journal, il n'y touche pas. Le choc est trop rude. La douleur immense. La photo de « Une », qu'il finira bien par regarder, montre Cécilia et son ami à Manhattan, occupés à consulter ensemble un plan qu'elle tient à la main : celui d'un appartement. Titre : « Cécilia Sarkozy à l'heure des choix ». Sous-titre : « Avec Richard Attias, elle a passé l'été entre New York et Paris. » Poids des mots, choc des photos… Les pages intérieures montrent le couple en vacances à Cannes, ou encore attablé dans un restaurant branché de la capitale. Les photos sont accompagnées d'un long article non signé, destiné à faire connaître Attias au grand public. Le portrait, très flatteur, laisserait presque entendre qu'enfin Cécilia a eu la chance de rencontrer un homme extraordinaire. En creux, ce texte est très humiliant pour Nicolas Sarkozy, qui peut dire que « rien ne lui aura été épargné ». En effet.

Ce n'est pas la première fois que la presse évoque les difficultés du couple, mais jamais elles n'avaient été étalées avec un tel luxe de détails, surtout photos à l'appui et dans un magazine de qualité reconnue. Que s'est-il passé ? Alain Genestar, le directeur du journal – qui y perdra son poste quelques mois plus tard –, a eu peur d'être grillé par un autre magazine, *VSD*, ainsi que par le *Times* en Grande-Bretagne, et a décidé dans l'urgence de publier ces photos. Pas plus qu'à l'ordinaire, il n'a prévenu Arnaud Lagardère, le patron du groupe auquel appartient l'hebdomadaire. Il ne l'appelera que le lendemain pour le prévenir de sa Une. Celui-ci se trouvait alors aux Etats-Unis. Or Arnaud Lagardère est un ami intime de Sarkozy, presque un « frère ». C'est en ces termes qu'il l'avait présenté en mai à l'état-major du groupe Lagardère réuni en séminaire à Deauville. Il n'a été informé qu'une fois le journal imprimé, alors qu'il avait promis au ministre que ces photos ne seraient jamais publiées. Le coup est rude. Très rude. Pour l'un, bien sûr, et ô combien plus pour l'autre. Un cauchemar.

Au même moment, on apprend que Cécilia a autorisé une journaliste de l'hebdomadaire *Gala* à écrire sa biographie. Valérie Domain, qui l'a rencontrée à plusieurs reprises, y a travaillé tout l'été. Le livre doit sortir à l'automne. Le titre est trouvé : *Cécilia Sarkozy, entre le cœur et la raison*. Aux yeux de Nicolas, la coupe est pleine. Quelques jours avant la sortie prévue du livre, il convoque Vincent Barbare, PDG des éditions First, qui va le publier, le menace de poursuites judiciaires. Il explique qu'il agit ainsi à la demande de Cécilia, laquelle a brusquement changé d'avis. Elle ne souhaite pas – ou ne souhaite plus, peut-être, à la demande pressante de son mari – que sa vie privée soit médiatisée. Elle déclare au *Parisien* : « J'ai appelé Nicolas au secours. » Le livre ne sortira donc pas dans ces conditions chez First. Les éditions Fayard le publieront quelques mois plus tard, mais sous une forme romancée, où certains faits et les noms sont modifiés, si bien que le livre n'a pas l'impact attendu à l'origine par son auteur.

On s'interroge : Cécilia veut-elle revenir ? Jusqu'en décembre, elle fait des aller et retour entre Paris et New York. Le couple s'est partagé la garde de Louis. Quand elle est à Paris, elle réside dans le septième arrondissement. Mais l'on croit savoir – en réalité, Nicolas Sarkozy fait tout pour que cela se sache – que Cécilia et lui se parlent tous les jours, ou s'envoient des textos. Louis est leur lien. Il arrive même à Cécilia d'oublier le décalage horaire et de réveiller le ministre au milieu de la nuit. Souvent, lors des Conseils des ministres, ses collègues le verront consulter d'un œil furtif son portable pour y lire des messages qu'il semble guetter.

Mais entre-temps, un nouveau rebondissement a brouillé davantage les cartes : le 11 octobre, *France-Soir* titre « Le secret de Polichinelle : Sarkozy a retrouvé l'amour ». Pas celui de Cécilia. L'article donne le nom de la nouvelle compagne, journaliste au *Figaro*. Depuis septembre en effet, la rumeur courait. On les avait vus, le 20, acheter ensemble un téléviseur dans un magasin Darty à Paris. Bientôt leur liaison est quasi officielle. Nicolas Sarkozy en avertit lui-même Nicolas Beytout, le patron du *Figaro*. Ses amis n'en doutent pas : c'est une vraie histoire qui commence. Devant certains collaborateurs, il évoque même son possible mariage. La presse *people*, les photographes sont aux aguets.

Pour tenter d'endiguer ces flots qui le submergent, il a pris un avocat : tous ceux qui porteront atteinte à sa vie privée et à celle de son amie seront poursuivis. Il leur réclamera cent mille euros de dommages et intérêts.

Le 21 octobre, il déclare à Alain Duhamel, sur France 2, qu'il ne veut plus parler de sa vie privée. Et il n'en parlera plus, en effet. A personne. Sans doute est-il dans l'indicible. Dès lors, ses amis ne sauront plus très bien ce qu'il trame au fond de son cœur. Il lui arrive quand même de plaisanter à demi-mot devant des journalistes : « On m'a toujours prêté beaucoup plus d'aventures que je n'en ai eu. Je suis, hélas, bien inférieur à ma réputation. »

Reste qu'à la veille de Noël il passe les fêtes à l'île Maurice avec sa compagne. Il a donc franchi un nouveau pas. Au grand dam de Cécilia. Connaissant sa jalousie, il l'a bien sûr prévenue de son voyage.

Le retour à Paris est rude pour la journaliste : Cécilia annonce son arrivée et Nicolas va l'attendre à Roissy, au pied de l'avion, l'embarque avec Louis dans sa voiture. Richard Attias la voit partir sous son nez.

Cécilia est de retour, le ministre a remis son alliance. Tous deux préparent les vacances de février. Mais l'orage est toujours dans l'air. Au dernier moment, nouveau changement, elle décide de prendre ses vacances avec Louis aux Etats-Unis. Invité sur LCI, le lendemain soir, Nicolas Sarkozy a cette fois encore enlevé son alliance. On se téléphone dans les rédactions. La suite ressemble à un vaudeville ou à une tragédie, c'est selon.

Le député Jean-Christophe Cambadélis, dans *Tribune socialiste*, opte pour le vaudeville, comparant Cécilia à Joséphine de Beauharnais et le ministère de l'Intérieur à la Malmaison (et donc Nicolas à Napoléon).

Cécilia repartie, la compagne revient. Mais les liens de Nicolas Sarkozy avec son épouse ne sont pas plus rompus cette fois qu'ils ne l'étaient les mois précédents. « Elle m'aime », confie-t-il à ses proches et à des journalistes.

Les va-et-vient de Cécilia continuent. En mars, Nicolas l'autorise à inscrire leur fils Louis au lycée français de New York jusqu'à la fin de l'année scolaire. A cet instant, une fois encore, son entourage pense que le divorce est inéluctable. Que Cécilia se joue de lui. Cette fois, il se retrouve bien seul ; ce qui faisait son socle familial depuis tant d'années, sa femme, les filles, Louis, tout a explosé. Et cela, il ne l'admet pas. Il a tenté de se projeter dans une autre vie et sans doute était-il très sincère, mais voilà, on tombe toujours du côté où l'on penche. Et sa préférence à lui s'appelle Cécilia. Il écrivait dans *Libre* : « Les décisions de rupture ont toujours été pour moi les plus difficiles à prendre. Choisir n'est rien d'autre qu'une forme de renoncement. » Nicolas Sarkozy ne veut pas renoncer à son épouse.

On le comprendra mieux, d'ailleurs, à la lecture du livre qu'il a commencé d'écrire au début du printemps 2006, pour le publier avant l'été [1]. Un livre écrit pour Cécilia, avoue-t-il. Un livre politique, bien sûr. Un « ce que je crois, ce que je veux », mais qui va bien plus loin. Son auteur prévient dès l'abord : « Construire est avec aimer l'un des plus beaux mots de la langue française.

1. *Témoignage*, XO, 2006.

On construit sa maison, sa vie, sa famille. Le bonheur de celle-ci et parfois de son pays. On aime son pays avec passion. C'est une attention et une énergie de tous les instants. Il ne faut jamais arrêter, encore moins renoncer ou baisser les bras. Aujourd'hui plus encore qu'hier, comment pourrais-je l'oublier ? La destruction est si vite arrivée, aussi bien sur le plan privé que public… Construire et aimer ? Ça pourrait être une promesse. Pour moi, c'est une vie. Ma vie. »

Plus loin, un chapitre porte en titre une seule lettre : « C ».

« Cette évolution vers la transparence de la vie privée, inimaginable il y a seulement dix ans, est devenue inéluctable aujourd'hui. Alors, autant affronter le problème de face et ne pas chercher à biaiser. »

« C, j'écris C, poursuit-il, car encore aujourd'hui, près de vingt années après notre première rencontre, prononcer son prénom m'émeut. C, c'est Cécilia. Cécilia est ma femme. Elle est une partie de moi. Quelles que soient les épreuves que notre couple a traversées, pas une journée ne s'est déroulée sans que nous nous soyons parlé. C'est ainsi… On m'a beaucoup reproché d'avoir voulu mettre en scène mon couple. Je comprends ce reproche, je ne veux en rien minimiser mes responsabilités, mais je souhaite faire comprendre que ce ne fut pas une mise en scène, tout était sincère et vrai. Notre vie est faite l'un avec l'autre, l'un pour l'autre. Quand j'ai pris conscience d'avoir trop exposé Cécilia, le mal était fait : trop de pression, trop d'attaques. Pas assez d'attentions de ma part. Sur le moment, notre couple n'y a pas résisté… Même aujourd'hui, j'ai du mal à en parler. Jamais je n'avais connu une telle épreuve. Jamais je n'aurais imaginé en être aussi profondément bouleversé. Peut-être même cela m'a-t-il obligé à sortir de moi cette part d'humanité qui sans doute me faisait défaut. Une telle épreuve n'est en rien une affaire d'orgueil ou de jalousie. L'épreuve c'est l'absence, pas la blessure de vanité. [...] Aujourd'hui, Cécilia et moi nous nous sommes retrouvés pour de bon, pour de vrai, sans doute pour toujours. Si j'en parle c'est parce que Cécilia m'a demandé d'en parler pour nous deux. Elle a voulu que je sois son porte-parole. Elle aurait pourtant pu le dire mieux que moi mais, dans sa demande, j'ai reconnu sa pudeur et sa fragilité, peut-être aussi sa confiance dans son mari. »

Pour la première fois, un homme politique fait passer son amour avant son amour-propre, son ambition même, l'avoue sans fard. Et veut que cela se sache. Lorsque le livre est publié, Cécilia en effet est revenue. Pour toujours ? L'histoire le dira. Mais il s'est battu jusqu'au bout, comme un lion. Il n'a jamais admis qu'elle et lui ne chemineraient plus ensemble.

En avril 2006, de retour d'un voyage au Mali, il s'était envolé pour New York, un bref aller et retour pour rencontrer Cécilia dans un hôtel, parlementer avec elle et sceller leurs retrouvailles. Et, à la fin de mai, il était reparti de même, cette fois pour aller la chercher avec leur fils et les ramener à Paris.

Quelques jours plus tôt, son amie journaliste avait tiré sa révérence.

C'est Cécilia qui a trouvé le titre de l'ouvrage, *Témoignage*. Le ministre a tenu à le faire savoir.

Quand on l'interroge sur l'épreuve qu'il a traversée, il répond, la voix emplie d'une émotion contenue [1] :

1. Conversation avec l'auteur.

« Tout le monde souffre dans la vie. La souffrance, c'est aussi ce qui fait que l'homme n'est pas grotesque, c'est digne au contraire. Et ce qu'il y a de plus noble dans une vie, c'est le sentiment, c'est l'amour. Ce n'est pas la vanité blessée qui fait la douleur, c'est l'absence. Tout le reste est anecdotique. Si l'on accepte de souffrir, on devient plus tolérant. Cécilia et moi avons souffert tous les deux, je ne l'ai pas assez préservée, mais je n'ai aucun doute, ce qui est vital pour moi, c'est elle et les enfants, et cela passe avant tout. Ma famille est ma priorité. Ma carrière s'est trop faite au détriment des miens.

— Alors ? L'ambition, le pouvoir ?

— Quand on approche du pouvoir suprême, qu'il n'y a plus qu'une rue à traverser, on fait ce que l'on doit faire. Je n'ai pas *envie* d'être Président. Je *dois* être Président. Ce n'est pas la même chose. J'ai perdu en envie ce que j'ai gagné en lucidité. J'aborde ces prochains mois avec plus de gravité, très conscient de la charge qui m'incombera le cas échéant. Pour bien exercer le pouvoir, sans doute est-ce mieux de ne pas vouloir y aller par plaisir, mais parce que c'est un devoir. Je veux que ma famille sache qu'elle est ma priorité. »

Cécilia dit de lui : « Nicolas est l'homme le plus méconnu de France. Il a une sensibilité, une humanité magnifiques que personne ne perçoit [1]. »

Fin août, il reçoit ses fidèles à l'Intérieur. Tous sont frappés par sa gravité et le changement de ton, qui n'est plus à l'exaltation : « J'irai jusqu'au bout, dit-il, je veux réformer la France, je dois le faire, mais il faut que vous sachiez que cela me coûte. » Quelques jours plus tard, il est à Marseille, où il prononce son grand discours sur la

1. Conversation avec l'auteur.

jeunesse, sans doute l'un des plus émouvants et riches. Cécilia est assise au deuxième rang. Tous les ministres ont fait le voyage, y compris le Premier ministre, avec lequel on le verra sur scène, mains jointes et levées, mimer l'entente la plus cordiale. Personne n'est dupe.

Nicolas le sait : il aborde l'ultime phase de sa carrière, celle où l'on va se trouver seul face aux Français. A Marseille, en ouvrant son discours, il a fait sienne cette prière de Michel-Ange : « Seigneur, donnez-moi la grâce de désirer plus que ce que je peux accomplir. »

Chapitre XXIII

L'année des Scorpions

Le 28 janvier 2005, le jour de ses 50 ans, Nicolas Sarkozy est en déplacement dans le Nord. Il fait froid et gris. Lui voit la vie en rose. Qui pourrait l'empêcher de concourir pour le sommet ? Ses amis les plus proches ont fait le déplacement à Lille pour l'entourer, lui et Cécilia. On a chanté. Jacques Chirac lui a téléphoné pour lui souhaiter un joyeux anniversaire, cadeau apprécié qu'il s'empresse de rendre public. Le passage à une nouvelle décennie fait cependant planer sur son bonheur un léger voile de mélancolie. Cinquante ans ! C'est le siècle qui déboule sur soi. On pèse déjà un demi-siècle ! Les dizaines, jusque-là, s'égrenaient plus légères. Il ne les a pas vues passer, ces années où il était le jeunot de la bande. Il ne l'est plus. Mais il se sent tout à fait d'attaque. En présentant, deux semaines plus tôt, et pour la première fois, comme président de l'UMP, ses vœux à la presse, il avait lancé : « 2005 doit être un temps de construction pour la France, pour l'UMP et peut-être pour moi-même. » Tout va donc pour le mieux.

Tout le monde peut se tromper. Y compris lui-même.

C'est un rude chemin de croix bordé de ronces et d'épines qui l'attend. Il croit sa feuille de route toute tracée : il a trente mois devant lui pour livrer bataille, tenir le public en haleine, proposer toutes ses réformes qu'il appelle ruptures, parler, bouger, promettre, lancer piques et mots d'esprit, maintenir ses partisans en état de chauffe, entretenir ses réseaux, les développer. Un combat qui ne l'effraie pas. Il se sent bien sur ses jambes. Bien dans sa tête, telle une force qui va. « Une force qui va lasser », disent ses détracteurs. Qu'il n'écoute pas.

Il devrait pourtant savoir que le plus prévisible dans une vie est toujours l'imprévu. Les astrologues auraient pu lui dire qu'à ses côtés deux personnes, nées sous le signe du Scorpion, vont lui créer bien du souci. Cécilia, née un 12 novembre et dont la reconquête, on l'a vu, va mobiliser cette année-là ses forces, son énergie, ses jours et ses nuits. Et un outsider inattendu, Dominique de Villepin, né le 14 novembre 1953.

Ministre des Affaires étrangères, il a fait une entrée époustouflante dans le paysage politique. Quand, le 14 février 2003, il a porté avec panache la parole française à l'ONU, lors du débat sur la crise irakienne : « Et c'est un vieux pays, la France, d'un vieux continent comme le mien, l'Europe, qui vous le dit aujourd'hui, qui a connu les guerres, l'occupation, la barbarie. Un pays qui n'oublie pas et qui sait tout ce qu'il doit aux combattants de la liberté venus d'Amérique et d'ailleurs. Et qui pourtant n'a cessé de se tenir debout face à l'Histoire et devant les hommes. Fidèle à ses valeurs, il veut agir résolument avec tous les membres de la communauté internationale. Il croit en notre capacité à construire ensemble un monde meilleur. »

Le jour où il a prononcé ces mots, abondamment

relayés par les médias, sous les applaudissements de l'Assemblée de l'ONU et avec une fougue ardente et lyrique, dont tous les téléspectateurs de par le monde ont pu être les témoins, il a donné un sang vif et neuf à l'orgueil français, il a mis du baume au cœur du peuple de droite comme à celui de gauche, enfin rassemblés comme aux grandes – et rares – dates de l'histoire du gaullisme. Il est le héros du jour.

Nicolas Sarkozy, ce jour-là, s'est découvert non un adversaire, mais un rival potentiel dans l'accès au pouvoir suprême. Et un rival de taille.

Dominique de Villepin, c'est d'abord un physique. Une élégance, une stature, un pelage soyeux et argenté, un certain charme romantique qu'il cultive avec art, très rare dans le personnel politique. Dominique le magnifique, « so gorgeous », s'exclamaient les journalistes américaines sur son passage. C'est un caractère. Il a des nerfs, du courage, une détermination qui peut le porter loin mais qui confine parfois à l'obstination. Poète et surtout fou de poésie, écrivain et surtout fou de littérature, il paraît être né pour porter, illustrer, incarner une chanson de geste gaullienne. A la manière du Général, il parle de la France comme d'une personne, d'une amante, d'une maîtresse. Décevante souvent, mais qu'il ne cessera pas d'adorer et de servir. « Moi, j'ai rêvé la France avant de la connaître », dit cet énarque descendant de militaires, souvent morts au champ d'honneur, passionné par l'épopée napoléonienne. Il est né au Maroc et a vécu le plus souvent dans sa jeunesse entre le Venezuela et les Etats-Unis. Dans le recueil de poèmes qu'il a fait éditer à compte d'auteur, il n'est question que de combats, de sols arides, jonchés de morts pour la patrie qu'ils défendaient, au milieu de mares de sang. Tout n'est que tragédie et furie. Il n'y a pas un seul poème d'amour. Les femmes en sont absentes. La tendresse charnelle est réservée à la patrie, « Notre Dame la France », comme disait Péguy.

« Cet homme, qui peut être très cordial, est sans affect », dit de lui Sarkozy. Il y a eu pourtant entre eux une idylle. Entre 1997 et jusqu'à 2002, le futur patron de l'UMP était reconnaissant au Secrétaire général de l'Elysée de soutenir sa candidature à la présidence du RPR, quand Jacques Chirac s'y opposait. En 2001, Villepin avait aussi été l'un des plus chauds partisans de sa nomination à Matignon. Dans son livre *Libre*, Nicolas Sarkozy en avait dressé un portrait plus que flatteur : « Le quotidien l'assomme, la médiocrité le déprime, l'adversité le requinque. Attaché à toute force à ce que Chirac soit à la hauteur de son destin, il enrage dès qu'une décision n'est pas prise dans la minute, il n'y a pas de petitesse chez ce guerrier. »

Mais les guerriers entrés en politique s'imaginent toujours qu'il est fatalement des accommodements avec la rigueur, les principes et les bons sentiments. Et ils gardent des habitudes du commandement militaire, le goût – parfois nécessaire et utile – du secret, voire un fort penchant pour le complot, ainsi qu'une éternelle défiance. Dominique de Villepin a toujours scruté la face noire des êtres. Il attend toujours le pire parce que le pire lui paraît naturel. Secrétaire général de l'Elysée, il exigeait des gardes de l'entrée qu'ils lui apportent chaque jour la liste des personnes qui étaient venues dans le Palais pour un rendez-vous (ce que n'avait jamais demandé aucun de ses prédécesseurs). Il voulait tout savoir et il s'emportait lorsqu'un membre de l'Elysée avait reçu un journaliste sans l'avoir averti. Un jour, il avait même laissé planer devant eux la menace d'une surveillance téléphonique. Il faisait régner la terreur. Mais assurait n'avoir jamais lu les notes des Renseignements généraux et autres rapports de police. Au motif « qu'ils sont trop mal écrits ».

Tel est l'homme, séduisant et inquiétant qui devient en 2005 Premier ministre : « Vous n'aurez que des ennuis avec lui », avait prédit Bernadette à son mari. Il est vrai que Jacques Chirac, qui le trouvait trop vert, avait hésité. Michèle Alliot-Marie ? Sarkozy ? Encore abattu par l'échec au référendum, il s'était laissé faire. Villepin avait emporté le morceau parce qu'il avait fait son siège pendant plusieurs jours : « C'était physique, j'ai violé Chirac », lancera-t-il, jubilatoire, devant l'un de ses collaborateurs. Il rêve de l'Elysée et ne le cache plus. Mais il n'a pas suivi le cursus politique ordinaire, il n'en a pas le goût. Georges Pompidou, devenu Premier ministre du Général, après un parcours hors normes, avait fini par se faire élire député du Cantal. Lui n'a jamais laissé transparaître une quelconque volonté de se soumettre, ici ou là, un jour ou l'autre, au verdict du suffrage universel. « Ne comptez pas me rencontrer dans quelques mois déambulant, hagard, dans les couloirs de l'Assemblée nationale », disait-il en octobre à des journalistes. Et il n'a pas demandé d'investiture pour 2007 car, à ses yeux, cette quête aux suffrages « racornit, rapetisse ». Si bien que ses relations avec les élus ont toujours été plutôt fraîches. Ministre de l'Intérieur, il ne répondait pas à leur courrier – tout le contraire de Sarkozy. Quand il a commencé à rêver de Matignon, il a multiplié les déjeuners et les dîners avec les parlementaires, sans vraiment les séduire – la plupart n'avaient pas oublié son rôle dans la décision chiraquienne de dissoudre l'Assemblée en 1997. On leur répétait, en outre, quelques mots fort peu gratifiants pour eux. « Comment voulez-vous que les députés soient intelligents, ils ont presque tous été conseillers généraux avant. » Ou encore : « Les députés ont un organe plus développé que les autres : c'est le trouillomètre. » Et toujours « des cons ou des connards ». Fermez le ban.

« En politique, Villepin c'est un amateur, c'est du vent », commentait Nicolas Sarkozy, évidemment député et jaloux, lorsque ce flamboyant est entré à Matignon.

Dans le genre bévue, il est difficile de faire mieux ou pis. Le président de l'UMP, dont le sens politique est pourtant aiguisé, n'avait pas vu que la France aurait bientôt pour Villepin le regard de Chimène, que beaucoup allaient admirer cet homme alluré qui affrontait les événements avec un tel allant, et surtout tellement heureux d'être Premier ministre que, sous prétexte de rendre des comptes, il célébrerait son propre culte par une spectaculaire conférence de presse mensuelle, entouré de ses ministres, assis en rang d'oignons comme une théorie d'écoliers. Et que, dès juillet 2005, il entrerait dans les classements des personnalités à qui les Français souhaiteraient « voir jouer un rôle important ».

Le match commençait vraiment. Il allait être rude. De perpétuels petits conflits entre amis ? Bien pire. Villepin a un projet : en finir avec Sarkozy. A la veille de cet été-là, des proches du Premier ministre expliquent : « S'il réussit à Matignon, il devancera Sarkozy au premier tour, comme Chirac a dominé Balladur. »

Réponse de Sarkozy, paisible : « Je ne suis pas d'une nature jalouse. J'ai la concurrence dans les veines, j'entends assumer la part qui est la mienne, le rendez-vous est fixé : ce sera 2007 devant les Français. » Tandis qu'Edouard Balladur ponctuait : « Villepin manque de sens politique et même de sens commun. »

C'est en septembre que le Premier ministre va carrément voler la vedette à son numéro deux : le 5 exactement, à La Baule, lors des Universités d'été de l'UMP. Tout est prévu, organisé pour qu'elles soient la fête de Nicolas Sarkozy. Mais le premier jour, le samedi, doit commencer par un petit déjeuner entre les deux hommes sur la terrasse de l'hôtel Hermitage. La presse est prévenue. Or Sarkozy doit attendre, le regard sans doute aussi sombre que les lunettes noires qui le cachent. Plus personne n'ignore que Cécilia depuis l'été a pris le large. Il attend donc. Car le Premier ministre, ayant terminé un footing spectaculaire sur la plage Benoît, poursuit son exhibition par un plongeon non moins spectaculaire dans l'eau de mer, sous l'œil des caméras. Les psys de tous poils y verraient un acte symbolique : le don de son corps à la France. Reste qu'il faut être bien sûr de soi et de sa plastique pour s'offrir ainsi. Un geste d'un narcissisme fou. Regardez comme je suis plus beau que l'autre. Pour lequel, en privé, il a ciselé cette formule : « Un type qui ne peut pas garder sa femme ne peut pas garder la France. » Avantage Villepin.

C'est la guerre. Le petit déjeuner à peine terminé, il est appelé par l'Elysée. Jacques Chirac est hospitalisé au Val-de-Grâce depuis la veille au soir. Victime d'un petit accident vasculaire. Rien de grave, sans doute, mais le Premier ministre, averti en premier, comme la logique politique l'impose, il est vrai, savoure le privilège d'en informer son compère et rival. Avantage Villepin.

Ainsi flatté et revigoré, il surprend tout son monde en prononçant un hommage plus que vibrant du Président, parlant de lui au passé, presque un *De profundis*, alors que les nouvelles sont plutôt rassurantes. Il va vite en besogne. Evoquant son action de Premier ministre, il dénonce la rupture dont se réclame Sarkozy et la qualifie d'utopie : « La plus grande rupture, dit-il, elle est en train d'avoir lieu, c'est la rupture contre le chômage. » Nicolas Sarkozy, sur la défensive, répondra : « L'UMP n'est pas derrière le gouvernement, mais devant. »

Ce jour-là, pourtant, chacun le sent, le paysage s'est modifié : si l'UMP appartient bien à Sarkozy, l'entrée en scène du Premier ministre redistribue les cartes. Rien n'est joué. Les sarkozystes font mine de s'en réjouir en racontant que les Français n'aiment pas les histoires écrites d'avance. Tandis que les partisans de Villepin repartent joyeux, convaincus que leur champion sortira forcément vainqueur de la guerre des nerfs qui vient de commencer. Avantage Villepin.

La partie suivante se tient à Evian, quinze jours plus tard, lors des Journées parlementaires aussi rituelles que les Universités d'été. Le Premier ministre se lance dans une opération de charme devant les députés. Il les flatte, même : « Vous m'avez manqué cet été. » Mais le reste du discours, très technocratique, est lu trop vite. Il cite Chirac, mais ne respecte pas – comme l'exige le b-a-ba de l'orateur – un temps de respiration nécessaire pour permettre aux députés de l'applaudir. Il fonce. Bientôt les élus ne l'écoutent plus, parlent entre eux et c'est le brouhaha.

Depuis le temps qu'il bat les estrades, Sarkozy, lui, sait tenir une salle en haleine. La prendre dans ses bras comme une femme. Et il ne la lâche pas. Et il ne lésine pas sur les moyens. Et les députés scotchés sur leurs fauteuils boivent ses paroles. On entend les mouches voler. Un silence rompu seulement par des salves d'applaudissements. Avantage Sarkozy.

Il ne s'agit pas seulement de style. Sur le modèle social, la fiscalité, la réforme de l'Etat, de la Fonction publique, tout oppose les deux hommes ce jour-là. Comme tout les opposera durant cet automne lourd de nuages. Tandis que le ministre d'Etat ferraille avec les banlieues et les médias, doit s'expliquer devant l'opinion sur « le Kärcher » et « la racaille » qui lui collent au dos, Villepin met à profit « cette dérive droitière » pour se tailler un profil plus décontracté, une image plus sociale, qui rassure les électeurs de gauche, du moins dans les enquêtes d'opinion. En réalité, les sentiments et les actes de chacun sont complexes. Villepin et Chirac sont bien d'accord pour inciter Sarkozy à abdiquer sa mâle rhétorique. Son discours n'a pas la cote chez les jeunes des banlieues. Et après les émeutes qui suivent le drame de Clichy-sous-Bois, les jeunes brûlent des voitures, des maternelles, des bibliothèques. On craint pour la sécurité de la capitale : et si ces « barbares » envahissaient Paris ? Dominique de Villepin impose l'état d'urgence. Sarkozy est contre, le Président réservé. Or, un sondage CSA révélera bientôt que les trois quarts des Français approuvent le couvre-feu. Avantage Villepin.

Une autre pomme de discorde surgit à propos du passé de la France. Une loi marquant la reconnaissance de la Nation aux Français rapatriés et aux harkis est votée en février 2005, lorsque surgit, nuitamment, un amendement venu des rangs de l'UMP qui souligne le rôle positif de la colonisation, auquel les livres d'histoire devraient faire référence. Le bilan de celle-ci mériterait de longues études et de multiples colloques dans d'autres enceintes. Comme il était prévisible, cette proposition fait grand bruit. Nicolas Sarkozy refuse de s'en désolidariser. Résultat : son voyage officiel aux Antilles, prévu en décembre, doit être annulé. Le grand poète Aimé Césaire, au long passé politique, refuse en effet de le recevoir. Sarkozy, cependant, n'en démord pas : « Il faut en finir avec la repentance permanente [1], explique-t-il sur France 3, le colonialisme ça n'est pas bien, mais ce texte n'a rien à voir avec les départements et les territoires d'outre-mer. Il s'agissait de l'Afrique du Nord. Un certain nombre de parlementaires ont voulu dire qu'il y a eu des instituteurs qui ont alphabétisé, qu'il y a eu des médecins qui ont soigné » et ainsi de suite... Aussitôt, Dominique de Villepin déclare sur France Inter que « ce n'est pas aux politiques, ce n'est pas au Parlement d'écrire l'Histoire ou de dire la Mémoire. C'est à l'inspection générale de l'Education nationale d'établir les programmes ».

On se lasserait vite d'énumérer tous leurs sujets de querelles. Le combat est quotidien. A cette époque, ils rivalisent dans les sondages. Le 9 novembre, un sondage IFOP, publié par *Paris Match*, place Dominique de Villepin devant Nicolas Sarkozy. Mais, le 14 novembre, une enquête IPSOS, publiée par *Le Point* indiquait que 68 % des Français approuvent l'action du ministère de l'Intérieur qui prend la tête du classement des personnalités politiques.

Début décembre, le Premier ministre saisit le dossier de l'immigration à bras-le-corps, alors que le ministre de l'Intérieur devait en être le seul pilote. « Il parle d'immigration choisie, il lui pique toutes ses idées », se lamentent les sarkozystes.

1. Un des thèmes les plus applaudis dans ses discours.

Le véritable sujet de désaccord, le plus souvent répété, le plus permanent, c'est le thème de la rupture. « Dans l'histoire, les ruptures, les révolutions, se terminent toujours dans le sang », s'écrie Dominique de Villepin. Lui, il veut conduire le « changement dans la continuité ». Un slogan pompidolien, auquel il associe bizarrement le nom du général de Gaulle, baptisé par lui « l'Homme de la continuité ».

Une analyse qui suscite évidemment des remous chez les gaullistes historiques, pour qui de Gaulle fut au contraire l'incarnation permanente de la rupture.

A la fin de 2005, Dominique de Villepin peut avancer un bilan plutôt favorable. On ne le brocarde pas, bien au contraire. Dans les dîners en ville, on parle de lui avec faveur, des femmes se pâment. Il est à la mode. Et il fait bonne figure dans les sondages. Et le Président, pas mécontent d'avoir inventé un rival sérieux à Sarkozy, répète à l'envi qu'il a « un bon Premier ministre ».

2006 sera moins favorable à celui-ci.

Le chômage, obsession française depuis le premier choc pétrolier, enregistre une légère décrue. Villepin veut en profiter. Désormais, il ne roule plus que pour son propre destin. Pour marquer sa détermination dans le combat contre ce fléau, il a concocté avec un collaborateur une mesure phare. Ce sera le « Contrat Première Embauche », le tristement célèbre CPE qu'il annonce le 16 janvier lors de sa conférence de presse de rentrée, sans concertation préalable. Le ministre de la Cohésion sociale, Jean-Louis Borloo, qui l'avait pourtant prévenu des risques auxquels il s'exposerait, si on la mettait en œuvre, en a été informé un quart d'heure plus tôt. L'intention du Premier ministre est louable – et au départ, l'UMP, donc Nicolas Sarkozy, veut bien endosser la copaternité du projet. Il s'agit de rendre plus flexibles les contrats de travail pour ouvrir plus facilement aux jeunes peu qualifiés les portes de l'entreprise. Ce CPE a la valeur juridique d'un CDI. Mais d'un CDI qui ne peut être consolidé qu'après deux ans. Entre-temps, un patron peut se séparer du jeune sans avoir à en fournir les raisons. « Très vite, Nicolas a vu que c'était là que le bât allait blesser », assure Pierre Méhaignerie. Mais le licencié a droit à une petite indemnité, à un préavis, à l'assurance chômage, à une formation, à un accès privilégié au 1 % logement, et ainsi de suite. Il s'agit donc simplement d'un outil de plus, et facultatif, pour faciliter l'embauche. Mais un outil complexe, et mal expliqué. L'imposer ainsi, sans concertation et avec une totale absence de pédagogie, revient à prendre un risque certain pour qui connaît la France. La mobilisation s'organise en février dans les partis de gauche. Les syndicats, François Chérèque en tête, ne décolèrent pas – il y avait longtemps que l'on n'avait pas vu ce paisible leader de la CFDT dans cet état-là. Il n'admet pas de ne pas avoir été consulté. Et les mouvements étudiants s'engouffrent dans la brèche.

On n'entrera pas dans les détails du projet, ou bien l'on mentira sur certains aspects de celui-ci. On criera simplement au viol du droit du travail. Commence alors le scénario habituel où l'on envoie en première ligne étudiants et lycéens. Ils miment Mai 68 en prenant une nuit la Sorbonne, et ainsi de suite… En mars, un million cinq cent mille personnes défilent sur tout le territoire : les syndicats, pour une fois unis, des lycéens, des étudiants, leurs familles, des salariés du privé qui n'ont qu'un slogan sur les banderoles et dans leurs cris : « Retirez le CPE ».

Ce qui est, pour reprendre une expression usée, facile à dire, mais plus difficile à faire. Car la loi a été votée au Parlement et doit être respectée. Seule une nouvelle loi peut défaire ce qu'une première loi a fait. Or, bien que votée, celle-ci ne peut être abrogée car elle n'a pas encore été promulguée par le Président de la République, lequel attend pour le faire l'avis du Conseil constitutionnel saisi par les socialistes et dont la réponse n'est pas immédiate. Dans le genre embrouillamini juridique, on a rarement fait mieux. Surtout, le Premier ministre n'entend pas céder. Mieux : il désirait un conflit dans le pays pour montrer qu'il n'est pas comme les autres et que lui ne céderait pas.

La majorité, reflet de l'opinion dominante – le MEDEF lui-même est opposé au CPE –, lui demande de tenir bon mais, dans le même temps, d'ouvrir le dialogue avec les syndicats ! Nicolas Sarkozy blâme bientôt la rigidité du Premier ministre. Il juge son entêtement dangereux pour la sécurité. Les étudiants, les lycéens battent le pavé des grandes villes, bloquent l'accès aux gares, l'entrée des lycées et des universités. Ils ont coupé le périphérique parisien, l'ordre n'est plus assuré, de violents incidents ont éclaté sur l'esplanade des Invalides le 23 mars, l'Ecole des hautes études en sciences sociales a été occupée et saccagée par les casseurs, en plein cœur de Paris. Et après trois semaines de manifs à Paris et en province, la population est excédée. François Hollande s'interroge : « Y a-t-il encore un ministre de l'Intérieur ? » Lequel se demande s'il doit démissionner. Il ne voudrait pas voir sa réputation détruite par l'imprudence de Matignon. Il propose une solution : suspendre le CPE pour un mois, le temps de négocier des aménagements. Jacques Chirac, un temps étrangement absent, doit se résoudre à intervenir, à arbitrer. Il ne peut plus accompagner l'intransigeance de son Premier ministre. Mais il veut lui sauver la face aussi. On invente une solution baroque – un peu comme François Mitterrand l'avait fait en 1984, lors de la crise de l'enseignement libre. La loi est promulguée – le Conseil constitutionnel ayant donné une réponse favorable –, mais il annonce qu'elle ne sera pas appliquée. Reste à trouver une échappatoire. Les manifestants réclament toujours son retrait. Le gouvernement refile la patate chaude au Parlement, en l'occurrence aux deux présidents du groupe UMP de l'Assemblée et du Sénat : Bernard Accoyer et Josselin de Rohan, priés de reprendre le dialogue avec les syndicats. Et pendant qu'ils discutent, Nicolas Sarkozy, qui est lui aussi appelé à déminer le terrain, prend tout le monde de vitesse, téléphone directement aux syndicats. Il a ses réseaux, ses contacts, a les numéros de portable de tous les leaders. « Savoir imaginer un compromis, c'est être courageux et utile à son pays », voilà ce qu'il proclame devant les nouveaux adhérents. En privé, il répète : « Il faut avoir avec les syndicats des désaccords raisonnables. » En fin de compte, une solution est trouvée : la loi promulguée est assortie d'un deuxième texte d'origine parlementaire qui, en la modifiant, la prive de son contenu. A cette occasion, Dominique de Villepin enrichit la langue de bois d'une formule nouvelle : « Ce sera, dit-il, une promulgation enrichie. »

Mais le CPE est mort. Et il est hors jeu. Nicolas Sarkozy, qui se proclamait le sauveur du CPE, l'a enterré. Avantage Sarkozy. Qui ne se privera pas de faire savoir que Jacques Chirac l'a remercié de l'avoir aidé à sortir de ce mauvais pas. On verra même le Président raccompagner Nicolas Sarkozy sur le perron de l'Elysée. Et dans une interview au *Figaro* le 12 avril, il déclare : « Jamais, depuis longtemps, je ne me suis retrouvé autant en phase avec le Président. »

En attendant, à l'UMP, cette crise fait vaciller les certitudes. Qu'a-t-on vu ? Un Premier ministre imprudent qui veut incarner la réforme jusqu'à la rupture et l'apologiste de la rupture se métamorphoser en louangeur du compromis. C'est à n'y plus rien comprendre.

Les vents contraires soufflent sur Matignon. On évoque la démission de Dominique de Villepin. Jacques Barrot, commissaire européen, aurait été consulté par l'Elysée. Comme toujours, Nicolas Sarkozy fait dire qu'il serait prêt à aller à Matignon.

Entre Sarko et Villepin, l'irréparable a été commis.

Fin avril, voilà que rebondit l'affaire Clearstream. Nicolas Sarkozy, qui s'était étonné en 2004 de ne pas avoir été informé des soupçons qui avaient pesé sur lui dans cette sombre histoire peuplée d'hurluberlus, a décidé de se porter partie civile, quand il a appris par *Le Figaro*, en janvier 2006, que les commissions rogatoires lancées par le juge Van Ruymbeke étaient revenues bredouilles d'Italie. Non, il ne possédait pas de compte à la banque Clearstream.

« En lisant les commissions rogatoires, j'ai eu froid dans le dos, expliquera-t-il, j'étais ni plus ni moins suspecté par le juge d'avoir touché des rétro-commissions sur la vente, en 1991, des frégates de Taiwan. » Et le juge Van Ruymbeke n'avait pas estimé nécessaire de l'informer des résultats négatifs de l'enquête. Le ministre a voulu savoir qui avait tenté de lui nuire. D'où l'enclenchement de l'enquête des juges Dhuy et Pons, devant lesquels Nicolas Sarkozy viendra témoigner. Sa conviction est faite, le Premier ministre a, pour le moins, cherché à exploiter l'affaire pour le discréditer. Ce dont celui-ci s'est toujours défendu – qui se dit victime d'une campagne de calomnies, de mensonges ignobles. Il est « blessé » et « choqué ». Durant l'année 2005, Nicolas Sarkozy ne manquait pas une occasion d'évoquer l'affaire devant des journalistes, il était fou de rage contre Villepin. Jacques Chirac avait tenté de le calmer : « Arrête de me parler de cette histoire, c'est rien, pense à l'intérêt général. » « Quel intérêt général ? » rétorquait Sarkozy. Lequel ne laisse jamais tomber quand il sait l'intérêt politique qu'il peut tirer d'une affaire : « J'ai porté plainte parce que je veux la vérité, explique-t-il le samedi 13 mai 2006, aux cadres de l'UMP. Les accusations de corruption n'ont aucun sens mais, à travers moi, c'est la dignité de la République qui est en cause. Je veux la vérité. J'irai jusqu'au bout. Cela montrera que l'UMP fait de la morale une valeur. » Et bientôt, c'est donc vers Dominique de Villepin que la rumeur se propage : de lourds faisceaux de présomption, dit-on, pèsent sur lui. Il est soupçonné de vilaines manigances. Il fait figure d'arroseur arrosé.

Au lieu de protéger Jacques Chirac, Villepin l'expose. Venant après la crise du CPE, cette nouvelle affaire l'affaiblit. Une nouvelle fois, Jacques Chirac songe à le remplacer. La justice suit son cours. A l'heure où ces pages sont imprimées, le Premier ministre a été entendu par ses juges, et l'affaire Clearstream n'a pas livré tous ses secrets. Mais tout cela n'a fait qu'aviver le duel qui l'oppose à Nicolas Sarkozy. Duel est bien le mot qui convient. Quand ils se rencontrent, ce n'est jamais en tête à tête. Chacun se fait accompagner de son directeur de cabinet. Chacun vient avec son témoin. Mais Dominique de Villepin, dont il faut admirer la ténacité, ne dételle pas un seul jour et fait « comme si », bien qu'il se trouve désormais bien seul. « Homme de mission », comme il se qualifiait lui-même, il continue contre vents et marées. Il a toujours une annonce ou une mesure nouvelle en poche.

Jacques Chirac pensait, en juin 2005, s'être ménagé une fin de mandat tranquille en mettant dans un même gouvernement Dominique de Villepin et Nicolas Sarkozy. C'est raté.

Le Premier ministre a la conviction que Nicolas Sarkozy ne sera pas élu Président de la République : « Il a un disque dur qui ne correspond pas à la France », dit-il dans son langage imagé. Et quand il voit l'un après l'autre ses ministres faire allégeance au candidat déclaré, il lance cette condamnation sans appel : « Ceux qui sont allés vendre leur âme à Sarko ne seront rien. »

« Je n'ai pas, répète-t-il, d'ambition présidentielle. » Mais l'on notera qu'il n'emploie jamais cette formule au futur.

Dominique de Villepin est un homme en embuscade. Il attend son heure, tapi à Matignon. Il sait d'expérience que la présidentielle se jouera fin février. Jusque-là, au moins, il gardera espoir.

Chapitre XXIV

Le vieux cerf et son page

Jacques Chirac et Nicolas Sarkozy ont fait la paix. Une drôle de paix. Provisoire, peut-être, insincère sans doute, mais ils l'ont faite. Tous les ministres en sont désormais persuadés, qui les voient chaque semaine à la table du Conseil, deviser côte à côte – Nicolas est assis à la droite du Président – affichant ostensiblement leur bonne humeur, continuant même de bavarder et de rire tandis qu'un ministre prend la parole. Et même pire : un mercredi, ils avaient continué de parler, alors que le Premier ministre exposait un projet. Celui-ci, voyant qu'il n'était pas écouté, il s'était arrêté tout net. Ambiance. Quelques témoins évoquent le réchauffement de la planète, l'effondrement de la banquise ; la période glaciaire de leurs relations, quand le Président n'avait pas un regard vers le ministre d'Etat, est terminée.

Un signe ne trompe pas : Nicolas Sarkozy paraît plus apaisé, il maîtrise mieux sa nervosité. Presque relax. Comme s'il redoutait moins les coups tordus.

« Je n'arrive pas à croire que Chirac lui facilitera les choses », s'inquiète François Fillon. S'il est une constante, c'est bien que Jacques Chirac n'a jamais voulu booster la carrière de Sarko. Il n'aurait pas voulu de lui à la mairie de Neuilly en 1983, pas de lui comme député en 1988, ni comme ministre en 1993 et 1996, ni au secrétariat général du RPR en 1997, où il s'est hissé grâce à Philippe Séguin. Il n'a jamais voulu de lui comme Premier ministre, a tout fait pour l'empêcher de prendre l'UMP, et en préférerait un autre comme candidat à la présidentielle. Faites les comptes…

Il n'empêche : Dominique de Villepin en est convaincu : Chirac et Sarkozy ont conclu un accord. Il se dit donc délié, lui, de « toute reconnaissance à l'égard du Président de la République [1] ». Il est désabusé, le Premier ministre. Au fil de l'année 2006, ses relations avec Jacques Chirac se sont effilochées.

« Le Président est las de ses colères stratosphériques quotidiennes », dit un proche.

Lors de la crise du CPE, le Président a tardé à intervenir ; dans l'affaire Clearstream, l'Elysée, officiellement resté lointain, n'a pas voulu s'intéresser au dossier. Les animaux politiques attentifs au moindre signe, sensibles au plus léger frémissement des vents, ont compris que Dominique de Villepin n'est plus pour le Président un atout dans un avenir proche.

Il l'a perçu le premier et, désappointé, il a même laissé tomber publiquement sur Canal Plus ce constat à double entrée : « Nicolas Sarkozy a des qualités de chef d'Etat, Ségolène Royal aussi », ce qui signifie bien qu'il n'a pas désarmé.

Jacques Chirac non plus. Son candidat de cœur serait plutôt Alain Juppé. Mais ils savent l'un et l'autre que les temps ne sont pas venus. Le Président laissera donc

1. Propos tenus en décembre 2006 devant quelques journalistes.

rôder, jusqu'à la fin mars, rumeurs et hypothèses sur sa candidature. Mais quand il participera, à la fin de décembre, aux fêtes et rites élyséens qu'impose la tradition, il saura bien que c'est pour la dernière fois.

Le raisonnement est simple : Nicolas Sarkozy, en campagne depuis si longtemps, a pris trop d'avance pour être rattrapé. Il maîtrise totalement l'appareil du parti, l'a développé à son usage et le Président, qui a fini par entrer à l'Elysée parce qu'il s'en était de la même manière emparé sous le nez des barons gaullistes, est bien placé pour savoir qu'il s'agit là d'un atout maître. Et puis, les Français le disent, sondage après sondage, les électeurs de l'UMP en premier, pour eux, douze ans, ça suffit. Ils ne veulent plus le voir à la tête de l'Etat. A droite, les jeux sont faits. Sauf accident, toujours possible.

Ces deux dernières années pourtant, Jacques Chirac laissait entendre à ses visiteurs du soir que Nicolas Sarkozy ne parviendrait pas à ses fins : « Trop libéral, trop atlantiste, trop communautariste. » Il ne le dit plus, ce qui ne signifie pas que son opinion sur le candidat de l'UMP ait totalement changé. Il n'est pas homme à oublier les dérapages et les défis, à commencer par celui-ci, souligné par Jean-Louis Debré : « Sarko lui a pourri son quinquennat en lançant trop tôt sa course à l'Elysée. » Réponse de l'intéressé, pas plus modeste que d'ordinaire : « Si ces gouvernements n'avaient pas bénéficié de ma popularité, quelle figure auraient-ils faite ? »

Le Président ne regrette pas davantage les taloches qu'il a flanquées à Sarkozy, en soulignant à l'occasion l'insuffisance de ses résultats en matière de sécurité. Il se souvient avoir espéré que les trois semaines d'émeutes dans les banlieues, à la fin de 2005, porteraient un coup fatal à son ministre de l'Intérieur. Il lui en veut aussi beaucoup – en cela, très gaullien – d'avoir empiété sur son domaine réservé. Il a considéré comme autant de fautes, disent ses proches, ses voyages aux Etats-Unis : « On ne doit pas y aller parler d'arrogance de la France, alors qu'elle a eu raison sur l'Irak. On ne doit jamais critiquer son pays à l'étranger. »

Les amis de Sarkozy rétorquent que celui-ci ne visait pas Jacques Chirac – auquel il n'a cessé, au contraire, de rendre hommage pendant son séjour américain. Mais Villepin, et sa menace d'utiliser le veto contre les Etats-Unis, bien qu'il ne l'ait jamais nommément cité [1]. C'est à lui, disent-ils, que le message était destiné, lorsque, devant un très chic parterre franco-américain de diplomates et de chercheurs réunis à New York, Sarkozy s'est écrié : « Plus jamais nous ne devons faire de nos désaccords une crise. De nos désaccords faisons, au contraire, l'occasion d'un dialogue constructif sans arrogance et sans mise en scène. »

Au cours de ce voyage, en septembre 2006, il avait réussi à décrocher un entretien d'une demi-heure avec George Bush – qui ne reçoit d'ordinaire que les chefs d'Etat. Ce qui lui a valu d'être qualifié, par Laurent Fabius, de « caniche de Bush ». Plus sérieusement, connaissant l'impopularité du Président américain dans l'opinion française, on pourrait s'interroger sur l'opportunité d'une telle rencontre pour un candidat à l'Elysée.

---

1. Alain Juppé, président de l'UMP, avait alors organisé un vote à la commission exécutive du mouvement : la France doit-elle user de son droit de veto ? Les deux tiers des participants y étaient opposés au motif qu'on allait se fâcher avec les Européens et que trop, c'était trop…

Lequel répond : « Bush est le Président de la première puissance du monde. On s'est longtemps interrogé sur ce qu'on appelle ma dimension internationale, je ne vais pas maintenant m'excuser d'en avoir une. » Reste qu'il ne semble pas avoir pressenti l'échec électoral qu'allait subir deux mois plus tard celui dont il se flattait d'avoir été par lui reçu.

Il ajoute, agacé par ceux qui lui reprochent une inclination trop prononcée pour les Etats-Unis : « Les Américains sont l'un des rares peuples au monde avec qui nous n'avons jamais été en guerre. Ils nous ont aidés deux fois à nous libérer, nous avons eu, c'est vrai, deux fois, un désaccord sur l'Irak, cela ne doit pas remettre en cause l'unité réelle entre nos deux peuples. Je suis lucide sur ses faiblesses et ses forces, le modèle américain ne me paraît pas transposable en France. Ma réponse devrait lever toute ambiguïté. »

Atlantiste, Nicolas Sarkozy ? Il ne l'est pas, tranche Catherine Colonna, qui fut longtemps le sherpa de Jacques Chirac avant de devenir ministre des Affaires européennes. Elle explique : « Si atlantiste veut dire suivre les Etats-Unis inconditionnellement comme Tony Blair, il ne l'est pas. Si atlantiste signifie être proche des valeurs américaines comme la liberté, le patriotisme, la réussite au mérite, si c'est cela dont on parle, Chirac est aussi atlantiste que lui. »

« Sarkozy n'est pas atlantiste, renchérit Jacques Attali. Il n'est pas un libéral, il n'est pas un idéologue, mais un pragmatique. Il fait partie de la génération, droite et gauche confondues, qui a une vision un peu courte sur le monde. »

Il aime les valeurs américaines : le drapeau, la morale, le rêve d'un avenir meilleur et s'il a déclaré devant des étudiants américains qu'il « s'était toujours senti étranger en France », c'est qu'il apprécie un pays où il n'est pas nécessaire pour réussir de sortir des plus grandes écoles et d'être fils de… Mais il connaît peu l'Amérique. Son premier voyage date de 1986. Jeune maire de Neuilly, il était l'invité du gouvernement américain. Brice Hortefeux l'avait accompagné (payant, lui, son billet). Ils avaient été reçus à New York par le maire de l'époque, Ed Koch. Une période sombre : la ville était en faillite et la criminalité en augmentation. La Big Apple, où vit aujourd'hui son frère Olivier, l'avait séduit, le séduit toujours par son éclat, sa vitalité et son exubérance. Mais New York n'est pas l'Amérique.

S'il est donc, chez Sarkozy, une faiblesse que le Président pointe avec une satisfaction à peine dissimulée, c'est bien l'absence d'expérience internationale. Il se compare volontiers à lui. Pour l'heure, le candidat de la droite est à peine un apprenti sur cette scène-là, alors que lui, Chirac, connaît tous les dossiers les plus épineux et presque tout le personnel de la planète. Un jardin de porcelaine dans lequel il convient de ne pas arriver chaussé avec de gros sabots. Le Président s'est fâché tout rouge quand Nicolas Sarkozy, sans même le prévenir, s'est rendu en Chine en 2004, trois semaines seulement avant la visite officielle du Président chinois à Paris. Il a très mal pris, également, en décembre 2002 qu'il veuille le devancer de quelques jours à Alger.

Acquérir cette expérience internationale, il ne lui en a d'ailleurs pas donné les moyens. Bien au contraire. Recevant le samedi 18 octobre 2004 Tony Blair, futur président de l'Union européenne, à dix jours du Conseil européen informel d'Hampton Court, il lui avait glissé : « J'apprends que vous recevez Nicolas Sarkozy lundi, je vous demande solennellement de ne pas le faire. » Et son interlocuteur avait, paraît-il, été frappé par le ton sans appel et le regard noir du Président français.

Finalement, Nicolas Sarkozy, qui devait être en effet reçu au 10, Downing Street le lundi, avait retrouvé Blair ce soir-là au bar de l'hôtel Marriott.

Nicolas Sarkozy entretient des rapports fréquents avec Tony Blair. De tous les dirigeants européens, c'est celui sans doute dont il se sent le plus proche, celui qu'il admire le plus. Un homme qui incarne à ses yeux la réussite du modèle social libéral européen. Souvent, pendant l'été, il leur est arrivé de se retrouver, en Italie ou ailleurs, le temps d'un déjeuner en compagnie de Bernard Arnault, le patron de LVMH. Quand Cherie Blair vient à Paris, elle est invitée à dîner Place Beauvau. Des proches, donc.

Et puis, il y a l'Afrique noire. C'est peut-être le voyage de Nicolas Sarkozy au Bénin et au Mali – deux pays en deux jours, comme si le continent ne méritait pas mieux – qui a le plus choqué Jacques Chirac. Le continent africain est sa chasse gardée, comme il l'a toujours été des gaullistes qui ont entretenu là réseaux et amitiés. Au Conseil des ministres qui a suivi ce déplacement de Nicolas Sarkozy, Jacques Chirac avait lancé : « Messieurs les ministres, je voulais vous dire que vous ne connaissez rien à l'Afrique. En privé, il aime préciser : « Il n'y a que deux personnes au monde qui savent ce qu'est l'Afrique. C'est le Président Lula [1] et moi. » A quoi Nicolas Sarkozy rétorque, sur l'air de je n'ai de leçon à recevoir de personne : « Quand je pense qu'il me traitait de populiste parce que je m'opposais à

1. Président du Brésil.

l'entrée de la Turquie dans l'Union européenne et que maintenant il est exactement sur ma position ! » Si le Président continue de marquer quelque scepticisme, c'est qu'il s'interroge sur la vérité profonde de l'homme Sarkozy, son caractère, il le juge susceptible de déraper à tout moment, incapable de se fixer des limites, de maîtriser une énergie surabondante. Ce que disent aussi les villepinistes : « Il va exploser comme un moteur en surrégime. » A quoi les sarkozystes répliquent : « Cela fait trente ans qu'il tourne à huit mille tours. » Arrêt sur image : coureur émérite, cycliste performant, bon cavalier, ceinture marron de judo, Nicolas Sarkozy a un organisme d'athlète de haut niveau. S'il parle à la tribune plus d'une demi-heure, il doit changer de chemise. Plus d'une heure ? C'est le costume qui est trempé. Il se régénère en transpirant. Il avale des litres de jus de pomme et de jus d'orange. C'est ainsi qu'il se dope.

La cohabitation entre Jacques Chirac et Nicolas Sarkozy au RPR, puis au pouvoir, a été, on l'a vu, toujours un peu orageuse, empreinte de réciproque méfiance, celle de deux fauves qui n'attendent l'un de l'autre aucune faiblesse, aucun geste bénin ou gracieux et qui demeurent toujours sur leurs gardes. Juppé et Villepin ont été des collaborateurs de Jacques Chirac. Faits par lui. Promus par lui. Pas Sarkozy. « Je suis un professionnel, dit-il, donc quand ça va bien il se méfie de moi mais, quand ça va mal, il me fait confiance, justement parce que je suis un professionnel. » Il ajouterait presque : « Bien obligé. »

Et il raconte : « Quand je vais le voir, la tension peut être extrême, mais je sais que, si je n'étais pas comme cela avec lui, il me mépriserait. Il est arrivé que nos rapports soient tellement tendus que je lui disais :

"Monsieur le Président, je vais partir, sinon je pourrais tenir des propos que je regretterais." Alors le Président changeait de ton : "Bon, allez, Nicolas, parle-moi de tes enfants." Ou alors : "Si tu veux, on déjeunera ensemble toutes les semaines." A quoi, je répondais que "l'on n'aurait rien à se dire". »

Et quand le Président, excédé, lui lançait : « Mais qu'est-ce que tu veux ? » Sarkozy répondait : « Rien de ce que vous pouvez me donner. »

Dans son livre *Témoignage*, il a livré ainsi son sentiment quelque peu convenu, bien entendu, sur l'hôte de l'Elysée : « J'ai de l'admiration pour son énergie, sa ténacité, sa force de caractère dans l'adversité, sa capacité à paraître et donc à être sympathique. Ce sont des traits de caractère que l'on ne rencontre pas si souvent… » En privé, il est plus sévère : « Chirac est le plus beau des voiliers : le mât le plus haut, les voiles les plus amples, mais hélas, il lui manque une quille… »

Et puis, il marque aussi par de vraies raisons ses différences avec lui : « Chirac rechigne depuis longtemps à se réclamer de la droite républicaine, alors que moi cela ne me gêne pas ; il considère que le Président de la République est un arbitre qui rassemble et apaise, moi je le vois en leader qui entraîne et assume son projet. Il pense la France fragile et rétive, je l'imagine désireuse de changement, exaspérée par les atermoiements et les promesses non tenues. »

La vérité n'est jamais simple. Parlant de Jacques Chirac, Nicolas Sarkozy dit souvent : « Je ne suis pas inscrit sur la liste de ses amis. Je l'ai admis une fois pour toutes. »

Admis ? Faux ! Absolument faux ! Sarkozy aime trop qu'on l'aime. Il ne cesse de demander ce que le

Président pense de lui. Il a toujours souffert d'être tenu à l'écart, de n'avoir jamais, jamais été convié par Jacques Chirac à l'accompagner dans l'un de ses multiples déplacements à l'étranger, à la différence de tous les principaux ministres. Les choses étant ce qu'elles sont, comme disait Charles de Gaulle, se poser qu'en s'opposant. Ce qu'il a fait toute sa vie. Mais il est, selon ses proches, « chiraquo-dépendant ».

« Si Chirac avait été un peu plus chaleureux, si Nicolas s'était senti un peu plus considéré, Jacques Chirac aurait tout obtenu de Nicolas », croit pouvoir dire Cécilia.

Mais un bon observateur, qui connaît le Président de près, note : « L'erreur à ne pas commettre avec Chirac, c'est de croire qu'on a un lien affectif avec lui. Chirac copain, cela n'existe pas. Comme c'est une erreur de croire que l'on a de l'ascendant sur lui. C'est un grand solitaire chez qui le sentiment a finalement peu de place, parce qu'il en a trop vu. Et il est souvent plus affectueux avec des gens qu'il connaît à peine qu'avec ceux qui le côtoient chaque jour. Sarko aime sans doute plus Chirac que celui-ci ne l'aime. Il s'en fiche, en réalité, de Sarko. Quand il pense à lui, il le voit en professionnel, c'est tout. »

Et en professionnel, chargé d'expérience et pragmatique, Chirac sait que l'heure des nouvelles générations a sonné. Il est un peu comme ces grands cerfs fourbus et meurtris par les ans, qui doivent bon gré, mal gré céder à un plus jeune – un page – la harde que jusque-là ils dominaient en exclusivité. A cette différence près, capitale même, que ce page-là il ne l'a pas éduqué et encore moins choisi.

Mais il voudra faire mine de transmettre lui-même

le relais. Et il a levé le voile dès le 14 Juillet dernier. Les interviews rituelles du 14, les années précédentes, avaient été l'écho des querelles et des ressentiments entre les deux hommes. Mais le 14 Juillet 2006, quand les journalistes ont demandé à Jacques Chirac si Nicolas était un homme d'Etat, il a répondu : « Je ne vois pas ce qui me permettrait d'en douter. » Dont acte.

Depuis, en outre, ce grand expert en campagnes électorales s'est convaincu que Sarkozy, seul, serait en mesure de battre Ségolène Royal, « une candidate redoutable ». Alors, dit l'un de ses anciens collaborateurs : « Il ne pourra pas faire autrement que d'adouber Sarko en 2007. »

Celui-ci se méfie toujours : « Je ne suis pas dupe, les chiraquiens ne sont pas résignés à ma candidature et j'en suis sûr, jusqu'au bout, ils prépareront quelque chose contre moi. »

Mais, dans la trinité chiraquienne, tout le monde sait que le terme politique arrive. Et si publiquement Bernadette feint de croire que son mari n'a pas dit son dernier mot, elle est dans son rôle d'épouse, cela ne l'empêche pas en privé d'être lucide. Et, s'il faut aider Nicolas, elle l'aidera. Et l'annonce même aux ministres lorsqu'elle les rencontre.

Claude, c'est autre chose. La rupture avec Nicolas est consommée. Elle n'y reviendra pas : « Si vous ne travaillez plus avec son père, la relation est détruite », dit un collaborateur du Président.

En quarante années de vie politique, Jacques Chirac – comme François Mitterrand avant lui – a éliminé beaucoup d'hommes autour de lui : Chaban, Giscard, Pasqua, Séguin et même Juppé, parmi les plus notoires. Mais au terme de ces quarante années, soucieux de sa trace, il ne peut laisser écrire aux historiens qu'il aura, par trois fois, fait battre son camp. Si Sarkozy devait être défait, il ne doit pas être dit que c'est par sa faute.

Et puis, s'il avait voulu le tuer, il aurait satisfait à la longue ambition du prétendant. Il l'aurait nommé Premier ministre. Et si Nicolas Sarkozy avait été à Matignon, on raconterait peut-être aujourd'hui une tout autre histoire.

Epilogue

Au terme de ce long voyage en terre sarkozyste, bien des questions ont été tranchées ; quelques-unes demeurent en suspens.

Les certitudes ?

Politiques d'abord. Le logiciel du candidat de l'UMP porte une étiquette : le bonapartisme.

Son hymne pour les valeurs fortes : travail, mérite, discipline, équité, famille ; son goût de l'autorité, son culte pour le volontarisme, la personnalisation assumée de la bataille l'inscrivent dans cette branche de la droite classique – dont le gaullisme était une illustration – enracinée dans l'inconscient national depuis deux cents ans.

Il s'agit d'un « bonapartisme » revisité, rajeuni, mis au goût de l'époque et que d'aucuns qualifient de « libéral ». Ferme sur les principes mais pragmatique, il organise un compromis entre un Etat très présent avec une forte option dirigiste et l'acceptation des lois du marché et de la mondialisation dans les limites de ce qui lui paraît supportable pour la société française.

Culturelles ensuite. Né en 1955, Nicolas Sarkozy est bien de sa génération, celle de l'après-toutes les guerres et de la fin des Trente Glorieuses. Elle a grandi sans crainte de l'avenir, sans complexe vis-à-vis des aînés pétris de culture classique. Nés avant la révolution informatique, ces hommes et ces femmes-là sont des enfants de la télé – « Thierry la Fronde » leur tenait lieu de Stendhal et « Au théâtre ce soir » de Comédie-Française. Nicolas Sarkozy, qui a aussi beaucoup lu, s'est fabriqué lui-même son Panthéon où se côtoient la chanson française, Françoise Sagan, Louis-Ferdinand Céline, Albert Cohen et tous les biographes des héros politiques de l'Histoire de France (Napoléon, Mazarin, Talleyrand, Clemenceau, de Gaulle). Il a fait des grands orateurs de la IIIe et de la IVe République ses maîtres de tribune. Il a écrit (lui-même !) des livres, des scenarii…

Ce jeune quinquagénaire n'a pas fait siennes « les utopies relâchées et dangereuses » de Mai 68. Il en a mesuré certains méfaits sur la société française.

Quand on l'interroge sur son ambition, Nicolas Sarkozy répond en citant Corneille (le chanteur) : « Parce que je viens de loin. » Fils et petit-fils d'immigrés, ses origines sont multicultuelles et multiculturelles. Plus qu'aucun autre candidat à la présidentielle, il incarne la France du melting-pot. Celle d'aujourd'hui. Il est le symbole d'une assimilation réussie. Mais pour y parvenir, les siens et lui-même auront beaucoup trimé. Il a été élevé – nous l'avons vu – dans le culte du drapeau. Alain Marleix, chargé des fédérations au RPR, rapporte cette anecdote : « C'était en 1997, nous avons fait un voyage en Nouvelle-Calédonie. Nous étions tous les deux, il n'y avait ni journaliste, ni photographe. Nicolas a écrit durant tout le vol. A peine arrivés, nous nous sommes retrouvés devant un parterre de deux mille personnes. Nicolas a pris la parole et pendant une heure il a parlé – sans notes – de la France, de l'amour qu'on lui devait, avec un talent et une émotion incroyables pour un type de son âge. Les gens en avaient les larmes aux yeux. C'est là que j'ai eu le déclic. C'est comme cela qu'il m'a embarqué. »

Les questions ?

C'est dans son caractère que réside son plus grand mystère. Toute sa vie, Nicolas Sarkozy l'a consacrée à la politique avec l'ambition de réformer le pays. Il est fait pour commander, impulser, décider. Mais son hyperréactivité, son impulsivité, ses émotions qu'il n'a jamais verrouillées, l'entraînent à être parfois trop hâtif dans ses jugements, à tenir des propos qui surprennent, à faire des promesses dont il n'a pas toujours mesuré la portée. Il lui arrive d'avouer en souriant : « Je suis mon meilleur ennemi. » Ceux qui ne l'aiment pas ou le craignent s'interrogent sur sa capacité à gérer les fatalités de sa nature : ne serait-il pas un nouveau Chirac ? Sur le théâtre florentin de la politique, où les dagues et les poisons sont enrobés de rubans et d'hypocrisie, il détonne. Lui, il avance sans masque. Il n'est pas byzantin, il montre son jeu, annonce toujours la couleur. Il ne fait pas seulement ce qu'il dit, il ne dit pas seulement ce qu'il fait, il dit le pourquoi et le comment de ce qu'il fait et dit. Avec lui, il n'y a jamais tromperie sur la marchandise. Il ne séduit pas par ses insinuations et ses arrière-mondes. Il plaît ou déplaît, toujours à vif, à nu, sans chichi. Cela suffira-t-il pour l'emporter le jour venu ? Ceux qui le côtoient croient dur comme fer qu'il est le seul, dans son camp, capable de rénover la France.

Mes remerciements chaleureux vont à tous ceux qui m'ont reçue et sans qui ce livre n'aurait pas vu le jour.

Nicolas Sarkozy, qui a acquiescé à toutes mes demandes

Madame Andrée Sarkozy, Cécilia Sarkozy, Guillaume Sarkozy, François Sarkozy, Sophie Sarkozy, Caroline Sarkozy.

Je remercie Madame Chirac.

Manuel Aeschliman, Christine Albanel, Michèle Alliot-Marie, Edmond Alphandéry, Dominique Ambiel, Pierre Assouline, Jacques Attali, Alain Aubert, Isabelle Balkany, Patrick Balkany, Patricia Balme, Edouard Balladur, Didier Barbelivien, François Baroin, Louis-Charles Bary, Nicolas Bazire, Nicolas Beytout, Bernard Bled, Jean-Louis Borloo, Pierre de Bousquet, Philippe Bouvard, Martin Bouygues, Jean-Claude Camus, Isabelle Caullery, Martine Chancel, Pierre Charon, Jean-Marie Chaussonnière, Renaud Chauvot de Beauchêne, Christian Ciganer, Arnaud Claude, Jean-François Copé, Maître Jacques Copper-Royer, François-David Cravenne, Henri Cuq, Serge Danlos, Xavier Darcos, Thierry Darfeuil, Rachida Dati, Jean-Louis Debré, Jean-Pierre Denis, Patrick Devedjian, Hugues Dewavrin, Philippe Douste-Blazy, Brigitte Dubois, Gérard Dubois, Pierre-Mathieu Duhamel, Renaud Dutreil, Christian Estrosi, André Fanton, Madame Hélène Farré, Madame Violette de Feuillade, François Fillon, Thierry Gaubert, Frédérique Gerbaud, Philippe Goujon, Fabienne Godlewski, Claude Goasguen, Philippe Goulliaud, Philippe Grange, Robert Grossmann, Halina Gruda-Henzel, Madame Michèle Haïm, Didier Hauvette, Stéphane Hauvette, Brice Hortefeux, Philippe Houillon, Jérôme Jaffré, Yves Jégo, Alain Juppé, Roger Karoutchi, Bertrand Landrieu, Marie Lebée, Frédéric Lefèvre, Claude Leroi, Michel Legman, François Léotard, Gérard Longuet, Franck Louvrier, Jean-

Daniel Lorrieux, Alain Madelin, Pierre Mariani, Philippe Marini, Alain Marleix, Pierre Méhaignerie, Pierre Mongin, Henri-Georges Muller, Bernard Niquet, Dominique Paillé, Laurence Parisot, Charles Pasqua, François Pérol, Jérôme Peyrat, François Pinte, Bernard Pons, Jean-Paul Proust, Jean-Eudes Rabut, Jean-Pierre Raffarin, René Rémond, Josselin de Rohan, Michel Roussin, Antoine Ruffenacht, Frédéric Salat-Baroux, Thierry Saussez, Frédéric de Saint-Sernin, Jacques Schleisser, Marie-Chantal Schwartz, Philippe Séguin, Marie-Laure Simon-Beaulieu, Laurent Solly, Arnaud Teullé, Georges Tron, Marianne Valli, Sophie Van Ken, Hubert Védrine, Eric Woerth.

Je remercie ceux qui n'ont pas souhaité être cités.

Je remercie Jean-Louis Beaucarnot, généalogiste et historien des familles, ainsi que Szalbolcs de Vajay, spécialiste des familles de l'aristocratie hongroise auxquels je dois l'éclairage sur les origines de la famille Sarkozy et Ciganer.

Ma gratitude va à Jacques Duquesne pour ses conseils précieux et avisés.

Un grand merci à Anita Abécassis qui a passé avec moi de longues soirées de veille, je n'oublie pas Michèle Lasseur qui l'a parfois suppléée.

Je remercie Jean-Pierre Elkabbach qui a bien voulu me laisser distraire du temps que j'aurais dû consacrer à Europe 1 pour mener à bien cet ouvrage.

Table

Du même auteur :

La Double Méprise, Grasset, 1980.

Le Noir et le Rouge, Grasset, 1984. Prix Aujourd'hui.

Les Sept Mitterrand, Grasset, 1988.

Le Dauphin et le Régent, Grasset, 1994.

Composition réalisée par Chesteroc Ltd.

Achevé d'imprimer en septembre 2007 au Danemark par
NORHAVEN
Dépôt légal 1re publication : septembre 2007
N° d'éditeur : 91279
LIBRAIRIE GÉNÉRALE FRANÇAISE – 31, RUE DE FLEURUS – 75278 PAR

s CEDEX 06

31/2340/3